Stephanie Scott

Dein falsches Herz

GOLDMANN
Lesen erleben

Stephanie Scott

Dein falsches Herz

Roman

Aus dem Englischen
von Thomas Stegers

GOLDMANN

Die Originalausgabe erschien 2020 unter dem Titel
»What's left of me is yours« bei Weidenfeld&Nicolson, London.

FSC www.fsc.org MIX Papier aus verantwortungsvollen Quellen FSC® C014496

Penguin Random House Verlagsgruppe FSC® N001967

1. Auflage
Deutsche Erstveröffentlichung Februar 2022

Redaktion: Friederike Arnold
Umschlaggestaltung: UNO Werbeagentur, München
Umschlagmotiv: FinePic®, München; lookphotos/Minden Pictures;
Ilina Simeonova/Trevillion Images
Th · Herstellung: ik
Satz: Buch-Werkstatt, Bad Aibling
Druck und Bindung: GGP Media GmbH, Pößneck
Printed in Germany
ISBN: 978-3-442-49223-7
www.goldmann-verlag.de

Besuchen Sie den Goldmann Verlag im Netz

Für Subhashini, Roger und Tom.
Ich liebe euch von ganzem Herzen.

Schmal mag die Pforte sein,
mein Register voller Strafen,
Herr meines Schicksals bin ich doch
meiner Seele Hafen.

William Ernest Henley

Prolog

Sarashima ist ein wunderschöner Name, ein Name, der jetzt ganz allein mir gehört. Ich bin keine geborene Sarashima, aber ich habe mich dafür entschieden, diesen Namen anzunehmen, weil meine Mutter früher so hieß.

Üblicherweise stellt man sich vor, wenn man sich zum ersten Mal trifft. Man sagt, wer man ist und woher man kommt. Mich kennen Sie schon und meine Geschichte auch. Schauen Sie genau hin, suchen Sie in den hintersten Winkeln Ihres Gedächtnisses, wo sich die Zeitungsausschnitte verstecken, einfache Nachrichten und Sensationsberichte. Dort finden Sie mich. Ich bin die letzte Zeile eines Artikels, der letzte Satz, der mit einem Punkt endet.

Ehesaboteur zu weit gegangen?
Von Yu Yamada, 16. Mai 1994, 18.30 Uhr

Heute begann vor dem Amtsgericht Tokio der Prozess gegen den des Mordes an Rina Satō beschuldigten Kaitarō Nakamura.

Der Fall hat für internationales Aufsehen gesorgt, da der Angeklagte ein Wakaresaseya, ein Mitarbeiter einer Agentur für Ehesabotage, ist und gestanden hat, vom Ehemann des Opfers, Osamu Satō, engagiert worden zu sein, um dessen Frau Rina Satō zu verführen und ihm somit Grund für eine Scheidung zu liefern.

Nakamura macht geltend, er und die Verstorbene hätten sich verliebt und geplant, ein gemeinsames Leben aufzubauen. Falls er des Mordes überführt wird, drohen ihm mindestens zwanzig Jahre Haft, wenn nicht gar die Todesstrafe.

Rina Satōs Vater, Herr Sarashima, äußerte sich gegenüber Reportern: »Agenturen, die darauf abzielen, das Leben von Menschen zu zerstören, sollten in Tokio verboten werden. Rina war mein einziges Kind und der Mittelpunkt unserer Familie. Ich werde ihren Verlust niemals überwinden und dem Täter niemals vergeben.«

Rina Satō hinterlässt eine siebenjährige Tochter.

Können Sie sich an den Moment erinnern, als Sie zum ersten Mal von dieser Geschichte erfuhren? Saßen Sie gerade zu Hause beim Frühstück oder im Büro und überflogen die Zeitung? Ich sehe förmlich Ihr Gesicht vor mir, als Sie den Artikel über meine Familie lesen. Ihre Augenbrauen ziehen sich zusammen, über der Nase bildet sich eine Falte. Vielleicht hängt intensiver und betörender Kaffeeduft in der Luft. Schließlich schütteln Sie den Kopf, blättern die Seite um und denken bei sich: verrückte Welt!

Als Kaitarō in das Leben meiner Mutter hineingezogen wurde, spielte Wakaresaseya in Japan noch keine große Rolle. Das Gewerbe entwickelte sich aus einem Bedürfnis heraus, einem Bedürfnis, das heute weit verbreitet ist. Wir brauchen uns nur die Menschen in unserer nächsten

Umgebung anzuschauen, die Menschen, die wir lieben, die Menschen, die uns lieben, und die anderen, die neidisch auf uns sind. Unversehens treten sie in unser Leben, so wie er in meins getreten ist.

Wissen Sie nun, wann oder wo wir uns zum ersten Mal begegnet sind? War es im *Telegraph*, in der *New York Times*, in *Le Monde* oder dem *Sydney Morning Herald*? In der Auslandspresse wurde meine persönliche Geschichte nicht weiter erwähnt. Die Folgeartikel beschränkten sich auf das Gewerbe der Ehesabotage, in keinem einzigen war von mir die Rede. Ein zerstörtes Leben ist immer interessanter, als ein neues wieder aufzubauen. Selbst in Japan verschwand ich von der Bildfläche.

ERSTER TEIL

Betrachtet man die Welt als Wissender,
erkennt man, dass die Dinge unveränderbar
sind und sich gleichzeitig ständig wandeln.

Yukio Mishima

Sumiko

Was steckt in einem Namen?

Für die Sarashimas ist die Namensgebung eines Kindes eine Familienangelegenheit. Für mich markierte sie die Bindung an die Tradition, die fortan mein Leben beherrschen würde. Die Namen meiner Verwandten mütterlicherseits wurden immer im Kiyoji-Tempel im Stadtteil Meguro ausgewählt. Vom Park am Ende unserer Straße aus kann man ihn noch gerade so erkennen. Er steht am Fuß eines Hügels im Zentrum unseres Viertels. Die grünen Spitzen der Dachziegel schimmern in der Sonne, und die roten Säulen des Portikus' blicken über die umliegenden Gebäude.

Als Kind hat mein Großvater mir erzählt, dass unsere Familie hier ihre Gebete verrichtet, seit sie nach Tokio übergesiedelt war. Dass sie hier gebetet hat, als Brandbomben auf die Stadt fielen, und dass sie nach dem Krieg den Tempel wieder aufgebaut hat. Für ihn ist der Tempel ein Symbol der Erneuerung.

Deswegen begab sich meine Familie, kaum war Mama von meiner Geburt genesen, in den Kiyoji, statt sich um den Kamidana auf der Westseite unseres Wohnzimmers zu versammeln, und meine Mutter schritt mit mir auf dem Arm durch das Tor ins Herz des Tempels.

Als wir die Steintreppe zur Haupthalle erklommen, sah meine Mutter zu dem ausladenden Holzdach, dessen geschwungene Traufen weit auskragten und so das Sonnenlicht fernhielten und im Innern für kühle dunkle Schatten sorgten. Durch süßliche Weihrauchschwaden hindurch gingen wir vor bis zum Altar. Um uns herum wirbelte der Wind die Luft auf, während draußen die Bronzeglocken anfingen zu läuten.

Erinnern kann ich mich an diesen Weg nicht, doch sehe ich die Prozession deutlich vor mir. Ich, in eine cremefarbene Decke gehüllt, mein Vater, mit meinem Kuscheltiger Tora in der Hand, ein Geschenk meines Großvaters, und schließlich mein Großvater selbst, ernst, in dreiteiligem Anzug. Diese Geschichte wurde mir so oft erzählt, dass sie sich in mein Gedächtnis eingebrannt hat.

Einer der Mönche, blass, in indigoblauer Robe, verbeugte sich vor meinem Großvater und nahm von ihm einen Beutel entgegen, der eine Reihe von Namen enthielt. Diese Namen hatte meine Mutter ausgewählt, nachdem sie zuerst einen Astrologen konsultiert, sich dann für drei Favoriten entschieden und die Striche der jeweiligen Schriftzeichen gezählt hatte, damit sie, zusammen mit unserem Familiennamen, eine optimale Zahl ergaben.

Ich sehe sie förmlich in Hausschuhen und Jeans an unserem Esstisch sitzen, den Bauch, in dem ich steckte, unter einem schlabbrigen T-Shirt verdeckt. Die Fensterläden sind geöffnet, Sonnenstrahlen fallen schräg auf den Marmorboden, in der Küche brodelt der Reiskocher, das Geschirr steht im Abtropfgestell. Meine Mutter legt die Reispapierblätter vor sich hin und wendet sich dem Tuschestein zu. Ich sehe, wie sie ihren Pinsel in die Tusche taucht, den schweren, aufsteigenden Geruch von Erde und Fichtenruß einatmet und mit den Spitzen der Pferdeborsten schwungvoll den ersten flüssigen Strich zieht.

Der Mönch verbeugte sich noch einmal und legte die Namen in einer flachen Schale auf den Altar. Dann kniete er nieder, nahm sich einen zierlichen Holzfächer, entfaltete ihn und entfachte, die durch die geöffneten Fensterläden hereinwehende Brise aufnehmend, einen Luftwirbel. Alle Anwesenden verhielten sich still. Der graue Rauch der Kerzen strebte aufwärts zu den Dachsparren, während die Blättchen mit den von meiner Mutter aufgeschriebenen Namen eins nach dem anderen zur Decke flogen. Nur ein Name blieb auf der Teakholzfläche übrig: 寿美子.

Mein Großvater fiel auf die Knie, hob das Stück Papier vom Altar auf, und ein Lächeln erschien auf seinem Gesicht, als er die Schriftzeichen meines Namens las: Feier, Schönheit, Kind.

»Sumiko«, sagte er. »Sumiko Sarashima.«

Mein Vater hatte während der Verrichtungen geschwiegen. In den Wochen vor meiner Geburt war von einer Zeremonie zur Namensänderung die Rede gewesen. Nach japanischem Recht müssen Ehepartner den gleichen Familiennamen tragen, nur unter bestimmten Umständen darf der Mann den Familiennamen seiner Frau annehmen und in ihren Hausstand treten, damit ihr Name und ihre Linie weiterbesteht. Mein Vater war der Zweitgeborene, und seine Familie, die Satōs, willigten sofort ein. An jenem Tag jedoch, als der Priester ein neues Blatt Papier nahm, um meinen vollen Namen darauf zu schreiben, meldete sich mein Vater zu Wort.

»Satō«, sagte er. »Sie ist eine Satō, keine Sarashima.«

Was ich weiß

Ich wurde von meinem Großvater, Yoshi Sarashima, erzogen.

Ich wohnte mit ihm in einem weißen Haus in Meguro, Tokio.

Abends las er mir vor.

Er erzählte mir alle Geschichten, außer meiner eigenen.

Mein Großvater war Rechtsanwalt, er wählte seine Worte mit Bedacht. Selbst wenn ich in seinem Arbeitszimmer auf seinem Schoß saß und mit dem Finger über die Falten in seinem Ledersessel strich, oder später, wenn ich auf einem Hocker neben ihm saß, selbst dann pflegte er höchste Präzision im Umgang mit Wörtern. Auf diese Präzision achte ich bis heute.

Großvater hat mir alles Mögliche vorgelesen – Mishima, Sartre, Dumas, Tolstoi, Basho, hat mir über seine Jugend und die Entenjagd in Shimoda erzählt und mich mit einem Buch bekannt gemacht, *Der Prozess*, welches mein Lieblingsbuch wurde. Die Geschichte beginnt so: »Jemand musste Joseph K. verleumdet haben.«

Als Großvater mir den Anfangssatz zum ersten Mal vorlas, erklärte er mir, dass es sich um eine Übersetzung handelte. Ich war zwölf Jahre alt und fing an, meine Fühler auszustrecken. Ich berührte die Schriftzeichen auf der vergilbten Seite, die von etwas Neuem sprachen, las den ersten Satz laut vor und erweckte die Gestalt des Joseph K. zum Leben, eines einsamen Mannes, über den, wie es in unserer Übersetzung hieß, jemand Lügen verbreitete.

Als ich älter wurde, fing ich an, mit meinem Großvater über den Prozess zu diskutieren. Er sagte mir, auch andere hätten mit der Erzählung gerungen, bis heute, besonders mit der Übersetzung eines bestimmten Wortes: »verleumdet«. Lügen über jemanden verbreiten. In anderen Versionen wird es auch mit »übel nachreden« übersetzt. Üble Nachrede, da denkt man an eine Straftat, an Gerichte, an eine öffentliche Abrechnung, es klingt nicht »Lügen verbreiten« aus der Kindheit an. Und dennoch, als ich die Erzählung zum ersten Mal las, war es genau diese Formulierung, »Lügen verbreiten«, die mich so faszinierte.

Lügen, einmal in die Welt gesetzt, führen ein Schattendasein, bilden ein Gespinst, das ein ganzes Leben überziehen kann. Sie haben das Unbeschwerte einer Kindheit an sich, und meine Kindheit war auf Lügen aufgebaut.

In dem Sommer, bevor meine Mutter starb, fuhren wir ans Meer. Rückblickend herrscht für mich in diesen Monaten das Gefühl vor, dass etwas zu Ende ging, nicht weil es die letzten Ferien waren, die ich zusammen mit meiner Mutter verbrachte, sondern weil es der Ort meiner letzten echten Erinnerung ist.

Jedes Jahr im August, wenn die Hitze Tokio im Griff hatte, packte unsere Familie ihre Koffer und bestieg den Regionalzug an die Küste nach Shimoda. Mein Vater blieb in der Stadt, weil er arbeiten musste, nur Großvater Sarashima begleitete uns. Jedes Jahr kaufte er an demselben Kiosk im Bahnhof gefrorene Klementinen für die Fahrt, und in der metallischen Hitze des Waggons warteten Mama und ich ungeduldig darauf, dass das Obst aufweichte, damit wir an die Sorbetfüllung herankamen. Wenn uns der klebrige Saft das Kinn hinunterlief, wandte sich Mama auf unserem Doppelsitz endlich mir zu und fragte mich, was ich am Meer gerne machen würde, nur wir beide allein.

Unser Haus auf der Halbinsel war alt, die beiden Torpfosten aus Holz schief vom Wind, der vom Pazifik heraufwehte. Während wir auf den Felsvorsprung am Gipfel des Hügels zugingen, signalisierte mir das dunkle, salzverkrustete Tor, dass mein Zuhause nicht mehr weit war: Washikura, Adlernest, mit Blick auf die Bucht zwischen Fudschijama und dem Meer.

Unser Land ist um Berge herum gebaut, seine Menschen stapeln sich in Betonschachteln, Käfigen gleich. Landbesitz ist rar, doch das Haus in Shimoda gehörte meiner Familie schon lange vor dem Krieg, und danach, als alles andere verloren war, hat mein Großvater darum gekämpft, es zu behalten.

In den Bergen oberhalb des Hauses erstreckt sich der Wald. Als Kind durfte ich dort nicht allein herumstreunen, und meine Mutter wusste sofort, worum ich sie bitten würde. Und so stiegen meine Mutter und ich in den Nachmittagsstunden die bewaldeten Hügel über Washikura hinauf. Wir betrachteten die Teefelder, die sich vor dem Herbst dunkel verfärbten. Wir lagen auf dem bloßen steinigen schwarzen Boden und atmeten den scharfen Harzgeruch der Fichten ein. An manchen Tagen vernahmen wir den Ruf des über uns kreisenden Seeadlers.

Großvater kannte sich aus in dem Wald, aber er entdeckte uns nie. Um Punkt vier Uhr jeden Nachmittag begab er sich zum Fuß des Berges und rief zwischen den Bäumen nach uns. »Rina!«, »Sumi!« Wir kauerten kichernd unter den Kiefern, die Stimme des Großvaters bebte und verklang schließlich.

Häufig hörte ich Großvaters Rufe, noch ehe Mama sie vernahm, aber immer wartete ich ab, bis sie mir ein Zeichen gab, mich still zu verhalten. An unserem letzten Nachmittag im Wald lag ich regungslos da und spürte den weichen, gleichmäßigen Lufthauch ihres Atems in meinem Gesicht. Sie zog mich an sich, und ihr Atem verlangsamte sich. Ich öffnete die Augen und sah meine Mutter an, ihre dunklen Wimpern. Ich nahm ihre Blässe wahr, ihre Ruhe. Ich hörte meinen Großvater rufen, seine schwache, ferne Stimme. Ich schmiegte mich enger an meine Mutter, küsste ihr Gesicht, stieß mit meinem Atem durch die Kälte. Plötzlich lächelte sie, die Augen noch geschlossen, und legte den Finger an die Lippen.

Washikura, das Haus am Rand von Shimoda, gehört uns nicht mehr. Großvater hat es vor Jahren verkauft. Wenn ich heute dort hinfahre, durch das dichte Unterholz den Hang hinaufklettere, sehe ich noch immer meine Mutter zwischen den Bäumen. Wenn ich mich auf den Boden lege, die spitzen Fichtennadeln unter meiner Wange spüre, stelle ich mir vor, die kühle Brise wären ihre streichelnden Hände.

Rina

Atami

Rina stand im Garten von Washikura und blickte über die Hügel und Berge, die sich bis zum Fudschijama erstreckten, zu den tiefen Schatten zwischen den bewaldeten Hängen. Sie dachte daran, wie die Platten, die diese Halbinsel formten, vor Jahrmillionen am Fudschi zusammengestoßen waren und ein Land der Vulkane, mit Erdbeben und heißen Quellen, aus dem Meer hatte aufsteigen lassen.

Der Vulkan war noch immer aktiv. An klaren Tagen konnte man kräuselnden Rauch über dem schneebedeckten Gipfel erkennen, ein Hinweis auf die neuen Inseln, Plateaus und Halbinseln, die im Berginnern auf ihre Entstehung warteten. In jenem Sommer aber, als Rina über die hügelige Landschaft schaute, bevor diese sich von Lindgrün über Granatapfelrot zu Rostrot verfärbte, dachte sie nicht an das, was noch kommen mochte, sie dachte an ihre Tochter, die neben ihrem Großvater Yoshi im Garten hockte, mit ihrer Schaufel in der dunklen Erde unter den Azaleen grub, das Gesicht mürrisch von ihrer Mutter abgewandt. Rina sah hinauf zu den Bergen, die über sie wachten, und unter ihrem stummen Blick stieg sie in ihren roten Nissan und fuhr nach Atami.

An dem überfüllten Strand suchte sie einen Parkplatz. Atami hatte sich in einen Ort für Vergnügungssüchtige verwandelt. Büroangestellte aus Tokio, die sich für ihr Leben in der Stadt mit Ferienwohnungen, Shoppingmalls und Karaoke zu entschädigen suchten, bevölkerten die Strände. Hotelanlagen schlugen aus den natürlichen heißen Quellen Kapital, und Häuser ersetzten die Natur. Die Wälder aus alten Kampferbäumen und Farnen, die einst die Stadt umgaben, wurden vollständig gerodet. Rina stellte das Auto am Ende des Strands ab und ging zu Fuß die Promenade zurück. Sie musste die Augen abschirmen gegen das gleißende Sonnenlicht, das vom Asphalt reflektiert wurde.

»Da bist du ja!«

Beim Klang seiner Stimme drehte sich Rina um. Kaitarō kam vom Strand barfuß durch den Sand auf sie zu. Lächelnd beobachtete sie seinen schlendernden Gang.

»Ich hatte schon Angst, du würdest mich versetzen«, sagte er.

»Du hattest keine Angst.«

»Habe ich immer, wenn du nicht bei mir bist«, erwiderte er.

Rina lachte, und sie gingen zu den Jachten, die im blauen Wasser tanzten. An einem Eiswagen, der die Sorte Rote Adzukibohne anbot, blieben sie stehen. Kaitarō nahm die Sandalen von einer Hand in die andere und kramte in seiner Hosentasche nach Kleingeld.

»Nur eine Kugel bitte.«

Rina lächelte ihn an. »Meine Tochter liebt diese Sorte«, sagte sie, biss hinein und genoss die Karamellsüße der

Bohnen. Kaitarō̄s Augen ruhten auf ihr, und sie senkte den Blick.

»Wir können Sumiko mitnehmen«, sagte er.

»Unmöglich.« Rina wandte sich ab, und er trat hinter sie. Sie spürte seine Wärme im Rücken, seinen Atem am Ohr.

»Yoshi wird nicht merken, wenn wir sie für einen Nachmittag entführen.«

»Was soll ich ihr sagen, wenn das hier zu Ende geht?«

»Es geht nicht zu Ende, Rina.«

Er zog sie näher zu sich, und sie bohrte ihre Zehen tief in den weißen Sand, spürte die Körner auf der Haut und in ihren roten Sandalen.

»Ich dürfte gar nicht hier sein«, sagte sie, und ihre letzten Worte gingen in einen gellenden Schrei über, als Kaitarō sie in die Luft hob und auf seine Schulter legte.

»Mein Gott!«, fauchte sie und traktierte ihn mit Fäusten. »Was machst du mit mir?« Sie japste, und ihre Eistüte plumpste in den Sand.

»Hier sind zu viele Leute«, sagte er. »Man kann sich nicht unterhalten.«

»Du bist kindisch.«

Kaitarō grinste. »Du bringst die schlimmsten Seiten in mir zum Vorschein.«

»Die Leute gucken schon.«

»Das ist mir egal«, sagte er. Stimmt, dachte sie, es macht ihm nichts aus.

Sie gingen zu seinem Auto, und er hielt ihr die Tür auf. Rina spürte, dass sie rot wurde, die Leute beobachteten sie immer noch. Kaitarō legte die Hände an ihre Wangen. »Rina«, sagte er. »Du bist heute bei mir. Ignorier die anderen.«

Sie holte tief Luft und sah zu ihm auf. »Ich habe nicht viel Zeit.«

Rina nahm die Aussicht nur flüchtig wahr, als sie in die Berge fuhren, einer schmalen Straße folgten, die sich zwischen den Fichten hindurchschlängelte. Vor der zubetonierten Bucht schimmerte das Meer wieder dunkelblau, und entlang der Hänge, am Rand von Atami, siedelten sich Zypressen und Zedern an, als warteten sie nur darauf, die Stadt eines Tages zurückzuerobern.

Auf einem Parkplatz, von dem aus ein befestigter Weg den Hang hinaufführte, hielten sie an. Rina band ihr Haar mit einem Taschentuch zusammen, um es vor dem Wind zu schützen, und folgte Kaitarō. Gemeinsam stiegen sie durch einen Amanatsu-Hain. Tief und schwer, umgeben von ihrer Schutzhülle aus dunkelgrünen Blättern, hingen die Sommerorangen in den Bäumen. Kaitarō fand eine Stelle im Gras und breitete den Regenmantel aus, den er aus dem Auto mitgebracht hatte. Er war beige, ganz im Stil der New Yorker Detectives, Rina machte sich gerne darüber lustig. Wenige Minuten später jedoch, als ein kühler Windhauch ihren Nacken streichelte, fühlte sie sich plötzlich unsicher. Sie hatte sich auf Kaitarō eingelassen, denn sie war mit ihm hierhergekommen. Er wollte mehr von ihr, sehr viel mehr. Rina rückte von ihm ab, zog den Rock über die Knie. Als er in seine Umhängetasche griff, rutschte sie auf dem Mantel noch ein Stück weiter nach oben.

Kaitarō musste die Anspannung in ihrem Gesicht bemerkt haben, doch er lächelte nur, kramte mit der rechten Hand in der Tasche, während Rina die Faust ballte, dass sich die Fingernägel in die Handfläche bohrten.

»Ich habe dir etwas mitgebracht«, sagte er.

Es war eine Canon EOS 3500. Überraschung mischte sich in ihre Angst. Sie hatte diese Kamera bereits in einem Schaufenster auf der Elektronikmeile Akihabara liegen sehen, hatte in Katalogen darüber gelesen, doch in der Hand gehabt hatte sie die Kamera noch nie.

»Nimm nur«, sagte er. »Ich habe mir gedacht, dass wir uns auch gleich an die Arbeit machen können, wo wir schon mal hier sind.«

»Arbeit?«

»Findest du nicht, dass es Zeit wird?«

Rina wandte sich ab. Beharrlich kam er darauf zu sprechen, sie solle den Beruf als Fotografin, auf den sie sich einst vorbereitet hatte, wieder aufnehmen, doch sie befürchtete, dass ein zu lange vernachlässigtes Talent irgendwann versiegte.

»Ich habe deinen Artikel gelesen, Rina«, sagte er. »Den du im *Exposure* veröffentlicht hast.«

Rina biss sich auf die Lippe. »Da habe ich experimentiert.«

»So liest er sich aber nicht.«

»Ich habe ihn geschrieben, kurz bevor ich das Jurastudium aufgegeben habe. Mein Vater hat alle Exemplare der Zeitschrift, die wir im Haus hatten, weggeworfen.«

»Ich kann dir ein Exemplar besorgen.«

»Nicht nötig«, sagte sie und sah ihn an. »Ich erinnere mich an den Artikel.«

Stumm reichte er ihr die Kamera.

Sie liefen durch den Obstgarten und legten sich auf die Decke aus Blättern. Rina beobachtete Kaitarō, folgte seinen raschen Bewegungen, den Fingern, die behänd über das Objektiv glitten, die richtige Blende auswählten, um die natürliche Farbpalette der Landschaft hervorzuheben. Eine halbe Stunde lang verhielt sie sich still neben ihm, hatte ihre Freude an dem rasanten Klicken des Auslösers. Sie spürte das Gewicht ihrer Canon in der Hand, hob sie an und schaute durch den Sucher.

Um Licht und Schatten des Nachmittags einzufangen, wechselten sie zu Schwarzweiß und hoben mittels der Filter die Umrisse der Blätter hervor. Rina drehte sich zu Kaitarō um, der, auf einen Ellenbogen gestützt, sie beobachtete und abwartete, bis sie ihre Aufnahme gemacht hatte. Sie sah ihn mit zusammengekniffenen Augen an, und er grinste und drehte am Objektiv seiner Kamera. Sie beugte sich zu ihm, er fasste in seine Tasche und holte eine neue Linse hervor, hielt sie ihr hin und erklärte, damit könne er das Licht einfangen, das sich auf sie herabsenkte.

Später saßen sie barfuß im Gras. Rina pflückte eine Orange, schlitzte mit dem Daumennagel die helle Schale auf, worauf sich ein würziger Geruch ausbreitete. Sie teilte die Frucht, reichte ihm eine Hälfte und leckte sich die saure Flüssigkeit von der Hand. Als die Sonne am Horizont versank, lehnte sich Rina an ihn, legte den Kopf an seine Schulter und betrachtete das flackernde Licht zwischen den Bäumen.

Ein Wassertropfen fiel auf ihr Haar, dann noch einer. Erst als der Regenschauer durch das Blätterdach brach, stand sie auf. Der Sturm hatte sie eingeholt, damit musste man rechnen in den Bergen, das Unterholz lockte die Feuchtigkeit in der Luft hervor. Kaitarō warf den Mantel über sie beide, sie griff sich die Sandalen, und sie kletterten mit den von nassen Blättern überschwemmten Hang hinunter zu seinem Auto. Wasserbäche ergossen sich über die Fenster, und weißer Nebel bildete sich über den Hügeln, sodass sie abgeflacht erschienen, nur noch zweidimensional, ehe sie ganz unsichtbar wurden. Sie blieben still im Auto sitzen, schalteten das Radio nicht ein, und Kaitarō nahm ihre Hand und verschränkte seine Finger mit ihren.

»Ich habe den dritten Preis im Fukase-Isono-Fotowettbewerb gewonnen«, sagte er. »Sie wollen eins meiner Bilder in einer Ausstellung zeigen. Kommst du?«

Rina wandte den Kopf zur Seite und sah ihn an. »Wo ist die Ausstellung?«

»In einer Lagerhalle in Akihabara. Falls die Kunst nicht nach deinem Geschmack ist, kann ich dich immer noch zu einer Yabu Soba einladen.«

Rina lächelte. Er wusste, dass sie eine Leidenschaft fürs Essen hatte.

»Jetzt komm mir nicht mit dem Ente-Eintopf«, warnte sie ihn mit erhobenem Zeigefinger.

»Es würde mir sehr viel bedeuten, wenn du kommst.«

Das Lächeln schwand aus ihren Augen. »Dann komme ich.«

Der Regen ging über in Niesel und hörte im Verlauf

des Abends ganz auf. Sie stiegen aus dem Auto und stellten sich an die Leitplanke. Durch die Nebelschwaden, die noch auf den Hügeln verweilten, konnten sie das Meer sehen.

Kaitarō legte die Arme um sie, rieb ihr über die Schultern, um die Kühle abzuwehren. »Ich sollte gehen«, sagte sie, aber es widerstrebte ihr. »Kai«, wandte sie sich ihm zu, »wegen heute …«

»Du brauchst nichts zu sagen.«

»Danke.«

Er strich ihr ein paar Strähnen aus dem Gesicht und knüpfte das feuchte Tuch auf, das ihr Haar zusammengehalten hatte. Er steckte es in seine Tasche, und Rina ließ ihn gewähren.

»Ich liebe dich«, sagte er.

Rina wand sich in seinen Armen, wollte etwas sagen, doch er schüttelte den Kopf, legte die Finger auf ihre Lippen; seine Haut fühlte sich rau an auf ihrem Mund.

»Wirklich.«

Sumiko

Tokio

Meine Mutter war Fotografin, bevor sie Ehefrau wurde. Wenn wir, wie jedes Jahr, ans Meer fuhren und Mama mit mir am Strand spielte, verknipste sie eine Filmrolle nach der anderen. Großvater schickte die Filme an Kodak, wo sie zu Kodachrome-Dias entwickelt wurden. Im Herbst, sobald sich die Blätter verfärbten, kehrten wir nach Tokio zurück, meine Mutter öffnete in Großvaters Haus in Meguro eine Flasche Coca-Cola, und wir sahen uns alle Dias an.

Diese Dias, eine Art Heimkino, besitze ich immer noch. Sie lagern im Keller des Hauses in Meguro, geordnet in schmalen, lederbezogenen Kästen. Manchmal steige ich hinunter und sehe sie mir an. Sie sind wunderschön, jedes ein rechteckiges, in weißen Karton eingefasstes Juwel. Ich sehe meine Mutter en miniature in eine Eiswaffel beißen; mich am Strand mit meinem roten Eimerchen, im feuchten Badeanzug; Großvater unter einem schützenden Sonnenschirm, obwohl er schon im Schatten sitzt.

Ich habe noch andere Erinnerungen, aber sie betreffen nicht Shimoda. Sie sind eher flüchtig und schemenhaft. Vor meinem geistigen Auge begradigt sich die Küstenlinie, die felsigen Buchten von Shimoda werden durch einen offenen Hafen ersetzt, und ich höre meine Füße auf den Boden klatschen, ich laufe und laufe. Ich sehe eine Jacht auf den Wellen, die Segel straff gespannt; starke Arme heben mich hoch; ich wende mich ab vom grellen Schein der Sonne, die sich in der Kameralinse spiegelt; die Hand eines Mannes reicht mir eine Eiswaffel, Sorte rote Bohne, ein Mann mit langen schmalen Fingern, die nicht meinem Vater gehören.

Diese Bilder habe ich im Keller meines Großvaters nie gefunden, auch den Hafen habe ich auf keinem unserer Fotos entdeckt. Ich wache nur gelegentlich nachts von dem karamellartigen Duft von roten Bohnen auf. Ein Windhauch geht, der Widerhall von sich unterhaltenden Menschen in der Ferne, aber vielleicht ist es auch nur das Surren des Deckenventilators und der Duft von Brötchen, die in der Küche auskühlen. Hannae, Großvaters Haushälterin, hat mir mal gezeigt, wie man sie backt.

Ich fragte Großvater nach diesen Erinnerungen von mir. Er meinte, ich würde mich an die Sommer in Shimoda erinnern, und als ich ihn weiter fragend anschaute, lachte er und deutete auf den Hocker neben seinem Sessel. Ich setzte mich, und er streckte die Hand nach dem Stapel Bücher auf dem Regal aus. Mit den Fingern wanderte er über die gebundenen Ausgaben, Taschenbücher, Gedichtbände und fragte: »Was soll es heute sein?«

Jahre später stand ich wieder im Arbeitszimmer meines Großvaters, und das Lügengebäude, das mich mein ganzes Leben umgeben hatte, brach schließlich zusammen. Ich sollte vor Examensstudenten einen Vortrag halten. Ich trug einen marineblauen Hosenanzug und hatte die Haare zu einem Pferdeschwanz zusammengebunden. Ich sah tadellos aus, aber war spät dran, denn ich hatte meine Unterlagen verloren.

Ich weiß noch, wie ich mich über den Schreibtisch meines Großvaters beugte und alle Papiere in Unordnung brachte, als ich danach suchte. Ein Jahr zuvor hatte ich das juristische Staatsexamen bestanden, jetzt neigte sich meine Zeit als Assessorin am Obersten Gerichtshof dem Ende zu. Gerade hatte ich die letzten Prüfungen abgelegt, weswegen alle meine Fälle aus den Monaten, in denen ich abwechselnd bei Richtern, Staatsanwälten und Strafverteidigern gearbeitet hatte, jeden freien Platz auf dem Tisch einnahmen. Großvater war mit Freunden zu einem Onsen gereist, einem Thermalbad, aber schon lange vorher hatte er mir, hocherfreut über meine Berufswahl und das Jobangebot von Nomura & Higashino, sein Büro überlassen.

Ich ging in die Ecke des Zimmers und durchsuchte die Mappen auf einem Ledersessel. Weil ich täglich nach Wakō pendeln musste, war ich beim Aktenstudium häufig auf dem Sessel eingeschlafen. Um mich von den anderen Praktikanten abzusetzen, hatte ich im vergangenen Jahr noch zusätzlich Fälle angenommen. Ich hatte hart gearbeitet, um mir mein Netzwerk unter den Strafverteidigern und Staatsanwälten aufzubauen, doch jetzt holte mich der Schlafmangel ein.

Ich kniete auf dem Boden, die Hand ausgestreckt nach einem Bündel Papiere, das vermutlich meine Vortragsunterlagen waren, da klingelte das Telefon. Mein ganzes

Leben war in diesem Raum versammelt: Schul- und Universitätszeugnisse, der gerahmte Zeitungsartikel über Großvaters berühmtesten Fall und die Sammelmappe mit aktuellen Ereignissen, die er für mich anlegte. Jeden Morgen vor der Arbeit setzte sich Großvater an den Frühstückstisch, schlürfte seine kalte Nudelsuppe und schnitt Artikel aus der Tageszeitung aus, damit ich informiert blieb. Ich hatte jeden Ausschnitt, jede Geschichte gelesen, außer meiner eigenen. Ich war so in Anspruch genommen von den Nebensächlichkeiten meines Lebens, dass ich das Klingeln beinahe überhört hätte.

Ich hob ab. »Hallo?«

»Guten Tag«, sagte eine weibliche Stimme. »Kann ich bitte Herrn Sarashima sprechen?« Es klang zögerlich.

Ich war abgelenkt, sah mich im Raum um, murmelte in den Hörer: »Er ist gerade in Hakone. Worum geht es denn?«

»Ist das der Anschluss von Herrn Yoshi Sarashima?«

»Ja«, wiederholte ich. »Ich bin seine Enkelin Sumiko. Wie kann ich Ihnen helfen?«

»Und das Haus und die Familie von Frau Rina Satō?«

»Meine Mutter ist tot«, erwiderte ich, jetzt ganz konzentriert auf das Gespräch und die Person am anderen Ende der Leitung. Stille. Im ersten Moment dachte ich, die Frau mit der stockenden Stimme hätte aufgelegt, doch dann hörte ich, wie sie Luft holte. »Ich rufe aus dem Justizministerium an, im Namen der Strafvollzugsbehörde. Entschuldigen Sie die Störung, Frau Satō, mein Anruf betrifft Kaitarō Nakamura.«

»Und wer ist das?«

Meine Stimme lief ins Leere, die Leitung verstummte.

Glocken

Es heißt, man könne den Schlag einer Glocke nicht rückgängig machen, oder im übertragenen Sinn: Worte, einmal ausgesprochen, führen ein Eigenleben. In dem Jahr, als meine Mutter starb, nahm mich mein Großvater öfter mit in den Tempel Sensō-ji in der Stadt. Je näher wir kamen, umso lauter das Stimmengewirr der Menschenmenge. Ich holte tief Luft, atmete den Duft brennender Blätter und Räucherkerzen ein und zupfte Großvater am Mantel. Er hob mich auf den Arm und schlenderte weiter mit mir über den Markt auf dem Tempelgelände. Dieser wöchentliche Besuch war unser neues Ritual. Er hob mich noch höher und wickelte meine Beine in meinen gelben Rock. Ich schwatzte los, zeigte auf die Sachen, die mein Auge streifte. Zwischen dem Anfang der Allee und dem Tempel erstreckten sich über hundert Marktstände, und in westöstliche Richtung verlief noch eine Ladenpassage, doch mein Großvater wählte stets diesen Zugang, weil er mir am besten gefiel, hier gab es meine Lieblingsspeisen.

»Manjū!«, verlangte ich und zeigte auf einen Stand, der tiefgefrorene marmeladengefüllte Brötchen anbot. Mit Yam, Kirsche, Süßkartoffel oder Schokolade, mir schmeckten sie alle, aber die Rote-Bohnen-Füllung aß ich für mein

Leben gern. »Manjū, Großvater«, wiederholte ich. Es hatte sich bereits eine lange Schlange gebildet, die in Zweierreihen bis nach draußen vor den Laden reichte. Die Menschen drängelten und schubsten sich zur Seite, während die frisch gebackenen Brötchen eins nach dem anderen auf den Tresen gelegt wurden. In der Menge stand eine untersetzte Frau mittleren Alters, die den Verkauf regelte, die Kunden nach vorne schob und, sobald sie ihre Brötchen genommen hatten, wegdrängte, alles in einer einzigen fließenden Bewegung.

Ich zeigte auf ein Tablett mit goldgelben Manjū, doch Großvater schüttelte den Kopf. »Rote Bohne!«, kreischte ich.

»Später, Sumiko«, sagte er, und ich zog verärgert an seinen Haaren.

»Warst du mit Mummy auch hier?«

»Ja, als sie noch klein war«, antwortete Großvater und setzte mich auf seine Hüfte. Vielleicht war ich schon zu schwer, doch ihm schien es nichts auszumachen. Er sagte, er wolle mich so in Erinnerung behalten, wie ich jetzt sei.

»Wo ist Mummy?«, fragte ich.

»Sie ist einkaufen.«

»Warum hat sie mich nicht mitgenommen?«

»Ich wollte mit dir zusammen sein.«

»Ich will …«

»Als deine Mutter so alt war wie du, sind wir auch immer hierhergekommen«, fuhr er fort, während ich mich nach hinten zu dem Brötchenstand beugte.

»Sumichan!« Großvater setzte mich ab. »Zuerst in den

Tempel«, ermahnte er mich und hielt mir die Hand hin. Inmitten der Menge drückte ich mich an seine Beine, und meine Finger verschränkten sich mit seinen. Ich war nicht gerne von Leuten und Touristen umringt. Ich beruhigte mich, und wir schritten durch das Donnertor, und als wir uns den roten Säulen des inneren Tors mit den riesigen, im Durchgang hängenden Sandalen aus Stroh näherten, reckte ich mich, um einen Blick auf die große Glocke zu erhaschen. Es war eine der Glocken, welche die Zeit ansagten. Meine Mutter behauptete, selbst der Dichter Bashō, hundert Jahre zuvor, habe sie durch die Blumenfelder läuten gehört. Denn damals, als Tokio noch Edo hieß, sei die ganze Stadt beherrscht gewesen von dem Geläut, das seinen Bewohnern mitteilte, wann sie aufzustehen, wann sie zu essen und wann sie zu schlafen hatten. Heute war die große Glocke nur noch einmal am Tag um sechs Uhr früh zu hören und am Neujahrstag um Mitternacht, wenn sie hundertachtmal schlug, für die hundertacht weltlichen Laster, welche die Menschen angeblich zum Sklaven machen. Großvater hatte Mama und mir die Glocke mal gezeigt. Seine Freunde in der Verwaltung hatten uns einen Platz in der Nähe der Glocke gesichert, und noch jetzt konnte ich den Nachhall spüren, die Stille, als der Zedernbalken zurückgezogen und dann losgelassen wurde, gefolgt von den sanften Vibrationen der Bronzeglocke.

Großvater schlängelte sich durch die Menge nach vorne zu dem Räuchergefäß vor dem Tempel. Er gestand mir, beim Anblick des von dem Gefäß aufsteigenden Rauchs denke er nicht an Reinigung, sondern vielmehr an meine

Mutter, als sie sich als Kind in den Schwaden reinigte und er sie hochhielt. Ihre Haare waren mit Seidenschleifen zusammengebunden, und durch das Sonntagskleidchen schimmerte der Unterrock hindurch.

»Bist du bereit hineinzugehen?«, fragte Großvater, und ich nickte reumütig. Er hob mich wieder hoch, und ich lächelte ihn an, als er vor dem großen polierten Kessel, aus dem Rauch quoll, einen Platz für uns fand. Ich beugte mich vor, Großvater wedelte mir den Weihrauch zu, während ich vorgab, mich darin zu waschen, Gesicht und Hände zu reinigen.

»Bist du jetzt geheilt?«, fragte Großvater. »Ganz bestimmt?«, neckte er mich. »Nicht mehr das ungezogene kleine Mädchen?« Er schmunzelte, als ich ihn lieb ansah. »Ich weiß, was du möchtest«, sagte er. »Du möchtest in deine Zukunft gucken.«

Auch das gehörte zu unserem Ritual. In Sensō-ji, bevor Großvater im Haupttempel seine Gebete verrichtete, führte er mich zu dem Schrank mit den hundert Schubladen. Er gab mir eine Münze zum Einwerfen in den Schlitz, und wir lauschten, wie das Metallstück klirrend in die Spendenbüchse fiel. Dann reichte er mir einen zylinderförmigen, mit schmalen Stäbchen gefüllten Becher, und ich schüttelte ihn so lange hin und her, bis ein Stäbchen herausfiel.

Ich hob das Stäbchen auf, sah mir das eingeritzte Schriftzeichen an, und wir suchten das entsprechende Zeichen auf den Schubladen. Wenn ich sie gefunden hatte, fasste Großvater hinein, nahm den zuoberst liegenden Zettel heraus und gab ihn mir.

Großvater schaute zu, wenn ich die Worte mit den Lippen formte und vorlas, was das Schicksal für mich bereithielt. Ich liebte diese Prophezeiungen. Sogar wenn wir in den Bergen waren, bat ich meinen Großvater, mir aus den Automaten bei den Skihängen so ein Schicksalsbriefchen zu ziehen. An jenem Tag allerdings, als ich zu Ende gelesen hatte, war ich mir unsicher, was die Prophezeiung zu bedeuten hatte, und hielt den Zettel meinem Großvater hin. Er lächelte, verbeugte sich leicht und sagte, er freue sich, mir helfen zu dürfen. »Was haben wir denn hier?«, sagte er, überflog die Schriftzeichen und betrachtete die Glücksskala in der rechten oberen Ecke. Er hielt den Zettel höher, und ich hörte, wie er scharf die Luft einsog. Er wandte sich von mir ab und sah zu dem über den Schubladen gespannten Draht, an den all die Schicksalsbriefchen, die er mir nicht erklären wollte, aufgehängt wurden. Es hingen an diesem Tag schon einige dort, träge flatterten sie im Wind.

Als er mein Schicksalsbriefchen umständlich zusammenrollte, um es an den Draht zu binden, riss ich es ihm aus der Hand.

»Was bedeutet das?«, fragte ich.

»Das gilt nicht für uns«, sagte er. »Binden wir es an, damit der Wind es wegweht.«

»Ich möchte wissen, was auf dem Zettel steht«, sagte ich.

»Gib ihn mir, Sumichan. Er gehört dem Wind.«

»Sag, was darauf steht«, bat ich ihn und zerknüllte das hauchdünne Papier.

Großvater packte meine Hand und wollte es mir wegnehmen. »Komm schon, Sumiko. Ich hole dir ein neues

Briefchen«, sagte er, und vor Schreck weiteten sich seine Augen, als ich das Papierchen in den Mund steckte und kaute. Worte kann man vergraben, manche werden sogar verbrannt, doch im Laufe der Jahre tauchen sie immer wieder auf, läuten wie Tempelglocken, die sich über dem Lärm erheben.

Rina & Kaitarō

Ein neuer Fall

Kaitarō saß in Hemdsärmeln an einem Schreibtisch und blätterte in der Akte mit seinem neuen Fall. Neben sich seine ordentlich zusammengelegte Krawatte und eine dampfende Tasse Kaffee. Die Zielperson war eine Hausfrau, dreißig, braune Augen, braunes Haar, mittelgroß. Sie aß gerne Käsekuchen.

Auf einem Stadtplan von Tokio suchte er nach ihrer Adresse, warf einen kurzen Blick auf ihr Tagesprogramm, zeichnete ihre am häufigsten benutzten Verkehrsverbindungen ein und rechnete sich aus, wie lange er für die Wege brauchte. Wochenlange Beschattung würde folgen, während der er ihre Interessen und Lieblingsorte zusammentrug.

Der Ehemann hatte ein Formular mit Angaben über den Grund- und Bodenbesitz sowie über andere Vermögenswerte der Familie ausgefüllt, die bei einer Scheidung auf dem Spiel stünden. Es gab zwei Immobilien in Tokio, die eheliche Wohnung in Ebisu und ein Haus in Meguro, darüber hinaus ein Ferienhaus an der Küste in Shimoda, alle eingetragen auf den Namen Sarashima, dem Mädchennamen der Frau. Angeheftet war ein Zettel: Bankkonten,

Aktien, geschätzter Gesamtwert. Kaitarō fügte noch eine weitere Spalte hinzu und machte sich Notizen. Häufig logen die Kunden oder nannten übertrieben hohe Zahlen, Osamu Satō sicher auch. Ganz bestimmt hatte er ihnen nicht alles erzählt.

Kaitarō legte den Stift beiseite und massierte die Nasenwurzel mit Daumen und Zeigefinger. Hinter den Augen baute sich ein Schmerz auf, und er schüttelte den Kopf. Noch einmal machte er sich die wesentlichen Punkte klar: Die Grundstücke bildeten die Hauptvermögenswerte, aber die Eheleute hatten noch ein Kind, ein Mädchen. Diese Form der Aneignung hatte er schon mal erlebt. Seine Kunden nutzten alle Möglichkeiten, um sich Vorteile zu verschaffen, und manche fanden das Dementsprechende im Gesetzbuch, denn es wurde nur alleiniges Sorgerecht für Kinder ausgesprochen, gemeinsames Sorgerecht war verboten. Somit gerieten Kinder zum Druckmittel. Sicher gab es manche Situationen, in denen eine Trennung das Beste für alle Beteiligten wäre, einschließlich der Kinder. Seine Fälle drehten sich jedoch selten um die Frage der Fürsorge. Es überraschte ihn kaum noch, was für Anstrengungen Menschen unternahmen, um sich das zu holen, was ihnen ihrer Meinung nach zustand, aber er musste seine Kunden ja auch nicht lieben, sie nur dirigieren.

Er unterbrach seine Lektüre, und sein Blick fiel auf die kleine durchsichtige Plastikbox mit seinen Visitenkarten. Sie waren weiß, diskret, gaben nur seinen Namen und die aktuelle Telefon- und Faxnummer preis. Aus irgendeinem Grund stachen die Schriftzeichen seines Namens in dem grellen Bürolicht reliefartig hervor, des Namens, den seine Eltern voller Hoffnung für ihn ausgesucht hatten: Kaitarō, zusammengesetzt aus den Zeichen für »Meer« und »erstgeborener Sohn«. Für eine Sekunde fühlte er sich zurückversetzt nach Hause, nach Hokkaido, streifte mit seinem Onkel durch das hohe Gras, spürte das schwere Gewicht der umgehängten Kamera um seinen Hals und hörte das Kreischen der Seemöwen und das Tosen des Ozeans.

Einmal, in einem selten ruhigen Moment, nach nicht einmal zwei Bier, hatte sein Vater ihm erzählt, warum seine Eltern diesen Namen für ihn ausgewählt hatten, wie sie in der Küche ihres kleinen Bungalows gesessen und zwischen zwei Versionen geschwankt hatten. Sein Vater, soeben von einer Ausfahrt mit den Fangschiffen heimgekommen und ungewöhnlich milde gestimmt, wirkte nachdenklich. Er mochte »Sohn des Meeres« und hatte so lange auf diesen Namen beharrt, bis man sich dafür entschied. Er hoffte, sein Junge würde auch den Beruf des Fischers ergreifen oder sich Arbeit in der Fischereiindustrie suchen. So lange hatte die Familie vom Meer gelebt, dass dieser Weg für den Sohn unausweichlich schien.

Für Kaitarō hatte der Name etwas ganz anderes bedeutet: die Weite des offenen Wassers vor seinem Haus; der Sand, der silbern glitzerte, wenn er sich mit den Wellen mischte; die Kamera seines Onkels in den Händen, als er lernte, das pulsierende Leben um sich herum einzufangen. Sein Onkel kam nur sporadisch zu Besuch, doch wenn er einen fotografischen Auftrag bekommen hatte, der Geld für sie beide abwarf, nahm er Kaitarō stets mit. Gemeinsam bereisten sie Hokkaido und fielen jeden Abend nach einem langen Arbeitstag in die schmalen Betten von Landhotels oder Gästehäusern in der Stadt, erschöpft, aber frei. Es blieb nicht aus, dass Kai seinen Vater schließlich enttäuschte. Schnell lernte er, seine Stimmung einzuschätzen und an seiner Miene zu erkennen, ob er getrunken hatte oder wütend war, wenn er nach Hause kam.

Seine Mutter bevorzugte die alternative Version seines Namens, jene Kombination von Schriftzeichen, die auch das für »Schlichter« enthielt. Sie mochte besonders die Wirkkraft und die Tüchtigkeit, die es implizierte, und behauptete, ihr Junge werde in der örtlichen Seetangfabrik eine Managerlaufbahn einschlagen oder selbst Geschäftsmann werden. Als er jetzt in dem winzigen Büro in Shibayu auf seine Visitenkarte schaute, zweifelte er, dass es diese Branche war, die sie sich für ihn vorgestellt hatte. Sie hatte sich noch anderes für ihn erhofft, ihn in anderen Vermittlerrollen gesehen, doch auch in der Beziehung hatte er sie enttäuscht. Er hatte es nicht vermocht, die Wogen der elterlichen Ehe zu glätten, seine Mutter zu schützen, geschweige denn sich selbst. Am Ende war er doch so etwas wie ein Schlichter geworden, wenn auch nicht unbedingt in dem angestrebten Sinn. Kaitarō griff nach seinem Kaffee, doch eine dicke Haut hatte sich auf der Oberfläche gebildet, und er war nur noch lauwarm. Wieder schüttelte er sich, um einen klaren Kopf zu kriegen und den Schmerz loszuwerden. Es hatte keinen Zweck, diese Gedanken weiterzuverfolgen, er wollte nicht zu denen gehören, die mal als Hoffnungsträger gegolten hatten, er konnte ohnehin nicht zurück.

Seine Augen waren gereizt von der abgestandenen, trockenen Luft in seinem Büro, und er wischte sich mit der Hand übers Gesicht, bevor er sich wieder in die Akte vertiefte. Es war ein lukrativer Auftrag, nicht nur eine kleine Überprüfung eines Freundes oder Ehepartners, der fremdging, sondern er sollte eine Beziehung anbahnen, einen Ehebruch provozieren. Eine Überprüfung dauerte nicht länger als ein, zwei Wochen, war schnell erledigt, eigentlich eher die Arbeit eines Privatdetektivs. Beschatten, Beschaffung fotografischer Belege für die Untreue und ein Bericht an den Kunden, der dann entscheiden konnte, was mit dem Ehepartner geschehen sollte. Dieser neue Auftrag konnte Monate in Anspruch nehmen, und das Honorar lohnte den Aufwand, je nachdem, an wen sein Chef Takeda ihn vergab. Vielleicht konnte er sogar ein bisschen Zeit für sich herausschinden.

Die Sache selbst schien relativ einfach. Kaitarō entwarf eine Lockvogeltaktik für die Dauer von zwei Monaten; ein Monat, um das Zielobjekt zu kontaktieren, einen zweiten, um Beweise zusammenzutragen – Fotos, die zeigten, wie sie gemeinsam ein Erotikhotel verließen oder, falls das bereits ausreichte, wie sie sich auf der Straße küssten. Danach würde er die Telefonnummer, die er ihr genannt hatte, abmelden und sich für den nächsten Auftrag in einen anderen Bezirk Tokios versetzen lassen, wenn nötig sogar in eine andere Präfektur. Bei der Durchsicht der Akte stieß er auf der letzten Seite jedoch auf ein Detail, das ihn beschäftigte, etwas, was für die Verführung einer Hausfrau normalerweise nicht relevant war. Es war ihr Foto, ein Passbild, das einzige, was man beigelegt hatte. Das Licht war grell, sie trug kein Make-up. Sie schaute unmittelbar in die Kamera, und es war dieser Blick, der ihn traf, als interessierte sie die Kamera mehr als alles andere auf der Welt. Ihre Augen und der Blick hoben sich förmlich vom Papier ab und drangen in seinen Kopf ein.

Noch immer hielt er das Foto in der Hand, als Mia die Tür zu seinem Büro aufstieß. Ihr gemeinsamer Chef Takeda hatte ihr zwar die Führung des Terminkalenders übertragen, doch Kaitarō hatte sie gebeten, in diesem Fall mit dem Ehemann zu sprechen. Mia war schlau, raffiniert, sie war geduldig im Umgang mit Menschen und konnte persönliche Barrieren leicht überwinden. Heute Nachmittag jedoch wirkte sie ziemlich genervt.

»Er will nicht mit mir sprechen«, sagte sie. »Er möchte den Mann kennenlernen, mit dem er zusammenarbeiten wird.«

Kaitarō sah von der Akte auf. »Was meint Takeda dazu?«

»Er will, dass du das übernimmst.«

»Was hältst du von ihm?«

Mia gab ihm ein loses Blatt Papier. »Mach dir selbst ein Bild«, sagte sie, während er sich ihre Notizen durchlas.

Kaitarō band sich die Krawatte um, strich sie glatt und folgte Mia ins Besprechungszimmer. Er verbeugte sich tief vor Satō und überreichte ihm mit beiden Händen seine Visitenkarte. Während Mia Eiswasser in zwei Gläser einschenkte, setzte sich Kaitarō und musterte seinen neuen Kunden, versuchte, ihn einzuschätzen, verglich den Mann, über den er in der Akte gelesen hatte, mit der Person vor ihm.

»Meine Kollegin hat mir mitgeteilt, dass Sie sich nicht mit Ihrer Frau aussöhnen möchten«, leitete Kaitarō das Gespräch ein.

»Ich habe der jungen Frau gesagt, dass ich eine Scheidung will«, entgegnete Satō und deutete auf Mia, die sich Fusseln von ihrer Strumpfhose zupfte.

»Selbstverständlich könnten wir Ihnen Vorermittlungen anbieten, bevor Sie sich entscheiden«, fuhr Kaitarō fort. »Mia könnte Ihre Frau«, er warf einen Blick auf das Blatt Papier, »Rina zu einem Drink einladen. Herausfinden, wie sie Ihre Ehe sieht, vielleicht äußert sie sich dazu, was sie von einer Trennung hält.«

»Sie hält nichts von Scheidung.«

»Und warum nicht?«

»Das spielt keine Rolle.«

Kaitarō beugte sich ein Stück vor. »Wenn wir den Fall übernehmen, Herr Satō, benötigen wir noch viel mehr Informationen über Sie und Ihre Frau, und das meiste ist sehr persönlich.«

Satō schwieg.

»War Ihre Frau Ihnen untreu?«

»Nein.«

»Keine Liebhaber, keine Flirts, keine engen Freundschaften?«

»Nein.«

»Sie hat keine Freunde?«

»Sie ist nicht sehr interessant. Deswegen will ich sie loswerden.«

»Aber Sie möchten das Sorgerecht für Ihre Tochter.«

»Vorerst.«

Kaitarō schaute zur Seite, und Satō lachte. »Man hat mir gesagt, Sie seien diskret«, murmelte er. »Mir war nicht klar, dass damit zimperlich gemeint ist.«

Diesmal hielt Kaitarō seinem Blick stand. »Es geht hier um hochemotionale Dinge«, sagte er. »Wir versuchen, den Schmerz aller Beteiligten zu minimieren, jedenfalls so lange, bis der Vertrag unterschrieben ist. Je weniger Verbitterung auf beiden Seiten, umso erfolgreicher die Trennung.« Er lächelte Satō fast unmerklich zu, doch der kniff die Augen zusammen; er duldete keinen Widerspruch.

»Ich versuche es bei einer anderen Agentur.«

Kaitarō zuckte mit den Schultern, unwillkürlich erleichtert, als Satō sich erhob, doch Mia hielt ihn mit einer leichten Verbeugung auf.

»Wir verstehen Ihre Ungeduld«, sagte sie und drängte ihn, wieder Platz zu nehmen. »Es geht hier um folgenreiche Entscheidungen, das sollte man nicht auf die leichte Schulter nehmen. Wir müssen sicher sein, dass Sie auch genau wissen, was Sie wollen.«

»Ich will nicht abtreiben, verdammt«, murmelte Satō. »Ich will mich nur von meiner Frau trennen.«

»Gut, dann machen wir das doch«, sagte Mia, hob keck eine Augenbraue und schlug ihren Terminkalender auf. »Wie viel Zeit haben wir?«

»So viel Sie brauchen«, antwortete Satō. »Aber Sie sind für Ihre Effizienz bekannt.«

»Ja, stimmt.« Mia nickte. »Ich mag keine langen Bindungen«, gestand sie augenzwinkernd.

Kaitarō holte tief Luft und verdrehte die Augen.

»Eins möchte ich vorher klarstellen«, sagte Satō. »Ist Ihr Junge hier der Aufgabe auch gewachsen?«

Mia verbeugte sich wieder. »Herr Nakamura ist einer unserer Besten. Was Sie auch verlangen, er wird es für Sie erledigen.«

»Ich will keinen Wirbel.«

»Sie streben also eine private Einigung an?«, fragte Mia.

Satō sah sie an, die Antwort war ihm an den Augen abzulesen. Bedächtig wandte er sich Kaitarō zu. »Meine Frau muss unsere Ehe aus freien Stücken verlassen, und sie muss bereit sein, dafür alles zu opfern. Bekommen Sie das hin? Können Sie eine Frau dazu bringen, Sie zu lieben?«

Kaitarō starrte ihn teilnahmslos an, bis Satō anfing zu lachen. »Wollen wir hoffen, dass er bei den Frauen mehr Erfolg hat.«

»Haben Sie noch ein anderes Foto von Ihrer Frau?«, fragte Kaitarō.

»Warum? Übernehmen Sie nur die sexy Scheidungskandidatinnen?« Satō sah zu Mia, und sie lächelten einvernehmlich.

»Wir erheben eine Gebühr für die Recherche, vor der eigentlichen Auftragserteilung«, sagte Kaitarō. »Ein Foto wäre gut, das Ihre Frau in ihrem Alltag zeigt.«

Satō grinste, etwas, was er in den weiteren Besprechungen fortwährend machen sollte. »Erwarten Sie nicht zu viel.«

»Dürften wir Sie jetzt um ein paar Informationen bitten?«, fragte Mia. »Wir haben noch einige Fragen zu ihrer

Herkunft und Bildung, ihren Hobbys, der Beziehung zu Ihrer Tochter. Sollen wir beide das bei einem Drink besprechen?«

Satō schaute weg. »Schicken Sie die Fragen an mein Büro. Es dauert nicht lang.« Er stand auf und ging zur Tür. Mia verbeugte sich, tief und dankbar, und Satō sah über ihren gesenkten Kopf hinweg Kaitarō an. »Ich habe noch ein anderes Foto mitgebracht – um Ihr Interesse zu wecken.«

Später stand Kaitarō am Fenster in seinem Büro. Die Straßen von Shibuya vor ihm glühten in der aufziehenden Dämmerung. In der Hand hielt er ein Bild der Frau, die er gegen Bezahlung verführen sollte, das Foto, das Satō ihm mitgebracht hatte.

Mit der Schulter an die Scheibe gelehnt, betrachtete er das Bild. Es zeigte eine Frau mit einem Bubikopf, der ihr Gesicht einrahmte, und in einer weiten Strickjacke, die ihren Körper einhüllte. Er studierte ihre Haltung und den Aufnahmewinkel. Es war eine Schwarz-Weiß-Aufnahme, mit präzisem Bildrahmen, Kopf und Oberkörper scharf, der Hintergrund unscharf. Vielleicht ein Selbstporträt, überlegte Kai. Dann entdeckte er ein winziges Detail, das seinen Verdacht bestätigte. In ihrer Hand, fast verborgen in den Falten der Strickjacke, ruhte der schwarze Ballen eines Selbstauslösers; ein Kabel, das den Blendenverschluss öffnete, führte aus dem Bild heraus. Die Frau war Fotografin oder war früher eine gewesen.

Kaitarō hielt das Foto schräg gegen das Licht und strich mit dem Daumen über die Augenbraue. Er dachte an ihren

Namen, Rina. Sie hatte große dunkle Augen, von zarten Wimpern umrahmt, doch in ihnen lag keine Freude, keine Ausgelassenheit, nur dieser Ernst, der ihm schon vorher aufgefallen war, diese Intensität, mit dem sie in die Kamera sah. Rinas Blick war konzentriert, vielleicht sogar aggressiv, und da war noch etwas anderes, die Anmutung eines abgebrochenen Lebens.

Silberhalogenid

Es gab mal eine Zeit, da war sie als Person sichtbar gewesen, das wusste Rina genau. Sie wünschte keine körperliche Zuwendung oder gar Zärtlichkeit, sie wünschte sich Kontakt, jemand, der sie wirklich sah, der sie wahrnahm, zum Beweis, dass es sie noch gab.

Morgens kaufte sie für das Abendessen und den Haushalt ein. Sie trug knielange Röcke und einen Mantel, in den sie sich einwickeln konnte. Es rührte sich kaum etwas, wenn sie durch Ebisu ging. Sie wusste längst, seit Monaten wusste sie, dass sie eine Straße entlanggehen konnte, ohne dass sich ein Mensch nach ihr umdrehte, ein Blick sich hob, aus Wiedersehensfreude oder nur aus Neugier. Seit ihr Leben aus den Fugen geriet, nahmen immer weniger Menschen sie wahr.

Als Rina noch ein Kind war, hatte man sie unmöglich übersehen können. Sie vibrierte vor jugendlicher Energie und besaß ein ruhiges Selbstvertrauen, eine ganz eigene

Mischung. Sie schloss schnell Freundschaft. Tokio sprach zu ihr in seinen Teehäusern, Buchhandlungen und auf der Straße. Die Menschen sahen ihr gerne zu, weil sie etwas hatte, was sie sich wünschten: Heiterkeit.

Rina hatte Glück. Als Heranwachsende hatten sich ihre Wünsche mit denen der Familie gedeckt. Sie stand ihrem Vater nahe und hatte ihm mit dem Studium der Rechtswissenschaften nachgeeifert. Als jedoch ihre Artikel über Fotografie veröffentlicht wurden und man ihr anbot, an einer Ausstellung teilzunehmen, hängte sie die Juristerei an den Nagel und konzentrierte sich auf Neues. Sie wollte ein anderes Leben.

Zunächst lief es gut, wie häufig bei neuen Wagnissen. Dennoch, ein, zwei Jahre vergingen, und es blieb die Frage, wie und wovon sie leben und wer Yoshis Anwaltskanzlei übernehmen sollte. Ihre Kommilitonen beendeten ihr Studium, andere heirateten. Sie machten sich nützlich, wurden von ihren Familien respektiert. In der Stadt, die sie einst geliebt hatte, wurde sie an jeder neuen Straßenecke und Kreuzung mit einer Realität konfrontiert, die sie nicht ignorieren konnte. Sie sah es in den Gesichtern derer, die sie umgaben; selbst Fremde schienen über sie zu urteilen, zu wissen, dass sie nicht aus eigener Kraft überleben konnte. Der Schmerz ihres Vaters, der sich zunächst heftig entlud, schwelte weiter im Verborgenen. Als er ihr eine Verbindung mit Osamu Satō vorschlug, einem ihrer Kommilitonen und Sohn eines Freundes, hatte sich der Druck von ihrem Umfeld plötzlich gelegt. Sie war bereitwillig darauf eingegangen. Eine Schwäche, die sie sich nie verzeihen würde.

Nachdem Rina nach Ebisu gezogen war und sich in ihrem Dasein als Ehefrau eingerichtet hatte, musste sie erleben, wie sich ihre Freunde von der Universität in anderen Städten niederließen oder ins Ausland übersiedelten. Der Kontakt zu den Mitgliedern der Fotogruppe und der Zeitschrift *Exposure* wurde spärlicher, und mehr und mehr nahmen die Kollegen ihres Mannes deren Platz ein. Eine Zeit lang genoss sie die Gesellschaften, genoss die Partys und tat sich in der Rolle der Gastgeberin hervor. Doch je mehr Leute Satō in die Wohnung, die ihr Vater für sie erworben hatte, einlud, je öfter er ihre Glaskaraffen benutzte und an ihrem Esstisch aus Ebenholz, ebenfalls ein Hochzeitsgeschenk, den Unterhalter spielte, umso deutlicher wurde Rina, warum er sie geheiratet hatte.

Wenn Satō mal keine Kunden oder seine Chefs zu sich einlud, kam er spät nach Hause. Oft kroch er nach einer durchzechten Nacht in irgendeiner Izakaya, Bier und Nikotin ausdünstend, zu ihr ins Bett und zog sie an sich.

Wie zu erwarten entglitten ihr allmählich die Dinge im Leben, die sie liebte, und auch die Fantasiewelt, die sie sich aufgebaut hatte, zerfiel. Sie hörte auf, in den Himmel zu gucken und den Belichtungsmesser einzustellen. Sie schlenderte nicht mehr durch die Straßen der Stadt und entdeckte an jeder Ecke neue Motive und Blickwinkel. Zu Hause fühlte sie sich Tag für Tag überfordert. Ihre Bewegungen verlangsamten sich und bald darauf auch ihr Denken.

Mit der Zeit verblassten ihre sonst deutlichen Fingerabdrücke auf der alten Canon T90 und hinterließen schwache ölige Flecken. Am Ende verschwanden auch sie, als wären sie nie da gewesen. Ihre Sammlung von Linsen wurde trübe vom Staub, die Flaschen in ihrer Dunkelkammer verkrusteten, die Deckel klebten durch die Chemikalien fest. Die Wannen für die Lösungsbäder trockneten aus, bis nur noch eine hauchdünne Schleimschicht übrig blieb, und Spinnen bauten in den Ecken des Raums ihre Netze. Satō stellte Kartons in die Kammer, nutzte ihn als Abstellraum für seine Akten, Skier, einen ausrangierten Tennisschläger. Es folgten noch mehr Sachen: Kleider, alte Sportschuhe, ungeliebte Geschenke von seinen Freunden. Wenn Rina die Tür öffnete und hineinspähte, sah sie andere Menschen, eine andere Ehe, ein anderes Leben. In ihrer Dunkelkammer entschwand die Person Rina wie ein dem Licht ausgesetzter Film.

Unweit von Kaitarōs Wohnung befand sich eine Ladenzeile. Samstags und sonntags wurde die kleine Gasse zu einem Straßenmarkt. Im Winter errichteten Obdachlose dort Schutzhütten, saubere Behausungen aus Kunststofffolien und Plastikplanen, die im Frühjahr wieder entfernt wurden. Stattdessen wurden neue Stände aufgebaut, die Video-Raubkopien, Mangas und Nintendo-Spiele anboten.

Am Ende der Zeile hatte seit Langem eine Familie ein Fotogeschäft, das um acht Uhr morgens öffnete und abends um sieben Uhr schloss. Manchmal aber wurde das Rollgitter nicht heruntergelassen, und auf der Rückseite des Geschäfts brannte noch bis spätabends ein rotes Licht, wenn

Kaitarō Nakamura durch die Gassen hinter dem Bahnhof nach Hause ging.

»Guten Abend, Jinsei«, murmelte Kaitarō, als der alte Mann die Ladentür aufschloss und ihn hereinwinkte. »Danke, dass Sie so lange aufgeblieben sind.«

Jinsei nickte lächelnd. »Kein Problem. Danke für die Fotos von meiner Nichte. Sie gefallen meiner Schwester sehr.«

»War mir eine Freude.«

Der Ältere bot ihm einen Stuhl an. »Haben Sie schon was gegessen? Meine Frau hat uns Yakitori und Bier hingestellt, wenn Sie möchten.«

»Das ist sehr freundlich, aber ich möchte Sie nicht vom Schlafengehen abhalten.«

»Anstrengenden Tag gehabt?«, fragte Jinsei. »Ist sie interessant, die Detektivarbeit? Arbeiten Sie an einem wichtigen Fall?«

»Ja. Es ist herausfordernd.«

Jinsei lachte. »Wie halten Sie das nur aus, so dicht dran an anderen Menschen?«

»Sie sind nicht alle böse«, sagte Kaitarō, als Jinsei den Vorhang, der das Geschäft von der Treppe zu seiner Wohnung trennte, zur Seite zog.

»Gute Nacht.«

»Gute Nacht.«

Kaitarō begab sich zur Dunkelkammer im hinteren Teil des Geschäfts und sah instinktiv zur Kontrollleuchte, um zu prüfen, ob jemand gerade Negative entwickelte. Er betrat den Raum, atmete den vertrauten alkalischen Geruch der Chemikalien ein, holte seine Kamera aus dem Rucksack und nahm eine Filmrolle heraus. Dann schaltete er die Sicherheitslampe ein, legte sich in dem rötlichen Schein seine Ausrüstung zurecht und drehte den Hahn in der Ecke für das Wasserbad auf.

Als Kaitarō die Behältnisse mit den Chemikalien neben sich gestellt hatte, schaltete er das Licht aus, entrollte den Film und wickelte ihn mit flüssigen und geschickten Bewegungen eng um die Spirale. Diesen Teil der Fotografie, das Intime, Haptische, schätzte er besonders. Seine Augen gewöhnten sich schnell an die tiefe pechschwarze Dunkelheit. Er liebte die Stille. Er hätte diese Arbeit auch in Auftrag geben können, doch es gab Zeiten, da machte er es lieber selbst, musste es selbst machen. Der Vorgang, einem Bild Schärfe zu verleihen und auf Papier zu bannen, stellte eine Verbindung her zwischen dem Mann, der er vorher gewesen war, zu dem, der er jetzt in Tokio war.

Mit einer Schere trennte er den Filmstreifen von der Rolle, legte die volle Spirale in die Entwicklungsdose und tränkte sie zuerst in Wasser, um die Gelatine zum Aufquellen zu bringen. Er schaltete die rote Lampe wieder ein, goss Entwicklerflüssigkeit in die Dose, schwenkte sie hin und her, zählte dabei die Sekunden und schlug damit ein paarmal kräftig auf den Tisch, damit sich keine Luftbläschen bildeten. Nach und nach verwandelten sich die winzigen Bilder in der Dose in latentes Silber. Dann goss er die Dose aus, tat das Stoppbad hinein, was die Kammer mit Essiggeruch erfüllte. Zum Schluss folgte der Fixierer, und noch einmal schüttelte er die Dose und dachte dabei an die

Fotos, die er an diesem Tag gemacht hatte, stellte sich vor, wie sie in entwickeltem Zustand aussehen würden, während sich unsichtbare Silberhalogenide in Schwarz und Weiß verwandelten.

Sobald der Film ausgehärtet war, wählte Kaitarō fünf Fotos aus und hielt sie unter ein Vergrößerungsgerät. Jetzt konnte er sie sehen: Rina.

Die Fotos würden vor Gericht nicht als Beweise gelten, aber schon hatte er seine Lupe aus der Hosentasche gezogen und betrachtete die Negative aus der Nähe. Er wusste sofort, welches er vergrößern und auf Papier ziehen würde.

Während Kaitarō sich ihr Gesicht vorstellte, das gleich zum Vorschein kommen würde, fragte er sich, ob er das, was seine Augen auf dem Markt wahrgenommen hatten, wirklich eingefangen hatte: Rina in einem dunklen Rock, die vor einem Obststand stehen blieb; Rina, die plötzlich in Lachen ausbrach und einen Apfel in die Luft warf; Rina, die sich umschaute und lauschte, als könnte sie sich jeden Moment ihm zuwenden.

Kaitarō wählte das letzte Foto aus, platzierte es auf den Vergrößerer und stellte das Bild scharf. Dann legte er das Fotopapier auf die Grundplatte und schaltete für acht Sekunden die weiße Projektorlampe ein.

Im roten Dämmerlicht der Dunkelkammerlampe bettete Kaitarō den Papierbogen noch einmal in ein Entwicklerbad. Langsam, sehr langsam entstand ein Bild, verdunkelte sich von der Mitte aus in eine scharfe Wirklichkeit. Er erkannte den Umriss ihrer Wange, eine im Wind flatternde

Haarsträhne. Er hob das belichtete Papier aus dem Bad, tauchte es in den Fixierer und anschließend in ein Reinigungsbad, damit das klar konturierte Schwarzweiß des Bildes nicht mit der Zeit verblasste oder vergilbte. Dann schwenkte er das Bild unter dem Wasserhahn und sah im fließenden Wasser Rina auftauchen.

Nachtmarkt

Rina stöberte in den Auslagen unter den heißen Lampen. Es war warm und drückend für ein Frühjahr. Der Gestank von abgestandenem Wasser auf dem Gehweg stieg ihr in die Nase, zusammen mit dem bitter-süßlichen Geruch von auf Holzkohle gegrilltem Tintenfisch und Maiskolben. Vor einem Spielzeugstand, der bunte Kobolde mit weißem Wuschelhaar verkaufte, blieb sie stehen und kaufte zwei, einen violetten und einen grünen für Sumikos Sammlung. Yoshi hatte Sumiko zum Essen eingeladen, damit Rina mal ausspannen konnte, doch sobald sie allein war, wusste sie nichts mit sich anzufangen, deswegen war sie auf den Markt gegangen. Er fand jedes Jahr in Ebisu statt, zur Zeit der Kirschblüte, und es gab Fastfood und Spielzeug, aber auch Obst und Gemüse. An diesem Tag bot zudem ein kleiner Stand eine aus Gifu eingeflogene Spezialität an. Rina blieb vor der Auslage der Nashi-Birnen stehen, die im hellen Licht der Lampen gold schimmerten. Sie waren riesig, und jede lag wunderschön eingewickelt in einem Netzsäckchen. Sie griff in ihr Portemonnaie, als er auf sie zuging.

»Entschuldigen Sie. Wissen Sie, wo man hier guten Käsekuchen bekommt?«

»Käsekuchen?« Rina hob den Blick. Der Mann war groß, größer als der durchschnittliche Angestellte, und schlanker, und um die Augen zeigten sich Fältchen, vielleicht waren es Lachfältchen. Rina lächelte, hantierte ungeschickt mit ihrem Portemonnaie.

»Ich bin süchtig danach«, antwortete er.

Sie deutete auf einen Stand hinter ihr. »Da vorne gibt es welchen.«

»Schmeckt der gut?«

Rina überlegte. »Ich weiß nicht genau.« Sie runzelte die Stirn, als handelte es sich um eine schwerwiegende Angelegenheit. »Er sieht irgendwie nicht wie ein richtiger Käsekuchen aus. Ich glaube, die Sahne ist zu fettarm.«

»Oh, nein!«

»Hm.« Rina nickte, verbiss sich ein Lächeln.

»Darf ich Sie zu einem Kaffee einladen?«, fragte er und stimmte in ihr Lachen ein.

»Ich bin verheiratet.«

»Ich weiß.«

»Das wissen Sie?«

»Sie tragen einen Ehering.«

»Oh.« Verwundert spürte Rina, wie sie vor Verlegenheit rot anlief. Seit Langem hatte niemand mehr sie so forsch angesprochen.

»Vielen Dank«, sagte sie. »Aber ich bin glücklich

verheiratet.« Als er sich immer noch nicht abwandte, ergänzte sie: »Und ich habe eine Tochter.«

»Gut«, sagte er und zog eine Visitenkarte aus seiner Tasche. »Falls Sie Ihre Meinung ändern und doch eine Tasse Kaffee oder ein Stück Käsekuchen wollen …«

Sie nahm die Karte entgegen, nickte höflich, doch als ihr Blick auf den gedruckten Namen fiel, hoben sich ihre Mundwinkel. »Sohn des Meeres«, murmelte sie.

»Wie bitte?«

»Ihr Name«, sagte sie und sah zu ihm auf. »Er bedeutet doch ›Sohn des Meeres‹, oder?« Sie schüttelte den Kopf, erneut verlegen. Er fand sie sicher merkwürdig. »Entschuldigung, ich …«

»Ja«, sagte er. »Das stimmt.« Sein warmherziger Blick ruhte auf ihrem Gesicht. »Das fällt nicht vielen Menschen auf.«

»Sagt er etwas über Sie aus?«, fühlte sich Rina unwillkürlich ermutigt zu fragen. »Was machen Sie beruflich, Kaitarō Nakamura?«

»Trinken Sie eine Tasse Kaffee mit mir, und ich verrate es Ihnen.« Er lächelte wieder. »Kommen Sie gut nach Hause.«

Rina sah ihm hinterher, wie er in der Menge untertauchte. Anmutig wich er anderen Leuten aus. Eine kühle Brise wehte über den Markt. Rina betrachtete die Kirschbäume, die sich öffnenden Blüten, die sich von Blassrosa zu Weiß verfärbten. Unter die Bäume hatten begeisterte Blütenliebhaber blaue Plastikmatten ausgelegt. Die Menschen um sie herum lachten, genossen ihr Picknick, feierten den Frühling. Rina spürte die Freude, die Erwartung, die in der Luft lag. Sie bemerkte, dass er zu den Fastfood-Ständen ging, und traf eine Entscheidung.

Er ging jetzt schneller, vielleicht war er ein wenig gekränkt durch ihre Zurückweisung. Er wirkt nett, dachte Rina, aufrichtig und überhaupt nicht aufdringlich. Vor einem Onigiri-Stand blieb er stehen und kaufte ein Reisbällchen, aß im Gehen, nahm Rücksicht auf die Leute um ihn herum. Er schlängelte sich durch die Menge, Frauen, die Gemüse einkauften, ihre Arme mit grellbunten Plastikbeuteln behangen, Jugendliche, die aufgewärmte Currybrötchen oder Bananen mit Schokostreusel aßen. Er ging um eine Gruppe Straßenhändler herum, näherte sich dem Ende des Marktes, und Rina beschleunigte ihre Schritte.

»Warten Sie!«, rief sie. Zu ihrer Überraschung blieb Kaitarō stehen und drehte sich um, als hätte er damit gerechnet, dass sie ihm folgte. Als sich jedoch ihre Blicke trafen, sah sie, dass er regelrecht geschockt war.

Rina sank der Mut. »Hallo«, sagte sie. »Ich habe doch Zeit für einen raschen Kaffee, wenn Sie mögen.« Weil er schwieg, blieb sie lächelnd stehen. »Ich bin Rina«, sagte sie. »Rina Satō.«

Sein überraschter Gesichtsausdruck wandelte sich in Widerwille. Er trat einen Schritt zurück. »Es ist besser, Sie gehen nach Hause, Frau Satō. Sie hätten Ihrem ersten Impuls vertrauen sollen.«

Rina runzelte die Stirn, als er sich abwandte und davoneilte. Sie beobachtete, wie er die Straße überquerte. Er sah sich nicht noch einmal um.

Sumiko

Beweise

Meine Mutter starb am Ende meines ersten Schuljahrs. Es war März, der letzte Unterrichtstag vor den Frühjahrsferien. Während der Scheidung meiner Eltern zog ich zu meinem Großvater nach Meguro. Mama lebte auch bei uns, doch dann machte sie sich auf die Suche nach einer neuen Wohnung für uns beide. Sie würde sie herrichten, sagte sie, und bald könnte ich einziehen. Wir wären nur für kurze Zeit getrennt. Sie war sehr beschäftigt in diesen letzten Wochen, das weiß ich, trotzdem legte sie Wert darauf, dass wir uns jeden Tag sahen. Wenn ich mit den anderen Kindern aus der Schule nach Hause ging – an unseren Mützen waren Schildchen befestigt, auf denen unser Weg eingezeichnet war, sodass Ortskundige uns weiterhelfen konnten, falls wir uns verliefen –, dann dachte ich an sie. Ich stellte mir vor, dass sie am Törchen auf mich wartete, in der Hand eine durchsichtige Plastiktüte mit fleischgefüllten Dampfbrötchen oder irgendeiner anderen Leckerei. Sobald ich zu Hause war, hielt ich am Fenster Ausschau nach ihr, sah die Einfahrt entlang bis zu dem weißen Törchen, jeden Tag, bis zu dem Tag, an dem sie starb.

An die Wochen danach kann ich mich kaum erinnern,

sie sind wie ausgehöhlt vom Schmerz, den ich nicht vermochte auszudrücken. Ich weiß, dass ich Tokio verließ, dass Hannae mit mir zu ihrer Familie im Süden des Landes reiste, aber ich kann mich daran kaum erinnern, als hätte nach dem Verlust der Mutter mein Gehirn dichtgemacht und nichts anderes mehr aufnehmen können. Mein Großvater hat alles organisiert, er wollte mich vor dem Schrecken des Todes bewahren, was das Ganze irgendwie noch surrealer und unbegreiflicher machte. Jahrelang löcherte ich ihn mit Fragen, wie sie gestorben war, warum sie nicht wie versprochen nach Meguro gekommen war, um mich zu sehen. Er erzählte immer das Gleiche: ein Autounfall auf einer verkehrsreichen Straße. Als ich älter war, bat ich ihn, mir die Stelle zu zeigen, wo es passiert war, und er fuhr mit mir nach Shinagawa. Man hatte mir gesagt, meine Mutter habe den Unfall verursacht, und als ich mir den Kurvenabschnitt auf der Schnellstraße ansah, fragte ich meinen Großvater, ob noch jemand anderes zu Schaden gekommen sei. Er sagte Nein, nur sie.

Nachdem Hannae und ich nach Tokio zurückgekehrt waren, hielt Großvater es für das Beste, wenn ich so bald wie möglich wieder die Schule besuchte. In jenen Wochen holte er mich jeden Tag ab. Wenn er mal verhindert war, schickte er Hannae, die den ganzen Weg über meine Hand hielt. Ich dürfe mit niemandem sonst gehen, schärfte Großvater mir ein, nicht mal mit einer Freundin. Umso erstaunter war ich, als eines Tages mein Vater ins Klassenzimmer kam. Seit der Scheidung hatte ich ihn nicht gesehen, und selbst davor beschränkte sich seine Anwesenheit in meinem

Leben auf sporadische Auftritte. Wie so viele Angestellte machte er Überstunden, und meine Schule war nicht sein Terrain, vielmehr ein weiterer Ort, wo er sich durch Abwesenheit auszeichnete, durch die Gruppen, denen sich meine Mutter vor beziehungsweise nach der Trennung anschloss. Vorher hatte sie auf Schulfeiern mit anderen verheirateten Müttern geschwatzt, danach gesellte sie sich zu der etwas abseits stehenden Gruppe der alleinerziehenden Mütter, die sich gern darüber unterhielten, dass sie beide Rollen erfüllen mussten, Mutter und Vater. Und dass sie in Disneyland ihre Kinder auf die Schultern hieven mussten, weil kein Mann da sei, der das übernahm. Dabei hatte meine Mutter mich schon immer auf ihre Schulter gesetzt.

Mein Vater brauchte eine Weile, bevor er mich entdeckte. Er suchte die runden Tische ab, musterte die Kinder auf ihren blauen Stühlchen und runzelte die Stirn, als er mich nicht sah. Ich saß nicht an einem Tisch, sondern stand allein in einer Ecke des Zimmers.

An jenem Morgen hatte man uns einen Test vorgelegt, der laut der Lehrerin ermitteln sollte, wie unser Gehirn funktionierte. Der Test ersetzte unsere übliche Kalligrafiestunde, und ich war erstaunlicherweise aufgekratzt und neugierig. Wir nahmen unsere Plätze ein, und ich rutschte auf dem Stuhl herum und zappelte, versuchte, es mir bequem zu machen. Auf der Sitzfläche kniend beugte ich mich über das Blatt. Interessiert sah ich zu den anderen Kindern und ihren Tests, die unsere Gehirne abbilden sollten, und rang nach Luft, als die Lehrerin mich von meinem Stuhl riss. Sie warf mir vor, ich würde mogeln.

In der Pause musste ich zusammen mit den anderen Kindern die Schule aufräumen. Wir wurden in Zweiergruppen eingeteilt, wischten Flure und leerten Papierkörbe, bevor wir uns in der Mensa unseren Obstsaft abholen durften. Noch immer starrten mich die anderen an, und nach der Pause musste ich wieder in der Ecke stehen. Von dem Tag an gingen Gerüchte in der Schule um, ich sei ein schwieriges Kind. Es war das erste Mal, dass ein Urteil über mich gefällt wurde.

Ich beobachtete meinen Vater, der mit der Lehrerin sprach, und fragte mich, ob sie ihn angerufen hatte und ob Großvater wusste, dass ich unartig gewesen war. Ich hatte schon andere Eltern unartiger Schüler sich auf diese Weise verbeugen sehen und verzog angewidert das Gesicht. Mein Vater sah mich an, schnippte mit den Fingern und deutete auf meine Tasche und meinen Mantel. Er sprach kein Wort, als wir nach draußen zu seinem Auto gingen.

»Ich habe nicht gemogelt«, flüsterte ich.

»Was?«

»Ich habe nicht gemogelt«, sagte ich mit mehr Nachdruck.

Mein Vater seufzte und steckte den Autoschlüssel in das Zündschloss. »Benimm dich in Zukunft, Sumiko.«

Ich verhielt mich ruhig während der Fahrt durch die Stadt, die zu einem Wohngebiet mit Mehrfamilienhäusern ging. Vor einem großen cremefarbenen Gebäude mit braunen Fenstern hielten wir an. Es sah aus wie unsere Juku, die Paukschule, die ich jetzt besuchte, damit ich danach auf die richtige Oberschule kam. Alle Kinder, die ich kannte, besuchten die Juku. Wir nannten sie den »Zukunftsclub«. Jeden Nachmittag versammelten wir uns in der Sporthalle, stellten uns zu Hunderten in Reihen auf, banden uns rotweiße Stirnbänder um und sangen im Chor: »Ich komme auf die Myonichi Gakuen!« Diese Schule, die beste Oberschule in ganz Tokio, war unser Ziel. Der Name bedeutet »Schule von morgen«, und so brüllten wir das ganze Jahr über jeden Nachmittag in einem riesigen Raum diesen Refrain hinaus in die Welt, als reichte Willenskraft schon aus. Dabei habe ich gelernt, dass Menschen sich auf solche gebetsmühlenartig vorgetragenen Vorstellungen und Äußerungen verlassen; sie stellen die gleichen Fragen und wiederholen die gleichen Gedanken, als ließe sich darin Trost finden.

Mein Vater betrat das Gebäude, ich folgte dicht hinter ihm. Am Hauptschalter stand ein Modell von Pipo, dem Maskottchen der Tokioter Polizei. Pipo ist eine pummelige orangefarbene Figur mit großen Ohren, um dem Volk aufs Maul zu schauen, großen Augen, die um die Ecke gucken können, und einer Antenne, um die Stimmung in der Stadt zu erspüren. Dieses Modell war ausgestopft und mit Fell bezogen. Ich streckte die Hand aus und wollte es berühren, als ein Polizist sich vor meinem Vater verbeugte und eine Tür am Schalter öffnete, um uns durchzulassen.

In dem Raum, in den wir geführt wurden, hing ein Stadtplan in Grauabstufungen, der eine ganze Wand einnahm. Bevor mein Vater ging, packte er mich an den Schultern. »Sag einfach nur die Wahrheit, Sumiko.« Er sah mich durchdringend an, seine Finger bohrten sich in meine Bluse. »Die Wahrheit«, sagte er.

Ich blieb allein zurück und studierte den Plan über mir, folgte den Wucherungen der Stadt, die sich um die Bucht herum ausbreiteten, dem Straßennetz, das sich wie ein filigranes Muster auf der Handfläche meiner Mutter weit erstreckte. Ich fragte mich, wo sie sich wohl befand auf der Karte, wo ihre Leiche war. Als Großvater mir eröffnete, dass sie tot war, wollte ich es nicht wahrhaben. Und da ich sie nicht sehen durfte, nahm mein Misstrauen zu, wuchs sich noch weiter aus, als Hannae und ich wegfuhren und die Beerdigung meiner Mutter ohne mich stattfand.

Ich zuckte zusammen, als sich die Tür öffnete und eine Frau in einer weißen Seidenbluse und einem schwarzen Rock eintrat. Ihr übergroßes Jackett hatte Schulterpolster. Sie trug klobige goldene Ohrringe, und als sie sich bewegte, entströmte ihr ein süßliches Parfum, dessen Geruch mir die Kehle zuschnürte.

Die Frau legte lächelnd den Arm um mich und sprach mit einer hohen gehetzten Stimme auf mich ein. Sie zog mich zu einem kleinen Tisch und holte eine Akte hervor, die Fotos meiner Eltern enthielt. Sie fing an, mich über meine Mutter auszufragen. Ich wich zurück und setzte mich im Schneidersitz auf den Boden. Sie tat es mir nach, was in ihren High Heels ziemlich komisch aussah.

Ob ich jemand Neues bei uns zu Hause kennengelernt hätte? Ich schüttelte den Kopf. Sie fragte mich nach meinem Großvater. Ob er ein guter Großvater sei? Ob ich gerne bei ihm wohnte?

Ich schwieg, worauf sie in den Fotos blätterte. Sie zeigte mir eine Wohnung, die ich nicht kannte, ein kleines Schlafzimmer, teilweise eingerichtet und mit einer Bordüre aus Silbersternchen auf den rosa gestrichenen Wänden. Ein Einzelbett und ein weißes Bücherregal, in dem nur ein Buch stand, nämlich *Wo die wilden Kerle wohnen*, aus dem mir meine Mutter vorgelesen hatte, als ich klein war.

Dann zeigte sie mir ein Foto eines mir unbekannten Mannes und ein zweites mit einem mir bekannten Mann, einem Freund meiner Mutter. Die Frau beugte sich zu mir hinunter, und der Geruch ihres Parfums löste bei mir einen rasenden Kopfschmerz aus. Ich sagte nichts. Ich hasste die Frau.

Aus einem Eckschrank holte sie Papier und Buntstifte und legte sie vor mich hin. Sie sah zu, wie ich malte, was meine Mutter mir beigebracht hatte: Kreise für menschliche Gesichter, Orchideenblätter, Sachen, die wiederum ihre Mutter ihr beigebracht hatte. Die Frau kniete sich hin, sah sich meine Bilder an, doch als ich anfing, die Pflanzen in unserem Gewächshaus in Shimoda zu zeichnen, wurde sie wieder ungeduldig. Erneut legte sie die Fotos hin, fragte, ob ich das rosa Schlafzimmer kennen würde. Dann holte sie ein Foto des Mannes hervor, den ich wiedererkannt hatte. Er stand neben meiner Mutter und hatte den Arm um ihre Schultern gelegt. Sie tippte mit ihrem manikürten Fingernagel auf sein Gesicht. »Kennst du diesen Mann, Sumiko? Kennst du ihn?«

Ich betrachtete das Foto, die beiden lachten, hatten rosa Farbspritzer im Gesicht. Ich starrte darauf und wunderte mich, dass meine Mutter wirklich tot sein sollte. Es war kaum zu glauben, dass sie mich je verlassen würde, ja, ich hatte immer gespürt, dass sie bei mir war, mein ganzes Leben lang. Dass sie immer da war, nur unerreichbar. Großvater führte mich an unser Familiengrab und sagte, dort ruhe Mama, aber ich konnte es mir nicht vorstellen. Meine lebendige Mutter, in Asche verwandelt, in einer Keramikurne? Die Frau fragte immer weiter und tippte dabei wieder und wieder auf das Foto. Schließlich packte ich zu und biss ihr in den Finger. Ich hörte es knirschen zwischen den Zähnen.

Danach ließ man mich in Ruhe. Sie brachten mich nicht einmal in einen anderen Raum. Eine junge Frau reichte mir ein Glas Wasser. Ich fragte sie, ob ich meinen Vater sehen könne, doch sie lächelte nur und ging. Irgendwann im Lauf des Nachmittags rollte ich mich auf dem Boden zusammen. Ich dachte an meine Mutter und erinnerte mich an ihre Stimme, das letzte Mal, als ich sie vernahm. Sie hatte mich in dem Haus in Meguro angerufen. Sie sprach sehr schnell, gehetzt, atemlos, aber es war noch immer die Stimme meiner Mutter.

Ich hatte seit Schulschluss auf sie gewartet, und ich weiß noch, dass ich den Hörer zwischen Kinn und Schulter eingeklemmt hielt und dem warmen Timbre ihrer Worte lauschte. »Ich komme, Sumichan«, sagte sie. »Ich hole dich ab, und wir fahren nach Shimoda.«

Ich hatte noch Hausaufgaben für die Paukschule und zusätzliche Kanji-Übungen zu erledigen, aber das war mir egal. Ich hatte keine Lust mehr, bei Großvater zu wohnen. »Bleibst du bei mir, Mami?«

»Ja, Sumi«, sagte sie. »Das verspreche ich dir. Ich komme

dich holen.« Sie hielt inne, ich hörte, wie ihre Schlüssel klirrten. »Sag Großvater Bescheid. Ich bin in einer Stunde bei euch, ja?« Ich nickte und keuchte, so aufgeregt war ich. »Ja«, sagte ich in den Hörer. »Ich komme, Sumi«, wiederholte sie. »Ich komme!«

Ich lag auf dem Boden unter dem grauen Stadtplan an der Wand, und die Minuten zogen sich dahin. Mir war kalt, sie hatten mir meinen Mantel genommen. Ob mein Vater mir eine Bentobox mit etwas zu essen dagelassen hatte? Nach einer Weile kam eine andere Frau herein. Sie trug einen schlichten schwarzen Hosenanzug, in der einen Hand eine Aktentasche, in der anderen eine große Lederhandtasche. Die Frau verharrte an der Türschwelle, und in ihren Perlenohrringen fing sich das Licht, als sie den Kopf drehte und rasch die Tür schloss.

Langsam kam sie auf mich zu. »Hallo«, sagte sie mit leiser Stimme. »Hat dir schon jemand etwas zu essen gebracht?« Ich schüttelte den Kopf. Die Frau betrachtete mich, meine nackten Arme in der dünnen Schulbluse, den Faltenrock und die dünnen weißen Strümpfe. »Frierst du?« Sie ging kurz nach draußen und kam mit meinem Mantel wieder.

»Ein schöner Mantel«, sagte sie, als sie mir den kamelfarbenen Stoff umlegte und die schwarzen Schleifen vorne bewunderte. »Hat deine Mami dir den gekauft?«

Ich nickte.

Sie streifte ihre High Heels ab, stellte sie an die Wand und setzte sich neben mich auf den Boden. »Hier«, sagte sie und griff in ihre Handtasche. »Du kannst meine

Bentobox haben, ich habe sie von zu Hause mitgebracht.« Sie machte den Deckel auf, gegrillter Aal und eingelegtes Gemüse auf einem Bett aus Sesamreis lagen darin. »Magst du das?«, fragte sie, und ich nickte. Sie gab mir ein Paar Essstäbchen. »Sie sind vielleicht ein bisschen zu groß für dich, aber das kriegen wir schon hin.« Ich nahm sie, spürte die glatte, lackierte Oberfläche zwischen den Fingerspitzen und biss in den Aal. Ich lächelte, als er in meinem Mund schmolz.

Sie stellte mir keine Fragen. Als ich fertig gegessen hatte, holte sie aus ihrer Handtasche ein Shogi-Set. »Nicht die feine Art, die Schule zu schwänzen, oder?« Sie klappte das Kästchen auf, und ich sah die weißen Täfelchen darin und die feinen schwarzen aufgedruckten Schriftzeichen. Ich spielte gerne Shogi, es war wie Schach, aber ich fand es merkwürdig, dass sie das Spiel dabeihatte, und sah sie fragend an. »Es ist magnetisch«, sagte sie, hob das Brett etwas an und schüttelte es, damit ich sehen konnte, dass die Täfelchen haften blieben. »Mein Mann hat es mir geschenkt, damit ich im Zug nach Hause üben kann.«

Sie legte das Brett vor mich hin und wartete. Ich hatte gar keine richtige Lust zu spielen, aber die Frau war freundlich zu mir. Sie lächelte mich an, was unserem Zusammensein etwas Verbotenes und Lustiges verlieh, und ich wollte sie nicht abweisen. Sie schaute zur Tür. Vielleicht hatte sie gar keine Zeit, mit mir zu spielen. Ich fing an, die Täfelchen auszulegen. Sie setzte sich hin, lauschte jedoch immer wieder auf die Geräusche draußen. In der ersten Runde spielte sie so miserabel, dass ich laut lachen musste.

Im Verlauf des Nachmittags entspannte sie sich, und wir unterhielten uns über mein Leben, was ich in der Schule lernte, meine Freizeitbeschäftigungen, was ich bei meinem Großvater am liebsten aß. Ich beantwortete ihre Fragen, und wir sprachen über mein Zuhause in Meguro. Sie fragte, wie lange ich bei meinen Eltern gelebt hatte, nach Freunden meiner Eltern, wer uns besuchen kam. Ich zuckte mit den Schultern und versuchte, so gut es ging zu antworten, doch am nächsten standen mir Großvater und Mama. Als von meiner Mutter die Rede war, wurde ich verschlossener. »Wann hast du sie zuletzt gesehen, Sumiko?«, fragte die Frau. Ich schüttelte den Kopf, und das Schweigen zwischen uns dehnte sich aus. »Wann hast du sie zuletzt gesprochen?«, fuhr sie fort. Sie sah mich an, und ich schwieg. Als ich mich gänzlich verschloss, rückte sie näher und legte den Arm um meine Schultern. Schließlich ließ ich es zu, dass sie mich an sich zog und ihre Wange an mein Haar drückte. Ich konnte das Parfüm riechen, das sie aufgetragen hatte, ein leichter Moschusduft, der mich an meine Mutter erinnerte. »Als du sie das letzte Mal gesprochen hast, war das am Telefon?«, fragte sie leise.

»Sie ist nicht gekommen«, flüsterte ich, und der Schmerz in meiner Brust schwoll an und breitete sich aus. »Sie ist nicht gekommen.«

Die Frau hob mich hoch, zog mich halb auf ihren Schoß. Sie hielt mich eng umschlungen, strich über meinen Rücken. »Es ist gut, es ist alles gut«, murmelte sie, und ich schluchzte, keuchte, durch meine Tränen wurde der Kragen ihrer Bluse feucht. Sie hielt mich noch immer in den

Armen, als mein Großvater die Tür öffnete. Ich hatte ihn noch nie so wütend gesehen.

Bindungen

Ich weiß noch genau, wo ich im Arbeitszimmer meines Großvaters stand, als der Anruf vom Justizministerium kam. Ich sehe alles vor mir, in dem Haus, in dem ich beinahe mein ganzes Leben verbracht hatte. Minutenlang rührte ich mich nicht und starrte auf den Teppichboden. Weiße Fadenkringel lagen verstreut und in wirren kleinen Haufen unter Großvaters Lieblingssessel. Meine Finger kribbelten. Instinktiv rieb ich die Fingerspitzen aneinander, als wollte ich mich durch die Bewegung beruhigen.

Der Faden besteht aus hauchdünnem gezwirbeltem Papier, das sich nur schwer verknoten lässt. Während des Abschlussexamens für den Obersten Gerichtshof müssen alle unsere handgeschriebenen Essays mit diesem Faden ordentlich zusammengebunden werden. Jeder Jurist, jeder Anwalt, den ich kenne, hat Stunden damit verbracht, diesen Faden zu verknoten, einmal, zweimal, denn wenn man die Examensarbeiten nicht richtig bindet, hat man das Jahr nicht bestanden. Niemand schreibt bis zur letzten Minute. In der Prüfungshektik hört man ein lautes Rascheln und Klopfen, wenn die Blätter ordentlich zusammengelegt werden, gefolgt von der Stille, wenn jeder im Auditorium sich über den Tisch beugt und die ausgefüllten Prüfungsbögen zusammenbindet, Schleifen und Knoten in den Faden hineinmacht und ihn zum Schluss strammzieht.

Das alles war so frisch, dass hier und da noch vereinzelt Löckchen aus Papierfaden auf dem Boden des Arbeitszimmers lagen, und dennoch hatte mich der Anruf aus meinem gegenwärtigen Leben herausgerissen. Von meiner Mutter war die Rede gewesen, die seit zwanzig Jahren tot ist.

Ich stand am Schreibtisch meines Großvaters und ergriff wieder den Hörer, rief das Justizministerium an und wurde zur Strafvollzugsbehörde durchgestellt. Mein Name sei bei ihnen nicht registriert, man könne keine Informationen über den Gefangenen herausgeben, hieß es. Ich erwähnte den Anruf von eben und dass die Anruferin aufgelegt habe, doch man blieb skeptisch. »Unser Personal ist sehr professionell, Frau Sarashima. Falls es eine Panne mit der Leitung gäbe, hätte man Sie zurückgerufen.«

Es stimmte, das Justizministerium war sehr korrekt, was die Kommunikation anging. Die Anruferin hatte nach meinem Großvater verlangt, also hätte sie nur mit ihm gesprochen. Ich überlegte, ob ich ihn selbst anrufen sollte, doch dann stellte ich mir vor, wie er mit seinen Freunden gerade in dem beheizten Felsenpool saß, weiße Waschlappen auf dem Kopf, und sie sich alte Geschichten und Anekdoten erzählten, und mir wurde klar, dass ich ihn nicht danach fragen konnte. Er hatte mir gegenüber nie so etwas erwähnt, nie, auch nicht angedeutet, dass es zwischen meiner Mutter und einem Mann im Gefängnis eine Verbindung gab.

Ich ging zu unserem Bücherregal, in dem die gebundenen

Folianten mit den Unterlagen von Großvaters interessantesten Gerichtsprozessen neben meinen kleinen weißen Lehrbüchern standen. Mit der Hand fuhr ich die Regalbretter mit den Romanen, Gedichtbänden und Theaterstücken entlang bis zu einer Reihe Dokumentenboxen. Sie enthielten unsere Geburtsurkunden, Versicherungsunterlagen, Kontoauszüge: eine Papierspur unseres Lebens, die von meinem Großvater über meine Mutter bis zu mir reichte. Unsere gesamte Existenz war in diesem Zimmer versammelt, doch einen Hinweis auf Kaitarō Nakamura hatte ich hier noch nie gesehen.

Ich kniete mich auf den Boden und fand die Box mit den Unterlagen meiner Mutter. Es gab nur eine. All die Jahre über hatte sie im Regal gestanden, war immer da gewesen, zwischen den Schichten des gegenwärtigen Lebens: »Rina 1965 – 1994«. Der Lederbezug fühlte sich glatt an, als ich die Box auf meinen Schoß legte. Darin lagen die Zeugnisse meiner Mutter, die Zulassung zum Studium an der Universität Tokio, die Heiratsurkunde und eine Kopie der Eigentumsurkunde für die Wohnung in Ebisu, wo sie mit mir und meinem Vater lebte. Es folgte ein Mietvertrag für eine Zweizimmerwohnung in Shinagawa, sie trug den Stempel meiner Mutter und meines Großvaters. Er hatte ihr bei der Suche nach einer neuen Wohnung unter die Arme gegriffen. Sogar noch nach der Scheidung. Er half ihr, so wie er mir immer geholfen hatte.

Die Wohnung in Shinagawa sollte mein Zuhause werden, dennoch habe ich sie nie gesehen; sie enthält die letzten verborgenen Momente im Leben meiner Mutter. Ich glaube, sie hat mich von dieser Wohnung aus angerufen, um mir zu sagen, dass sie mich abholt und wir nach Shimoda fahren.

Stundenlang hatte ich nach diesem Gespräch auf sie gewartet. Später war Großvater losgezogen und hatte nach ihr gesucht. Ich setzte mich mit meinem weißen Stofftiger auf die Treppe. Großvater blieb so lange fort, dass ich schon befürchtete, die Dunkelheit hätte ihn verschluckt. Als er zurückkam, teilte Hannae ihm mit, ich hätte mich geweigert, etwas zu essen oder ins Bett zu gehen. An meinem Gesicht konnte er erkennen, dass ich vor Angst geweint hatte. Großvater ließ sich neben mich nieder und legte den Arm um mich. Seine Berührung war herzlich und vertraut, der Harz- und Ingwergeruch seines Eau de Cologne kitzelte mir in der Nase, als ich mich an ihn lehnte. Großvater küsste mich auf die Stirn und sagte, Mama habe versucht, ihr Versprechen zu halten, sie sei von Shinagawa aus auf dem Weg zu uns gewesen, als ihr Auto von der Straße abgekommen sei. Auf der Fahrt nach Hause. Zu mir.

Unten in der Box lag ihre Sterbeurkunde, und ich hielt inne, bevor ich sie herausnahm. Dort steht immer noch: »Sterbeort Bezirk Shinagawa, Todesurasche Zerebrale Hypoxie«. Alles stimmte mit dem überein, was man mir über ihren Tod mitgeteilt hatte. Nichts hat sich geändert. Die Fakten sind seit zwanzig Jahren dieselben geblieben. An jenem Nachmittag, im Arbeitszimmer meines Großvaters, beim Lesen dieser Worte, wurde mir klar, dass von allen Lügen, die man uns erzählt, die besten der Wahrheit am nächsten kommen.

Vergessene Beteiligte

Ein paar Stunden später ging ich zu Fuß durch Shinagawa, die Straße vor mir wand sich im schwindenden Licht. Es war eine ruhige Gegend, nur die Blätter raschelten. Ein Spinnennetz schwebte in der Luft, und ich ging vorbei an zwei- und dreistöckigen Mehrfamilienhäusern und einem aufgegebenen Fußballplatz. Irgendwo hatte ich mal gelesen, dass sich früher hier in der Nähe eine öffentliche Hinrichtungsstätte befunden hat und dass sogar noch nach der Verlegung der Stätte an einen anderen Ort Kegare im Erdboden zurückgeblieben war. Die Erde war verunreinigt durch spirituelle Korruption, Blut und Verbrechen. Heute will man davon nichts mehr wissen. Heute ist hier der ständige Zustrom Alltag: neue Menschen, neue Häuser, neue Familien, und niemand verschwendet einen Gedanken daran, was unter dem Staub liegt. Ob meine Mutter dieses historische Detail gekannt hat, als sie nach Shinagawa zog? Ob sie wie ich hier frühabends entlanggegangen ist? Ob sie je hierhergekommen ist, auf der Suche nach Hilfe?

Die cremefarbene Polizeiwache mit den braunen Glasfenstern hatte sich nicht verändert und wirkte mit nur sieben Geschossen gedrungen, verglichen mit den hoch aufragenden modernen Gebäuden in der Bucht. Durch die Glastür sah ich das Maskottchen Pipo, aber auch er wirkte irgendwie kleiner.

Ich ging auf den Empfangsschalter zu, hinter dem an Schreibtischen Polizeibeamte in blauen Jacken und mit

Atemschutzmasken saßen, die sie vor Sommerallergien und Schadstoffen schützen sollten. Es sind die gewissenhaften Omawarisan – »ehrenwerte Rundendreher« – unsere Friedenswächter. Mehrere Beamte blickten auf, als ich über die grauen Bodenfliesen schritt. War ich vertrauenswürdig? Konnten sie etwas für mich tun? Sie waren hilfsbereit, aber auch überrascht, dass vielleicht etwas geschehen sein könnte, was ihre Aufmerksamkeit verlangte.

Ich übergab meine Geburtsurkunde sowie das Dokument zur Bestätigung meiner Namensänderung von Satō in Sarashima. Ich wolle jemanden bezüglich eines abgeschlossenen Falls sprechen, sagte ich. Der Mann hinter dem Hauptschalter zögerte und unterdrückte ein Gähnen. Das sei schwierig, sagte er. Ob ich nicht am Montag wiederkommen könne.

Ich sah an ihm vorbei zu dem Metallgitter und dem Samtvorhang, der die Flure und Abteilungen im Innern des Hauses abschirmte. Ich hatte im Zuge meiner juristischen Ausbildung diverse Polizeiwachen besucht, diese hier hatte ich nur einmal betreten als kleines Kind.

In diesem Viertel sei wahrscheinlich ein Verbrechen an meiner Mutter verübt worden, erklärte ich. Ich wolle gerne alle Akten sehen, die Rina Satō beträfen. Der Mann hinter dem Schalter war unwillig. Wenn ich Anfang der Woche wiederkäme, sei vielleicht jemand da, der mir weiterhelfen könne.

Ich dachte an den unterbrochenen Anruf, an die Frau von der Strafvollzugsbehörde, die meinen Großvater sprechen wollte und meine Mutter erwähnt hatte, als wäre sie noch am Leben. Ich spürte Wut in mir aufsteigen, sah den Polizeibeamten an, ein Verwaltungsmensch mit gelangweiltem Feierabendgesicht, und sagte ein Wort, das im Alltag selten benutzt wird.

»Nein.«

Er schaute mich an, als hätte er nicht richtig gehört.

»Wenn es sich um einen alten Fall handelt, Frau Sarashima, liegen die Akten im Archiv.«

»Nein«, wiederholte ich. Er lächelte, als hätte ich etwas Lustiges von mir gegeben. Ich beugte mich ein wenig vor, über seinen Schreibtisch.

»Ich verlange, dass Sie jemanden holen«, sagte ich. »Jemand, der über den Fall Rina Satō Bescheid weiß. Jetzt. Sofort.«

»Frau …«

»Ich habe einen Anruf aus dem Justizministerium erhalten, er betrifft meine Familie. In diesem Bezirk ist ein Verbrechen an meiner Mutter verübt worden«, beharrte ich. »Darüber gibt es hier Unterlagen.«

Meine Stimme füllte die kleine deprimierende Eingangshalle, was ich mit Genugtuung zur Kenntnis nahm. Leute starrten mich an, als ich mich neben Pipo stellte. Mein Großvater hatte mir Fotos gezeigt, von meiner Mutter in der Universität, wie sie lachend über die Schulter blickte, energisch und jung, mit ockerbraun gefärbten Haaren. Sie hätte jetzt auch gelacht.

Der Mann sprang auf, schob den Samtvorhang beiseite und verschwand in den Tiefen der Polizeiwache. Er ließ mich eine Ewigkeit warten. Die anderen Beamten würdigten mich keines Blickes. Ich saß da, kochte vor Wut. Auf einmal tauchte eine ältere Frau auf. »Frau Sarashima«, sagte sie. »Bitte folgen Sie mir.« Sie hielt den Vorhang für mich auf und ging vor mir die Treppe hoch. »Im Archiv hätten Sie kein Glück gehabt«, sagte sie. »Die Akten, die Sie brauchen, sind nicht ausgelagert worden. Alle Akten aus dem Zeitraum vor 1995 gelten nicht länger als wichtig.«

Ich folgte ihr schweigend. Durch die dünnen Wände vernahm ich dumpfe Schläge auf Tatamimatten: das für jeden im Polizeidienst tätigen Beamten vorgeschriebene tägliche Judotraining.

»Meins lasse ich heute ausfallen«, sagte die Frau lächelnd.

»Sind Sie nicht mehr im aktiven Dienst?«, fragte ich.

»Ich gehe auf meine Pensionierung zu.«

Wir gingen weiter einen Flur entlang bis zu einem Großraumbüro. Die Frau hielt mir die Tür auf und bot mir den freien Stuhl neben ihrem Schreibtisch an.

»Danke für Ihre Hilfe«, sagte ich, als sie sich ebenfalls setzte. Ich sah mir die bereitliegende Akte an, die ungewöhnlich dünn war, als enthielte sie rein gar nichts. »Würden Sie mir bitte sagen, wie der Vorwurf gegen Kaitarō Nakamura bezüglich meiner Mutter lautet?« Sie sah mich verdutzt an. »Meine Familie ist sich im Unklaren über den genauen Wortlaut«, ergänzte ich.

Die Frau nickte, öffnete die Akte und blätterte die erste Seite um. »Nach den Unterlagen hat der Staatsanwalt lange Zeit erst keine Anklage erhoben«, sagte sie, »dann aber doch auf Mord plädiert.«

»Mord?«, sagte ich. Ich spürte ein Pochen in den Ohren, das Pulsieren meines Blutes.

»Kann ich Ihnen ein Glas Wasser bringen, Frau Sarashima?«

Ich sah zu ihr auf und schüttelte den Kopf. »Ist das der einzige Vorwurf?«

Die Frau nickte, doch ich wandte den Blick nicht von ihr ab, wartete darauf, dass sie widersprach und mir sagte, meine Mutter sei bei einem Autounfall ums Leben gekommen, sie habe allein am Steuer gesessen.

»Ich bin gleich wieder da«, sagte die Frau und ließ mich mit der aufgeschlagenen Akte allein. Die Anklageschrift war gut zu erkennen. Sein Name stand da, Kaitarō Nakamura, darunter sein Beruf, Wakaresaseya. Als ich das Wort las und im Geist seinen Ursprung nachverfolgte, verstand ich, wie der Kontakt zu meinen Eltern zustande gekommen war und welche Rolle er bei der Scheidung gespielt hatte. Erneut sah ich mir die Schriftzeichen an: *wakaresase* – Ehepaare auseinanderbringen und *ya* – professionell. Kaum zu glauben, aber solche Dienste gibt es heute auf der ganzen Welt: Verführer, Hochstapler, Heiratsschwindler. Wo es Wünsche gibt, gibt es Menschen, die sie gegen Bezahlung erfüllen. Die Konsequenzen sind nicht unbedingt Teil der Vereinbarung. Ich zitterte, als ich das Blatt Papier in die Hand nahm. Unten stand der offizielle Vorwurf: »Mord an Rina Satō«.

Es schnürte mir die Kehle zu. Das Neonlicht war zu grell für meine Augen. Ich dachte an meinen Großvater und die Geschichten, die er mir erzählt hatte, Anekdoten, wie sie jede Familie kennt und die sich im Lauf der Zeit in Mythen verwandeln. Ich dachte an meine Mutter, die ich verloren hatte, nicht durch einen Unfall, sondern durch die Hand eines anderen Menschen.

Ich schluckte und wollte die Beamtin fragen, ob es noch mehr Informationen über den Fall gab, aber ich wusste, dass alle Dokumente zur Vorbereitung des Gerichtsverfahrens an die Staatsanwaltschaft Tokio geschickt worden waren. Von den Ermittlungsergebnissen verblieb nichts bei der Polizei, nur die Namen der Beteiligten und warum sie angeklagt wurden.

Die Beamtin kehrte mit einem Glas Wasser zurück, und ich trank in kleinen Schlucken. »Haben Sie den Namen des zuständigen Staatsanwalts?«, fragte ich sie. »Oder den des gegnerischen Anwalts?« Die Frau zog die Akte näher heran und blätterte sie durch. An die letzte Seite waren zwei Visitenkarten geheftet, und ganz hinten lag ein Zeitungsartikel. Der Ausschnitt, den mein Großvater mir nie gezeigt hatte. Die Beamtin entschuldigte sich sogleich und wollte ihn wegstecken, doch ich bat sie, ihn mir zu geben.

Sie beobachtete mich, während ich ihn las. Es waren keine zweihundert Wörter, dennoch beschrieb er meine Familie genau. »Sie können ihn behalten, wenn Sie wollen«, sagte sie, wandte sich wieder der Akte zu und notierte Namen und Büroadressen des Staatsanwalts und des Verteidigers.

»Wahrscheinlich können sie sich an den Fall gar nicht mehr erinnern«, sagte sie und gab mir den Zettel.

Ich nickte. »Vielen Dank, Sie haben mir sehr geholfen.«

Ich stand auf und verbeugte mich tief. Sie verbeugte sich ebenfalls und setzte an, noch etwas zu sagen, doch ich schüttelte den Kopf. »Bitte, machen Sie sich keine Umstände. Ich finde schon allein raus.« Ich eilte zur Tür. Das Mitleid in ihren Augen konnte ich nicht länger ertragen.

Auf dem Flur lehnte ich die Stirn gegen das kalte getönte Fensterglas. Der Abend hatte sich über die Stadt gesenkt, unter mir erstreckte sich der Bezirk Shinagawa. Scharf umrissen vom Neonlicht und den in der Dunkelheit dahinter flirrenden Weiten Tokios konnte ich mein Spiegelbild erkennen. Ich sah eine junge Frau mit großen dunklen Augen und hohen Wangenknochen. Um den Hals hing eine Perlenkette, die meiner Mutter gehört hatte. In dem grellen Licht schimmerte das Perlmutt.

Jahrelang hatte ich nicht gewusst, wer ich war und dass es einen Ausdruck gibt, der meine Rolle in diesem Fall bis heute genau bezeichnet. Das erste Mal war er mir während des Lektürestudiums in der Universitätsbibliothek von Tokio untergekommen. Damals war mir nicht klar, dass ich damit gemeint war – eine vergessene Beteiligte.

Während der strafrechtlichen Ermittlungen kann die Familie des Opfers wiederholt von der Polizei und der Staatsanwaltschaft zur Vorbereitung des Verfahrens befragt werden. Zu der Zeit, als meine Mutter starb, sah die Rechtsordnung vor, dass diese Personen und ihre Nachfahren nach den Befragungen vergessen werden sollten, um die Angeklagten zu schützen. Die Familien wurden über den Fortgang des Gerichtsverfahrens nicht informiert und konnten daher nicht daran teilnehmen. Ihnen wurde auch nicht die Höhe des Strafmaßes oder der Tag der Entlassung des Täters aus dem Gefängnis mitgeteilt. Mein Großvater und andere in seiner Situation sollten ihre Toten begraben und in ihr normales Leben zurückkehren, ohne Kenntnis, was mit den Menschen geschah, die ihnen Schaden zugefügt hatten.

Heute werden Hinterbliebene noch immer als vergessene Beteiligte bezeichnet, aber sie haben mehr Rechte. Die Familien können die Gerichtsverhandlungen besuchen und sogar einen Anwalt, mich zum Beispiel, beauftragen, ihre Vertretung vor Gericht zu übernehmen oder die Strafzumessung zu beeinflussen, und schließlich gibt es noch ein letztes Privileg, das ihnen ebenfalls zur Verfügung steht.

Der kaiserliche Bezirk mit dem kaiserlichen Garten und dem in seiner Mitte eingebetteten Palast ist von spiegelverglasten Bürotürmen und Hochhäusern umzingelt. Hier residiert die Staatsanwaltschaft. Im Erdgeschoss, vor Sonnenstrahlen geschützt, gibt es einen Raum mit Lesepulten und Stühlen. Hier können Gerichtsakten und Richtersprüche, sogar geschwärzte Dokumente, von den Familien des Opfers bis drei Jahre nach Urteilsverkündung eingesehen werden. Während meiner Ausbildung am Obersten Gerichtshof habe ich dort mehrere Fälle überprüft. Doch jetzt, auf dem Flur der Polizeiwache in Shinagawa, wurde mir klar, dass ich auf eigene Faust niemals Zugang zu diesem Raum bekommen würde. Für Personen, die in der Vergangenheit leben, deren Angehörige vor Jahren ermordet wurden, können alte Fallakten nicht geöffnet und ihr

Inhalt nicht freigegeben werden. Alles, was ich gerne gewusst hätte – wer Kaitarō Nakamura war, was er meiner Mutter bedeutete, wie sie ums Leben gekommen war –, würde verschlossen und versiegelt bleiben, außer Reichweite, und weder juristische noch emotionale Appelle würden daran etwas ändern.

Ich bin eine vergessene Beteiligte. Sogar in doppelter Hinsicht. Zum einen gesetzlich, zum anderen durch meinen Großvater, der mir meine Geschichte genommen und sie unsichtbar gemacht hatte.

Ich zitterte am ganzen Körper. Durch die Aufregung hatte sich ein Schweißfilm auf meiner Haut gebildet, und die feuchten Flecken auf meiner Kleidung kühlten sich langsam ab. Ich hatte Großvaters Märchen satt. Ich wollte die Fakten wissen, unverfälscht und rein. Ich wollte dem Leben meiner Mutter so nah kommen wie möglich. Zeugin sein von den Ereignissen, die zu ihrem Tod geführt hatten.

Während ich über die Stadt blickte, fiel mir ein, dass es noch jemand gab, der über die Fallakten verfügte. Wenn ich erfahren wollte, wie meine Mutter wirklich gelebt und wie sie gestorben war, musste ich Kontakt zu der Person aufnehmen, mit der ich am wenigsten zu tun haben wollte – der Frau, die den Mörder meiner Mutter verteidigt hatte: Yurie Kagashima, Strafverteidigerin.

Rechtsverteidigung

Der Morgen war hell und klar, der Wind hatte sich gelegt, und die Luft war wie Glas, in dem sich jeder einzelne Sonnenstrahl brach. Im Morgengrauen schimmerten die Gebäude in dem Geschäftsviertel ockergelb, auf dem Asphalt lag ein Hitzeschleier. Je höher die Sonne stieg, umso mehr füllten sich die breiten Alleen und Schnellstraßen mit Autos und dröhnendem Lärm. Im Stadtzentrum reihte sich ein Bürohaus ans andere, voneinander getrennt nur durch kleine Gassen, über die sich Telegrafendrähte spannten. Dort lag das Büro, das ich suchte. Ich ging auf der Schattenseite, blieb vor einem mit mattgrauen Fliesen verkleideten Haus stehen und fuhr mit dem Aufzug in die dritte Etage. Eine junge Frau vom Empfang führte mich zu einem Sitzungszimmer; runder Tisch, weißes Bücherregal, in einem schmalen Fenster ein Gesteck aus Strelitzien. »Frau Kagashima wird gleich bei Ihnen sein«, sagte die Frau und stellte mir eine Flasche Tee aus einem Automaten hin. Die Flasche fühlte sich warm an, und die Wärme tat gut, als ich den ersten Schluck trank und mich zwang, mich zu beruhigen und mich auf die bevorstehende Konfrontation zu konzentrieren.

Als sie das Zimmer betrat, erhob ich mich lächelnd, konnte jedoch mein Entsetzen bei ihrem Anblick nicht verbergen. Manches an ihr verstörte mich besonders: Sie hatte Lachfalten um die Augen und Grübchen in den Wangen. Keine Spur Grau fand sich in ihrem Haar, das im Licht glänzte, samtschwarz und fachmännisch frisiert. Energisch kam sie auf mich zu, und ihr fester Händedruck strafte ihrem schmalen Körper Lügen. Sie trug ein gepunktetes Tuch um den Hals und eine goldene Phönixbrosche am Revers – ein Freibrief, sich in Schale zu werfen, nun, da sie Firmenpartnerin war.

Wenige Anwälte entscheiden sich für die Strafverteidigung. Gewöhnlich benennt der Staat einen Pflichtverteidiger, aber selbst für denjenigen ist der Zeitaufwand erheblich. Die Strafverfolgungsbehörden garantieren, dass 99,9 % der Angeklagten ihrer Tat überführt und verurteilt werden. Wenn nur die Schuldigen unter Anklage gestellt werden, dann mussten somit nahezu alle Angeklagten schuldig sein. Den Verteidigern begegnet man daher mit Misstrauen, ihre Tätigkeit ist schlecht bezahlt und schambehaftet. Nichts von all dem konnte ich an Yurie Kagashima entdecken, sie strahlte Erfolg aus. Sie war reifer geworden und aufgeblüht, seit ich sie das letzte Mal gesehen hatte, so viel stand fest.

Sie bot mir einen Stuhl an und öffnete ihre Flasche Tee, dann legte sie eine Ledermappe vor sich auf den Tisch und sah mich an. »Was kann ich für Sie tun, Frau Mizuguchi?« Sie benutzte den falschen Namen, den ich ihr genannt hatte. »Meine Sekretärin hat mir gesagt, dass Sie sich in einer Scheidungssache mit mir beraten möchten.«

»Ich möchte mit Ihnen über meine Mutter sprechen.«

»Ich verstehe. Sind Sie in ihrem Namen hier?«

»Ja.«

»Bitte.« Sie zeigte auf meinen Tee.

»Meine Mutter heißt Rina.« Ich zögerte kurz. »Rina Satō. Sie starb 1994.«

Alle Herzlichkeit wich aus Yurie Kagashimas Gesicht.

»Sie haben den Mann verteidigt, der sie getötet hat«, fuhr ich fort. »Kaitarō Nakamura.«

Sie legte die gespreizten Hände auf ihre Ledermappe, und der Finger, an dem sie ihren Ehering trug, schwoll an.

»Sie werden verstehen, dass ich über meine Mandanten nicht sprechen kann«, sagte sie.

»Aber Sie erinnern sich doch an den Prozess, oder?«, fragte ich. »Haben Sie noch die Akten?«

»Ich kann mich dazu nicht äußern.«

»Aber Sie haben die Akten noch.«

»Ja.« Sie streckte das Kinn vor und sah mich unverwandt an. Ich bewunderte sie.

»Vertreten Sie Kaitarō Nakamura weiterhin?«, fragte ich.

Sie musterte mich kurz. Aus meinem strammen Haarknoten hatten sich einzelne Strähnen gelöst, und ich hatte dunkle Ränder unter den Augen. »Ich vertrete ihn nicht mehr«, sagte sie.

Ich trank wieder einen Schluck Tee. »Ich habe kürzlich meine Zulassung als Anwältin erhalten«, sagte ich und erwiderte ihren strengen Blick. »Ich habe gerade meine Ausbildung in Wakō beendet.«

Sie nickte und lehnte sich auf ihrem Stuhl zurück, vergrößerte die Distanz zwischen uns.

»Ich wollte schon immer Anwältin werden«, fuhr ich fort. »Wie mein Großvater.« Ihre rechte Hand auf dem

Tisch ballte sich zur Faust. »Kennen Sie ihn?«, fragte ich. »Sind Sie ihm begegnet? Sicher haben Sie ihn schon mal gesprochen.«

Sie zögerte und sah zur Tür. »Frau Satō. Ich kann Ihnen nicht helfen.«

»Waren Sie eine gute Schlichterin?«, fragte ich sie. »Haben Sie ein Jidan ausgehandelt?« Sie rang um Fassung, zuckte jedoch zusammen, als ich das Schmerzensgeld erwähnte, das man gelegentlich den Familien der Opfer anbietet als finanzielle Entschädigung, im Austausch gegen Vergebung und manchmal verbunden mit der Bitte an das Gericht um ein milderes Urteil.

»Ihr Großvater hat das abgelehnt«, sagte sie.

»Das Geld oder die Bitte an das Gericht?«

»Alles.«

Ich beugte mich vor, sah ihr in die Augen. »Ich will nur wissen, was passiert ist.«

»Bitte. Ich kann Ihnen nicht weiterhelfen.«

»Hat er sie getötet?«

Sie runzelte die Stirn und sah auf ihre nun verschränkten Hände. Sie war nicht immun gegen Gefühle oder gegen mich, und das freute mich.

»Es ist mir egal, was aus ihm geworden ist«, sagte ich bedächtig. »Das Urteil gegen ihn wurde vor langer Zeit gefällt. Ich werde Kaitarō Nakamura nichts antun. Aber ich will wissen, was er mir angetan hat. Ich will wissen, warum er in mein Leben getreten ist.«

Diesmal beugte sie sich vor und umfasste für einen Moment meine Hände. »Das sind vertrauliche Informationen«, sagte sie leise. »Ich kann meine Schweigepflicht nicht brechen.«

Diese blasierte Heuchelei machte mich wütend. »Sie kennen mich«, sagte ich und umfasste ihre Finger. »Wir sind uns schon mal begegnet.« Ich griff fester zu und zog sie näher zu mir heran. »Wissen Sie nicht mehr? Sie haben mich auf dem Schoß gewiegt.«

»Frau Satō, bitte …«

»Sarashima«, sagte ich und ließ ihre Hände los. »Ich habe meinen Familiennamen geändert.«

Sie lehnte sich wieder zurück. Ihr Blick fiel auf die Ledermappe, die ungeöffnet vor ihr lag, und das kleine, an den Rand gesteckte Abzeichen. Ein goldener Kreis aus feinen eingeritzten Blütenblättern und in der Mitte: Sonnenblume und Waagschale.

Jeder Anwalt erhält am Ende der Ausbildung diese Nadel und eine auf der Rückseite eingravierte persönliche Nummer. Meine hatte ich noch nicht bekommen, wahrscheinlich lag sie goldschimmernd in ihrer schwarzen Samtschatulle in irgendeinem finsteren Lagerraum der Rechtsanwaltskammer.

Anfangs glänzen diese Abzeichen, das aufgetragene Gold ist makellos. Doch mit der Zeit nutzt es sich ab, verblasst zuerst über den Waagschalen, und darunter kommt das schnöde Silber zum Vorschein. Freunde von mir hatten sich vorgenommen, ihre Abzeichen ins Münzfach ihrer Portemonnaies zu tun, um den Alterungsprozess zu beschleunigen und sich den Anschein von Erfahrung zu geben. Ich wusste in dem Moment nicht, ob ich mein

Abzeichen je benutzen würde, doch dieses Abzeichen auf dem Tisch vor mir, wie auch immer es sein Leben begonnen hatte, war durch echte Alterung matt geworden: Die Sonnenblume bedeutete Freiheit, die Waagschalen bedeuteten Gerechtigkeit für alle Menschen.

Yurie Kagashima lächelte unerwartet.

»Der Fall ist abgeschlossen«, sagte ich. »Wenn es mir egal ist, was aus ihm wird, dürfte es Ihnen doch nichts ausmachen, mir zu helfen.«

Sie sagte nichts.

»Mir ist bewusst, dass Sie ein Risiko eingehen, wenn Sie Ihr Wissen weitergeben, aber ich werde Sie nicht bloßstellen.«

Sie sah auf ihre Finger, die an den Stellen, wo ich sie gedrückt hatte, noch immer gerötet waren.

»Sie können sich vorstellen, wie schwer es mir fällt«, sagte ich, »Sie um Hilfe zu bitten.« Bei den letzten Worten konnte ich mich nicht mehr im Zaum halten. »Ist er solch ein Ungeheuer, dass er mir die Wahrheit über das, was geschehen ist, vorenthalten würde?«, fragte ich. »Will er, dass ich damit weiterleben soll?«

Wieder sah sie auf ihre Mappe, dann zog sie sie näher zu sich heran und schloss die Finger um das Abzeichen am Rand. »Kommen Sie«, sagte sie.

Wir verließen das Sitzungszimmer, durchquerten das Großraumbüro und gingen zu ihrem Arbeitsplatz. An den dünnen Wänden stapelten sich Akten, und ihr Schreibtisch war wie meiner mit Papieren und handgeschriebenen Schriftsätzen bedeckt. In der Ecke stand ein grauer

Rollkoffer. Das Rechtswesen ist noch immer papierhörig, Informationen werden selten online zur Verfügung gestellt oder weitergegeben. Wenn wir uns Arbeit mit nach Hause nehmen oder uns mit einem Mandanten treffen, transportieren wir unsere Akten in solchen Koffern. Sie klappte eine kleine Dose auf ihrem Schreibtisch auf und holte einen Schlüssel hervor. »Folgen Sie mir bitte«, sagte sie.

Auf dem Weg nickte sie einigen Mitarbeitern zu und flüsterte ihrer Sekretärin Anweisungen ins Ohr. An der Empfangstheke nahm ich meinen schwarzen Rollkoffer entgegen, den ich dort abgestellt hatte. Sie sah mich an, verwundert über mein Selbstvertrauen und angesichts meiner Vorkehrung, und ich lachte.

Am anderen Ende des Großraumbüros stand ein bemalter Wandschirm, hinter dem sich zwei Doppeltüren verbargen. Eine schloss sie auf und gab mir den Vortritt. Der Raum, den ich betrat, war nur schwach beleuchtet. Auf der einen Seite erkannte ich eine Reihe von Rollregalen, wie man sie aus Bibliotheken kennt, die vom Boden bis zur Decke reichten. Ich atmete die kühle muffige Luft ein, und mein Blick ging von den Regalen zu den Schränken an der Wand gegenüber.

»Erinnern Sie sich noch an den Fall?«, fragte ich.

»Ich erinnere mich gut«, sagte sie und schaltete das Deckenlicht ein.

Ich trat näher, und meine Schritte wurden von dem dunkelbraunen Teppich verschluckt. Unmengen von Akten waren hier versammelt, Akten aus Jahrzehnten, und alle nach Jahren geordnet und in alphabetischer Reihenfolge. 1994 A-J, K-R. S.

»Hier ist alles, was Sie brauchen.« Sie zeigte auf die Schränke. »Es sind die beiden Laden ganz unten.« Sie löste einen Schlüssel von dem Bund und schloss eine Schublade auf. »Sie enthalten die Aufnahmen.«

»Aufnahmen?«

»Kaitarō Nakamura hat die Unterschrift unter sein Geständnis verweigert«, sagte sie. »Nach seiner Verhaftung hat er sogar tagelang geschwiegen. Am Ende hat man ihn gefilmt.«

Sie hielt meinem Blick stand, forderte mich geradezu heraus. Nach seiner Verhaftung kann ein Verdächtiger dreiundzwanzig Tage lang festgehalten werden, ohne Anklage oder Rücksprache mit einem Anwalt.

»Wie lange hat es gedauert, bis Anklage erhoben wurde?«, fragte ich.

»Dreiundzwanzig Tage«, sagte sie, und ich rechnete nach. 552 Stunden, 33.120 quälende Minuten in der Hand der Staatsmacht.

»Gibt es …«, setzte ich an. »Gibt es irgendetwas, auf das ich vorbereitet sein sollte?«

Sie wandte sich den Schubladen zu.

»Hat er es unterschrieben?«, fragte ich. »Das Geständnis.«

»Sehen Sie selbst«, sagte sie, holte mehrere VHS-Kassetten aus der Schublade und stellte sie auf die Ablage. Ich starrte etwas hilflos darauf, während sie die Rollregale in Bewegung setzte und einen schmalen Gang mit Papierakten freilegte. »Diese hier lesen Sie bitte nicht.«

»Darf ich die Videobänder mit nach Hause nehmen?«, fragte ich sie, und sie nickte, wobei ihr Blick auf meinem Gesicht ruhte.

»Ich gebe Ihnen zwei Wochen Zeit«, sagte sie. »Aber Sie müssen sie mir zurückgeben.«

»Darf ich mir die Akten wenigstens mal ansehen?«, fragte ich. »Nur kurz darin blättern.«

Sie nickte, und plötzlich erleichtert lachte ich, und zum ersten Mal, seit ich ihr Büro betreten hatte, wich die Spannung in mir. Ich machte einen Schritt auf sie zu. »Vielen Dank«, sagte ich.

»Sie sollten wissen, was geschehen ist.«

»Vielen Dank«, wiederholte ich.

»Und Sie können Kaitarō nicht mehr schaden.«

Ich zuckte zusammen bei der Nennung seines Namens und der Empfindung, die er auslöste.

»Sumiko«, murmelte sie und betrachtete mich von oben bis unten, als sähe sie das Kind, das ich einst war, in der Frau von heute.

Ich sah ihr wütend hinterher.

»Yurie«, rief ich, und sie drehte sich um. Noch heute sehe ich ihr Gesicht in dem grellen Neonlicht vor mir. »Hat es ihm geholfen, was Sie von mir erfahren haben?«

Sie überlegte einen Moment und öffnete dann die Tür. »Entscheiden Sie selbst«, sagte sie. Der Türriegel schnappte ein, und ich wandte mich den Aktenbergen zu.

Ich konnte nicht lange bleiben, würde die Papiere mitnehmen, doch bevor ich ging, musste ich ein bestimmtes Dokument unbedingt lesen. Nachdem ich so lange ohne meine Mutter gelebt hatte, ohne sie wirklich zu kennen, musste ich erfahren, wie sie ums Leben gekommen war. Ich wollte die Fakten wissen. Deswegen suchte ich als Erstes nach dem, was, aus dem Griechischen übersetzt, »mit eigenen Augen sehen« heißt, den Autopsiebericht.

Es wäre nicht mein erster. Während der Ausbildung am Obersten Gerichtshof verbringt jeder angehende Jurist Monate im Gericht, assistiert der Strafverfolgungsbehörde und untersucht Verbrechen. Wir wurden Richtern zugeordnet, entwarfen Begründungen für Freiheitsstrafen und nahmen bei jedem Mordfall an der Obduktion teil. An meine erste werde ich mich immer erinnern – im Keller eines Krankenhauses, in der Nase den scharfen Mentholgeruch von Vicks VapoRub, und meine Blässe, die ich auch in den Gesichtern der anderen wahrnahm, während wir mit unseren weißen Latexhandschuhen auf den Gerichtsmediziner warteten.

Die Mediziner waren sorgfältig und gewissenhaft. Sie erklärten uns bereitwillig die menschliche Anatomie, kommentierten während der Obduktion das Geschehen und ihre Befunde und ermunterten uns zur Teilnahme. Einmal winkte mich die Ärztin zu sich, und die anderen Auszubildenden traten beiseite. Sie war von der herkömmlichen Y-förmigen Schnittführung abgewichen und konzentrierte sich gleich auf die Sektion von Kehlkopf und Hals, um den erlittenen Schaden dort zu untersuchen. Ich beugte mich vor, und sie zeigte mir die Bänder, die Muskulatur und Knochen, das Gewebe der Person, für deren Recht wir kämpften. Ich hatte die Akten über diesen Fall studiert, doch als ich aufgefordert wurde, die Leiche zu berühren, durch das geöffnete Fleisch zu fassen, bis zum Unterkiefer, bekam ich eine andere Sicht der Dinge.

Es ist ein wesentlicher Bestandteil unserer Ausbildung, dem Leben und dem Tod in die Augen zu schauen. Ein Jurist muss wissen, worum es geht, aus Sicht aller Beteiligten in einem Gerichtssaal – Richter, Staatsanwalt oder Verteidiger –, und jeder muss entscheiden, was gerecht ist. Diese Stunden haben uns gelehrt, das Leben und unsere Familie mehr zu schätzen. Sie sollten uns Mut machen, das Richtige zu tun, uns die Menschen, die furchtbare Verbrechen begehen, genau anzusehen und sowohl sie als auch die, denen sie Schaden zugefügt haben, fair zu behandeln.

Im Archiv von Yurie Kagashimas Kanzlei fragte ich mich, ob Yurie der Obduktion meiner Mutter beigewohnt hatte, ob sie sie auf dem Untersuchungstisch hatte liegen sehen und verstanden hatte, wie sie dort hingekommen war. Hatte sie sie mit der behandschuhten Hand berührt und das Leben erspürt, das sie verloren hatte? Ich glaube ja. Ich glaube, nachdem die gerichtsmedizinischen Assistenten ihre Arbeit getan hatten und jeder Fleck auf der Haut analysiert worden war, hat sie zugeschaut, wie sie meine Mutter aufgeschnitten haben.

Der Polizeipräsident von Tokio
Polizeiwache Takanawa, Bezirk Shinagawa, Fall Nr. 001294–23E–1994
Autopsie: Dr. med. Hiroshi Matsuda
Cheftoxikologe: Prof. Dr. Fuminori Asao

Datum: 27.03.1994
Uhrzeit: 8.30 Uhr
Name der Verstorbenen: Satō, Rina
Geburtsdatum: 28.03.1963
Alter: 30
Staatsangehörigkeit: Japanisch
Geschlecht: W
Todestag: 23.03.1994
Leiche identifiziert von: Yoshi Sarashima, Vater der Verstorbenen

Vorläufiger Bericht

Bei der Leiche handelt es sich um eine normal entwickelte weibliche Person japanischer Herkunft, Größe 1,60 m, Gewicht 53 kg, deren allgemeine Erscheinung dem angegebenen Alter von dreißig Jahren entspricht. Die Augen sind geöffnet, die Iris dunkelbraun, Pupillen 3 mm, Hornhaut trüb. Braunes Haar, ungefärbt, Stufenschnitt, Länge etwa 25 cm. Die Leiche ist kalt und nicht balsamiert.

Auf dem Körper zeigen sich mehrere Narben. Eine Inzision über dem McBurney-Punkt des Bauchraums legt eine Blinddarmentfernung nahe (bestätigt durch fehlenden Appendix bei der Untersuchung der inneren Organe). OP-Narben auch auf der unteren Bauchdecke, die in Kombination mit einer Beckenerweiterung auf eine Geburt durch Kaiserschnitt hindeuten. Brandwundennarben am rechten und linken ulnarseitigen Unterarm und an den Handgelenken, zusätzlich oberflächliche Vernarbungen an

Daumen und Zeigefinger beider Hände. Nach Auskunft der Familie rühren sie von Küchen- und Hausarbeit her.

In den Gesichts-, Hals-, Oberkörper- und den Muskeln der Gliedmaßen ist Leichenstarre erkennbar. Leichenblässe ebenfalls im Gewebe des unteren Rückens, Gesäß und distalen Extremitätsteilen. Weißes zusammengedrücktes Gewebe und korrespondierende dunkelviolette Verfärbungen – Resultat von Blutansammlung in den Beinen – deuten darauf hin, dass der Körper nach Eintritt des Todes einige Stunden auf flachem Untergrund gelegen hat, bevor er in aufrecht sitzende Haltung gebracht oder gehalten wurde. Die Verletzungen am Kopf betreffen Prellungen und Schwellungen an der Kopfhaut oberhalb des Hinterhauptbeines und eine Quetschung der Basis des Kinns. Erhebliche Verfärbungen und Stauungen finden sich auch im Gesicht der Verstorbenen mit petechialen Blutungen in der Binde- und Lederhaut der Augen, der Schleimhaut der Lippen sowie der Mundhöhle. Diese Verletzungen treten insbesondere nach einer Strangulation auf, bei der der Druck in den Hals-, Gesichts- und Augenvenen plötzlich und rasant ansteigt.

Zwei horizontale Ligaturmale verlaufen um den Hals der Verstorbenen und kreuzen sich knapp unterhalb des Adamsapfels. Der Winkel der beiden Furchen bildet auf der Halsvorderseite ein V, was vermuten lässt, dass der Verstorbenen ein Strick umgelegt wurde. Eine innere Untersuchung hat ergeben, dass die durch die Ligaturen verursachten Blutungen in das Subkutangewebe des Halses eingedrungen sind. Die Breite der Furchen variiert zwischen 3 und 5 mm und passt zu der verwendeten Ligatur – diverse am Tatort gefundene Stricke für den Hausgebrauch. Auch mehrere, in den Hautfurchen eingebettete weiße Textilfasern stammen vermutlich von dem Strick.

Obwohl diese Verletzungen auf Strangulierung durch Abbinden als Todesursache hindeuten, liegen Anhaltspunkte vor, die auch eine manuelle Strangulierung nahelegen. Der Hals ist übersät mit einer Mischung aus deutlichen Abdrücken, zum einen diffusen runden Blutergüssen beidseits der Luftröhre, zum anderen halbmondförmigen Fingernagelabdrücken beidseits des Halses. Infolge des Angriffs muss es zu Blutungen in die Halsmuskeln und als traumatische Reaktion zu einer Schildknorpel- und Zungenbeinfraktur gekommen sein, wie weitere innere Untersuchungen ergeben haben.

Es finden sich zahlreiche Abwehrverletzungen am Körper, Hämatome an beiden Unterarmen und Handgelenken, Schürfwunden an den Handrücken und ein vermutlich im Kampf ausgerissener Fingernagel an der rechten Hand.

Unter allen Fingernägeln der Verstorbenen wurden Blutproben und Epithelzellen, von Gesicht, Hals, Torso und Genitalien Abstriche entnommen und in ein Labor geschickt.

Eine Untersuchung des Genitalsystems deutet auf sexuelle Aktivität hin (Körperflüssigkeiten zur Analyse entnommen). Dennoch liegen keine Verletzungen im Genitalgewebe vor, auch keine Anzeichen, dass der Sexualkontakt gewaltsam und erzwungen war. Die Verstorbene ist nicht schwanger.

Beurteilung
Zeitpunkt des Todes: Am Tatort festgestellte Körpertemperatur, Leichenstarre und Leichenflecken deuten auf einen Todeszeitpunkt zwischen 17.00 und 19.00 Uhr am 23. April 1994 hin.

Todesart: Strangulation

Todesursache: Cerebrale Hypoxie

Anmerkungen: Blutproben der Verstorbenen ergaben die Blutgruppe 0-positiv. Das unter den Fingernägeln des Opfers entdeckte Blut gehört zur Blutgruppe AB-positiv (ungewöhnlich, diese Blutgruppe findet sich nur bei 20 % der japanischen Männer). Das DNA-Profil weist diese Blutprobe dem mutmaßlichen Angreifer zu. Weitere Abstriche von der Haut des Opfers enthalten Speichel eines zweiten Mannes. Die Frische dieser Proben legt einen Kontakt mit dem Opfer kurz vor dem Todeszeitpunkt nahe. Für weitere Tests steht noch eine Genehmigung aus.

Beweismittelerhebung

1. *20 Autopsiefotos der bekleideten und unbekleideten Leiche*
2. *weißer Rollkragenpulli, Größe S*
3. *Jeans-Latzhose, rosa Farbspritzer, Größe S*
4. *weiße Unterwäsche*
5. *weißer BH*
6. *zwei weiße Strümpfe*
7. *zwei glatte goldene Ohrstecker, 5 mm Durchmesser*

8. *goldene Armbanduhr mit Uhrenarmband aus geflochtenem Metall, Breite 1,7 cm, Länge 16 cm*
9. *Fingerabdrücke*
10. *zehn abgeschnittene Fingernägel zur weiteren Untersuchung eingeschickt*
11. *fünfzig Haarproben von Augenbrauen, Wimpern, Schamhaar und Kopfhaar*
12. *zwanzig Abstriche vom Körper zur DNA-Analyse*
13. *fünf Vaginal- und Analabstriche*
14. *Blut-, Galle- und Gewebeproben (Herz, Lunge, Gehirn, Leber, Milz) einbehalten*
15. *Blutprobe des rechten Brustfells und der Galle zur toxikologischen Analyse. Mageninhalt aufbewahrt*
16. *Postmortem CT-Scan*
17. *Postmortem MRI*

Dr. med. Hiroshi Matsuda
Gerichtsmedizin, Präfektur Tokio
27. April 1994

Zu Hause

Als ich an dem Abend in Meguro vor dem weißen Metalltor des Hauses stand, in dem ich noch immer mit meinem Großvater wohnte, merkte ich, dass ich mein Zuhause seit einiger Zeit gar nicht mehr bewusst wahrgenommen hatte. Das Bild, das ich mir im Kopf zurechtgelegt hatte, war vor Jahren entstanden, während sich die Wirklichkeit verändert hatte. Wir sehen, was wir sehen wollen; ich bin der beste Beweis.

Als meine Mutter noch lebte, war der Vorgarten voller glänzender weißer Kiesel, und kleine Sträucher säumten die geflieste Einfahrt. Ich öffnete das Tor und sah auf den ersten Blick, was die Zeit in ihrer Abwesenheit angerichtet hatte. Die kleinen grünen Fliesen waren noch immer sauber gefegt, doch die Magnolie, die früher neben dem Tor ihren Platz hatte, drohte jetzt auf die Einfahrt zu wuchern. Der einst glänzende Fußweg war stumpf von Schimmel, und die mit Kies ausgelegten Ränder waren mit einem fleckigen grauen Film bedeckt.

Ich schloss die Haustür auf und trat in die Diele. Im ersten Moment ertappte ich mich dabei, wie ich auf das Geklapper in der Küche lauschte, wie früher, wenn Hannae das Abendessen vorbereitete. Doch Hannae hatte uns verlassen, als ich zwanzig wurde, und war zu ihrer Familie im Süden des Landes gezogen.

Es war still. Ich zog meine Hausschuhe an und stieg die schwach erleuchtete Kellertreppe hinab. Der vertraute Geruch meines Elternhauses wich einer feuchten Kühle. Bei Erdbeben war der Keller unser sicherer Hafen. Decken und Wände waren mit Beton verstärkt, abgesichert durch dicke Stützen in jeder Ecke. Der Tick meines Großvaters, alles ordentlich abzulegen, reichte bis hierher. Was er nicht brauchte, aber auch nicht wegwerfen konnte, wurde hier in Regalen verstaut und nach Kategorien in Kartons aufbewahrt. Einmal im Jahr beauftragte er ein Reinigungsunternehmen, alles abzustauben. Danach begab er sich selbst in den Keller und überprüfte, ob auch nichts gestohlen worden war. Ich holte tief Luft, trotzte der Kälte und ging zum Bereich »Elektronik«.

Nachdem ich den Videokassettenrekorder gefunden hatte, holte ich meine schwarze Tasche mit den Videokassetten und der Akte. Von der Deckenleuchte in der Diele fiel ein Lichtstrahl in das Arbeitszimmer meines Großvaters und erhellte die Bücherregale. So viel Zeit hatte ich in diesem Raum verbracht, dass ich ihn beinahe als meinen betrachtete, doch auch das hatte sich als eine Illusion herausgestellt.

Diese Regale hatte ich in der Zeit des Studiums und der Ausbildung am Obersten Gerichtshof in Wakō in Beschlag genommen. Bei der Arbeit am Gericht hatte ich viele Urteilsbegründungen für Freiheitsstrafen entworfen. Die von den Richtern übernommenen mündeten in eine Urteilsverkündung. Ich hatte Handbücher für Gefängnisse in Tokio und den umliegenden Präfekturen gesammelt. Die meisten waren akademischer Natur, andere waren für das neugierige Allgemeinpublikum verfasst und enthielten Zeichnungen von Sommer- und Winterkleidung, Männern, die in der Fersensitzposition auf die Zelleninspektion warten oder mit ihren Reisschüsseln in Reih und Glied auf dem Boden knien. Ich hatte sie alle gelesen, doch an jenem Abend betrachtete ich sie mit anderen Augen als meine Lehrbücher. Und sie würden ein anderes Gefühl in mir hervorrufen, wenn ich sie aus dem Regal nähme. Es wäre persönlicher.

In einem Punkt war ich mir sicher, als ich im Halbdunkel meines Hauses vor diesen Büchern stand: Das Schicksal von Kaitarō Nakamura interessierte mich nicht, ich wollte nur erfahren, was er mir und den Meinen angetan hatte.

Oben in meinem Schlafzimmer baute ich alles vor dem kleinen Fernsehgerät in der Ecke auf. Das wenigstens war immer noch das gleiche wie früher, auch wenn ich lange kein Fernsehen mehr geguckt hatte. Abends nach der Schule, wenn Großvater von der Arbeit nach Hause kam, lief er zuerst nach oben und begrüßte mich. Dann legte er seine Hand auf die Rückseite des Fernsehapparats. Wenn sie warm war, wusste er, dass ich die ganze Zeit irgendwelche Serien geguckt hatte, statt meine Hausaufgaben zu erledigen. Ich lernte schnell, was Timing bedeutete, und schaltete das Gerät eine Stunde, bevor mein Großvater zu Hause eintraf, aus.

Als ich den Rekorder an den Fernseher anschloss, bemerkte ich, wie sich mein Zimmer im Bildschirm spiegelte. Mein Bett war ordentlich gemacht, am Fußende lag die graue, gefaltete Tagesdecke mit weißen Blumen. An der Tür des Kleiderschranks hing der Hosenanzug, den ich morgens aus der chemischen Reinigung geholt hatte, und auf der Fensterbank neben meinem ramponierten Plüschtiger Tora stapelten sich Romane, Zeitschriften und ein paar Lehrbücher. Die weiße Frisierkommode neben dem Fenster mit dem weißen Spiegel, wo ich jeden Morgen mein Make-up auftrug und mir die Haare bürstete, sah aus wie immer. Doch an jenem Abend konnte ich auf der lackierten Oberfläche die Jahre erkennen, die ich mich hier zurechtgemacht hatte, die Sommerfeste, die Schulkonzerte. Diese Kommode enthielt Schichten meiner Kindheit, Erinnerungen, die sich auf dem Grund meines Lebens angesammelt hatten wie Schlick.

Ich setzte mich davor und kramte in den Schubladen. Lippenstifte und ausgetrocknete Nagellackfläschchen aus dem Drogeriemarkt, eine Urkunde über die Teilnahme am Bogenschießen auf der Highschool und ein Foto des Baseballteams. Ich saß neben Kimiko, mit der ich in die fünfte Klasse gegangen war und die ich gehasst hatte. Selbst jetzt noch kam bei ihrem Anblick der Ärger wieder hoch.

In der nächsten Schublade lag ein Foto meiner Eltern, aufgenommen auf einer Party, als Piraten verkleidet, im Bohemien-Chic, meine Mutter hatte eine Perlenkette um den Kopf. Die Bilder von ihr befanden sich alle in dem Familienalben unten, und von meinem Vater gab es nur wenige, deswegen war ich erstaunt. Meine Eltern wirkten mondän, unergründlich. Ich packte das Foto wieder weg und wandte mich einem Stapel Notizbüchern zu, auf dem obenauf mein Stressball lag, in Form eines Globus, den ich beim Auswendiglernen geknetet und von einer Hand in die andere geworfen hatte. Ich spürte förmlich noch den Aufprall des Schaumstoffs auf meiner Hand, als ich mir die Fakten einprägte. Ich fand eine perfekte Nachbildung einer römischen Münze, die mir Großvater in Italien gekauft hatte, neben einigen Fotos von unserer Reise. Ich hatte gerade mit der Paukschule angefangen, und zur Belohnung hatte mir Großvater diese Reise geschenkt. Ich lachte über ein Foto von Großvater, der ganz verzückt auf der Treppe der Kathedrale von Assisi steht, und über ein anderes von mir, auf dem ich als Jugendliche müde und gelangweilt an einem Bus lehne.

In der letzten Schublade lag ein Blatt mit der Nationalhymne, ein Fähnchen von einer Parade unserer Schüler und ein Stapel Geburtstagskarten von meiner Mutter. Ganz unten, unter der letzten Karte, die sie mir geschrieben hatte, entdeckte ich einen Umschlag.

Wir verdrängen Ereignisse aus unserem Leben, Erfahrungen, die nicht in unsere Geschichte passen. Dennoch gibt es einige Erinnerungen, die an der Peripherie verweilen. Irgendwann kommen sie aus einer anderen Zeit wieder auf uns zu und verwandeln einen Moment der Freude in einen der Scham. Von da an bleiben diese Erinnerungen bei uns, siedeln sich im Randbereich der Wahrnehmung an und rufen uns zu: »Sieh dir an, wer du bist.«

In dem Umschlag steckte ein Foto. Ich nahm es heraus, es glänzte speckig. Der alte Abzug war etwas körnig, und er zeigte drei Menschen an einem Strand im Spätsommer. Die Sonne schien matt, wie gefiltert, und in der Luft schwirrte die Hitze. Im Hintergrund rollten die Wellen mit weißen Schaumkronen ans Ufer, und in einem kleinen offenen Hafen dümpelten Jachten. Im Vordergrund war eine Familie zu sehen.

Die Frau trug eine dünne Strickjacke über dem Baumwollkleid, ein hoher schmaler Kragen rahmte ihren schlanken Hals ein. Sie lachte über das Paar neben sich, ein kleines Mädchen in roten Shorts und T-Shirt strampelte mit den Beinen in der Luft und streckte dem Mann, der es hochgehoben hatte, die Zunge heraus. Er grinste das Mädchen an. Hinter ihnen ging die Sonne unter, und abgesehen von dem aufblitzenden Lachen lag das Gesicht des Mannes im Schatten, doch wenn man sich das Bild genauer ansah, erkannte man, dass sich die beiden, der Mann und das kleine Mädchen, in die Augen schauten und dass sie glücklich waren. Ich stand neben meinem Bett, in dem ich mich all die Nächte meiner Kindheit über in die Decke eingemummelt hatte, immer allein, und das Foto rutschte mir aus der Hand.

Ursprünglich musste die Akte mal beige gewesen sein. Im Licht meines Schlafzimmers erkannte ich, dass sie sich, vermutlich durch die Berührung tintenverschmierter Finger, im Lauf der Zeit grau verfärbt hatte. Darin lagen gerichtsmedizinische Tests, Gesprächsaufzeichnungen und Zeugenaussagen, alles sorgfältig abgetippt und offiziell, aber es gab auch handschriftliche Notizen, manche auf Post-it-Zetteln oder liniertem Papier gekritzelt. Beim Lesen fügte sich alles zusammen, und allmählich entwickelte sich ein Bild, das mir eine flüchtige Vorstellung von dem Mann gab, den meine Mutter geliebt hatte. Denn geliebt haben musste sie ihn, denn sonst hätte sie mich nicht verlassen.

Dreiundzwanzig Tage kann ein Mensch ohne Anklage oder Rechtsbeistand in polizeilichem Gewahrsam gehalten werden. In dieser Zeit entscheidet der Staat, ob und wann er essen, schlafen oder sich waschen darf. Vernehmungen, von jeweils frischen Polizeiteams durchgeführt, können endlos lange dauern. Leichte Gewalt, eine Ohrfeige etwa, wird akzeptiert, Treten ginge zu weit. Aus Yurie Kagashimas Aufzeichnungen wusste ich, was die Polizei von Kaitarō Nakamura hielt: Er war ein Ungeheuer und ein Mörder. Seine Verschlossenheit legte sie ihm als Trotz aus, seine Weigerung, ihr vorformuliertes Geständnis zu unterschreiben, als Mangel an Reue. Ich konnte ihre Haltung verstehen, denn wenn er der Mann war, der meine Mutter getötet hatte, verdiente er kein Mitleid.

Die Strafverfolgungsbehörden haben den Auftrag, ein Verbrechen aufzuklären und die ganze Wahrheit ans Tageslicht zu bringen. Häufig durch ein umfängliches Geständnis, das sich, sobald unterschrieben, in einen Rechtsbeweis verwandelt, wodurch es zu einem kurzen und komplikationslosen Prozess kommt. Für Kaitarō Nakamura waren etliche Versionen entworfen worden, zuerst von den Kriminalpolizisten und schließlich von dem leitenden Staatsanwalt persönlich. Lange verweigerte Nakamura seine Unterschrift, aber letztendlich unterschrieb er dann doch. Den Grund dafür konnte ich mir an dem Abend in meinem Schlafzimmer nicht vorstellen.

Neben mir auf dem Boden lagen die Videokassetten, die der Staatsanwalt aus freien Stücken Yurie Kagashima überlassen hatte. Er war zu der Freigabe nicht verpflichtet, musste die Bänder also für einigermaßen harmlos gehalten haben, und dennoch fragte ich mich, was Yurie Kagashima wirklich davon hielt, denn drei Kassetten hatte sie mit einem roten Sternchen markiert. Gegen Ende der Ermittlungen hatte der Staatsanwalt persönlich alle Gespräche mit Kaitarō Nakamura geführt. Seine Befragung begann am 12. April 1994, dem Datum auf der ersten markierten Kassette. Ich schob sie in den Rekorder und schaltete alle Lampen in meinem Schlafzimmer aus. Dann setzte ich mich vor den Fernseher, in den einsamen Lichtkreis, um mich herum nur Dunkelheit.

Zunächst flimmerte der Bildschirm, dann auf einmal stabilisierte sich das Bild. Kaitarō Nakamura saß auf einem Stuhl, schaute nicht in die Kamera, als wollte er sie ausblenden, und hielt den Kopf gesenkt. Sein Haar war lang und ungepflegt, an dem von Bartstoppeln übersäten Kinn hatte er Blutergüsse. Auf der Wange schimmerte violett und erhaben ein Kratzer, den er sich jedoch vermutlich vor der Haft zugefügt hatte, denn er heilte bereits ab. Und trotzdem nahm ich, wie ein Schatten, den Mann, wie ihn meine Mutter gekannt haben musste, dahinter wahr: dunkel, jung und vital. Unerwartet hob Kaitarō den Blick zur Kamera und lächelte, und ich atmete verdutzt ein und bekam die Eröffnung des Gesprächs nicht mit.

»Ich liebe meinen Job. Ich verstehe was davon.«

»Beantworten Sie die Frage, Herr Nakamura.«

»Es gibt darauf keine einfache Antwort.«

»Es war also nur ein Job. Und sie die Zielperson.«

Kaitarō lacht. »Sie war mein Leben.« Er lässt den Blick durch den Raum schweifen, von den grauen Wänden zu der blickdichten Fensterscheibe und zurück zu dem Mann ihm gegenüber.

»Wann sind Sie dem Opfer zum ersten Mal begegnet? Herr Satō hat uns gesagt, dass Sie seine Frau auf einem Markt in Ebisu kennengelernt haben. Stimmt das?«

Kaitarō beugt sich über den Tisch. »Kennen Sie Leute wie mich?«

»Nein. Sie sind der Erste.«

Kaitarō lehnt sich zurück und verschränkt die Hände vor sich, schlanke, elegante Hände, von denen man sich vorstellen kann, wie sie einem Kind eine Eistüte überreichen.

»Ihre Fragen sind lächerlich«, sagt er zu seinem Vernehmer, registriert dessen manikürte Fingernägel, seinen Anzug. »Vollkommen lächerlich.«

Der Vernehmungsbeamte zuckt mit dem Mund, sagt aber nichts. Es muss heiß sein in dem Raum, unter den Lampen, denn ein Schweißfilm hat sich an Kaitarōs Schläfen und über den aufgesprungenen Lippen gebildet, doch er wischt ihn nicht weg. Er wirft einen kurzen Blick auf die Mappe auf dem Tisch. Das in der Ecke steckende Abzeichen besteht aus einer weißen Chrysantheme mit goldenen Blättern um eine rote Sonne – die klimatischen Extreme von herbstlichem Frost und sengender Sonne –, für den Träger eine ständige Erinnerung an die unerschütterlichen Prinzipien und harten Urteile, die man von denen, die dem Gesetz Geltung verschaffen, erwartet. Kaitarō mag die Bedeutung des Abzeichens nicht erfassen, doch dass der Mann vor ihm kein einfacher Kriminalbeamter ist, weiß er sehr wohl.

»Herr Satō hat Ihnen Informationen über seine Frau gegeben. Hat er die Sache sehr vorangetrieben?« Kaitarō hebt das Kinn, seine Augen funkeln.

»Sollten Sie sie töten?«

»Sie können mich mal.« Seine Stimme ist sanft und leise, sein Gesicht wirkt, abgesehen von den Blutergüssen, blass. »Ich weiß, was Sie von mir halten«, sagt er. »Sie und Ihre namenlosen Lakaien.«

»Ich bin Staatsanwalt Hideo Kurosawa.«

»Und zuhören würden Sie sowieso nicht.«

»Ich möchte es verstehen.«

»Beweisen Sie es.«

Unter den grellen, weißen Lampen taxieren sich die beiden Männer. Kaitarōs Augen wandern zu dem Papierstapel auf dem Tisch, dem vorgefertigten Geständnis. Kurosawa folgt seinem Blick und steckt die maschinenbeschriebenen Seiten in die Mappe und diese in seine Aktentasche. Nur sein Notizbuch bleibt auf einer leeren Seite aufgeschlagen auf dem Tisch liegen. Er schaut wieder zu Kaitarō. »Wie hat es angefangen?«, fragt er.

Kaitarō richtet sich ein wenig auf und überlegt. Er seufzt gequält. »Ich bin Rina auf den Markt gefolgt. Ich hatte ein Foto von ihr, von ihrem Mann Satō, aber darauf sah sie jung aus, sehr jung …« Er macht eine Pause, als versagten ihm die Worte. »Es musste wohl vor einigen Jahren aufgenommen worden sein.« Er sieht zu Kurosawa, der sich keine Notizen macht.

»Nach Satōs Beschreibung«, fährt Kaitarō fort, »hatte ich jemand Älteres erwartet. Eine Hausfrau. Aus seinem Mund hatte es sich angehört, als sei Rina eine einsame Frau, die sich langweilt. Mein Chef hat ein schnelles Resultat erwartet und ehrlich gesagt ich auch. In dieser Branche läuft alles ziemlich schematisch ab – ich meine, das mit der Liebe.« Kaitarō lacht, als wollte er Kurosawa provozieren, ihn zu unterbrechen, doch der Staatsanwalt reagiert nicht, und das Schweigen zwischen ihnen dehnt sich aus.

»Die Leute denken, womit ich meinen Lebensunterhalt verdiene …«, Kaitarō hält inne, »… verdient habe, sei merkwürdig. Sie können sich nicht vorstellen, so einen Beruf auszuüben. Dabei machen sie tagtäglich nichts anderes als das, was ich in meinem Job auch mache. Es ist so natürlich wie das Atmen. Wir taxieren unsere Mitmenschen, wir nehmen ihre Wünsche wahr, ihre Bedürfnisse, und danach verhalten wir uns.«

»Ist das nicht ein bisschen zynisch?«, fragt Kurosawa.

»Jedes Kind auf der Welt taxiert seine Eltern«, entgegnet Kaitarō. »Jeder Knirps lernt, die Gefühle der Personen, die sich um ihn kümmern, einzuschätzen, und verhält sich entsprechend, um das Gewünschte zu bekommen. Es ist die Fähigkeit, mit anderen Menschen zusammenzuleben. Wir lernen unser Leben lang. Und Sie, Staatsanwalt Kurosawa, nutzen Ihr Wissen nur anderweitig.«

»Wie?«

»Sie ermitteln gegen Kriminelle und untersuchen ihre Verbrechen. Sie können erkennen, was sie brauchen. Sie wissen, was Sie tun müssen, damit Sie sich ihr Entgegenkommen sichern. Sie sind zu allem Möglichen fähig, um Ihr Ziel zu erreichen. Selbst außerhalb dieses Raums, bei Ihren Kollegen oder zu Hause bei Ihrer Frau. Ich glaube, wir beide gehen ähnlich vor.« Kaitarō beugt sich ein Stück vor. »Darf ich bitte ein Glas Wasser haben?«

»Nein. Fahren Sie fort.«

»Als ich nach Tokio kam, besaß ich nichts, nicht mal eine Kamera. Ich war also auf mich selbst zurückgeworfen.«

Kurosawa nickt.

»Was wünscht sich der Mensch? Anerkennung? Lob? Zuneigung? Anziehungskraft, das ist alles – ich mag dich, weil du mich magst –, so funktioniert es. Sie machen sich zum Spiegelbild des anderen. Sie heucheln Interesse an seinen Problemen, Sie geben ihm Anerkennung, und Sie strahlen das aus, was er gerne sehen will.«

Kurosawa trinkt einen Schluck Tee aus seinem Styroporbecher, die Flüssigkeit ist dunkel und dick wie Tabak. »Wie viele solcher Aufträge haben Sie übernommen?«, fragt er, doch Kaitarō ignoriert ihn.

»Ich habe Rina wochenlang beobachtet. Sie war immer in Eile, eine Mutter, die ihre Besorgungen erledigt, damit sie schnell wieder nach Hause zu ihrem Kind kann. Eines Abends war es anders, es war etwas in ihrem Gesicht, eine Traurigkeit, die ich nicht an ihr kannte. Sie kam mir verloren vor. Das war die Gelegenheit für mich.

Sie hatte sich auf dem Markt ein paar Nashi-Birnen ausgesucht und holte gerade ihr Portemonnaie hervor. Das Haar war ihr ins Gesicht gefallen, als ich an sie herantrat, aber ich wusste bereits, dass sie nicht die plumpe Hausfrau war, für die ihr Mann sie hielt. Nicht die schlichte, einsame Frau. Als sie zu mir aufblickte, war mir klar, dass sie keineswegs unter mangelndem Selbstbewusstsein litt, wie ich gedacht hatte. Sie sah mich provozierend an, und ich fragte sie, wo man hier guten Käsekuchen bekommen kann.«

Kaitarō schaut verwundert auf, als Kurosawa lacht.

»Ja, ich weiß. Dessert ist sexy.« Kaitarō grinst. »Rina hat auch gelacht. Sie deutete auf einen Stand hinter ihr. Sie lachte immer noch, als ich sie zu einem Kaffee einlud.«

»Ist sie mit Ihnen gegangen?«, fragt Kurosawa.

Kaitarō schüttelt den Kopf, sein Lächeln verblasst. »Sie sei verheiratet, sagte sie. Und sie habe ein Kind. Es sollte mich abschrecken. Sollte an meine Anständigkeit appellieren.« Er schluckt. »Sie war anständig. Und ich, der ich einiges über sie gelesen hatte, sie observiert und fotografiert hatte, ich hatte nur einen Gedanken: Ich kenne sie. Ich kenne sie, wie es mir eigentlich nicht zusteht. Und ich weiß, was sie zu Hause erwartet.

Ich deutete auf Rinas Ehering und sagte, ich wisse, dass sie verheiratet sei. Das hat sie eingeschüchtert. Es war deutlich zu merken, dass schon lange niemand mehr mit ihr geflirtet hatte. Ich kann nicht glauben, wie blind die Menschen manchmal sind.

Ich gab ihr meine Visitenkarte und sagte, sollte sie ihre Meinung ändern, könne sie ja anrufen, doch als sie den Kopf schüttelte, ging ich erleichtert weiter. Ich überquerte den Markt und überlegte, wie ich meinen Chef dazu überreden konnte, die Sache aufzugeben. Dann passierte etwas Schreckliches. Sie folgte mir.

Sie stand vor mir, gefasst, schüchtern und zugleich verführerisch, und sagte, sie habe doch Zeit für einen Kaffee, falls ich noch Interesse hätte. ›Ich bin Rina‹, sagte sie leise lächelnd. ›Rina Satō.‹ Es war die Hoffnung in ihren Augen, die mich dahinschmelzen ließ. Ich sagte ihr, sie solle nach Hause gehen, sie hätte ihrem ersten Impuls vertrauen sollen. Ich erinnere mich an ihr gekränktes Gesicht, als ich mich abwandte. Aber ich habe mich nicht mehr umgedreht. Ich brauchte Wochen, bevor ich den Mut hatte, ein zweites Mal auf sie zuzugehen.«

»Aber Sie haben es getan«, sagt der Staatsanwalt.

»Ich musste es tun«, erwidert Kaitarō.

»Gab es Druck von Ihrem Chef?«

Kaitarō schüttelt den Kopf. »Das war nicht der Grund.«

»War es Ihr Kollege? Haru?«

»Ich hätte niemals zugelassen, dass er sie anfasst«, blafft Kaitarō.

»Was war es dann?«

Kaitarō sieht auf seine Hände. »Ich bin in ihr Viertel zurückgekehrt, aber sie war immer beschäftigt. Ich habe Orte aufgesucht, wo sie sich manchmal aufhielt, aber ich konnte mich ihr nicht nähern. Ich habe ununterbrochen an sie gedacht. In jungen Jahren hatte ich mal eine Beziehung. Ich mochte die Gesellschaft, hatte Spaß am Sex – auch noch, als ich nach Tokio zog und diesen Job annahm. Aber nach einer gewissen Zeit, mit all diesen Leuten, da bin ich auf Distanz gegangen. Nur zu Rina fühlte ich mich hingezogen, sogar wenn ich mir die Akte über sie durchlas, als hätte ich es darauf angelegt, erwischt zu werden. Ich wollte sie über Satō aufklären. Keine Verstellung mehr, kein Vorgaukeln. Ich hätte ihr vorschlagen können, ein Stundenhotel aufzusuchen und ein Foto machen zu lassen, oder sie hätte von sich aus die Scheidung einreichen können. Dann hätten wir uns unter normalen Umständen kennengelernt und neu angefangen.«

»Was hat Sie daran gehindert?«, will Kurosawa wissen.

»Die Chemie«, antwortet Kaitarō. »Sie ist eine starke Kraft, aber sie kann auch zerstören. Hätte ich ihr offenbart, warum ich engagiert worden war, wäre ein gemeinsames Leben, das nach meinem Gefühl nur auf uns wartete, niemals möglich gewesen.«

»Sie hätten immer noch gehen können«, sagt Kurosawa, doch Kaitarō übergeht die Bemerkung.

»Als ich Rina wiedertraf, spürte sie meine Unentschlossenheit. Die Gefühle zwischen uns waren immer mit den Händen zu greifen. Sie konnte erahnen, was in meinem Kopf vorging, doch sie hielt meine Zurückhaltung für Schüchternheit, vielleicht sogar für die Anständigkeit, die sie erhofft hatte. In dem Moment wusste ich, dass ich unsere Freundschaft, so zerbrechlich sie auch war, beruflich nicht überleben würde. Danach hätte ich nicht einfach so weitermachen können wie bisher. Es hätte sie angewidert, und die Hoffnung, die Gefühle zwischen uns, all das hätte keine Bedeutung gehabt.« Kaitarō stockt. »Und ich konnte sie nicht Haru und Satō überlassen.«

Kurosawa schweigt, dann deutet er auf die Milchglasscheibe. Kurz darauf kommt ein junger Mann in Polizeiuniform mit einem Plastikbecher Wasser herein. Er stellt ihn vor Kaitarō auf den Tisch, dessen Mund sich zu einem Lächeln verzieht, aber er trinkt nicht.

»Bei Rina musste ich mich nie verstellen«, sagt Kaitarō leise. »Von den beruflich bedingten Rollen, die ich anderen Frauen vorspielte, hat ihr keine zugesagt. Rina hat mich deswegen zur Rede gestellt, sie hat das alles durchschaut.

Sie hat ihre Mitmenschen genauer beobachtet als umgekehrt. In der Hinsicht waren wir uns ähnlich.«

»Dann haben Sie ihr also gesagt, wer Sie sind.«

»Ich war der, der ich war.«

»Haben Sie ihr von Ihrer Kindheit erzählt? Wo Sie aufgewachsen sind?«, fragt Kurosawa weiter. »Warum das Risiko eingehen, dass ein sitzengelassenes Zielobjekt plötzlich in Ihrer Heimaststadt aufkreuzt.«

»Ich habe sie nicht sitzengelassen«, sagt Kaitarō.

»Nein«, erwidert Kurosawa leise, »das haben Sie nicht.«

»Sie kannte mich«, sagt Kaitarō und sieht seinen Befrager unmittelbar an. »Nicht meinen Job, sondern mein wahres Ich. Und was sie sah, hat sie nicht abgeschreckt.« Er lehnt sich zurück, und sein Blick geht an Kurosawa vorbei. Zum ersten Mal ist ein leichter, fast hoffnungsvoller Ausdruck in seinem Gesicht zu erkennen. »Was ich für Rina empfunden habe ... bei ihr habe ich mich zu Hause gefühlt, sie hat mich nicht nur verstanden, sondern auch gemocht. Sie war wie ich.«

»Wollte sie sich scheiden lassen?«

Kaitarōs Blick schweift umher. »Zuerst nicht.«

»Ist das üblich?«

»Die meisten Menschen denken eigennützig. Sie begrüßen die Abwechslung durch eine neue Liebschaft in ihrem Leben, besonders wenn sie Langeweile haben oder frustriert sind. Manche sind so süchtig nach Aufmerksamkeit, dass sie sich auf eine Affäre einlassen, ohne sie zu hinterfragen. Selbst die, die sich für gute Menschen halten, können rücksichtslos sein, wenn ihr Überleben und ihr Glück auf dem Spiel stehen. Rina war anders. Sie achtete die Versprechen, die sie ihrer Familie gegeben hatte. Sie hat alles genau abgewogen: die Bedürfnisse ihres Vaters, die ihres Ehemannes und die ihrer Tochter. Sie hat ihnen höhere Priorität eingeräumt als sich selbst, und damit wollte sie nicht leichtfertig brechen. Ihre größte Stärke war ihre Freundlichkeit, aber ihr Leben war erdrückend. Sie musste sich mehr Raum schaffen, und das sind wir zusammen angegangen. Wir haben nie etwas gemacht, was sie nicht machen wollte.«

»Was ist nach der Scheidung passiert?«

»Rina ist für eine gewisse Zeit erst nach Meguro gezogen, dann wollte sie mit mir zusammenwohnen«, sagt Kaitarō. Er blickt in die Kamera, und für einen Moment huscht ein freudiger Ausdruck über sein Gesicht.

»Haben Sie weiter für Ihre Agentur gearbeitet?«

»Nein.« Kaitarō schüttelt den Kopf. »Ich habe Arbeit in einem Fotogeschäft gefunden. Rina hat ihre alten Kontakte aufgefrischt, und sie stand kurz davor, wieder auszustellen. Sie arbeitete an einer Serie. Die hatte sie im Sommer angefangen. Wir brauchten ein Finanzpolster.« Kurosawa sieht ihn fragend an. »Sumiko wohnte bei ihrem Großvater«, erklärt Kaitarō. »Es war eine seiner Bedingungen, dass sie bei ihm wohnt, bis Rina ihr ein festes Zuhause bieten konnte. Sumiko kannte mich als Freund von Rina. Ich bekam sie kaum zu sehen. Rina sagte, ihr Vater wollte sie und mich auf die Probe stellen. Wir hätten Sumiko gern bei uns gehabt, deswegen sind wir auf alles eingegangen, was er verlangt hat.«

»Hatten Sie Erfahrung mit Kindern bei Ihrer Arbeit?«, fragt Kurosawa.

»Nein.«

»Aber mit diesem Kind hatten Sie Kontakt. Sie kannten das Mädchen?«

»Ich mochte sie gern.« Er lächelt leise. »Sie war frühreif. Sie hatte sehr große dunkle Augen, und sie neigte dazu, ihren Willen durchzusetzen. Das hat mir an ihr gefallen.«

»Wie ist Rina gestorben?«

Das Lächeln entgleitet Kaitarō, und eine Zeit lang schweigt er. »Wissen Sie, was es heißt, auf den Menschen zu stoßen, der Sie ergänzt? Voll und ganz? So habe ich mich gefühlt.«

»Wie ist sie gestorben, Kaitarō?«

»Es war ein Strick«, sagt er. »Er lag neben dem Bett, ein Haushaltsstrick.«

Sein Bild verschwamm, als ich das Videoband anhielt. Meine Fingernägel hatten Halbmonde in den Handflächen hinterlassen. Staatsanwalt Kurosawa war wie eingefroren in der Bewegung, die Hand schwebte über dem Notizbuch, obwohl ich mich nicht erinnern konnte, wann er zu schreiben angefangen hatte. Am äußersten Seitenrand sah man die Zeichnung eines ordentlich verschnürten Pakets. Ich schloss die Augen. Noch immer sah ich Kaitarōs Gesicht vor mir. Ich hörte seine Worte, klar und deutlich. Ich wollte in das Gespräch eingreifen und ihn unterbrechen. Ich wollte meine Hand auf seinen Mund drücken und die Zeit anhalten.

Bei manchen Mordfällen werden Überwachungsvideos

aus Geschäften oder Gebäuden herangezogen, die die letzten Minuten im Leben eines Menschen zeigen. Wenn man sie sich ansieht, möchte man der Gestalt auf dem Bildschirm zurufen und sie davor warnen, den bereits eingeschlagenen Weg weiterzugehen. Als ich die Befragung von Kaitarō anhielt, dachte ich, wenn ich ihn jetzt nicht ausreden lasse, wenn ich mir jetzt nicht anhöre, was geschehen ist, dann ist es nicht real. Als ich wieder die Starttaste drückte, saß er ruhig und schweigend auf seinem Stuhl und sah in die Kamera.

»Ich habe sie geliebt«, sagt er. »Ich liebe sie immer noch.«

Perlen

An dem Abend stand ich in meinem Schlafzimmer und hielt die Perlenkette meiner Mutter in der Hand. Sie war immer eine Art Amulett für mich gewesen. Ich ließ sie durch die Finger gleiten, hatte meine Freude an dem sanften Klicken, sah in jeder Perle mein Spiegelbild. Die Perlen waren alt und schwer. Sie sollten von der Mutter an die Tochter weitergegeben werden. An meinem zwölften Geburtstag hatte Großvater sie aus seiner Hosentasche gezogen und sie mir übergeben. Er legte sie in meine Hand und erzählte, wie ich einmal fast dafür gesorgt hätte, dass sie beinahe verloren gegangen wären.

Wir waren auf einem Fest, und ich saß bei meiner Mutter auf dem Schoß. Neben uns war ein flaches Wasserbecken.

Mama war die Gastgeberin und hatte sich mit einigen Kollegen meines Vaters unterhalten. Von meinem Großvater weiß ich, dass ich als Kind immer Aufmerksamkeit, im Mittelpunkt stehen wollte. Deswegen zog ich an Mamas Perlenkette, und als ich die glänzenden Kugeln zwischen meinen kleinen Fingern spürte, gleich noch mal. Der Faden zerriss, die Perlen flogen in alle Richtungen, kullerten auf das Wasserbecken zu, und Mama sprang auf und lief hinterher, hielt mich dabei fest umklammert. Gemeinsam hoben wir sie auf, eine nach der anderen, fischten einige aus dem Becken. Als wir alle beisammenhatten, zeigte meine Mutter auf unser Spiegelbild im Wasser. Zwei Köpfe, dicht nebeneinander, große dunkle Augen, blasse Wangen. Die Bilder flackern, überlappen sich; zwei Frauen, wo heute nur noch eine ist.

Yoshi

Butsadan

Yoshi Sarashima war allein in seinem Haus in Meguro und stand vor einem Foto seiner Tochter Rina. Es war sein Lieblingsfoto von ihr, am Strand von Shimoda, und sie blickte in die Kamera, die Sonne schien ihr ins Gesicht. Er sah in ihr das Mädchen von früher und die Frau, die sie werden würde, die Mutter von Sumiko.

Kerzen flankierten das Foto, das in einem offenen Palisanderschränkchen stand, einem Butsadan, dem Familienaltar im Tatami-Zimmer. Der Duft von Räucherwerk hing in der Luft, obwohl die morgendlichen Stäbchen längst zu grauer Asche erkaltet waren.

In den Monaten nach dem Tod seiner Tochter kam Yoshi jeden Morgen nach unten und stellte frische Blumen vor den Altar. Kerzen und Räucherstäbchen waren bereits angezündet – Hannae war sehr aufmerksam. Neulich jedoch kniete Sumiko auf dem Teppich vor dem Altar. Er stand im Türrahmen, und sie merkte nicht, als er sich geräuschlos umdrehte und das Zimmer verließ. Hannae war um diese Zeit meistens in der Küche und packte Sumikos Pausenbrot. Wenn die Uhr sieben schlug, ging sie mit einem frischen Taschentuch in den Tatami-Raum und wischte

Sumiko das Gesicht ab, bevor sie das Mädchen zur Schule schickte.

Yoshi nahm das Foto aus dem Schrein und betrachtete Rina. Er hätte nicht gedacht, diese Augen je wiederzusehen, diese hohen Wangenknochen. Aus dem Garten ertönte ein Schrei, und er sah aus dem Fenster. Sumiko spielte mit Hannae. Sie lief in die Sonne, sprang in die Luft, und ihr weißes Baumwollkleidchen rutschte ihr über die Knie. Wieder sprang sie hoch und fing die Frisbeescheibe. Yoshi sah ihr beim Spielen zu. Sie hatte die Augen vor Freude und Aufregung weit aufgerissen. Ihr Gesicht war der Sonne zugewandt, und flink lief sie über den Rasen. Er sah in ihr ein Kind, ein ganz normales Kind, und so sollte es bleiben. Langsam beugte sich Yoshi über die Kerzen und löschte sie mit einem kleinen Fächer. Er entfernte Rinas Foto aus dem Familienschrein und stellte es nicht wieder hin.

ZWEITER TEIL

Es mag bessere Zeiten geben,
aber wir leben nun mal jetzt.

Jean-Paul Sartre

Rina und Kaitarō

Rasiermesserfisch

Eine Frau kommt auf die Welt mit all den Kindern, die sie jemals austragen wird, all den kleinen Seelen, eingebettet wie Muscheln in der Koralle ihres Schoßes. In einem Krankenhauszimmer im beißenden Geruch von Desinfektionsmitteln und gestärkten Bettlaken wurde Rina ein Bild auf einem Schirm gezeigt, eine von phosphoreszierendem Licht erfüllte Unterwasserhöhle. In der Mitte der Höhle, sauber gespült, eine Ansammlung von Zellen, eine neue Welt im Entstehen: das Kind, für das sie gebetet hatte.

Sie kommunizierten auf andere Weise. Nicht über Scans und Blutproben, sondern über Körpermale und Haut, über das Stoßen und Strampeln eines eingeschlossenen Lebewesens. Der erste Schwangerschaftsstreifen auf ihrem Bauch wurde breiter und tiefer wie eine Vene. Ihr Becken weitete sich, und du, dachte sie, du dehnst mich, schlägst Purzelbäume in mir, schaufelst dir ein Heim aus meinem Innersten. *Du.* Mehr brauchte sie nicht zu sagen.

In den ersten Monaten lag Rina nachts wach und wartete darauf, dass die Flüssigkeit in ihrem Bauch hin und her schwappte wie Strömungen in einem Becken. Doch bald darauf wurde sie wach und spürte in ihrem Leib so etwas wie eine Welle, und plötzlich nahm sie wahr, wie etwas gegen ihren Bauch trat. Du, dachte sie, trittst mich. Tritts-trittst-trittst dir deinen Weg aus mir heraus.

Es waren diese Momente, die Rina niemals vergessen würde, diese Phase der Schwangerschaft. Sie wachte bei Tagesanbruch auf und lag still, um das Baby zu spüren. Rührte sich nichts, fürchtete sie schon, dem Kind könnte etwas passiert sein, doch dann fühlte sie einen tiefen Puls, und sie faltete die Hände über dem Bauch und lächelte. Bewegung bedeutete, dass sie in Sicherheit waren, am Leben.

Dann dachte sie an ihre Mutter, die an Krebs gestorben war, als Rina fünfzehn wurde, und die jetzt im Familiengrab lag. Keine Sekunde, in der sie ihr nicht fehlte, sie sich nicht herbeiwünschte. Und jetzt, mit der körperlichen Erfahrung eines neuen Lebens, das in ihr heranreifte, schien ihre Mutter, wenn auch nur für wenige Augenblicke, tatsächlich anwesend zu sein – weil sie sie brauchte.

In der Stille ihres Heims, das Kind in sich spürend, sah sich Rina in der Welt um, die sie geschaffen hatte. Sie dachte an die Entscheidungen, die sie getroffen hatte, an die Phase der Brautwerbung mit Satō. Von diesen Monaten, der kurzen Zeit, die sie beide für sich hatten, war ihr nur seine Einladung ins Disneyland in Erinnerung geblieben. Seine warme Hand, als er sie ins Cinderella-Schloss gezogen hatte; das strahlende Licht der erleuchteten Türme und Kostüme; das Geschnatter, während sie mit anderen Paaren in der Schlange standen, um Schoko-Popcorn in den kleinen Märchenkutschen aus Plastik zu kaufen, die man wie eine Handtasche tragen konnte. Es war ein beliebtes Ausflugsziel für junge Verliebte, sodass die Erwachsenen den Kindern zahlenmäßig überlegen waren. Sie erinnerte sich an die Karussells und den Whirlwind, den Zucker auf ihrer Zunge und an den Sturm der Erwartungen, die von einem süßen Lächeln ertränkte Angst, den plötzlich fremden Geschmack eines Kusses.

Während das Kind in ihr heranwuchs und kräftiger wurde, überlegte Rina, was in ihrer Beziehung mit Satō echt war. Als die Wehen einsetzten, konnte sie ihre Panik nicht verhehlen. Sie torkelte zum Telefon, legte die Hand auf den Bauch, flehte das Baby an, damit aufzuhören, lieber noch zu warten. Doch die Kraft in ihr war unnachgiebig, übernahm die Kontrolle über ihren Körper, verstärkte sich noch. Der Schmerz war wie ein Rasiermesserfisch, der tiefer und tiefer durch den Sand ihrer Haut drang. Ich komme, sagte das Baby, ich komme, und Rina wunderte sich, dass so ein kleines ungeschütztes Ding so unerschrocken sein konnte.

Später, zu Hause, hielt Rina ihre Tochter im Arm. Satō war ins Büro zurückgekehrt, hatte ihr einen üppigen Strauß Winterrosen überreicht. Mutter und Kind waren wieder allein. Sie betrachtete das winzige Köpfchen, das sie in ihrem Handteller wiegte, den fingernagelgroßen Haarwirbel auf dem Babyschädel. Ihr Atem umfing die puderweiche Haut, die gewaschenen, neugeborenen Härchen. Du bist es, dachte sie, *du*; wir sind schon immer zusammen gewesen. Das Bild, das man ihr gegeben hatte, war ihr immer falsch vorgekommen. Dieses Wesen war kein Foto, kein Schnappschuss, es war ein Wesen, und deswegen war Rina geboren worden.

Als die Sonne sich senkte, trat Rina mit dem Kind im Arm ans Fenster, verdrängte entschlossen ihre aufkeimende Angst, schaukelte das in den Decken eingewickelte Bündel und zeigte zum Horizont. Die Augen des Kindes blieben geschlossen, doch Rina liebkoste das Köpfchen, zeigte erneut zum Horizont und erzählte ihrer Tochter von Tokio, der Welt, die sie erben würde. Um sie herum standen Geschenke, ein Kinderkörbchen, ein Wickeltisch, auf dem Sofa verstreut lagen weiße Strampelanzüge, eine Packung Windeln und in einem Sieb in der Spüle frische, reife Stachelbeeren, die fast schon platzten, die grüne Haut wie auf Hochglanz poliert. Tage später würde Rina die Danksagungen verschicken, doch in diesem Moment gab es für sie nur ihre Tochter. Rina, die sich in der Glasscheibe als Silhouette vor der Stadt abzeichnete, sog den Duft ihrer kleinen Tochter ein, gab ihr einen Kuss auf den Kopf und dachte daran, was alles aus ihr werden könnte.

Neuanfang

Die Fotogruppe und die Zeitschrift *Exposure* existieren heute nicht mehr. Das Studio, in dem vierteljährlich die Fotoseminare stattfanden, ist geschlossen. Die enge Seitenstraße in Ginza, in der es sich einst befand, wird wie so viele andere Gebäudezeilen aus schmalen gelben Backsteinhäusern, die sich gegenseitig Halt geben, fast ineinander übergehen, von den neuen stumpfsinnigen, gleichförmigen Glaspalästen förmlich erdrückt.

Kaitarō stand neben einer Straßenlaterne an der Ecke, eine Zigarette zwischen den Fingern. Er zündete sie an, inhalierte und beobachtete die Menschen, die durch den zurückgesetzten Eingang neben einem Ramen-Restaurant gingen und die Treppe hochstiegen. Drinnen saßen Haru und auch Rina, doch Kaitarō wartete ab, wollte erst im letzten Moment hineinschlüpfen und sich ganz nach hinten setzen.

Er hatte darum gebeten, heute Abend allein arbeiten zu dürfen, doch Takeda hatte es nicht erlaubt. Nach dem Fehlschlag auf dem Nachtmarkt war es schwierig geworden für Kaitarō, an dem Fall dranzubleiben. Sein unverbindlicher Vorschlag, den Job abzugeben, war mit Enttäuschung, ja Misstrauen begegnet worden, und dass Haru, der letzte Neuzugang der Agentur, mit jedem Tag seine beeindruckende Erfolgsbilanz noch steigerte, machte es nicht einfacher. Nur sein gutes Verhältnis zu Takeda, sein Beharren, er sei wie geschaffen für das Zielobjekt, hatte ihn gerettet. Doch seine Rolle in diesem Fall und die Frage, ob er den Job weiter allein ausführen durfte, hing vom Verlauf des heutigen Abends ab. Kaitarō erklomm hinter ein paar jungen Leuten die Treppe. Ihre Stimmen hallten im Treppenhaus wider und erstickten seine Schritte.

Er fand einen Platz in der letzten Reihe, sah sich rasch um und erblickte rechts Haru und dann Rina. Sie saß am anderen Ende des Raums, weit weg vom Podium, und wirkte nervös. Sie war es nicht mehr gewohnt, solche Orte aufzusuchen. Sie stellte ihre Tasche auf dem Boden ab und lockerte den Riemen an ihrer roten Sandale.

Der Redner, ein Schüler des Meeresfotografen Shōmei Tōmatsu, betrat das Podium. Er ließ seinen Blick über das Publikum aus Studenten, Amateuren und Profis schweifen, nickte seinem Assistenten neben dem Diaprojektor zu, und der Vortrag begann.

Kaitarō lehnte sich in seinem Stuhl zurück. Es war lange her, dass er sich so einen Vortrag angehört hatte, überhaupt, dass er seine freie Zeit mit etwas anderem verbrachte, als zu arbeiten oder Schlaf nachzuholen. Er war nicht gern allein in seiner Wohnung, mied aber gesellige Abende mit seinen Kollegen, von denen ohnehin niemand ihn zu so einem Vortrag begleitet hätte. Während er zuhörte, spürte er, wie die Müdigkeit von ihm abfiel, und ein Gefühl der Freiheit, der Gedanke, ausschließlich und allein mit der Kamera zu arbeiten, hob seine Stimmung. Er sah zu Rina. Zuerst war sie, eingehüllt in ihren Mantel, mit übereinandergeschlagenen Beinen dagesessen, jetzt hatte sie den Mantel abgelegt und war bis an die Stuhlkante vorgerückt. Gebannt lauschte sie dem Redner, der auf einem Dia etwas hervorhob. Ein schmales Lächeln zeichnete sich auf ihrem Gesicht ab, als wäre sie überrascht.

Er versuchte, sie den restlichen Abend über nicht zu beobachten, sah erst wieder während der Fragestunde am Ende in ihre Richtung. Aber es war fast unmöglich, sie zog seine Aufmerksamkeit auf sich. Sie saß aufrecht da und hörte zu, und an der Neigung ihres Kopfes und ihrem leisen Lächeln konnte man erkennen, dass sie im Geist Fragen hin- und herwälzte. Es wirkte ansteckend, dieses Lächeln, es brachte ihn ebenfalls zum Lächeln, und er sah weg.

Haru war auf seinem Stuhl eingeschlafen. Kaitarō hätte ihn am liebsten angestupst, aber er saß zu weit weg. Er konnte nur hoffen, dass es gespielt war und zu Harus neuer Rolle als Rüpel gehörte. In Wahrheit war Haru ein großer Langweiler, ein Sexprotz, der seine freien Abende an Pachinko-Spielautomaten verbrachte. Kaitarō brauchte ihn nur anzuschauen, und schon hatte er die dröhnende Musik der Spielhallen im Ohr, sah die blinkenden Regenbogenlichter, hörte das Klicken der Kugeln und die Kakofonie der Automaten. Haru war der Letzte, den er sich als Begleiter heute Abend ausgesucht hätte, doch er war gewieft, anscheinend ein Naturtalent, und Takeda hatte darauf bestanden.

Der Redner kam zum Schluss seines Vortrags, und einige Studenten baten ihn um Autogramme. Haru schlug die Augen auf, schaute sich gähnend um und stellte sicher, dass auch Rina ihn bemerkte. Er registrierte ihren angewiderten Blick und grinste sie schief an, wartete, bis sie den Mantel angezogen und ihre Tasche aufgehoben hatte, bevor er aufstand und sich zum Ausgang begab. Er drängelte sich vor, schubste Leute beiseite, die ihm kopfschüttelnd und empört hinterhersahen. Unten, an der Tür zur Straße, quetschte er sich an Rina vorbei und riss dabei ihre Tasche zu Boden. Der Inhalt flog auf den Bürgersteig, Lippenstift und Portemonnaie landeten in einer Regenpfütze. Rina rief hinter ihm her, doch er lief davon, und sie musste ihre Sachen allein einsammeln, während andere über sie hinwegstiegen oder einen Bogen um sie machten.

Kaitarō kniete sich neben sie auf den feuchten Asphalt und hob die Sachen auf, darunter auch ein Buch, das sie in der Hand gehalten hatte. Vorsichtig trocknete er es mit dem Hemdsärmel ab, bevor er es ihr gab.

»Es hat keine Flecken abbekommen«, sagte er.

»Vielen Dank.« Rina suchte weiter den Bürgersteig ab. »So ein Trottel! Ich glaube, er ist da drinnen eingeschlafen.«

»Ja, bestimmt.« Als sie aufstand, streckte Kaitarō ihr die Hand hin, und sie sah ihn an.

»Hallo ...« Sie stutzte. »Ach, Sie sind es. Ich werde nicht ...«

»Ja.« Kaitarō lächelte. »Hallo.«

»Interessieren Sie sich für Fotografie?«

»Ja.« Kaitarō lachte, schon etwas selbstsicherer. »Keine Angst, ich bin kein Stalker.«

»Oh, so habe ich das nicht gemeint ...«, stammelte Rina.

»Nein, nein«, versicherte er ihr rasch. »Ich weiß. Wo ich Sie schon mal hier antreffe, möchte ich mich für mein Verhalten neulich Abend auf dem Markt entschuldigen.«

»Oh.« Rina schüttelte den Kopf. »Nein, es ist ...«

»Ich habe ja gemerkt, dass Sie keine rechte Lust auf einen Kaffee mit mir hatten. Es war mir peinlich.«

»Sie können wohl nicht gut mit Zurückweisung umgehen«, meinte sie.

»So was in der Art.«

Sie grinste ihn an. »Überempfindlich.«

»Ich bin nicht gut in so was.«

»Frauen anbaggern?«

Kaitarō lachte. »Mit Leuten reden«, sagte er, und Rina lächelte ihn an.

»Also, Rina …«

»Sie haben sich meinen Namen gemerkt?«, sagte sie, und ihr Lächeln wurde breiter.

Kaitarō nickte und blickte sie unverwandt an. »Müssen Sie jetzt gleich nach Hause zu Ihrer Tochter, oder haben Sie Zeit für einen Kaffee?« Sie schaute zu ihm auf, vielleicht erstaunt, dass er sich an ihr Kind erinnerte. Sie sah die Straße entlang und dann auf ihre Armbanduhr. »Sie müssen nach Hause«, folgerte er und trat einen Schritt zurück.

»Sumiko ist bei ihrem Großvater«, sagte Rina schließlich. Sie sah ihn mit zusammengekniffenen Augen an. »Wollen Sie mich zu dem Café begleiten, oder werden Sie wieder davonlaufen?«

»Diesmal nicht.« Kaitarō lachte und verschob die unter den Arm geklemmte Mappe ein Stück.

»Sind das Arbeiten von Ihnen? Sind Sie Fotograf?«, fragte Rina.

»Nein. Das heißt, es sind nur einige Fotos … Ich wollte sie eigentlich zeigen«, er deutete auf den Seminarraum oben, »aber dann habe ich mich doch dagegen entschieden.«

»Möchten Sie sie mir zeigen?«

»Wenn ich Sie zu einem Kaffee einladen darf?«

»Okay«, sagte Rina.

Kaitarō stand im Abendlicht neben ihr und überlegte, ob er ihr seinen Arm anbieten sollte. Er wollte mit ihr in Berührung kommen, ihre Kleidung an seiner spüren, den Druck ihrer Hand, wenn sie sie auf seinen Arm legte. Doch es war zu früh. Er sollte sie nicht drängen, und als er das kleine, hoffnungsvolle Lächeln in ihrem Gesicht sah, wollte er es auch gar nicht mehr. Stattdessen bedeutete er ihr, auf dem Bürgersteig voranzugehen, während er auf der Straße durch die Pfützen ging. Zusammen liefen sie auf die Lichter am Ende der Gasse zu.

Schlaflose Stadt

Es war später Abend, und das schwache Zirpen der Tokioter Zikaden in den Bäumen entlang der Straßen von Kabukichō, der »schlaflosen Stadt« im Zentrum des Vergnügungsviertels, war gerade noch zu vernehmen. Die Klimaanlagen der Bars bliesen warme Luft nach draußen, Hunderte vertikale Leuchtreklamen spiegelten sich in den Glasfassaden, eine drückende Hitze herrschte. Ein Club neben dem anderen, und während Kaitarō an ihnen vorbeiging, manche kaum voneinander zu unterscheiden, versuchte er, nicht daran zu denken, was für ein unterschwelliger Hohn sich hinter Satōs Vorschlag für diesen Treffpunkt verbarg. Er betrat eines der Etablissements, schlängelte sich zwischen den Tischen hindurch, bis er den Gesuchten fand.

»Wie lange dauert es noch?« Satō saß für sich und hatte ein Glas gekühltes Asahi-Bier in der Hand. Er roch schlecht. Zigarettenqualm waberte in der Luft, und im düsteren hinteren Teil der Bar schimmerte kurz ein nackter Schenkel, als ein Mädchen sich einem Kunden widmete.

»Solche Dinge brauchen Zeit, Satō.« Kaitarō setzte sich.

»Irgendwelche Probleme bis jetzt?«

»Nein.«

»Was genau ist an dem Abend auf dem Markt passiert?« Satō lächelte. »Takeda wollte es mir nicht sagen.«

»Eine gestaffelte Annäherung«, sagte Kaitarō. »Sie soll das Interesse der Zielperson wecken«, fügte er hinzu, ein Lieblingsausdruck von Satō.

»Und welche Geschichte haben Sie ihr erzählt? Wie haben Sie sich vorgestellt?«

»Ich habe keine Geschichte erzählt. Ich bin ihr als Privatmensch begegnet.«

»Wenigstens haben Sie sie rumgekriegt, mit Ihnen auszugehen.« Satō trank gierig einen Schluck Bier. »Und für die hier vielen Dank«, sagte er und tippte auf die Belege vor ihm auf dem Tisch. »Sie haben sie zum Kaffee eingeladen? Ist ja süß. Was kommt danach? Scheißkäsekuchen?«

»Treffen Sie sich regelmäßig mit jemandem?«, fragte Kaitarō ruhig. »Erzählen Sie mir nicht, dass Sie keine Freundin haben.«

Satō beäugte ihn misstrauisch. »Was geht Sie das an?«

»Ist sie Ihre große Liebe? Sie haben alles genau geplant.«

Satō lehnte sich zurück und trank wieder einen Schluck.

Schweigend musterte er Kaitarō, dann allmählich schien er zu begreifen, seine Augen leuchteten.

»Rina will sich nicht geschlagen geben, was?« Er lachte hell und träge. »Und ich dachte, Sie sind ein Frauenheld, der beste Stecher in Tokio.« Er schüttelte sich vor Lachen, verspritzte Bier auf den Boden.

Kaitarō ballte die Hände unterm Tisch, er spürte seinen Puls.

»Ist es wirklich so schwierig?« Satō grinste süffisant und trank wieder einen Schluck. »Nur ein paar Küsse, Nakamura, wenn Sie mehr nicht draufhaben. Und lassen Sie sich dabei fotografieren.«

»Das Foto würde ich lieber selber machen«, murmelte Kaitarō.

Satō lächelte, wieder ganz selbstbeherrscht. »Wie Sie wollen.«

Eines der Mädchen hinter der Theke hatte ihre Pause beendet und kam auf sie zu. Sie trug ein knappes Shirt und glänzende schwarze Katzenohren à la Michelle Pfeiffer. Sie fuhr Satō mit den Fingerspitzen durchs Haar, und er zog sie auf seinen Schoß.

»Bringen Sie mir was Brauchbares, und denken Sie daran – sie braucht keinen Spielgefährten.« Satō grinste. »Keine Sorge, Nakamura, Sie brauchen sie nicht flachzulegen.«

Das Mädchen knabberte an Satōs Ohrläppchen, und er umfasste ihre Taille mit den Händen. Nach einem Moment drehte er sich wieder zu Kaitarō um und sah ihn mit durchdringendem Blick an. »Sie sind doch nicht etwa verliebt in sie, oder?«

»Ich brauche dafür zwei Monate«, sagte Kaitarō und erhob sich mit einer kaum wahrnehmbaren Verbeugung. Als er sich zum Ausgang zwischen den Tänzerinnen und den Gästen hindurchschlängelte, hörte er hinter sich Satos dreckiges Lachen. Draußen lehnte er sich an eine Hauswand und atmete die gewittrige Abendluft ein. Die Wand fühlte sich hart und kühl an. Es ist ein Job, dachte er, nur ein Job, und ging hinaus in die Nacht.

Ebisu

Es gibt Erfahrungen, mögen sie noch so unbedeutend sein, die treffen einen wie ein Schlag in die Magengrube. Ihre Wirkung kann monate-, ja jahrelang anhalten. Eines Morgens erwachte Rina nur langsam und ließ, noch geschützt in ihrem Schlafkokon, die Gedanken schweifen. Sie dachte an Kaitarō und ihr letztes Treffen, an das Leuchten in seinen Augen, wenn er sie ansah, und wie dieselben Augen auf ihrem Gesicht ruhten: Selbst jetzt spürte sie noch das Glühen des Begehrens und Begehrtwerdens. Sie drehte sich auf den zerwühlten Laken zu ihrem noch schlafenden Mann um, drückte das Gesicht in ihr Kissen, und aus der Bettwäsche stieg sein Geruch auf – Zigarettenrauch, Tee und Schweiß –, doch unterschwellig ein Hauch seiner eigenen Note, der Moschusduft seiner Haut nach einem Bad. Rina rückte näher und legte den Kopf auf seine Brust. Sie fuhr leicht mit der Hand über seinen Bauch und seine

Shorts und erspürte die Schwellung darunter. Sanft strich sie darüber, spielte mit der Spitze und spürte eine Reaktion. Satō rührte sich, und Rina lächelte, doch im selben Moment umfasste er hart ihre Hand. Rina erstarrte, Scham stieg in ihr auf. Satō schubste sie zur Seite und stieg aus dem Bett. Während er sich anzog, sah sie ihn fragend an, doch er verweigerte ihr eine Erklärung.

Nachmittags stand Rina in ihrer Wohnung und beobachtete, wie sich die Schatten über den Wohnzimmerboden schoben. Sie lauschte auf die Geräusche ihrer Familie, doch Satō war in seinem Büro, und Sumiko hatte mit der Schule angefangen. Sonst war niemand zu Hause. Nichts. Nur die Kühle des Marmorbodens unter ihren Füßen, die Stille der Wände. Sie ging zur Schlafzimmertür, lehnte sich an den weißen Türpfosten und sah hinüber zu den Fenstern mit Blick auf Ebisu. Heute erschienen ihr die Glasscheiben nicht mehr so kalt, sie gaben den Blick frei auf eine andere Stadt, eine andere Welt.

Er hatte ihr vorgeschlagen, sich in einem der ältesten und schönsten Naturschutzgebiete der Stadt zu treffen. Sie wäre gerne hingegangen, aber sie war unsicher, und jetzt stand die Entscheidung an. Rina trat ins Zimmer, registrierte die biederen Möbel, die graubraunen Wände und die neutralen Töne, die sie vor vielen Jahren am Vorabend ihrer Ehe ausgesucht hatte. Vor den Fenstern des in gedeckten Farben gestrichenen Schlafzimmers stand ein Ficus, den sie sehr liebte. Als an diesem Nachmittag die Sonne ins Zimmer schien, spiegelten sich die hellgrünen Blätter an den Wänden wider, wogten in einer Mischung aus Licht und

Schatten, flackerten schneller und schneller, als würde sich die Welt beschleunigen.

Berührung

Rina bemerkte ihn in dem Moment, als sie in die Station Meguro einfuhr, und Kaitarō schien zu ahnen, dass sie angekommen war, denn noch ehe sie auf ihn zuging, blickte er auf und lachte. Er nickte ihr zur Begrüßung zu, faltete seine Zeitung zusammen und klemmte sie unter den Arm. Ein warmes verspieltes Funkeln war in seinen Augen, dem Rina nicht widerstehen konnte, und auch sie lachte.

»Tut mir leid, ich habe mich verspätet«, entschuldigte sie sich automatisch, doch er erwiderte kopfschüttelnd: »Ich war zu früh da.« Die Aufrichtigkeit, wenngleich es sich um eine geringfügige Sache handelte, gefiel ihr.

Gegenüber vom Bahnhof auf der anderen Straßenseite befand sich das Tor zum Naturschutzgebiet, daneben das Kassenhäuschen mit einer kleinen elektronischen Anzeige, wo die Zahl 295 aufleuchtete. »Wir sollten uns beeilen«, sagte Kaitarō, sah nach rechts und links, damit sie sicher über die Straße kamen. Sie spürte seinen Arm im Rücken, seine erregende Nähe, obwohl er sie gar nicht berührte, nur abschirmte vor den Menschen um sie herum.

Unmittelbar vor ihnen, hinter dem Eingangstor und dem Kassenhäuschen, erhob sich das grüne Dickicht des Parks, eine alte Waldung aus Hartriegel und Zelkoven inmitten der Metropole, ein geschütztes Reservat. Als sie sich in die Schlange einreihten, sprang die Anzeige auf 296, und Rina spürte ihren Puls rasen. Nur jeweils dreihundert Personen durften sich in dem Naturschutzgebiet aufhalten, und obwohl es ganz in der Nähe des Hauses lag, in dem sie als Kind gelebt hatte, und sie schon viele Male dort gewesen war, wollte sie heute unbedingt eingelassen werden. Kaitarō lachte sie an und nickte beruhigend, doch auch er wirkte angespannt, sah wiederholt über die Schulter und ließ den Blick über die Menge schweifen. Befürchtete er, dass Bekannte von ihnen sie erkennen und ihnen in den Park folgen würden? Seine Sorge um sie war rührend, aber vielleicht wollte er, so wie sie auch, dass sie einfach nur etwas Zeit für sich hatten. Nur noch ein Paar war vor ihnen. Rina hielt die Luft an. Als sie endlich dran waren, hüpfte sie nach vorne. Sie schämte sich für ihre Ungeduld und sah zu Kaitarō auf, doch als sie zum Kassenhäuschen kamen und die Anzeige auf 298 sprang, lächelte er siegesgewiss.

Im Park gingen sie schweigend unter den Bäumen. Rina beobachtete das Schattenspiel auf Kaitarōs Lederjacke, deren Schnitt und Falten dadurch weicher erschienen. An einer Biegung blieben sie stehen, um erst einen Jogger, dann eine junge Mutter mit ihren Kindern vorbeizulassen. Kaum hatten sie den Park betreten, entspannte sich Kaitarō, und seine ganze Aufmerksamkeit richtete sich auf Rina, für die es nun schwieriger war, ihn verstohlen zu betrachten. Stattdessen sah sie hinauf zu den ausladenden Ästen des berühmten Fabelbaumes und erhaschte einen Blick auf ihr Spiegelbild in dem kleinen Hyotan-Teich darunter, Reste eines alten Lustgartens, wo sich früher Verliebte trafen.

»Bist du hier in der Nähe aufgewachsen?«, fragte Kaitarō. Rina nickte.

»Ein Stück den Hügel hinauf, in Meguro. Mein Vater wohnt noch da.«

»Hätte ich einen anderen Ort vorschlagen sollen?«, fragte Kaitarō. »Ist er dir nicht … zu vertraut?«

»Nein, nein!« Rina schüttelte lachend den Kopf. Sie hielt kurz inne, um das überbordende Grün und den süßen Duft des Spätfrühlings auf sich wirken zu lassen. »Es ist sehr schön hier«, sagte sie. »Eine gute Wahl.« Unter dem Blätterdach des Baumes musterte sie kritisch seine Lederjacke, die dunklen Jeans und die Slipper an den Füßen. »Magst du die Natur nicht?«, fragte sie. »Du als echter Stadtmensch«, zog sie ihn auf, als er sie reumütig ansah. Rina lachte und wollte weitergehen, doch er legte die Hand auf ihren Arm, und sie, verwundert über seinen intensiven Blick, wandte sich ihm zu.

»Eigentlich bin ich gar nicht aus der Stadt«, sagte er.

»Nein?«

»Ich komme aus Hokkaido«, sagte Kaitarō bedächtig und tonlos. Er sah sie an, wartete auf eine Reaktion. »Aus einem kleinen Fischerdorf nördlich von Sapporo.«

Rina blieb stehen, und der Wind hob den Spitzenbesatz ihres Kragens, sodass er sich an ihren Hals schmiegte.

»Ich habe in einer Seetangfabrik gearbeitet«, fuhr Kaitarō fort. »Mein Vater in der Fischerei.«

»Also gehörst du gar nicht nach Tokio.«

»Nein.«

»Dieser Kaitarō«, sagte Rina leise lächelnd, »mit der Lederjacke und blanken Stadtschuhen ist also …«

»… nur Maskerade.«

»Verstehe«, sagte sie. »Und wer bist du wirklich?« Rina sah ihn für einen Moment mit ernsten Augen an. »Immer noch ein Fotograf?«

Kaitarō lachte verdutzt. »Ja. Ich meine, es ist nicht meine alltägliche Arbeit, aber sonst, ja. Im Grunde genommen wäre ich gern einer.«

Langsam verzog Rina den Mund zu einem Grinsen.

»Puh!«, sagte sie, freute sich über den Ausdruck in seinen Augen und beschleunigte ihre Schritte. Rina fühlte seinen warmen Blick auf sich, und sie überkam ein Glücksgefühl. Sie verließ den Hauptweg und hielt auf eine Waldschneise zu. Als er zurückblieb, als fragte er sich, was sie als Nächstes vorhatte, drehte sie sich um. »Komm!«, rief sie und lachte, als er losrannte.

Später saßen sie in einem kleinen Café am Ufer eines Teichs. Ein leichter Wind wehte, und das Sonnenlicht fing sich im Wasser, zwischen dem Schilf tauchten braune Enten auf der Suche nach Nahrung. Rina spürte die Sonne im Rücken, bemerkte ihren Schatten, der sich schräg neben ihr auf dem Boden abzeichnete. Sie schloss die Augen und lächelte. Es war kein großes Café, eigentlich nur ein Kiosk mit ein paar Tischen am Wasser, und sie empfand einen inneren Frieden wie schon lange nicht mehr. Beim Betreten waren sie schnurstracks zu der Glasvitrine mit den Kuchen gegangen, und Rina hatte ein Flattern im Magen verspürt, als sie den Himbeer-Käsekuchen entdeckte. Sie sah zu Kaitarō, der sie mit leuchtenden Augen ansah. »Sollen wir?«, sagte er, und sie musste über seine Schüchternheit schmunzeln. »Ich will dich zu nichts zwingen«, sagte er. »Falls es doch nur meine Leidenschaft ist«, ergänzte er, doch sie widersprach: »Ich esse ihn auch für mein Leben gern«, und bestellte zwei Stücke.

Jetzt waren ihre leeren Teller zur Seite geräumt, und zwischen ihnen auf dem Tisch lag aufgeschlagen eine Mappe, ihre Künstlermappe, eine Auswahl ihrer Arbeiten von damals, die sie ihm zeigen wollte. Kaitarō hielt eines ihrer Fotos in der Hand. Er folgte den Linien der Landschaft, untersuchte den Einfallswinkel des Lichts in die Bucht. Es war Rinas Lieblingsfoto, das letzte öffentlich ausgestellte, ehe sie sich für immer von dem Beruf verabschiedet hatte. Die Auflage war niedrig gewesen, nur fünf Drucke für die Ausstellung, alle verkauft, dieser kleine Abzug war der einzige, der ihr geblieben war.

Die Aufnahme war zu Anfang ihrer Ehe entstanden, heimlich, bei einem Tagesausflug im Winter nach Shimoda. Am Bahnhof hatte sie sich ein Taxi genommen und war die steinige Böschung vor ihrem Haus zum Strand hinuntergeklettert. Sie hatte die Schuhe abgestreift und war über den kalten Sand bis zur Brandung gelaufen. Die Wellen kräuselten sich eisig und träge, darüber wölbte sich ein stürmischer Himmel. Die nächste Welle brach sich, und sie drückte auf den Auslöser, fing das Licht ein, als es durch die Wolkendecke drang und auf das Wasser traf. In dem Moment, als sie am Strand durch den Sucher schaute, all die Abstufungen von Schwarz und Weiß, die Kraft der natürlichen Welt wahrnahm, hatte sie zum ersten Mal gespürt, wie sich Sumiko in ihrem Bauch bewegte, wie ein Silberfischchen aus dem Schwarz-Weiß-Bild sprang.

Es stand für so vieles, dieses Foto, für alles, was sie hatte erreichen wollen und was noch fehlte. Sie wusste noch genau, wie sie es entwickelt hatte, erinnerte sich an den basischen Geruch in ihrer Dunkelkammer, wie sie mit verschiedenen Techniken des Abwedelns und Brennens experimentiert hatte, ihre Hand zwischen der Lichtquelle und dem Fotopapier hin- und hergeflattert war, um die perfekte Akzentuierung von Licht und Schatten zu kreieren. Sie erwartete nicht, dass Kaitarō verstand, wie viel Mühe sie sich gegeben hatte. Doch es gefiel ihr, wie behutsam er mit dem Foto umging, wie aufmerksam er die Komposition studierte. Er wischte die Krümel weg, bevor er es auf den Tisch legte, und hielt es am Rand fest. Und vielleicht merkte er ja doch, was in dem Foto steckte, denn er fuhr mit den Fingern über die Linien, die sie erzeugt hatte, verharrte an der Stelle, wo auch ihre Hand verharrt hatte und das Licht zwischen den Fingern hindurchgedrungen war, um die Belichtung in die Länge zu ziehen, die Details der Wellen aufs Papier zu brennen.

»Danach hast du aufgehört zu fotografieren?«, sagte Kaitarō. Es war eher eine Feststellung als eine Frage. Rina nickte.

»Ich habe noch eine Serie über Shimoda vollendet und an ein paar Ausstellungen teilgenommen, aber nachdem dieses Bild gezeigt wurde, habe ich …«

»… hast du dich auf deine Ehe konzentriert«, ergänzte er. Wieder nickte Rina, protestierte aber nicht gegen das Gesagte. Es war nicht wertend gemeint, benannte nur eine Tatsache.

»Hast du nie Sumiko fotografiert?«, fragte er.

Sie musste lachen. »Das hätte ich gerne. Wenn ich mit ihr in Shimoda bin, in dem Wald oberhalb unseres Hauses oder unten in der Bucht, dann sehe ich manchmal das Licht, das von ihrer Gestalt reflektiert wird oder ihr Gesicht anstrahlt, wenn sie sich lachend zu mir umdreht. Ich wüsste nur nicht … ich weiß nicht, wie ich die zeitliche Lücke überwinden soll. Ich kann mir kein neues Projekt vorstellen, mir sind die Ideen ausgegangen.« Rina schaute auf ihre Hände im Schoß. Kaitarō beugte sich vor, sie hob den Kopf und sah ihm in die Augen.

»Du kannst alles erreichen, Rina«, sagte er. »Was du willst.« Es war eine vollmundige Aussage, vermutlich eine Binsenweisheit, aber vielleicht lag es an seinem Blick, an der Kraft in seinen Augen, dass sie ihm gerne glauben wollte. Seine Hoffnung und seine Ermutigung entfachten etwas in ihr.

»Ja, vielleicht«, sagte sie leise lächelnd.

Sie klappte die Mappe zu und verstaute sie wieder in ihrer Tasche. »Und du?«, fragte sie. »Hast du jemals mit einem geliebten Menschen fotografiert?«

Kaitarō verzog das Gesicht, und Rina lachte, froh, das Gespräch auf ihn zu lenken.

»Nein«, sagte Kaitarō leise.

»Nie?«

Kaitarō schüttelte den Kopf, stutzte über die Entschlossenheit in ihrem Blick.

»Es gibt nicht einen einzigen Menschen auf der ganzen …?«

»Vielleicht mein Onkel.«

»Dein Onkel?«

»Er hat mir das Fotografieren beigebracht.« Kaitarō sah zur Seite und rieb sich den Nacken. »Erinnerst du dich an die Bilder, die ich dir gezeigt habe? Ich war mit ihm unterwegs, als ich sie aufnahm.«

Rina sah ihn eine Weile schweigend an. Ihr erster gemeinsamer Kaffee nach dem Vortrag in Ginza fiel ihr wieder ein. Er hatte von einem Lehrer gesprochen, einem Fotografen, für den er arbeitete, aber dass er zur Familie gehörte, war ihr nicht klar gewesen. Sie dachte an die Fotos, die er ihr an dem Abend gezeigt hatte, Sonnenaufgänge über Feldern, goldene Strahlen, die filigrane Reishalme umhüllen, riesige Gewächshäuser voller Chrysanthemen, eine im Wind gleitende Libelle mit Flügeln wie aus Klarsichtfolie. Ansichtskartenmotive, wie er meinte, doch solche Ansichtskarten hatte Rina noch nie gesehen. Vielleicht hatte er auf einer Fahrt in den Norden mit Landschaftsfotografie experimentiert. Sie hatte ihn beneidet um seinen Lehrer und dass sie auf Reisen hatten gehen können. Rina hatte nicht begriffen, dass er ihr sein Zuhause gezeigt hatte, und ihr war nicht aufgefallen, dass auf keinem einzigen Foto ein Mensch zu sehen war.

»Wann sind die Bilder, die du mir gezeigt hast, entstanden?«, fragte sie.

»Kurz bevor ich nach Tokio gezogen bin.«

»Hast du ihn seitdem nicht mehr gesehen?«

Zaghaft blickte er sie an, aber Rina wollte nicht zu sehr in ihn dringen.

»Ich bin seitdem nicht wieder zu Hause gewesen«, sagte er schließlich. »Und ich glaube, mein Onkel auch nicht, er wäre dort nicht willkommen.«

Rina spürte, wie sich ihre Stirn in Falten legte, und glättete sie rasch wieder. Kaitarō sah auf die grau marmorierte Tischplatte, sein Augenlid zuckte. Vielleicht ist er bloß verlegen wegen seiner Herkunft, dachte sie. Rina kannte Selbstzweifel nur zu gut, doch jetzt wurde ihr klar, dass sehr viel mehr dahintersteckte und sie beide sich auf neuem Terrain bewegten, denn er sprach nicht oft darüber, das war deutlich zu merken. Sie hoffte, dass er fortfuhr.

»Mein Vater hat ihm die Schuld gegeben«, sagte er schließlich. »Er gibt gerne anderen Leuten die Schuld.«

»Ich kenne auch so einen«, sagte Rina leise und lächelte, als er zu ihr aufschaute.

»Dein Onkel war also Fotograf«, sagte sie. »Wann hat er dir das Fotografieren beigebracht?«

»In meiner Jugend, mit Unterbrechungen«, antwortete Kaitarō. Er verzog die Mundwinkel zu einem Grinsen, und Rina stellte erleichtert fest, dass sie die richtigen Fragen gestellt hatte, dass wenigstens diese Erinnerungen schöne Erinnerungen waren.

»Er ist viel gereist, war ein Eigenbrötler, aber wenn er in der Gegend war, hat er mich mitgenommen. Ich habe als sein Assistent angefangen, dafür gesorgt, dass immer Filme in seinen Kameras waren, dass die Dunkelkammer sauber und das Wasserbad gefüllt war.« Er unterbrach sich kurz. »Anfangs habe ich auch schon mal Fixierer und Entwickler verwechselt und einen Film versaut!«

Rina prustete vor Lachen. »Das ist uns allen schon mal passiert«, sagte sie.

»Irgendwann hat er mir seine Kamera überlassen, und danach wollte ich sie nicht mehr aus der Hand legen.« Kaitarō lachte, und Rina bemerkte die Genugtuung in seiner Stimme. »Er hatte nicht regelmäßig Aufträge, aber wenn er welche bekam und das Honorar für uns beide reichte, hat er mich mitgenommen. Er hat mir alles beigebracht, was er wusste.«

»Was waren das für Aufträge?«

Kaitarō grinste. »Jedenfalls keine hohe Kunst. Zum Beispiel haben wir vor Bahnhöfen provisorische Fotokabinen aufgebaut. Manchmal bekamen wir auch größere Aufträge, Stadtfeste, Schulabschlussfeiern, aber meistens waren es lokale Heiratsvermittler, die Aufnahmen ihrer Kunden brauchten, oder Jungen und ihre Freundinnen, die billige Zigaretten rauchten.«

»Motorräder und Lederklamotten?«, fragte Rina und lachte, als Kaitarō nickte. »Hattest du ein Motorrad?«

»Ja«, antwortete er. »Es hat einige Jahre gedauert, und ich habe mir von dem Geld, das wir mit den Fotos von den Jugendlichen verdient haben, meine erste Kamera gekauft. Dumme Gören, ich wollte nur ihr Geld.«

»Geld braucht man.«

»Ja, allerdings«, sagte er, und sie sahen sich in stillem Einvernehmen an.

»Das hört sich an, als ob dein Onkel ein guter Mensch ist.«

Kaitarō zuckte mit den Schultern, senkte kurz den Blick, und Rina hielt den Atem an. Sie spürte, dass sie den Punkt angesprochen hatte, den er eigentlich vermeiden wollte. Sie fragte sich, ob er genug Vertrauen zu ihr hatte und fortfuhr. Er faltete die Hände auf dem Tisch und rieb sich die Fingerknöchel. Verzagt sah er Rina an, und sie hätte am liebsten seine Hände genommen, doch er ließ sie in den Schoß sinken und schaute weg. Es war, als hätte er eine Entscheidung getroffen, und Rina konnte nur abwarten.

»Ich hatte gerade die Schule beendet, als er wiederkam«, sagte er nach einer Weile mit leiser Stimme. »Nach dem Schulabschluss habe ich mich treiben lassen, fand keine Arbeit auf den Trawlern und habe nur rumgehangen, abgesehen von den Nachtschichten in der Seetangfabrik.« Wieder machte er eine Pause, und Rina merkte, dass er noch immer argwöhnisch war.

»Mein Vater konnte meinen Onkel nicht leiden«, sagte er. »Er hat ihn meiner Mutter zuliebe toleriert, aber nicht respektiert. Hat ihn einen Streuner genannt. Mein Onkel hatte kein richtiges Zuhause, er ging monatelang auf Reisen und tauchte dann urplötzlich in modischer Kleidung oder einer neuen Jacke wieder auf. Und mein Vater sagte dann immer, es sei in Ordnung, mit einem Hobby etwas nebenher zu verdienen, aber seinen Lebensunterhalt könne man damit nicht bestreiten. In dem Jahr wollte ich wieder mit ihm fotografieren, aber mein Vater hat es mir verboten. Als mein Onkel ihn überreden wollte, hat er ihn aus dem Haus geworfen. Mein Onkel war ein guter Lehrer, aber viel mehr konnte er mir auch nicht beibringen. Schließlich ist er an die Westküste gezogen, aber ich weiß nicht, wohin genau. Ich bin trotzdem weiter mit meiner Kamera losgezogen. Meine Mutter hat sich eine Zeit lang für mich eingesetzt, aber dann hat mein Vater immer häufiger mit ihr gestritten. Ich konnte ihn schon von der Straße aus brüllen hören. Ich erinnere mich noch gut an seinen Geruch, wenn ich ins Haus kam, nach Blut und Sardinen, an den Gestank von Kerosin von den Booten. Er wollte, dass ich so wurde wie er. Nein, er dachte, ich sei wie er.« Kaitarō hob nervös den Blick, doch Rina hörte zu, die Augen auf sein Gesicht gerichtet.

»Ich habe versucht, anspruchsvollere Arbeit zu finden. Ich wollte nicht auf einem Boot arbeiten, aber zum Schluss …«

»… hat es sich zugespitzt?«, ergänzte Rina, und er nickte mit gesenktem Kopf.

»Mein Vater hat mir einen Ausbildungsvertrag auf einem Boot verschafft. Ein Vollzeitjob. Ein gutes Angebot, aber ich wollte nicht. Als ich eines Abends nach Hause kam, wartete er schon auf mich. Im Haus war es ruhig. Ich dachte, sie wären schon schlafen gegangen, aber als ich in die Küche kam, saß er da. Seine Kollegen hatten ihm gesagt, ich hätte das Angebot abgelehnt. Ich hielt die Kamera in der Hand und wollte sie auf den Tisch legen, aber er entriss sie mir. Meine Mutter kam aus dem Schlafzimmer und versuchte, ihn zu beruhigen, aber er drehte sich um und schlug ihr mit voller Wucht ins Gesicht. Sie taumelte und fiel hin.«

Rina schluckte. Wut, die in Gewalt umschlug, so etwas hatte sie noch nie erlebt.

»Ich blieb untätig«, sagte Kaitarō. »Sonst haben wir uns meistens geduckt oder uns aus dem Haus geschlichen und gewartet, bis er seinen Rausch ausgeschlafen hatte. Aber an dem Abend hat er sie richtig geschlagen. Es ist gar nicht so einfach, jemanden bewusstlos zu schlagen. Es braucht große Anstrengung.«

»Es war nicht deine Schuld, Kai.«

»Doch«, sagte er. »Ich habe mich von zu Hause ferngehalten. Bin immer später heimgekommen und habe so dazu beigetragen, dass es nur noch schlimmer wurde mit ihm. An dem Abend habe ich nur darauf gewartet, dass er auch auf mich losging. Ich konnte sehen, wie es in ihm brodelte. Auf der Fensterbank stand ein alter kaputter Suppentopf, in dem meine Mutter Kräuter angepflanzt hatte. Den nahm er und warf ihn in meine Richtung. Er zerschellte an der Wand, neben meinem Ohr, Blumenerde und Tonscherben flogen durch die Luft. Von dem Krach wurde meine Mutter wieder wach. Ihr ging es wieder besser, was meinen Vater irritierte. Sie schrie ihn an, er solle aufhören, und ich sah, dass ihr Gesicht anschwoll. Sie sagte, ich solle gehen, und das tat ich.« Für einen Moment sah er sie an, wie zur Unterstreichung des Gesagten. »Ich solle abhauen, sagte sie, und ich bin gegangen. Meine Kamera habe ich dagelassen, damit sie die Miete bezahlen konnten. Ich habe mein

Motorrad verkauft und bin über die Meerenge von Tsugaru übergesetzt. Seitdem war ich nicht wieder da.« Er wandte rasch den Blick ab, doch Rina hatte die Angst in seinen Augen bemerkt, die Panik, er könnte ihr zu früh zu viel erzählt haben.

»Du hast dich dafür entschieden, für dich selbst zu sorgen. Das ist kein Verbrechen«, sagte Rina, beugte sich leicht über den Tisch und schaute den jungen gebildeten Mann ihr gegenüber an. Er wirkte so robust, so kontrolliert. »Du bist anders als er«, stellte sie klar, und Kaitarō hob den Kopf.

»Das hoffe ich, Rina«, flüsterte er. Sein Blick war voller Hoffnung.

»Kai«, sagte sie, und seine Augen erwärmten sich, als er seinen Namen aus ihrem Mund vernahm. »Ich weiß es.« Sie ließ die Hand über den Tisch gleiten und legte sie auf seine. Er holte zitternd Luft, als sie ihn berührte, und ihre Blicke gingen zu ihren sich verschränkenden Fingern. Rina spürte seine raue Handfläche, als seine warme Hand ihre umfasste.

»Seitdem warst du nicht mehr da?«

Kaitarō schüttelte den Kopf.

Rina nickte. »Ich wäre auch gegangen, wenn ich gekonnt hätte«, sagte sie. Seine Hand schloss sich fester um ihre, und er zog Rina näher zu sich. Es herrschte eine solche Verbundenheit zwischen ihnen, dass sie dachte, er hätte schon verstanden, dass sie für sie beide sprach. Er sagte ihren Namen, und beim Klang seiner Stimme lief ihr ein Schauder über den Rücken.

»Wann kann ich dich wiedersehen, Rina?«

Folge mir

»Und wie ist das so?«, fragte Rina.

»Was?«

»Andere Menschen zu verfolgen.«

»Willst du meinen Job haben?« Kaitarō trank einen Schluck Kaffee und sah sie dabei über den Tassenrand hinweg an. Er hatte ihr gesagt, er sei Privatdetektiv, was der Wahrheit recht nahe kam. Weiter wagte er sich nicht vor.

»So schwer kann es doch nicht sein«, sagte sie.

Sein Lächeln wurde breiter. Sie war fasziniert von seiner Arbeit. Sie beobachtete gerne Menschen, war wissbegierig, ja neugierig, wahrscheinlich weil sie beide Fotografen waren und zu Voyeurismus neigten. »Ich werde es dir zeigen«, sagte er und stand von dem Barhocker auf. Während sie ihren Mantel anzog, blickte er auf die Rechnung und warf ein paar Scheine auf den Tisch.

»Willst du nicht auf das Wechselgeld warten?«, fragte sie, gewohnt sparsam. Die Frage brachte ihn zum Lächeln, und als sie sich an ihm vorbeischob, roch er – viel zu kurz – den frischen Duft ihres Haars. »Komm mit mir, Rina«, sagte er und passte sich ihrem Schritt an.

Er führte sie nach draußen in die Sonne, und die Schwingtüren des Cafés pendelten sich hinter ihnen wieder ein. »Wen sollen wir uns aussuchen?«

»Den Angeber da drüben, mit dem Filzhut.«

Kaitarō lachte. »Zu einfach. Außerdem glaube ich nicht, dass er ein interessantes Ziel hat.«

»Dann wähl du jemanden aus.«

»Die da, die Frau in dem braunen Mantel.«

»Sprichst du auch mit ihnen? Ich meine, mit den Personen, die du verfolgst.«

»Manchmal«, erwiderte er. »Manchmal braucht man Informationen, manchmal muss man einschätzen, wie die Person so tickt.«

»Und das geht? In wenigen Minuten?«

Immer noch lächelnd sah Kaitarō sie an.

»Wer sie zuerst anspricht, hat gewonnen«, flüsterte Rina und ging hinter der Zielperson her.

Kaitarō folgte ihr, holte sie ein, als sie gerade um die nächste Straßenecke bog, und sie schien so vergnügt, dass er sich zurückhalten musste, um nicht die Hand nach ihr auszustrecken.

»Langsam, langsam. Du bist zu nah an ihr dran.«

»Geh weg. Wir arbeiten nicht im Team.«

»Du musst abwarten«, sagte er leise, »bis sie ein Geschäft betritt, dann kannst du sie am Obststand in ein Gespräch verwickeln.«

»Über Käsekuchen?«

Kaitarō sah über die Schulter die Straße entlang. »Irgendwas in der Art.«

Rina beschleunigte ihre Schritte. Noch einmal wehte Kaitarō der Duft ihres Haars in die Nase, und sein Kiefer spannte sich an. Es machte ihn wahnsinnig, dass sie niemals für sich waren, dass er sie in der Öffentlichkeit nicht berühren durfte, und mit jedem Treffen wurde es schlimmer.

»Mal sehen, wie viel wir aufschnappen, bevor sie uns

bemerkt«, flüsterte Rina und lächelte ihn verführerisch an. Sie folgten der Frau und kicherten wie Kinder.

Am Ende der Straße betraten sie das neu errichtete Viertel von Ginza mit seinen glitzernden Kaufhäusern, und Kaitarō wurde ernst. Die Frau ging in einige Designer-Boutiquen, hielt sich aber immer nur im Erdgeschoss auf. Er tippte Rina auf den Arm, drehte sich zu ihr um, und sie taten so, als würden sie sich einige Parfüms ansehen. Dann folgten sie der Frau wieder nach draußen auf die Straße, und Kaitarō nahm sich eine kostenlose Zeitung, verlangsamte seine Schritte, weil die Frau überlegte, welche Richtung sie nun einschlagen sollte. Mit einer geschickten Bewegung gab er Rina ein Zeichen. Er wollte sie beeindrucken, sie sollte wissen, dass er seine Arbeit gut machte.

»Ich möchte sie ansprechen«, sagte sie, und Kaitarō sah sie von der Seite an.

»Wir machen heute keine enge Beschattung.«

»Ich mache, was ich will«, warf sie ihm über die Schulter zu, rannte los und kreischte auf, als er sie einfing und sie herumriss und sie in eine kleine Seitenstraße zerrte. Die Frau, die sie verfolgten, hatte sich bestimmt erschrocken umgedreht, doch von ihnen blieb nur noch ein Widerhall ihres Lachens und ein kurzes Aufblitzen von Rinas Mantel übrig.

Sie standen keuchend in der Gasse, es war kühl im Schatten, doch Kai machte es nichts aus und Rina anscheinend ebenfalls nicht. Ihre Augen verdunkelten sich, als sie zu ihm aufschaute. Er strich ihr mit dem Finger über die Wange. Rina lehnte sich vor, er zog sie in seine Arme, legte den

Mund auf ihren, seine Hände füllten sich mit ihrem Haar, erspürten ihren Körper, nahmen ihren Duft auf. Stöhnend erwiderte sie seinen Kuss, seine Hände legten sich schützend um ihr Gesicht. Ein Fremder hätte sie wahrscheinlich für irgendein Mädchen von der Straße gehalten, für ihn jedoch war sie Rina; er wusste, wer sie war, und die Freude darüber war überwältigend. Kaitarō zog sie noch näher zu sich heran, kostete diesen ersten sinnlichen Eindruck aus und küsste sie, als sollte der Kuss nie enden. Für eine Weile nahmen sie beide nichts und niemanden in der Gasse wahr. Schließlich löste er sich von ihr, seine Atmung ging noch immer unregelmäßig. Rina hob die Augen zu ihm empor, und ihr Mund verzog sich zu einem Lächeln.

»Folge mir«, hauchte sie.

Ohne sich umzudrehen, ging sie die kleine Gasse entlang. Ein paar Hundert Meter weiter blieb sie vor einem Schaufenster stehen. Sie konnte Kai nirgendwo entdecken, wusste aber, dass er da war. Sie betrachtete ihr eigenes Spiegelbild, ihr lachendes Gesicht. Das ist Glück, dachte sie, und sie prägte sich das Gefühl ein.

Rina betrat das Geschäft und fragte nach der Damentoilette. Sie fand sie, ebenso einen Hinterausgang. Ginza war voller glitzernder Durchgangsstraßen und winziger gewundener Gassen, Läden, die Kunsthandwerk anboten, und kleinen, dicht aneinandergedrängten Restaurants, auch ihr Lieblingslokal, das Kynbey, befand sich hier. Sie blieb stehen, und Passanten auf dem Weg zum Fischmarkt und den dortigen Imbissständen eilten an ihr vorbei. Paare schlenderten, Touristen blieben stehen. Rina zog ihren leichten Sommermantel aus und drehte ihn auf links, sodass sie jetzt einen schwarzen Mantel trug und der rote Außenstoff das Innenfutter bildete. Sie ging weiter die Gasse entlang, drehte sich immer wieder um, kehrte zurück zur Hauptverkehrsstraße und betrat den nächsten Laden. In den Augenwinkeln schimmerte kurz sein beiger Regenmantel auf. Wie fahrlässig, dachte sie nur und verließ lachend den Laden, schlängelte sich zwischen den Käufern hindurch, deren erstaunte Blicke ignorierend, und lieferte sich mit Kai eine Verfolgungsjagd bis ans Ende der Straße. Dort stürmte sie so schnell ins Kaufhaus Matsuya, dass der weiß behandschuhte Portier am Eingang kaum dazu kam, ihr die Tür aufzuhalten, und rannte in die oberste Etage und durchstöberte die vollgehängten Kleiderständer mit den Yukatas, die für modebewusste Hausfrauen und Touristen auf der Suche nach einem Mitbringsel gedacht waren. Sie durchquerte die Etage, erklomm die Treppe zum Dach und schaute über die Stadt. Ihr stockte der Atem; sie lächelte, und ihre Hand wanderte zu der Perlenkette um ihren Hals.

Sie trat vor den Shinto-Schrein in der Mitte des Dachs und warf eine Münze zwischen die Holzlamellen, verbeugte sich tief und klatschte zweimal in die Hände. Noch während das Geräusch nachhallte, ging sie zum anderen Ende des Dachs, wendete erneut ihren Mantel und brauste wie ein roter Blitz durch das Treppenhaus. In der dritten Etage drehte sie eine Runde und machte noch einen Abstecher in die Spielzeugabteilung eine Etage höher, bevor es mit dem Aufzug in den Keller ging. Sie betrat ihn im selben Moment wie Kaitarō, der sie vom anderen Ende des Raums angrinste.

Rina, erleichtert und enttäuscht zugleich, lachte, als er zwischen den Kunden und Hausfrauen, die sich für die Woche eindeckten, auf sie zukam. In der Mitte der Lebensmittelabteilung trafen sie aufeinander.

»Essen verbindet uns«, scherzte er.

»Wie hast du mich gefunden? Ich war extrem schnell und habe zwischendurch meinen Mantel gewendet.«

»Eine brillante Idee«, sagte er. »Geradezu genial.« Er schaute sich um, nahm ihre Hand und drückte seine Lippen auf ihre Handfläche. »Beinahe hättest du mich überlistet.«

»Keine falsche Bescheidenheit«, bemerkte sie.

»Doch, ehrlich. Auf dem Dach wusste ich für kurze Zeit nicht, wohin du als Nächstes gehen würdest.«

Rina boxte ihm freundschaftlich gegen die Schulter. Er lachte, und sie trat nahe an ihn heran, ohne ihn zu berühren; sie spürte seinen Atem an ihren Haarsträhnen.

Als ihr bewusst wurde, dass möglicherweise Leute guckten, machte sie einen Schritt zurück und wandte sich der Käsekuchen-Auslage zu. »Schau mal, Kai, die sehen aber lecker aus. Sollen wir ein Stück kaufen?« Sie überflog das stilvolle Arrangement, bis ihr Blick an der gewünschten Sorte hängen blieb. »Banoffee-Schokolade, den nehme ich …«

Kai neben ihr war schweigsam geworden. Er sah hinter sich, und als er sie wieder anblickte, spürte sie, wie die Aufregung abebbte, und ihr wurde klar, dass sie nirgendwo hingehen konnten mit dem Kuchen. Sie musste nach Hause.

»Bleib bei mir, Rina«, sagte Kai. Er nahm ihre Hand, und ein schelmisches Lächeln spielte um seinen Mund. Es war, als spürte er ihren Stimmungsumschwung und dass Rina ihm entglitt.

»Nimm mich mit nach Shimoda diesen Sommer.«

Sie sah ihm in die Augen und schüttelte den Kopf, wurde sich plötzlich schmerzlich ihrer Tochter Sumiko bewusst und dass sie noch für das Leben anderer Menschen Verantwortung trug.

»Wir können dort trotzdem zusammen sein«, beharrte er, doch Rina runzelte die Stirn.

»Meine Familie wird da sein.«

»Dann treffen wir uns eben in Atami. Sieh mich an, Rina«, flehte er sie an, aber sie konnte nicht.

»Ich muss nach Hause«, sagte sie leise. Dann ging sie, ließ ihn stehen, allein, vor der Kuchenauslage.

Kaitarō sah ihr hinterher. Niemals würde er sich an dieses Gefühl gewöhnen, die Angst, ohne sie zu sein. Aus den Augenwinkeln bemerkte er eine Bewegung in der Lebensmittelabteilung, eine Tasche, die um die Schulter gehängt wurde. Kaitarō folgte ihr, die Rolltreppe hinauf in das Hauptfoyer. Er verließ das Kaufhaus, ging ein paar Häuserblocks weiter und blieb an einer mit Telefonmasten gesäumten Straße stehen. Nach einem kurzen Regenschauer hatten sich Krähen auf den dünnen schwarzen Kabeln niedergelassen, beobachteten die Leute und bedachten die Unachtsamen mit Regentropfen.

Am Ende der Straße stand Haru in einer braunen Lederjacke und hatte immer noch die Basecap auf dem Kopf, die er schon in der Lebensmittelabteilung getragen hatte. Er wartete, bis die Ampel auf Rot schaltete. Kaitarō legte die Hand auf seine Schulter.

»Kai.«

»Hey.« Er deutete auf Harus Tasche, nahm sie ihm aus der Hand und holte die Kamera heraus.

»Hast du gekriegt, was du wolltest?«, fragte er.

»Ja.«

Kaitarō nickte und nahm die volle Filmrolle heraus. Dann, ehe Haru ihn daran hindern konnte, zog er den Filmstreifen aus der Dose und setzte sie dem Licht aus. Er hielt kurz inne, untersuchte die Linse, bevor er die Kamera an die Wand neben sich knallte. Er sah Haru an.

»Folge mir nicht noch mal.«

Der Duft von Orangen

Als Rina in ihrem Haus Washikura in Shimoda aufwachte, war sie allein. Früh war Yoshi hereingekommen, um sich zu verabschieden, kurz bevor er mit Sumi zu ihrem Zweitagesausflug zum Fudschijama aufgebrochen war. Sie erinnerte sich nur daran, dass sie unter dem zerwühlten Laken gelegen und ihm verschlafen gewunken hatte, als er sich zu ihr hinuntergebeugt und ihr das Haar zerzaust hatte. Er musste auch die Holzfensterläden aufgeklappt haben, denn sie konnte sehen, dass die Sonne schon hoch am Himmel stand; Licht sickerte durch die luftigen Sommervorhänge. Sie spürte eine kühle Brise auf der Haut, und durch das geöffnete Fenster konnte sie das Meeresrauschen hören.

Rina rekelte sich in ihrem von der Sonne erwärmten Bett. Es gab eine Einsamkeit, die ungewollt war, und dann gab es wieder Momente, da fühlte sie sich wie das pure Glück an. Seit einiger Zeit kam sie nicht mehr gut mit sich selbst aus, doch jetzt, wo der Sommer sich dem Ende zuneigte, fühlte sie sich wieder entspannt und mit sich im Reinen. Satō war in Tokio, er hatte Shimoda nie gemocht; und so, allein im Haus der Familie, freute sich Rina auf einen Tag, über den sie ganz allein verfügen konnte, ohne Angst, gestört zu werden.

Erneut schlug sie die Augen auf und sah die Canon EOS 3500 in ihrer neuen Lederhülle, das Geschenk von Kaitarō, auf der Fensterbank liegen. Sie dachte an die Fotos, die sie zusammen in den Bergen oberhalb von Atami gemacht hatten, das Licht, das durch die Blätter auf sie herabgefallen war. Sie konnte noch den bittersüßen Duft der Orange riechen, als sie die dicke Schale der Frucht aufgeschlitzt hatte, den Regen hören, der auf das Blech trommelte, als sie im Auto saßen und sich unterhalten hatten. Sie spürte Kaitarōs raue Finger auf ihren Lippen, als er ihr gestand, dass er sie liebte. Langsam richtete sie sich auf, stützte sich auf den Ellbogen, holte die Kamera aus der Hülle, wog sie stolz in der Hand.

Als das Telefon klingelte, sprang sie aus dem Bett und rannte nach unten und hob atemlos den Hörer ab.

»Hallo.«

»Ich bin's.«

»Ich weiß«, sagte Rina lächelnd. »Sie sind weg.«

Sie trafen sich in der Bucht. Rina stieg den steinigen Weg von ihrem Garten zum Strand hinunter, der Wind blies trockene Seegrasbüschel vor sich her. Sie hatte einen Hut mit breiter roter Krempe gekauft und trug dazu einen passenden Bikini. Am Strand setzte sie sich auf den Boden und lauschte auf seine knirschenden Schritte im Sand.

»Du hast dir Zeit gelassen.«

»Es hat nicht jeder einen Privatzugang zum Strand«, erwiderte er und setzte sich neben sie.

Rina sah ihn von der Seite an.

»Hallo«, sagte sie.

»Hallo.«

Sie mussten beide grinsen.

Sie blickten aufs Meer. Der Strand war weiß und sauber, keine Flaschen, kein Verpackungs- oder Plastikmüll, nur vereinzelt Treibholz, manches weiß und so verwittert, dass es an Knochen erinnerte. Wäre sie allein gewesen, hätte sie es für den Holzofen oben im Haus aufgesammelt. Heute jedoch wollte sie nur dicht neben Kaitarō sitzen, dass sich ihre Schultern zart berührten und die Sonne auf den Wellen tanzen sehen.

Rina legte den Kopf zur Seite und genoss Kaitarōs Nähe. Sie konnte den Sommer an ihm riechen, warme Haut unterm Baumwollhemd. Er sah sie an und verzog seine Mundwinkel zu einem Lächeln, doch seine Augen blickten ernst, konzentriert. Sie wusste plötzlich, dass er sie küssen würde, und sie stand auf, warf den Hut in den Sand und lief zum Meer.

»Rina!«, rief Kaitarō enttäuscht und lachte. Er knöpfte sein Hemd auf, während sie in die Fluten tauchte. Direkt an der Wasserkante war eine Kiesböschung, und Rina rutschte kreischend in die Wellen, sodass unter ihren Füßen eine kleine Lawine losbrach.

»Komm raus, Rina!«, rief Kaitarō. »Es ist zu kalt.«

»Du verwöhnter Städter!«, rief sie ihm zu. Sie stand bis zur Taille im Wasser, das Oberteil ihres Bikinis war nassgespritzt und dadurch dunkler geworden.

Kaitarōs Hand ging zum obersten Knopf seiner Jeans. Rina beobachtete ihn immer noch vom Wasser aus, ihr Lächeln unverhohlen spöttisch. »Ich komme jetzt rein«, rief er. Doch Rina lachte nur. »Das will ich sehen«, rief sie, tauchte in das reine Blau der Bucht und schwamm hinaus, getragen vom Wasser des Pazifiks. Kaitarō sah ihr zu, bewunderte ihre sicheren kräftigen Züge. Einige Wolken standen am Himmel, das Wasser war grau im Schatten, blau in der Sonne, und Kaitarō sparte sich den schwierigen Abstieg über die steile Kiesböschung und sprang in die Wellen. Als sein Kopf wieder auftauchte, schwamm Rina von ihm fort, weiter hinaus ins tiefe Wasser, bis nur noch ein Rest sommerliche Wärme in den Wellen zu spüren war. Sie schreckte vor der Kälte nicht zurück und er ebenfalls nicht. Unverkennbar liebte sie das Meer, war mit den Strömungen und den Gezeiten vertraut. Sie trieb vor ihm im Wasser, langsamer jetzt, unterschätzte, wie schnell er sie einholte. Er packte sie am Fußgelenk, sie zuckte zusammen und versuchte, ihm zu entkommen, doch er hielt sie fest, seine Hand wanderte ihre Wade, ihr Knie, ihren

Oberschenkel hinauf. Ein Finger hakte sich in das Unterteil ihres Bikinis, und er zog sie zu sich. »Mich hat das Meer geboren«, sagte er, während sie auf und ab im Wasser trieben. »Dieses Meer. Wir sind schon immer zusammen gewesen.«

Rina schwieg, das Wasser schwappte über ihre Schultern. Sie kam so dicht an Kaitarō heran, dass er ihren geschmeidigen Körper beinahe spüren konnte, ihre langen Gliedmaßen, die im Wasser strampelten. Sie leckte sich einen Tropfen Salzwasser von der Unterlippe. »Das erklärt alles.« Ihr Blick wanderte zu seinen vom Wind geröteten Lippen. »Ich mag nämlich keine Städter«, sagte sie und schlang ihren Arm um seinen Hals und küsste ihn auf den Mund.

Kaitarō schauderte, umfasste ihr Gesicht, glitt mit den Fingern in ihr Haar. Er liebkoste mit der Zunge ihren Hals, schmeckte das Salzwasser, ihre Haut. Seine Hände wanderten hinab, und er hob sie hoch, legte ihre Beine um seine Taille. Sein Atem wurde unregelmäßig, als sie seinen Schoß mit den Schenkeln umklammerte, sich an ihn drückte.

»Du ertränkst mich noch«, keuchte er, während er strampelte, damit sie beide nicht untergingen.

Rina lachte herausfordernd. »Ich dachte, du bist im Meer geboren.«

Kaitarō lockerte den Griff um ihre Taille und wollte antworten, doch im selben Moment stemmte sich Rina an seinen Schultern hoch und drückte ihn mit aller Kraft unter Wasser.

Als er wieder auftauchte, Wasser schluckte vor Überraschung, hatte sie bereits mehrere Meter Vorsprung. Zielstrebig kraulte sie zurück zum Strand, erklomm die Kiesböschung und lief zu der Stelle, wo er seine Tasche hingelegt hatte. Sie lächelte leicht, als ihr Blick zurück zu ihm ging, dann bückte sie sich, wühlte in seinen Sachen und zog sein Hemd heraus. Sie streifte es sich über den nassen Bikini, klappte den Kragen um und machte die Knöpfe zu. Mit einem letzten Blick zu Kaitarō hob sie ihren Hut auf und stieg die Treppe zum Haus hinauf. Sie wusste, dass er ihr folgen würde.

Der Himmel hatte sich verdunkelt, als Kaitarō aus dem Wasser kam. Er zog sich an und stieg ebenfalls die Treppe hoch. Am Horizont zog ein Sturm auf, die Wolken hatten die Farbe von Miesmuscheln. In einer Stunde würden sie sich ins Meer ergießen und die Halbinsel in Regen und Nebel tauchen. Er betrat das Haus durch einen Seiteneingang und durchschritt einen kleinen gemütlichen Raum, der Rinas Zimmer sein musste, denn ihre Bücher und Zeitschriften lagen verstreut auf dem Boden, dazwischen ihre Flipflops, Strandsachen und ein roter Spielzeugeimer mit Schaufel. Er wagte sich weiter vor ins Wohnzimmer, lauschte die ganze Zeit, wo sie sein könnte, links befand sich die Küche, und plötzlich stand sie vor ihm, in seinem Hemd. Der feuchte Bikini zeichnete sich durch den Stoff ab, und die Konturen ihres Körpers waren deutlich zu erkennen.

»Hast du dir meine Sachen geklaut?«, sagte er.

»Was dir gehört, gehört auch mir.«

»Hast du aber Glück, dass ich das Hemd an dir wahnsinnig sexy finde«, sagte er. Rina lachte.

Sie hatte den Wasserkessel auf den Herd gestellt und suchte im Kühlschrank nach Tee. Kaitarō lehnte am Türpfosten und verfolgte ihre anmutigen Bewegungen, konnte jedoch ihre Miene nicht deuten. Rina tat zwei gehäufte Löffel Tee in eine kleine Tonkanne, wobei ihr Haar ins Gesicht fiel. Erst goss sie kochendes Wasser in zwei Tassen und dann in die Kanne.

Als sie sich zu ihm umdrehte, stand er immer noch in der Tür, und Kaitarō registrierte mit Befriedigung, wie ihr die Röte in die Wangen stieg. Sie schluckte und legte die Hand neben der Teekanne auf den Tresen. »Der kann so lange ziehen, während ich den Holzofen anzünde«, sagte sie.

»Das kann ich machen«, erwiderte Kaitarō. Rina sah ihn fragend an.

»Wir hatten so einen Ofen zu Hause«, sagte er und ließ ihr den Vortritt ins Wohnzimmer. Gemeinsam knieten sie vor dem Ofen auf dem Boden, und Rina reichte ihm Papier und Anmachholz. Aus einem Korb daneben nahm Kaitarō zwei kleine Scheite und ein dickeres Stück Holz und schichtete alles auf. Dann zündete er ein Streichholz an und hielt es an das zerknüllte Papier, sah zu, wie die Flammen an dem Holz züngelten, es ansengten und schließlich einhüllten.

»Siehst du«, sagte er und wandte sich ihr zu.

Rina nickte und starrte in die Flammen. »Wie geschickt du bist«, sagte sie und erhob sich. Kaitarō streckte die Hand nach ihr aus, worauf sie lächelnd einen Schritt zurücktrat. Kaitarō stutzte, amüsiert und verärgert über den Spott in ihren Augen. Sie stand vor ihm, noch immer in seinem Hemd, die Beine nackt. Sie grinste ihn herausfordernd an.

»Mach ruhig weiter«, sagte er und reckte das Kinn vor. Sie gehorchte und ging ans andere Ende des Zimmers, und er folgte ihr, bis sie mit dem Rücken an der Wand stand und zwischen ihr und ihm nur noch sein Hemd war.

Er fasste unter den feuchten Stoff, glitt mit der Hand über ihren Bauch bis zum Bikinioberteil, band ihn im Nacken und Rücken auf, er fiel zu Boden. Sie hob den Kopf und sah ihm in die Augen, als seine Hände ihre Brustwarzen fanden, steif vor Begehren, und fest hineinkniffen. Sie stöhnte, und er drückte seine Lippen auf ihren Mund, verschluckte ihr Stöhnen, bevor er mit den Lippen wieder abwärts wanderte, wieder zu ihren Brüsten. Er nahm ihre Brustwarzen in den Mund, saugte durch den Stoff an ihnen. Rina streckte sich unter ihm, krallte ihre Finger in seine Haare, zog ihn zu sich. Ihr Atem vermischte sich, verschmolz miteinander, als er sie gegen die Wand drückte. Kaitarō küsste sie und spürte, wie sich ihre Hände von ihm lösten. Er stupste sie vorwurfsvoll an, doch dann wurde ihm klar, dass sie unter das Hemd fasste und ihr Bikiniunterteil auszog, das ebenfalls auf den Boden fiel. Im ersten Moment vergaß Kaitarō zu atmen, dann drängte er sich zwischen ihre Schenkel, hob sie hoch, drückte sich an sie, während sie an seinem Hals leckte, hineinbiss und ihn küsste.

Kaitarō schob seine Hand zwischen ihre Beine, und die schlüpfrige Wärme war beinahe sein Verderben. Seit Wochen, seit Monaten träumte er davon, mit Rina zu schlafen, hatte sich eine langsame Verführung auf frischen Bettlaken ausgemalt, sich vorgestellt, wie er an der karamellartigen salzigen Süße zwischen ihren Schenkeln lecken würde, wie er sie zu solcher Lust treiben würde, dass sie kaum atmen konnte. Doch als seine Finger jetzt in ihren warmen Körper glitten, konnte er an nichts anderes denken, als sich in ihr zu spüren, sie ganz und gar seinem Mund einzuverleiben, sodass nur noch Haut zwischen ihnen war. Zitternd öffnete er die beiden obersten Hemdknöpfe, dann den dritten, als sie etwas sagte, worauf seine Hände verharrten.

»Ich bin noch nicht so weit«, murmelte sie.

»Oh.« Schwer atmend lehnte sich Kaitarō mit der Stirn an sie. Rina war so feucht, dass er ihr kaum glauben mochte, aber er musste ihr glauben, und deswegen hörte er auf; das Blut toste durch seine Adern, und er spürte ihren warmen Atemstrom in seinem Gesicht.

»Es war nur ein Scherz«, flüsterte sie und legte eine Spur kleiner Küsse über seine Wange bis zum Ohr. »Nur ein Scherz! Nur ein Scherz!«

»Nicht witzig«, hauchte Kaitarō und zerrte an dem Hemd.

»Vorsicht!«, kreischte Rina, aber da waren die übrigen Knöpfe schon abgesprungen und kullerten über den Boden.

»Egal«, sagte Kaitarō und presste sich wieder an sie. Er schob das Hemd beiseite, sodass ihre nackten Brüste zum Vorschein kamen, spitz und stramm, die dunklen Brustwarzen weich wie Samt. Er küsste Rina, hob sie hoch, spreizte ihre Schenkel, bis sie ganz offen für ihn war. Rina winselte und schlang ihre Beine um ihn, hielt ihn fest umklammert, als er in sie hineinstieß. Ein lustvolles Zucken durchlief ihn, als er sich vor und zurück bewegte. Er küsste ihr Ohr, ihre Wange, ihre Lippen, suchte nach einem Rhythmus. Endlich leckte er ihre Brustwarzen, und ihr heftiges Stöhnen ließ ihn noch fester zustoßen. Sie warf sich gegen ihn, und seine Lippen fanden die Stelle am Hals, wo unter der zarten Haut der Puls schlug. Schwach erinnerte er sich daran, dass er sich vorgenommen hatte, sie richtig anzuschauen, jeden Quadratzentimeter zu erkunden, doch allein die Berührung war mehr, als er auszuhalten vermochte. »Sag mir, wann ich aufhören soll, und ich höre auf.« Er klang ungewohnt heiser. »Nie«, flüsterte sie. Er spürte ihren Klammergriff, der ihn tiefer in sie hineinzog, ihre gleitenden Bewegungen hin und her stachelten ihn an, bis er vollständig die Kontrolle verlor und immer und immer wieder in sie hineinstieß und sie beide zu einem eruptiven Höhepunkt brachte, sodass aus ihren Rufen Schreie wurden.

Sie lagen in einem Knäuel aus verschwitzten Gliedmaßen auf dem Boden. Rina, zusammengerollt in seinen Armen, den Kopf auf seiner Brust, lauschte seinen rasenden Herzschlägen. Bedächtig drehte sie den Kopf und lächelte Kai an, der ihren Rücken streichelte, ihr sanft in den Po kniff. Sie genoss seine Zärtlichkeit, dann richtete sie sich auf und schaute ihn an. Er schlug die Augen auf, und ein verwundertes Lächeln spielte um seine Lippen, als er mit dem Finger über den Bogen ihrer Augenbraue fuhr, über ihre Wangenknochen, ihre volle Unterlippe. Sie erwiderte sein Lächeln, küsste seinen Daumenballen und biss sanft hinein.

»Du liebst mich also, oder?«, fragte sie, und ein Glücksgefühl durchlief sie, als er langsam nickte. »Hattest du viele Frauen in Tokio?«, fragte sie weiter. Das Leuchten in seinen Augen wurde sanfter und gedämpfter.

»Keine wie dich«, sagte er.

»Und in Hokkaido?« Rinas Blick wanderte über sein Gesicht, und sie beugte sich zu ihm und küsste seine Nase und die Falte zwischen seinen Augen.

»Da gab es eine«, sagte er. »Aber ich konnte nicht bleiben, nicht mal wegen ihr.« Rina lag auf der Seite in seiner Armbeuge. Kaitarō fuhr weiter mit der Hand über ihren Rücken, hielt sie eng umschlungen. Sie liebte es, von ihm angeschaut zu werden, seinen konzentrierten Blick, der ihre Gedanken lesen konnte, als würden sie zu einer Person verschmelzen. »Frag nur weiter«, sagte er lächelnd.

Rina streichelte seine Wange. »Wusste die andere Frau das mit deinem Vater? Und deiner Mutter?«

»Nicht alles«, sagte er. »Sie weiß, dass ich weggelaufen bin.«

»Es war nicht deine Schuld«, sagte sie. »Es war Selbstschutz«, ergänzte sie und gab ihm einen Kuss. »Du wolltest nach deinen eigenen Vorstellungen leben.«

»Ich habe meine Eltern nicht verstanden«, sagte er bedächtig. »Ich habe meine Mutter im Stich gelassen. Aber warum hat sie ihn nicht einfach verlassen?«

Rina fuhr ihm mit den Fingern durchs Haar, als wollte sie ihn mit der Berührung besänftigen.

»Es gab Momente, da habe ich sie verachtet … Kannst du das verstehen, Rina?«

Sie nickte, sagte aber nichts.

»Sie hätte sich selbst und mich in Sicherheit vor ihm bringen sollen. Aber dann … hat sie mir die Schuld gegeben.« Er kniff die Lippen zusammen und senkte den Blick.

»Du hast sie geliebt und gehasst«, sagte Rina. Sie stützte sich auf dem Ellbogen ab und küsste ihn auf die Wange, was ihn sichtbar entspannte. »Das ist durchaus verständlich«, sagte sie, gegen seinen zweifelnden Blick anlächelnd.

»Sie hat dich freigegeben, Kai.« Rina streichelte über seinen Nacken und zog ihn näher zu sich, sodass sie dicht nebeneinanderlagen. »Du hast da nicht hingehört«, sagte sie und schlang ihre Arme um ihn. »Und sie hat dir die Erlaubnis gegeben zu gehen. Du kannst immer noch Kontakt zu ihr aufnehmen. Es wiedergutmachen.« Sie legte ihre Stirn an seine und spürte auf ihre neue gemeinsame Art, dass sie ihn erreicht, seine Stimmung sich verbessert hatte.

»Hast du das wirklich noch nie jemandem erzählt?«, hakte Rina nach.

Kaitarō schüttelte leise schmunzelnd den Kopf. »Das wäre bei den Mädchen in Tokio nicht gut angekommen«, sagte er, und Rina lächelte über den Ausdruck in seinen Augen, die Verwunderung, und er drehte sie auf den Rücken, beugte sich über sie, küsste erst ihre Wange, dann ihren Mund. Rina legte ihren Kopf an seinen Hals, genoss, wie seine Hand an ihrem Körper hinabwanderte, und knabberte an seinem Ohr. Er schaute über ihre Schulter.

»Was ist das?«, fragte er.

Rina drehte sich um und lachte. »Na, was schon? Eine Polaroidkamera.«

»Wann hast du die …?«

»Nach unserem Tag in Atami«, sagte sie. »Ich liebe die Kamera, die du mir gegeben hast. Ich wollte auch eine für Sumiko kaufen, womit sie spielen kann.«

»Und was wirst du mit der Kamera machen, die ich dir gegeben habe?«, fragte er, und sie musste über seine ernste Miene grinsen.

»Ich habe mir gedacht«, sagte sie zögernd, mit zwei Fingern über seine Brust spazierend, »dass ich Sumi mitnehme und die Küste fotografiere. Der Sommer dauert nicht mehr lange, wir könnten in den Buchten spielen, und ich würde Fotos von ihr am Meer machen.«

»Ein neues Projekt?«, fragte er mit leiser Stimme. Rina nickte und freute sich über seinen zufriedenen Blick.

»Darf ich mitkommen?«, fragte er, und Rina ging das Herz auf, als er sie unsicher anblickte, weil es ihm so viel bedeuten würde. Und auch ihr würde es viel bedeuten.

»Ja«, sagte Rina, und seine Augen weiteten sich vor Überraschung. »Und jetzt lass mich aufstehen. Ich muss mich um das Essen kümmern.«

»Essen?«, sagte er und küsste sie auf den Hals, auf die Mundwinkel.

»Zur Abwechslung mal richtiges Essen«, sagte sie, schob ihn weg und stand rasch auf. Er umfasste ihr Fußgelenk und strich über ihre Wade. »Hör auf!«, schimpfte sie scherzhaft, bückte sich nach seinem Hemd, zog es an und ging in die Küche.

»Ich koche uns etwas Besonderes«, sagte sie, als er sich hinter sie stellte. Sie wusch eine Handvoll Muscheln in einer Schüssel in der Spüle, und Sand war auf den Boden gerieselt. Auf dem Tresen lag ausgebreitet die feuchte Zeitung, in die der Fischverkäufer die Muscheln eingewickelt hatte. Rina lachte, als Kaitarō ihr einen Kuss auf den Nacken gab. Er umschlang sie mit seinen Armen, drückte sie an sich und hob sie hoch. »Es dauert nur zehn Minuten!«, sagte Rina, und er verstand es als Aufforderung, sie in Ruhe zu lassen, doch sie packte seine Hand. »Nein … nein«, sagte sie, zog ihn an sich, »bleib bei mir.« Er legte sein Kinn auf ihre Schulter, und sie drehte sich um, küsste seine stoppelige Wange. Auf dem Küchentresen lagen eine Packung italienische Pasta und die vorbereiteten Zutaten, Knoblauch, Chili und Kräuter.

»Ich helfe dir«, sagte er, doch Rina schüttelte den Kopf.

»Ich weiß, wie man Pasta kocht«, sagte er.

Rina hörte auf, die Muscheln zu waschen, und hob mit ernstem Blick mahnend den Finger. »Das ist keine gewöhnliche Pasta.«

Kaitarō packte den ausgestreckten Finger. »Ich kenne mich aus mit Pasta. Ich kann gut Pasta kochen.«

»Al dente?«, erwiderte Rina, doch er lachte nur, hob die Hände und gab sich geschlagen. Sie schwitzte den Knoblauch und Chili an, ließ den Topf auskühlen. Gerade hatte sie die Linguine in die Pfanne getan, als Kaitarō zurück in die Küche kam.

»Wenn du irgendwann heute Abend noch was essen willst, dann stör mich lieber nicht«, warnte sie ihn. »Im

Kühlschrank steht eine Flasche Weißwein.« Sie spürte ihn noch immer hinter sich.

»Komm mal her.«

Rina drehte sich um und sah, dass er hinter seinem Rücken offenbar etwas versteckt hielt. Sie nahm seine ausgestreckte Hand und ließ zu, dass er sie zu sich heranzog. Als sie vor ihm stand, nahe genug für einen Kuss, holte Kaitarō die Polaroidkamera hervor.

»Nein!«, schrie Rina und drängte sich an ihm vorbei ins Wohnzimmer. »Ich bin noch nicht bereit für eine Nahaufnahme!«

»Du siehst fabelhaft aus.«

»Lass mich los! Du Ungeheuer!« Sie kreischte, als er sie am Handgelenk packte, und sträubte sich. Doch er zog sie zu dem Ledersessel neben dem Kamin und zerrte sie auf seinen Schoß.

»Ich habe Sand im Haar.«

»Du bist hinreißend.«

»Gib sie mir«, sagte sie und griff über seinen Kopf hinweg nach der Kamera.

Kaitarō hatte einen Arm fest um ihre Taille gelegt und zog Rina wieder auf den Schoß. »Sitz still!«. Er stupste sie sanft mit der Nase an. »Oder ich verhaue dich!«

Sie lachte immer noch, als er die Kamera hochhielt und ein Foto machte.

»Gib sie mir«, sagte sie, und er gab sie ihr. »Du musst sie so halten«, sagte sie grinsend, als sich seine Arme um sie schlossen.

Mit einem breiten glücklichen Lächeln schauten sie

gemeinsam in die Linse, machten noch ein Foto und noch eins, stritten sich zwischendurch um die Kamera, während ein schwarzes Rechteck nach dem anderen auf den Boden fiel. Schließlich drehte er Rina zu sich, und sie lächelte an seinem Mund in dem Moment, als der Küchenwecker klingelte, ein hoher dreifacher Piepton.

»Bleib bei mir«, sagte Kaitarō, die Hände locker an ihrer Taille. Rina hob die Fotos vom Boden auf, setzte sich wieder auf seinen Schoß und lehnte sich an seine Brust. Sie sahen sich die Bilder an, begutachteten sie, kicherten und suchten die aus, die sie behalten würden. Zwei behielt Rina für sich und legte sie auf den Sofatisch.

Kaitarō blickte plötzlich besorgt. »Du bist doch vorsichtig, ja?«, sagte er. »Pass auf, dass niemand sie zu sehen bekommt.«

»Ich passe schon auf uns auf.«

»Versprochen?«, sagte er und küsste sie noch einmal. Er hielt ihr Gesicht in seinen Händen, sie erwiderte seinen Blick, dann lächelten sie sich an.

»Versprochen«, sagte sie.

Reflexion

Kaitarō stand am Fenster seines Motelzimmers, als sein Pager auf dem Nachttisch piepte, eine Nachricht aus dem Büro. Er ließ sie unbeachtet. Es war einige Stunden her, dass er sich von Rina in Shimoda verabschiedet hatte, und er wusste, er würde nicht schlafen können. Er sah zum Himmel, der grenzenlosen tintenblauen Weite, öffnete das Fenster und lehnte sich hinaus. Der Gehsteig unten schimmerte in der dunklen abendlichen Nässe wie ein Spiegel. Die Wolken vom Nachmittag hatten ihr Versprechen gehalten, und Kai konnte das Regenwasser aus den Dachrinnen der Stadt pladdern hören. Er sah zu den Häusern links und rechts seines Motels, zu den in den Hügeln verstreut liegenden Hütten und Kurhotels, und betrachtete die Laternen, die die Straße bis hinunter zur Bucht und der Promenade säumten, eine Betonpiste entlang der See. Im Hafen dümpelten einige Segelboote, ihre Hecklichter glitzerten in der Dunkelheit.

Aus seiner Hosentasche holte er eine Streichholzschachtel und legte sie auf den Schreibtisch. Dann nahm er den Papierkorb aus Metall und stellte ihn ebenfalls auf den Tisch. Noch immer trug er den Fleecepullover, den Rina ihm gegeben hatte. Dem Stoff haftete ihr Geruch an, als würde sie ihn berühren. In der Schreibtischschublade lag das Taschentuch, das er Rina vor einigen Tagen in dem Obstgarten weggenommen hatte. Kaitarō roch kurz daran, dann entzündete er ein Streichholz, hielt es an das Seidentuch und sah zu, wie es Feuer fing und brannte. Langsam ließ er es in den Metallkorb fallen. In seiner Tasche steckten die Polaroids.

Die meisten Bilder hatte er Rina überlassen, gegen das Versprechen, sie gut zu verstecken, nur drei hatte er behalten. Auf dem einen lachte sie, wand sich von seinem Schoß, auf dem anderen lag sie, mit seinem Hemd bekleidet, zusammengerollt vor dem Feuer. Er sah sich das Bild eine Weile lang an, betastete mit den Fingerspitzen das beschichtete Papier. Die Bilder waren ihm sehr kostbar, aber sie waren auch der Beweis, den Satō brauchte. Er betrachtete sie, übergab sie den Flammen und beobachtete, wie die Plastikfolie Blasen warf und sich von den Fotos ablöste, die Bilder schrumpelten und schmolzen. Als er in der Glut stocherte, erhitzte sich sein Gesicht. Er holte eine Zigarette aus der Umhängetasche, zündete sie an und inhalierte tief. Rina waren Zigaretten zuwider, deswegen rauchte er nie in ihrer Gegenwart, versuchte sogar, ganz damit aufzuhören. Als das Nikotin dieser letzten Zigarette in seinen Körper strömte, atmete er aus und schaute zu, wie sich der Qualm in der Luft auflöste, ein letztes, seltenes Vergnügen.

Er drückte die Zigarette im Papierkorb aus und löschte das Feuer mit einer Flasche Wasser. Das Papier war verkohlt und hatte sich zusammengerollt. Den Korb stellte er nach draußen auf die Fensterbank. Der Rauch kräuselte sich in der Luft, während am Sommerhimmel über der Bucht der vom Regen reingewaschene Mond aufging und sein Licht bis weit über Atami in der Ferne verstreute.

Sumiko

Schuhe

Ich habe immer Schwierigkeiten, mir meine Mutter in jungen Jahren vorzustellen. Wenn ich an sie denke, dann sehe ich sie nur als meine Mutter, in keiner anderen Rolle. Denken Sie jemals darüber nach, wie Ihre Eltern wohl in ihrer Jugend waren, frisch verliebt, zwei Menschen, die sich nur für sich interessierten, als von Ihnen noch gar keine Rede war? Zwei Menschen, die zwei unterschiedliche Leben führten. Meine Mutter führte ein Leben ohne mich. Der Unterschied ist, dass sie dieses Leben vor und nach meiner Geburt führte.

Dieses Bild von ihr verfolgt mich seit Jahren. Beharrlich kehre ich zu der Frage zurück, wie sie gelebt hat. Noch immer habe ich das Gefühl, ich müsste nur gründlich die Spuren untersuchen, die mir geblieben sind, dann könnte ich sie erkennen: eine junge Frau bei der Arbeit, eine Frau, die verliebt ist, eine Frau, die versucht, eine gute Mutter zu sein. Es gab so viele Ereignisse in ihrem Leben, zu denen ich keinen Zugang habe, Erfahrungen, die sie für sich behalten hat. Dennoch frage ich mich, ob sie mir, falls sie weitergelebt hätte, eines Tages davon erzählt und wir uns, wie so häufig bei Mutter und Tochter, in der anderen wiedererkannt hätten.

Es ist nicht viel übrig geblieben. Als Kind habe ich ihre Sachen gehütet, aus Angst, sie würden, so wie ihr Foto auf unserem Familienaltar, entfernt. Aber ich besitze etwas von ihr, was sie mir selbst gegeben hat, ein Flugticket aus Hokkaido, damit ich es in mein Sammelbuch einklebe. Sie hat mir auch noch andere Sachen mitgebracht. Ich erinnere mich an einen Baumkuchen, überzogen mit weißer und dunkler Schokolade, was an Birkenrinde erinnern sollte. Er schmeckte sagenhaft. Zuerst dachte ich tatsächlich, es sei ein Ast von einem echten Baum, aber dann sah ich innen die dünnen Biskuitschichten, und man sagte mir, der Kuchen sei deswegen so köstlich und zart, dass er auf der Zunge förmlich schmelze, weil er mit Hokkaido-Butter gebacken sei. Ich hatte schon immer eine Schwäche für Baumkuchen, aber ob es mit diesem Kuchen angefangen hat, weiß ich nicht, jedenfalls haben wir ihn gegessen.

Nach der Scheidung zog meine Mutter zu mir und meinem Großvater nach Meguro. Sie blieb nur ein paar Monate bei uns, und das Flugticket ist aus der Zeit, von einer Kurzreise, die sie damals unternommen hat. Sie sagte, es sei ein Abenteuer, so wie die Suche nach einer neuen Wohnung für uns in Shinagawa, sie gehe schon mal voraus, um ein neues Zuhause für mich zu finden. Sie sagte, Hokkaido werde ein ganz besonderer Ort für uns beide sein und sie werde mich eines Tages mitnehmen, aber natürlich hat sie das nie gemacht.

Nach ihrem Tod hat mir mein Großvater die Sachen mitgebracht, die von ihrem Leben übrig geblieben waren. Er trug sie in unser Haus in Meguro und verstaute sie in dem

Zimmer, in dem sie aufgewachsen war und das neben meinem lag.

Selbst als Kind konnte ich erkennen, dass vieles fehlte: Es fanden sich unter ihren Sachen keine Bücher, keine Fotos, keine Kameras und nur wenige Kleidungsstücke, einige Schuhe, ihr festlicher, noch in Seidenpapier eingewickelter Kimono, eine kleine Schmuckschatulle, ihre Kalligrafie-Pinsel und schließlich Päckchen mit ihrem speziellen Duft, einem kaffeebraunen Puder. Es wird eigentlich von Mönchen benutzt, die es zur Reinigung vor Betreten des Tempels auftragen und das in Ginza zu hundert Yen die Packung angeboten wird. Ich bin mit diesem Duft meiner Mutter aufgewachsen, habe ihn also nie mit Männern oder Tempeln assoziiert. Nur mit ihr. Und mit dem Kiefernwald oberhalb unseres Hauses in Shimoda.

Lange Zeit war das alles, was ich von ihr besaß. Ich hütete diese Dinge. Im Laufe der Jahre stattete ich ihnen immer wieder mal einen heimlichen Besuch ab und passte auf, dass Großvater mich nicht dabei erwischte. Denn ich war überzeugt, solange ich nicht heulte oder großes Aufheben um sie machte, würde er sich nicht an sie erinnern, und ich könnte sie behalten.

Als Yurie Kagashima mir die Akte über den Mord an meiner Mutter gab, nahm mich der Inhalt förmlich gefangen. Ich breitete alle Dokumente auf unserem Esstisch aus, auch an dem Platz, wo früher mein Großvater sein Frühstück eingenommen und Zeitungsartikel für mich zur Lektüre vor der Arbeit ausgeschnitten hatte. Und dennoch, nach einer gewissen Zeit, als immer mehr Fakten und Details sich in meinem Kopf festsetzten, waren es ihre persönlichen Dinge, zu denen ich mich hingezogen fühlte. Sie riefen mich aus ihrem Zimmer zu sich, und ich ließ die Akte unten liegen, öffnete die Türen ihres Kleiderschranks und kniete mich hin.

Die Schuhe meiner Mutter haben mir immer besonders gefallen. An dem Tag, als ich sie mir in ihrer letzten Ruhestätte ansah, haftete ihnen etwas Zeitloses an, als würden sie selbst meine Existenz überleben. Die Schuhe standen in einer Reihe auf einem Metallregal im Schrank, wie eine Parodie auf das Ordnungssystem meiner Mutter. Demnach wären sie Teil einer sich ständig erweiternden Sammlung gewesen, die sich mit dem Wechsel von Schule zu Universität und weiter ins Berufsleben verändert hätte, da alte Schuhe nach hinten verbannt und neue nach vorne gestellt worden wären. An jenem Tag jedoch erschien mir die Sammlung statisch, abgeschlossen. Alles, was von ihr geblieben war, war in Meguro, so wie ich.

Noch zu ihren Lebzeiten habe ich ihre Schuhe bestaunt. Ich habe mich gefragt, wann sie sie trug – die schwarzen Abendschuhe mit den goldenen und silbernen Schleifen über der Spitze, die weißen Sportschuhe mit Löchern in den Fersen, die dunkelblauen Pumps, robust und ein wenig derb, die bevorzugt von Praktikantinnen der Rechtswissenschaften getragen werden, und schließlich mein Lieblingspaar, dunkelrot, niedrige Absätze, Knöchelriemchen, vorne an den Zehen offen. Diese Schuhe hatten es mir als Kind besonders angetan, und ich probierte sie an. Wenn ich vorne Papier hineinstopfte, konnte ich sie anziehen und sie mit den Riemchen befestigen. Der Abdruck ihres Fußes war zu erkennen, eine Knitterfalte im Leder; diese Schuhe waren offenbar unser beider Lieblingsschuhe.

Noch einmal holte ich die roten Schuhe, unser Lieblingspaar, gekauft ein Jahr vor ihrem Tod, aus dem Schrank. Sie hatte sie in unserem letzten gemeinsamen Sommer in Shimoda getragen, wenn wir essen gingen, und auch, als sie mit dem Auto nach Atami aufbrach. Und im Herbst, als wir alle nach Tokio zurückkehrten und sie mich zu Großvater nach Meguro brachte, trug sie ebenfalls diese Schuhe. Jetzt saß ich wie ein Kind im Schneidersitz auf dem Boden und drückte meine Nase an die Schuhe, roch den Staub und den Kampfer und rief mir jenen Nachmittag ins Gedächtnis zurück.

Kaum waren wir angekommen, stellte meine Mutter die roten Sandalen auf die Ablage für Straßenschuhe im Flur, und ich schnappte sie mir, lief nach oben in ihr altes Schlafzimmer, während sie und Großvater unten Tee kochten. Ich drapierte meinen neuen Rock – weiß, mit aufgedruckten Pfingstrosen – um mich herum, legte mich auf den Teppichboden und sah zu, wie die Staubpartikel von der Decke rieselten. Neben der Tür standen die rosa Ballettschuhe, die mir meine Mutter gekauft hatte, passend zu meinem neuen Kostüm, aber an dem Nachmittag wollte ich meine Mutter sein, ich wollte genauso sein wie sie. Ich wusste, dass es meine Kindheit war, die uns voneinander trennte.

Ich hob die Schuhe hoch, fuhr mit den Fingern über die kunstvolle Naht, spürte das seidenweiche Leder. Dann stand ich auf und schlüpfte in die Schuhe hinein. Meine Füße füllten nur die Hälfte der Schuhe aus, doch wenn ich in den Schrankspiegel direkt vor mir schaute, sah es so aus, als wären es meine eigenen. Ich bückte mich und machte die Knöchelriemen zu. Die Schuhe standen mir gut, sie machten mich größer, und meine dünnen Beine wirkten eleganter, graziler. Ich könnte eine Dame sein, dachte ich, eine Dame mit roten Schuhen und rot lackierten Nägeln.

Unten hörte ich Großvater und Mama im Flur. Anfangs hatten sie sich im Flüsterton unterhalten, doch ihre Stimmen wurden lauter. Ich stakste hin und her. Da klingelte es an der Haustür. Großvater schrie jetzt. Ich hörte, wie meine Mutter zur Tür ging.

»Ich dulde das nicht, Rina«, hörte ich ihn sagen. »Nicht in diesem Haus.«

»Sumi!«, rief meine Mutter. »Wo bist du?«

Ich sah hinunter und betrachtete die Fußriemchen, die Schleifen, akkurat und symmetrisch, die schönsten, die ich je gebunden hatte.

»Sumi! Zieh meine Schuhe aus und komm runter. Ein Freund ist hier, der dir Guten Tag sagen will.«

Ich rümpfte die Nase über mein Spiegelbild, setzte mich auf den Boden, löste die komplizierten Knöchelriemen und band die Schleifen auf. Großvater stand neben der Haustür, steif vor Wut. »Nicht in meinem Haus«, wiederholte er.

»Dann werden wir dein Haus verlassen, Yoshi«, sagte meine Mutter. Ich reichte ihr die roten Sandalen, und sie gab mir meine eigenen Schuhe. Dann öffnete sie die Haustür, trat hinaus in die Sonne und begrüßte ihren Freund, der in unserem Garten stand. In dem Sommer hat er mir eine Eistüte gekauft. Als ich Mama nach draußen folgte, drehte er sich zu uns um und lächelte. Sein Lächeln gefiel mir.

Rina und Kaitarō

Puppen

Rina nahm ihre Einkäufe in die eine Hand und entriegelte mit der anderen das Törchen. Schon von der Einfahrt konnte sie Sumikos grelles Lachen hören, die im Haus mit ihrem Großvater spielte. Es war erst Herbst, doch schon jetzt lag Yoshi Rina mit dem »Mädchenfest« in den Ohren und wie sie es kommendes Jahr feiern würden. Immer wieder kam er auf die Sammlung von Hina-Matsuri-Puppen zu sprechen, die er im Haus aufbewahrte, und fragte Rina, wann sie die Puppen endlich mitnehmen würde in ihre und Satōs gemeinsame Wohnung in Ebisu. Es hatte vor einigen Tagen angefangen, als Rina Kai gestattet hatte, sie in ihrem Haus in Meguro zu besuchen. Rina hatte behauptet, er sei nur ein Freund, doch Yoshi hatte ihr nicht geglaubt. Seitdem hatte sich die Missstimmung zwischen ihnen etwas gelegt, doch Rina wartete nur auf den nächsten Ausbruch. Vielleicht hatte er die Puppen aus dem Keller geholt, das würde auch Sumikos Begeisterung erklären.

Rina trat ins Haus und stellte die Einkaufstüten neben der Tür auf den Boden. Als sie die Hausschuhe anzog, erblickte sie sich im Garderobenspiegel. Der Spiegel hing in ihrem Haus, seit sie denken konnte, und er hatte schon davor im Haus ihrer Mutter gehangen, hatte alle dort Ein- und Ausgehenden registriert, das ganze Familienleben widergespiegelt. Normalerweise hätte sie ihren Mantel aufgehängt und den Spiegel nicht weiter beachtet, doch heute erkannte sie etwas, was sie innehalten ließ. Rina hatte sich in dem Spiegel immer wiedererkennen können. Egal, wie alt, egal, in welcher Stimmung, stets hatte sie sich klar und deutlich im Spiegel gesehen, so wie sie war. Als sie an diesem Tag jedoch hineinschaute, die Hälfte des Gesichts im Spiegel erkennbar, glich sie überhaupt nicht sich selbst. Sie blieb einen Moment reglos stehen, um wenigstens einen flüchtigen Eindruck von der Person zu erhaschen, die sie kannte, einer Frau, die bereit war, für ihre Entscheidungen einzustehen. Sie schloss die Augen, öffnete sie wieder, suchte etwas in dem Spiegel, doch zu sehen war nur der Fluchtpunkt, wo sie und all die Frauen vor ihr in dem nachmittäglichen Halbdunkel, das durch die Haustür schimmerte, verschwanden.

Rina zuckte zusammen, als die Wanduhr anfing zu schlagen, und plötzlich kam Sumiko in den Flur gelaufen. »Komm, Mami, guck mal!«, sagte sie, Rinas Hand ergreifend. Rina schlüpfte in ihre Hausschuhe und folgte ihr ins Wohnzimmer. Es war wie erwartet: Yoshi hatte tatsächlich die Puppen hervorgeholt. Er hatte das breite, stufenförmige, schwarz lackierte Podest aus dem Keller ins Wohnzimmer gehievt und alle Figuren aufgestellt, angefangen beim Kaiser und der Kaiserin auf der obersten Stufe über die Hofdamen, Hofmusiker und Minister bis hin zur Dienerschaft ganz unten. Ihr Vater saß auf dem Boden und steckte der Kaiserin einen Fächer in die Hand und winzige Schwerter in Ständer, die vor den Samuraikriegern platziert waren. Er bewunderte sein Werk. Die Dekoration bestand aus kleinen pfirsichgelben, grünen und weißen Reiskuchen, die Rinas Mutter einst gekauft hatte, sowie aus fein ziselierten Verlobungsgeschenken, denn die Puppen repräsentierten nicht nur den kaiserlichen Hof, sondern trugen Hochzeitskleider – Traum und Pflicht eines jeden kleinen Mädchens. Auf einem Beistelltisch erblickte Rina eine Anthologie mit Versen von Bashō, die Yoshi ihr als Kind vorgelesen hatte. Sicher hatte er dieselben Gedichte Sumi gezeigt. Unwillkürlich kam ihr eins in den Sinn: *Hinter dieser Tür / Begraben nun im tiefen Gras / Feiert eine andere Generation / Das Fest der Puppen.*

»Du darfst sie nicht so verwöhnen«, protestierte Rina und sah ihren Vater wütend an. »Jetzt wird sie von nichts anderem reden und die Puppen nicht mehr wegräumen.« Sumiko hatte sich neben Yoshi auf den Boden gesetzt. Sie ignorierte ihre Mutter, zählte die zwölf Lagen des Kimonos der Kaiserin und berührte die aus den gebügelten Seidenärmeln ragenden Porzellanhändchen.

»Nimm die Puppen mit zu dir, Rinachan«, sagte Yoshi. »Du kannst das Mädchenfest nicht immer mit deinen wenigen Figuren in Ebisu feiern. Sie sind nichts im Vergleich hierzu.« Die Sammlung der Puppen war über Generationen zusammengetragen worden, um die Mädchen der Familie Sarashima zu feiern.

Rina biss sich auf die Lippe und nickte wie immer, wenn sie sich nicht mit ihrem Vater anlegen wollte. »Wir haben keinen Platz mehr in Ebisu«, murmelte sie, aber er hörte nicht hin. Ihr Vater hatte ja recht, die Puppen waren Sumikos Erbe. Sie freute sich immer, wenn die Puppen in der Schule oder zu Hause bei Freundinnen aufgestellt wurden, und sie liebte die Vorstellung, dass im ganzen Land Familien zu Hause ihre Puppen aufstellten. Deshalb hütete Rina das kleine Set Puppen in Ebisu wie ihren Augapfel.

Jedes Jahr bestimmte sie in den Wochen vor dem 3. März einen Tag, an dem sie frühmorgens die Puppen aufstellte. Und am Ende des Mädchenfestes wurden sie wieder abgeräumt. Andernfalls würde Sumiko erst spät heiraten. Doch wenigstens für ein paar Wochen konnte sich die Familie an den Puppen erfreuen, und Sumi machte sich einen Spaß daraus zu erraten, wann Rina sie wohl aufstellte. Jeden Morgen lief sie in Rinas und Satōs Schlafzimmer. Es geschah ohne Vorwarnung. Man hörte nur ihre trippelnden Schritte im Flur und verspürte den Luftzug im Zimmer, wenn sich der kleine Körper aufs Bett warf. Sumi hob die Decke an und kuschelte sich zwischen ihre Eltern. »Mami! Papi! Sind die Puppen schon aufgestellt?«, fragte sie und kreischte los, wenn Rina sie kitzelte und so tat, als würde sie ihre Tochter zu einer Sushi-Rolle wickeln. Auch Satō lachte und strich Sumi übers Haar. So etwas hatte er mit seinen Eltern nie erlebt. Rina und er sprachen nicht darüber, doch Rina wusste es, und umso kostbarer waren diese Momente einer zaghaften Entspannung. Sie dachte an Satō, wie sich ihre Blicke getroffen hatten, denn bei solchen Gelegenheiten zeigte sich das Wertvolle, das sie miteinander teilten. Sie betrachteten ihre Tochter, ihre blasse Haut, die langen dunklen Augenwimpern, das Schimmern in ihren Augen, und wussten, dass sie nie wieder etwas so Erlesenes und Reines erschaffen würden.

»Das Mädchenfest ist erst im März, Vater. Ich hole sie dann ab.«

Yoshi sah auf. »Du solltest sie jetzt mitnehmen«, sagte er. »Ebisu ist dein Zuhause. Dort wohnt dein Mann. Wird sich das ändern?«

Scheinwelt

Rina spürte, wie Kaitarō hinter ihr die Treppe hinaufging. In dem Haus gab es weder einen Fahrstuhl noch einen Pförtner. Ihr Kleid scheuerte an ihren Schenkeln, und sie hörte plötzlich überdeutlich ihre Absätze auf dem Asphalt. Sie hatte sich so oft vorgestellt, wo er lebte, wo er seine Zeit verbrachte, wenn er nicht bei ihr war. Es wurde zunehmend schwieriger, zusammen zu sein. Seit der Episode mit den Puppen kam Yoshis Missfallen noch deutlicher zum Ausdruck. Jetzt lehnte er es sogar ab, sich um Sumi zu kümmern, sodass es fast unmöglich wurde für Rina, von zu Hause loszukommen. Kaitarō hatte auch gesagt, dass sie in der Öffentlichkeit vorsichtig sein müssten. Nie stellte er sich zu dicht vor sie hin, streifte ihre Hand oder berührte gar ihr Gesicht. Seit Shimoda hatte er sie nicht mehr geküsst. Aus Verzweiflung hatte sie vorgeschlagen, ein Stundenhotel aufzusuchen, aber das wollte er nicht. Er wollte sie mit zu sich nehmen.

In der U-Bahn dachte Rina nur daran, was passieren würde, wenn sie in seiner Wohnung und endlich allein waren. Sie erinnerte sich an seine Berührung, die Bewegungen ihrer Arme und Beine beim Schwimmen im Meer, als sie sich geküsst hatten. Alles rief sie sich ins Gedächtnis zurück, wandte sich jedoch Kaitarō während der ganzen Zugfahrt bis nach Asakusa nicht zu, stand still da, den Handlauf fest umklammert, und hielt gewissenhaft Abstand.

Kai fasste an ihr vorbei und schloss die Tür zur Wohnung auf, wobei sein Jackett ihren Ärmel streifte, als er ihr den Vortritt ließ. Sie stand sogleich in der Küche. Ein grauer Herd mit Dunstabzugshaube an der einen Wand, gegenüber ein Tresen für den Wasserkessel, darunter eine Schublade für Töpfe und Pfannen. Die Wohnung war ein langer schmaler Schlauch, eine Art Korridor, der zum Schlafzimmer führte. Rina ging vorbei an der kleinen Duschkabine und spürte seinen Blick im Rücken, während sie sich sein Heim ansah.

Das Schlafzimmer war etwas geräumiger, ein Doppelbett, ein Schreibtisch und ein Fenster, das zum Glück etwas Licht hereinließ. Rina drehte sich lächelnd zu Kaitarō um, der sie vom Türrahmen aus beobachtete. Auf dem Bett verstreut lagen Kleidungsstücke und Bücher, auf dem Schreibtisch seine Kamera und seine Fotomappe. Der Kleiderschrank stand offen, eine Motorradjacke hing darin. »Aus Hokkaido?«, fragte Rina, und er nickte.

»Jetzt brauche ich nur noch ein neues Motorrad«, sagte er, doch Rina schüttelte den Kopf.

»Dann würdest du Sumi mitfahren lassen, und das kann ich nicht zulassen«, sagte sie, und er lachte.

Sie trat ans Fenster. Eine Einschienenbahn legte sich in die Kurve und zwang ihre Fahrgäste, auf die Kanäle, Autobahnen und Straßenkreuzungen der Stadt hinunterzuschauen, während unten Menschen hektisch losliefen und ihr Blick zum Zug schnellte, besorgt, sie könnten ihn verpassen. Rina schauderte bei dem Gedanken an das Gedränge im Bahnhof und an die Menschen, die bei Einfahrt des Zuges dicht an der Bahnsteigkante standen, während Hunderte Augenpaare hinter den Glastüren, wenige Zentimeter vor ihrem Gesicht, ihr Leben ausspähten. Sie atmete einmal tief durch, und plötzlich stand Kai neben ihr, legte seine Hand auf ihren Rücken und zog mit der anderen den Vorhang zu, um die Welt draußen auszublenden. Dankbar drehte sie sich um, nahm nur seine unmittelbare Nähe wahr, den beruhigenden Geruch, die Intimität der Dinge um ihn herum, den geschlossenen Raum und sie beide darin, endlich allein, zusammen.

»Möchtest du etwas trinken?«

Rina schüttelte den Kopf. Wie immer machte sie der körperliche Kontakt mit ihm schwindlig. Ihr fiel das letzte Mal ein, als er sie festgehalten hatte, Hände und Mund an ihrem Körper; das Hemd, noch durchdrungen von seinem Geruch, hatte sie in der Kammer in Shimoda ganz unten in eine Holzkiste gestopft. Sie streckte die Hand aus, berührte ihn, spürte sein Herz in der Brust schlagen. »Rina«, murmelte er, legte seine Hand auf ihre, »bleib bei mir.« Sie schaute in sein Gesicht, und als könnte er Gedanken lesen, sagte er: »Wir könnten eine Wohnung suchen, für uns und Sumiko.« Rina legte den Finger auf seinen Mund, drückte ihn tief in die weiche empfindliche Haut. Bestimmend und besitzergreifend fasste er sie um die Taille. Sie liebte die Gewissheit, die er ausstrahlte, seine Zuversicht. Sie sah sich das Leben an, das er sich aufgebaut hatte, seine hart erkämpfte Unabhängigkeit.

»Du kannst mich nicht befreien, Kai«, sagte sie. »Ich bin nicht gut für dich. Du hast noch so viel vor dir. Du solltest nach Hokkaido gehen und dein Fotogeschäft eröffnen.«

»Nicht ohne dich.«

»Ich dürfte gar nicht hier sein«, sagte sie. Er umfasste ihre Wange, und Rina spürte die Wärme seiner Hand. »Ich bin nicht stark genug, nicht tapfer.« Er legte die Hand in ihren Nacken und zog sie noch dichter an sich, sodass sie seinen Atem auf ihrer Haut spürte.

Besänftigend streichelte er sie. »Rina«, flüsterte er, »du irrst dich.« Dann küsste er sie, küsste sie so innig und hingebungsvoll, dass sie sich vollständig ergab, tiefer und tiefer in seine Arme sank: eine Frau, die sich einer Scheinwelt hingibt.

Karasu

Es war etliche Jahre her, seit Kaitarō nach Tokio gekommen war, und seitdem war er vieles gewesen, ein Mann für viele Frauen. Diesmal jedoch wollte er bleiben. Diesmal, bei Rina, war er zurück in seine eigene Haut geschlüpft, es fühlte sich richtig an, und ungezwungen sein wahres Ich zu zeigen, war Balsam für die Seele.

Seit er sie kannte, konnte er klarer denken, als wäre die Energie, die er früher aufgewendet hatte, um andere Leute zu durchschauen und sich ihnen anzupassen, in seinen Kopf umgelenkt worden. Die natürliche Leichtigkeit, echte Freude ausdrücken zu können, wenn er sie empfand, oder Traurigkeit und Zweifel, war befreiend. Sogar seine Schuldgefühle, seine Heimat Hokkaido verlassen zu haben, ließen nach, und er überlegte, wie er es wiedergutmachen konnte. Dennoch lag er nachts wach. Seit Shimoda konnte Kaitarō nicht mehr schlafen. Sein Pager piepste unaufhörlich, kündigte Nachrichten aus der Agentur an, die er versuchte zu ignorieren. Beruhigen vermochte ihn nur Rinas Gegenwart, und wenn er nicht mit ihr zusammen war, fiel ihm ein, was er ihr gesagt hatte, die Wahrheit über seine Herkunft, aber auch die Lügen über sein gegenwärtiges Leben, die aufeinander aufbauten, eine nach der anderen, und denen er nicht mehr ausweichen konnte. Nachts umzingelten sie ihn, knebelten ihn, erstickten ihn.

Er spürte, was für ein Schock ihre gemeinsame Rückkehr nach Tokio für sie bedeutet hatte. Er spürte, wie sie sich zurückzog, wie ihre Überzeugung schwand. Er brauchte sie, wollte, dass sie bei ihm blieb, sich für ihn entschied, doch das würde niemals geschehen, es sei denn, er sagte ihr die Wahrheit über Satō, aber dann würde sie die Wahrheit über ihn, Kaitarō, erfahren. Nacht für Nacht suchte er nach einem Ausweg für sie beide, doch in der Dunkelheit seines Zimmers, in das nur das Neonlicht durch die Vorhänge sickerte, kam ihm keine Lösung in den Sinn. Er rieb sich die Augen und stand auf. Sein Pager lag auf dem Schreibtisch, begraben unter einem Berg von Papieren, hauptsächlich Rechnungen und Kontoauszüge. Er hatte noch genug Geld für drei Monate. Der Rest war für Rinas Kamera draufgegangen und für Bestechungsgeld, damit Haru den Mund hielt. Bis vor Kurzem war Takeda noch zufrieden gewesen mit Kaitarōs Zwischenberichten. Doch jetzt wartete er vergebens auf den Beweis und den versprochenen Abschlussbericht. Kai wusste, dass seine Ausflüchte nicht mehr lange ausreichen würden. Ihm lief die Zeit davon.

Auf dem Tisch stand noch eine halbe Tasse Kaffee, er trank sie aus und genoss den plötzlichen bitteren Geschmack im Mund. Ihn fröstelte in dem ungeheizten Zimmer. Da drinnen wahrscheinlich die gleiche Temperatur herrschte wie draußen und die Ängste, die ihn in der Wohnung umgaben, ihm die Luft zum Atmen nahmen, floh er aus dem Haus. Bei einem Spaziergang durch die nächtlichen Straßen würde ihm schon etwas einfallen, hoffte er. Als er in den Himmel blickte, bemerkte er sie, die Karasu, die Krähen.

Schwarz und bedrohlich, hatten sich diese Vögel zu einer Plage und einem Wahrzeichen in Tokio entwickelt. An jeder Straßenecke, an jedem Schnellimbiss, aus Mülleimern kriechend, auf Telefonkabeln sitzend, stürzten sie sich auf die Menschen, schlugen nach denen, die ihren Jungtieren zu nahe kamen. Sie waren eine urbane Pest und Vorboten, Aasvögel, Stammgäste auf Schlachtfeldern. Wirklichkeit und Mythos.

Der Fotograf Masahisa Fukase hatte ihnen in den Jahren, nachdem seine Frau Yoko ihn verlassen hatte, eine ganze Serie gewidmet. Die Originalabzüge waren begehrt und schwer zu bekommen. Kürzlich jedoch, als Rina sich mal nicht mit ihm treffen konnte, hatte Kaitarō in einer Buchhandlung im ärmeren Teil von Kanda eine Ausgabe seines Fotobands *Karasu* entdeckt und gesehen, welche Verehrung Fukase den Rabenvögeln Japans entgegengebracht hatte, den Raben von Hokkaido und den Dschungelkrähen von Tokio.

Beim Durchblättern, seine Finger blieben an dem Hochglanzpapier kleben, konnte er sich Fukase am Ende seiner Ehe plötzlich gut vorstellen: Nikotinfinger und Glatze, hellwach im Nachtzug nach Hokkaido, auf der Rückfahrt zu seinem Geburtsort, nur bewaffnet mit einem Beutel frischer Unterwäsche, einer Kamera und einem Flachmann mit Whiskey. Kaitarō betrachtete die Fotos und fasste sich an die Haare, er machte sich nichts aus dem Vergleich.

Die Bilder allerdings waren außergewöhnlich. Die Vögel waren entweder in großen Schwärmen in der Ferne oder als schwarze Silhouetten am grauen Winterhimmel festgehalten. Die Nahaufnahmen waren schwarzweiß, impressionistisch und überbelichtet, sodass sich riesige Flügel über eine ganze Seite spannten. Die Vögel wirkten einsam und verwahrlost, aber unwiderstehlich, und bei dem nächtlichen Gang durch sein Viertel fragte sich Kaitarō, ob er sie nicht auch fotografieren sollte, ob die Chance bestand, hier noch etwas anderes sichtbar zu machen: Trost, Schönheit, vielleicht sogar Erlösung. Die Vögel um ihn herum hatten Augen, die wie Jetperlen leuchteten, ihre Schnäbel glänzten, und ihre Federn schillerten bunt im Mondlicht. Jeder sah etwas anderes in ihnen, sie versammelten sich in der Stille der Nacht, und von einer Sekunde zur nächsten machten sie sich unsichtbar.

Zuhören

Satō mixte sich gerade einen Gin Tonic, als Kaitarō die Wohnung betrat. Er drehte sich nicht einmal um, als die Wohnungstür geöffnet und wieder geschlossen wurde, sondern tat seelenruhig Eiswürfel in das Kristallglas. Kaitarō trat näher, suchte nach Anzeichen für Rinas Anwesenheit. Ihm fiel die große rosa Muschel auf dem Sekretär auf, in der nur ein Schlüsselbund lag. Beruhigt, dass sie nicht im Haus war, räusperte er sich und ging, die Ablage für die Straßenschuhe ignorierend, auf Satō zu; seine Absätze knallten auf den Boden.

»Was soll das Theater?«

Lächelnd bat Satō ihn, Platz zu nehmen. »Es ist mir eine Freude, Sie zu sehen, Kaitarō. Kann ich Ihnen etwas zu trinken anbieten?«

Satō sah demonstrativ auf Kaitarōs Schuhe, dann wanderte sein Blick hinauf zu seinen Haaren, die zerzaust und verschwitzt waren, als wäre er gerannt. Sein Lächeln weitete sich zu einem Grinsen. »Ein Drink?«

»Nein, danke.«

»Was sagen Sie dazu?«, fragte Satō und machte eine ausladende Geste auf das geräumige Wohnzimmer mit dem weißen Marmorboden und den hohen Fenstern, den beigen Teppichen und den eleganten Lackschränken. Kaitarō folgte der Bewegung, sah jedoch andere Dinge. Es waren Rinas Dinge, die seinen Blick anzogen – ein Strauß Seidenkamelien in einer Vase auf dem Sideboard, ihr Kalligrafieset, das in einer Schachtel Staub ansammelte, und eine Buddhastatue aus Holz, die sie ihm mal beschrieben hatte. Allerdings war die Wohnung erstaunlich spartanisch eingerichtet. Auf dem Sideboard standen ein paar Fotos von Sumiko und nur eins von der ganzen Familie, offenbar vor einiger Zeit bei einem Skiurlaub aufgenommen. Nichts jüngeren Datums.

»Hübsch«, sagte Kaitarō, der Mühe hatte, sich zu beherrschen. Er sah auf die Uhr und wandte sich mit ausdrucksloser Miene Satō zu.

»Gefällt Ihnen irgendwas davon?«, fragte Satō.

Kaitarō setzte sich auf das Sofa, und zwischen den Kissen nahm er ihren Duft wahr – einen Hauch nur –, der Zedernpuder, den sie gerne auftrug. Rina.

»Für mich ist das nur ein Auftrag. Mir egal, ob Sie die Wohnung behalten wollen oder ihr Treuhandvermögen.«

»Denken Sie, es ginge nur um Geld?«

Kaitarō zuckte mit den Schultern und wagte einen zweiten Blick auf die Uhr. Gleich würde Rina Sumiko von der Schule abholen, für die Fahrt hin und zurück brauchte sie vierzig Minuten. Wenn sie zurückkam, musste er verschwunden sein.

»Satō«, setzte er diplomatisch an. »Sie haben mich doch nicht hierherbestellt, um mir Ihr Haus zu zeigen. Sagen Sie mir, was Sie brauchen, und ich besorge es Ihnen. Was haben Sie sich dabei gedacht? Wollen Sie meine Tarnung vor Rina auffliegen lassen?« Mit dem letzten Satz war seine Stimme unabsichtlich lauter geworden.

»Sie erledigen Ihren Auftrag nicht.«

»Ich bringe ihn schon noch zu Ende«, erwiderte er, lehnte sich vor und drückte die Hände aneinander. »Wir sind schon zu weit fortgeschritten, um noch einen anderen Agenten auf sie anzusetzen.«

»Genau darum geht es«, sagte Satō, trank einen Schluck und ging auf ihn zu. »Ich habe mit Takeda gesprochen. Er sagte mir, er hätte einen großartigen Agenten, einen Mann mit ausgezeichneter Erfolgsbilanz.«

Kaitarō schluckte. Er hatte die unterschwellige Wut in Satōs Ausdruck zu spät bemerkt. Er probierte es mit einem erneuten Achselzucken, blieb jedoch angespannt, auf der Zunge den metallischen Geschmack der Angst. »Tun Sie das, was Sie für richtig halten, aber jetzt einen anderen Mann ins Spiel zu bringen macht die Sache nur verworrener.«

Satō schnaubte. »Sie halten sich wohl für unersetzbar, was? Ja, ja, Ihr Chef hat gesagt, zwischen Ihnen und diesem Haru herrsche starke Konkurrenz.«

Kaitarō stand auf, wieder stieg ihm Rinas Duft in die Nase. »Ich brauche einfach noch etwas Zeit.«

»Das haben Sie schon mal gesagt.«

»Ich kann Ihnen alles liefern, was Sie wollen.«

»Ich habe Sie engagiert, um mir Zeit zu ersparen, Nakamura«, sagte Satō. »Zeit und Geld. Was zum schmerzlichen Prozess einer Scheidung gehört.« Er trank einen Schluck und sah Kaitarō an.

»Es wird keinen zweiten Mann geben.«

Kai atmete erleichtert auf. »Vielen Dank.«

»Ich habe mich entschlossen, mich nicht scheiden zu lassen.«

»Wie bitte?«

»Sie sind entlassen. Und die Agentur wird Sie auch entlassen. Takeda wird Ihnen das bestätigen.« Satō kostete den Moment und Kaitarōs Miene genussvoll aus. »Und jetzt raus hier, bevor meine Frau Sie noch in unserer Wohnung sieht.«

Alles, was glänzt

In ihrer Jugend hatte Rina das brodelnde Leben der Straße geliebt, den brausenden Verkehr vor ihrem Fenster. Abends in der Dämmerung setzte sie sich auf die Fensterbank ihres Schlafzimmers, hörte Jazz und wippte mit dem nackten Fuß im Takt dazu, während der Mond immer höher stieg.

Es muss ihre Jugend gewesen sein, die alles schöngefärbt hatte. Heute Abend hörte sich der Jazz nicht so an wie früher, er klang langweilig, eintönig. Die Dämmerung setzte ein, doch Rina konnte den Verkehr unten auf der Straße nicht hören, die Schritte der Passanten, das Rumpeln der Autos, sah keinen Dampf, keinen Rauch. Hier oben in der achtundzwanzigsten Etage des neuen Hilton wurde jedes Geräusch von den Wänden aus schimmerndem Glas geschluckt.

Als sie noch ein Kind war, hatte Yoshi ihr von den Wandlungen der Stadt erzählt, von denen sich viele zu seinen Lebzeiten ereignet hatten. Rina erinnerte sich an seine Geschichten über den Krieg, einer Zeit der Entbehrungen, in der sogar seine Katze einkassiert worden war, um aus dem Fell Handschuhe für Soldaten zu nähen. Sie dachte an die vielen Schnellstraßen und Unterführungen, die während ihrer Kindheit gebaut worden waren, an die Vitalität und die Freiheit ihrer Studentenzeit und an den Reichtum, der Tokio in der Zeit vor ihrer Ehe überschwemmt hatte. Sie fragte sich, was ihr Vater wohl von der Welt hielt, die Satō anstrebte, der Welt der Drinks in alten, mit Blattgold verzierten Cocktailgläsern. Yoshi ließ das unbeeindruckt, da war sie sich sicher, trotzdem erwartete er von ihr, dass sie sich diese Welt zunutze machte. Nachdem er sie in einer Zeit des Wohlstands großgezogen hatte, erwartete er, dass sie ihre Chance mit beiden Händen ergriff. Als sie das nicht tat, arrangierte er ihre Ehe und musste am Ende auch da noch zusteuern. Eins war Rina klar: Wenn sie Satō verließ und mit ihm das Leben, das sie sich aufgebaut hatten, das Leben, an das ihr Vater glaubte, dann würde sie damit jedes einzelne Mitglied ihrer Familie verraten.

Sie stellte das Champagnerglas ab, das in ihrer Hand warm geworden war. Sumiko, neben ihr, hampelte herum in ihren neuen Schuhen und spielte mit der weißen Spitze an ihrem Kleid. Es war ihre erste Erwachsenen-Party, eine neue Welt, die sie unbedingt kennenlernen wollte. Auch Kinder waren anwesend, aber nur wenige, und sie waren älter, Teenager, die für die Gesellschaft von Erwachsenen als geeignet galten. Dennoch, wenn sie sich gut benahm, war auch Sumi überaus vorzeigbar und ein Gewinn für ihren Vater.

Satō hielt Hof im Kreis seiner Kollegen. Ihre Ehefrauen lachten über seine Scherze, knabberten dreieckige Gänselebertoasts und gackerten los, wenn er die nächste Pointe lieferte. Mit ihrer Tochter am Rand stehend, war Rina und womöglich auch Sumiko klar, dass die Witze und das Lachen nicht für sie bestimmt waren, auch nicht die Charmeoffensiven, die Einladungen, die Versprechungen: »Wenn wir essen gehen …«

Ein Kellner bot Sumi eine Limonade an, doch sie lehnte

ab, schüttelte den Kopf. Es könnte ja sein, dass sie sich bekleckerte, dann müsste sie sich die Hände waschen oder ihren Vater kurz aus den Augen lassen, und sie wollte doch zur Stelle sein, wenn er seine Aufmerksamkeit ihr zuwandte.

Stattdessen nahm Rina das Glas und ließ den Blick durch den Raum schweifen, zu den mit makellosem weißem Damast bedeckten Büfetttischen und den funkelnden Kronleuchtern. Je mehr Menschen sie umgaben, umso einsamer fühlte sie sich. Mit einer Ausnahme.

Ihr fielen die Frauen auf, die sie beobachteten, und die Gruppen, die unter sich blieben und sich abwandten, wenn sie sich ihnen näherte. Solche Barrieren galten nicht für Satō. Er bewegte sich geschickt, wusste jeden kleinen Kreis von Leuten einzuschätzen, passte sein Verhalten nach Belieben an. Es machte ihm nichts aus, beurteilt zu werden und dass diese Menschen sie aufwerteten, Stück für Stück. Satō saß gerne auf dem Präsentierteller, in solchen Momenten lief er zu großer Form auf.

Sumiko fühlte sich wie ihr Vater in solchen Situationen wohl. Wie viele Einzelkinder wirkte sie älter und war erfahren im Umgang mit Erwachsenen. Sumi war aufgeregt, konnte aber auch gut für sich bleiben, entspannt andere Gäste beobachten und sich an Unterhaltungen beteiligen, wenn sie dazu aufgefordert wurde. Sie besaß jene wunderbare Unempfänglichkeit der Kindheit, die Fähigkeit, zwischen Situationen und Generationen hin- und herzuwechseln.

Plötzlich war der Moment gekommen: Satō wandte sich

Sumiko zu. »Meine Tochter«, stellte er sie den Leuten vor, und Sumi verbeugte sich höflich und nahm einen Cocktailhappen. Rina wollte sie zurückrufen, spürte jedoch gleichzeitig einen Anflug von Stolz, als Sumiko Fragen beantwortete und mit ihrem Vater und seinen Freunden lachte. Ihre Tochter liebte Lob und Zuneigung. Ein leicht zu beeinflussendes Kind, wie Yoshi meinte, doch Rina sah nur das Anmutige in ihrer Unempfänglichkeit und Ausgelassenheit. Mit Blick auf die lächelnde Sumiko in der Gruppe der Fremden, hoffte Rina inständig, dass ihr dies erhalten blieb.

Zwischendurch sah Sumiko sich nach ihrer Mutter um, und Rina prostete ihr lächelnd zu. Schon als kleines Kind, wenn Sumi mit am Tisch der Erwachsenen sitzen durfte, hatte sie ihrer Mutter bei jedem Toast ihre Henkeltasse hingehalten und auf das erlösende »Kanpai!« gewartet. Sumiko liebte dieses Ritual und brachte Rina und alle anderen jedes Mal zum Lachen. Ihr Lachen war ansteckend, ebenso ihre Lust auf Feiern. Rina erinnerte sich daran, wie die ältere Sumi unbedingt immer allen am Tisch zuprosten wollte und sich mit konzentrierter Miene vorbeugte und mit ihnen anstieß.

Rina sah sich nach einem erträglichen Gesprächspartner um und stellte ihr leeres Glas ab. Ihre Tochter stand jetzt inmitten einer Menschentraube, und es waren nur noch die Schultern ihres Spitzenkleides zu sehen. Satō hatte eine Verbündete und eine Gastgeberin gefunden. Sie war selbstsicher und höflich und ein klein wenig altklug.

Rina war auch einmal so gewesen, von sich überzeugt

und kühn. Sie war davon ausgegangen, ihre Mutter würde sie immer in Schutz nehmen, und hatte nicht bedacht, dass sie eines Tages allein dastehen könnte, von allen Seiten unter Beobachtung. Mit Satōs Lachen im Ohr gab sie sich das Versprechen, dass Sumiko solche Isolierung niemals erfahren würde.

Die Elite ihrer Generation war im Raum versammelt, sogar ehemalige Kommilitonen von der Universität Tokio. Rina hatte ihnen Sumiko zu Anfang des Abends vorgestellt, und obwohl ihre Freunde es sicher gut meinten, spürte sie doch, wie sie ihr Kind und ihre Ehe bewerteten, gemessen an ihren Möglichkeiten, ihren Träumen von einst, über die sie mit ihnen gesprochen hatte. Rina hatte gelacht. Sumiko wolle Anwältin werden, hatte sie ihnen eröffnet, aber sie habe ja noch Zeit, es sich anders zu überlegen. Sie hatte sie angestrahlt und sich umgedreht just in dem Moment, als das Lächeln auf ihren Gesichtern verblasste.

Sie durchquerte den Raum und verzog sich auf die Damentoilette. Ein paar Momente Einsamkeit würden ihr guttun. Sie hasste alles an sich, sogar ihr schwarzes Kleid. Es war mit Perlen besetzt, hauteng, sehr elegant, europäisch. Satō hatte darauf bestanden. Rina zupfte am Kragen.

Seit mehr als zwei Wochen hatte sie Kaitarō nicht mehr gesehen, war ihm ausgewichen, und je öfter er anrief, umso stärker verfiel sie in ein beinahe lähmendes Schweigen. Yoshi akzeptierte das. Im Laufe der Zeit war seine Haltung immer ablehnender geworden, er war sogar so weit gegangen, sie an das Sorgerecht zu erinnern. Sie wusste, dass er sie und auch Sumiko nur beschützen wollte, aber genau wie ihm war ihr klar, was passieren konnte, daran musste man sie nicht erinnern. Bevor ihre Mutter starb, als sie gerade erst fünfzehn war, hatten die beiden über Rinas zukünftige Ehe gesprochen, und sie hatte ihr in den wenigen Monaten, die ihnen noch gemeinsam blieben, ein ganzes Bündel an guten Ratschlägen mit auf den Weg gegeben. Ihre Mutter wollte, dass sie glücklich war, sie befürworte die Scheidung, hatte sie gesagt, aber nur wenn es eine kinderlose Ehe war. Damit war das Thema erledigt. Darauf lief es am Ende immer hinaus, ihr Kind.

Für eine Sekunde gestattete sie sich, an Kai zu denken. Sie liebte ihn, aber es durfte nicht sein. Die starke gegenseitige Anziehung, die enge Verbundenheit, das Vertrauen zwischen ihnen hatte sich rasch zu so etwas Vollkommenem entwickelt, dass sie alles andere ausblendete. Doch jetzt, zurück in Tokio und konfrontiert mit ihrem Leben, sah sie klar und deutlich, was auf dem Spiel stand. Sie waren im Schatten aufgeblüht, in gestundeter Zeit, in einem anderen abgeschiedenen Leben. Im Licht konnten sie nicht existieren.

Es war ihr Fehler, Rina wusste das. Sie konnte sich dermaßen auf eine Sache versteifen, dass sie vorsätzlich blind wurde, als nähme sie die Folgen ihres Handelns am Rande wahr, unfähig, genauer hinzuschauen. Diese Taktik hatte sie ihr ganzes Leben verfolgt, bei ihrem Versuch, sich als Fotografin zu etablieren, bei ihrer Ehe mit Satō und bei ihrer Affäre mit Kaitarō. Jetzt allerdings stand die unausweichliche Wahrheit im Weg, und ihr konnte sie nicht ausweichen.

Manche Ehepaare konnten sich arrangieren, blieben bei allen Irrungen und Wirrungen ihrer Ehe immer im Gespräch miteinander. Sie würden womöglich ins nächste Bezirksbüro gehen und die Modalitäten einer Scheidung aushandeln. Aber allein der Gedanke daran ließ sie erschauern. Bei ihr und Satō verhielt es sich anders, zu viel stand auf dem Spiel, um das zu kämpfen sich lohnte, und Satō würde kämpfen, so viel stand fest. Mit ihm konnte sie es nicht aufnehmen. Sie wollte nicht riskieren, ihr Kind zu verlieren.

Die Party hinter ihr dröhnte weiter. Ganz egal, wie weit sie in den Hotelflur hineinging, sie konnte ihr nicht entkommen, konnte in dem Kleid ohnehin nicht schnell laufen. Sie kam an einer Garderobe vorbei und blieb vor einem Erker stehen, der einen Blick über die Stadt bot, eine Art Aussichtsplattform, die durch die zwei schweren Seidenvorhängen intim wirkte. Vielleicht konnte sie hier für einen Moment zur Ruhe kommen. Sie trat an das hohe Wandfenster und schaute hinunter auf ihre Heimatstadt, in der sie groß geworden war und die wie immer ihren Blick erwiderte.

Während sie hinaus in die Dunkelheit sah, trat jemand hinter sie, und sie spürte eine Hand im Rücken. Er trug eine schwarze Krawatte, die ihm sehr gut stand. Wie alles, was er tat, trug er seine Kleidung mit Lässigkeit. Sein Haar, das sich unter ihren Fingern normalerweise weich anfühlte, war nach hinten gegelt, doch in seinen Augen war wieder jenes warme Leuchten, das sie so liebgewonnen hatte.

»Wie bist du hier hereingekommen?«, fragte Rina besorgt lächelnd. Doch er war bei ihr, und alles war sogleich besser. »Hat mein Mann dich gesehen?«, fragte sie, schämte sich umgehend, spähte aber trotzdem durch einen Spalt im Vorhang.

Er lehnte am Fenster und hatte nur Augen für sie. »Das hätte ich niemals zugelassen«, sagte er, und sie wusste, als sie seinen Blick erwiderte, dass es stimmte.

»Du bist nie ans Telefon gegangen«, sagte er, und ihr Puls schlug schneller. Unterdrückte heftige Gefühle kamen in ihr hoch. Doch ebenso schnell intervenierte ihr gesunder Menschenverstand. Sie durfte diese Beziehung nicht fortsetzen. Sie wollte in Kais Nähe sein, von ihm umarmt werden, doch mit jeder weiteren Berührung oder Zärtlichkeit würde sie ihm etwas vormachen. Sie wich einen Schritt zurück, widerstand, ihn zu berühren.

»Du weißt doch«, sagte sie, »dass es nicht weitergehen kann.«

Sie merkte, dass er die Zähne zusammenbiss und sich zurückhalten musste, um nicht auf sie zuzugehen und ihre Zweifel zu zerstreuen. »Rina«, sagte er mit unsicherer Stimme, »du glaubst, dass es keinen Ausweg gibt. Aber wir schaffen das, ich weiß es. Wir können uns ein neues Leben aufbauen.«

Rina sah ihn an. »Ich führe ein eigenes Leben«, erwiderte sie. »Ich bin verheiratet, und ich habe ein Kind mit meinem Mann. Wir haben ein Zuhause, eine Zukunft.« Sie schloss die Augen und dachte an letzte Nacht, als sie wach neben Satō gelegen hatte, an die von seinem Körpergeruch durchdrungene Bettwäsche, den schwarzen Tee, der aus seinen Poren zu quellen schien. Er war in ihrem Ehebett liegen geblieben und sie auch.

»Was wird aus uns?«, fragte Kai, und der Schmerz in seiner Stimme ließ sie innerlich zusammenzucken.

»Vertraust du mir nicht?«, fragte er.

»Doch.«

»Aber uns vertraust du nicht?«

Rina biss sich auf die Lippe. Sie spürte die Spannung, die sich in ihm aufbaute, hatte sie bereits in den vergangenen Wochen seit ihrer Rückkehr nach Tokio gespürt. Es war nicht richtig, ihm Hoffnung zu machen. Selbst jetzt noch lähmte sie ihre Unentschlossenheit, und das merkte er. Sie atmete tief ein und hielt die Luft an, bereitete sich innerlich darauf vor, ihn ausreden zu lassen und dann ihre Entscheidung zu verteidigen. Stattdessen trat er auf sie zu. Er ließ seine warmen Hände sanft ihre Arme hinaufgleiten, und sie erschauerte angesichts der unerwarteten Nähe, als er den Kopf senkte und sie ansah.

»Für mehr bin ich nicht gut?«, flüsterte er.

Sie blinzelte und trat zurück.

»Mehr nicht?« Kaitarō drängte sie an die Wand. Seine Wärme, seine Weltläufigkeit waren verschwunden. Vor ihr stand nur der Mann, den sie liebte, der Mann, vor dem sie sich zurückzog. Er packte ihren Arm. Er war wütend, wütender, als sie ihn je erlebt hatte.

»Wenn du wegwirfst, was wir gemeinsam haben, dann schau dir wenigstens an, was du für uns opferst.« Seine Stimme klang ruhig, aber voller Zorn. »Frag dich, was du wirklich willst vom Leben.« Seine Hände erreichten den perlenbesetzten Kragen. Als er ihre glatte weiche Haut streichelte, blickte sie unsicher zu ihm auf und konnte ihr

Begehren nicht verbergen. »Du brauchst diese Dinge nicht für dein Glück. Sie haben dich nur träge gemacht.«

Rina entzog sich ihm. »Das kannst du nicht beurteilen. Du hast ja nichts zu verlieren.«

»Ich habe alles zu verlieren«, zischte er. »Dei... deine Lebensumstände ...«, er zögerte bei dem Wort, »haben dir den Mut genommen. Lieber die Illusion von Sicherheit als Autonomie, ein eigenes Leben.«

»Das stimmt nicht«, ging Rina flüsternd in die Offensive. »Von dir ist niemand abhängig. Und du brauchst niemanden.« Sie zitterte. »Was würdest du mit mir und meiner Tochter anfangen? Du kannst dich ja nicht mal um deine eigene Mutter kümmern.« Sie stieß ihn von sich. Jetzt würde er bestimmt endlich gehen, und sie erschrak, als er sich tatsächlich abwandte. Sie spürte, wie er auch innerlich von ihr abrückte. Doch dann kam er zurück, stellte sich ans Fenster und sah hinaus in die Nacht.

»Du kannst mich wegstoßen, Rina. Du kannst mir sagen, dass du mich oder was ich dir zu bieten habe nicht mehr willst, aber ich sage dir: Ich habe mir deinen Rat zu Herzen genommen. Ich habe meinen Job aufgegeben, und ich verlasse Tokio. Ich fahre nach Hause zu meiner Familie und versuche, die Dinge dort in Ordnung zu bringen.«

Er sah sie nicht einmal an, als würde er die Wirkung seiner Worte gar nicht bemerken. Sie spürte einen brennenden Schmerz in der Brust, so stark, dass es sich beinahe endgültig anfühlte. Kai schaute nach vorne, in eine Zukunft, in der für sie kein Platz war, und plötzlich bereute sie, dass sie ihn von sich gestoßen hatte. Sie wollte sich ihm an den Hals werfen, seine Kraft spüren, noch einmal die Ruhe erleben, die sie nur in seiner Gegenwart kannte, doch er ging fort, und wenn er jetzt ihre Berührung zurückweisen würde, könnte sie das nicht ertragen.

»Ich fahre morgen«, sagte er und wandte sich ihr zu. »Wenn du doch mit mir zusammenleben willst, dann wäre jetzt der Zeitpunkt, deine Meinung zu ändern.«

Rina stand regungslos da, den Lärm der Party im Ohr. Wenn er ihr die Trostlosigkeit bewusst machen wollte, die sein Verlust mit sich bringen würde, dann war es ihm gelungen, doch noch immer kämpfte sie dagegen an. Sie wandte den Blick von ihm ab, plötzlich gewahr, dass jeder sie im Vorbeigehen in dem Erker sehen würde.

Als könnte er Gedanken lesen, sagte Kaitarō: »Du bist in Sicherheit. Nichts wird dich davon abhalten, in den Raum zurückzugehen, zu deinem Mann.«

Rina schluckte. Sie wollte etwas sagen, was all ihre Gefühle angemessen wiedergab, wollte ihn bitten, ihr wenigstens mehr Zeit zu geben, aber sie konnte nicht.

»Auf Wiedersehen«, sagte sie. Er musterte sie, ihr geschminktes Gesicht, den strammen Haarknoten, die Perlen um ihren Hals.

»Auf Wiedersehen, Rina«, sagte er, und obwohl sie sich zuerst verabschiedet hatte, schmerzte es von Neuem.

Als sie gehen wollte, packte er sie am Arm, seine Finger bohrten sich in ihre Haut. »Hör zu«, sagte er und sah sie unmittelbar an. »Ich möchte mit dir zusammen sein, aber nach heute Abend, falls es dir wirklich ernst ist – dann such nicht nach mir. Denk nicht an mich, denn ich werde nicht für dich da sein. Hast du mich verstanden?« Er ließ sie los und fuhr mit den Fingern über ihre Wange. Sie spürte seine raue Haut, seinen Daumen, als er ihr über den Mundwinkel strich, beinahe eine Liebkosung.

Rina sah, wie die Augen, die sie liebte, erkalteten. Sie nickte, und ehe sie noch etwas machen konnte, ließ er sie allein in dem Erker stehen, es blieb nur ein Hauch seines Parfüms zurück, als Beweis, dass er hier gewesen war.

Während der Autofahrt nach Hause drückte Rina ihre Tochter Sumiko eng an sich. Satō schwieg. Sein Fahrer lenkte den Lexus sicher durch die Stadt. Rina wusste, dass Sumiko sich unterhalten, über die Party sprechen wollte. Sie hielt ihre kleine Hand fest. Satō hängte den Ellbogen aus dem Fenster und beugte sich hinaus in die Nacht. Er sah seine Frau und seine Tochter nicht an.

Rina rutschte auf dem Ledersitz ein Stück zur Seite, als Sumiko sich an sie schmiegte. Für einen Moment hob sie den Kopf, sah sie an und zog die Stirn kraus, als wäre sie verwirrt; dann schloss sie die Augen und kuschelte sich wieder an ihre Mutter.

Während sie durch die hell erleuchteten Straßen mit den Neonreklamen fuhren, ging Rina in Gedanken noch einmal den Abend durch, bis zu dem Moment, als Kai auf einmal erschienen war. Sie glaubte nicht, dass Satō ihre Abwesenheit bemerkt hatte. Jedenfalls hatte Sumiko nichts gesagt, als Rina wieder zurück in den Saal kam, obwohl ihre Augen gerötet waren. Erneut versuchte sie, die Freude über das Wiedersehen mit Kaitarō und die Wirklichkeit auszublenden. Sie dachte an ihre Angst, sie könnte entdeckt worden sein, er könnte ihrem Ruf schaden, ihrer Ehe, aber dann kam ihr in den Sinn, dass das, wofür sie sich entschieden hatte, vielleicht noch viel beängstigender war.

Wie immer waren sie bis spät in die Nacht aufgeblieben, lange über Sumis Schlafenszeit hinaus. Satō liebte Partys, er konnte nie genug kriegen. Erst als das Büfett abgeräumt war und die Kellner anfingen, sich zu unterhalten, brachen sie schließlich auf. Sie durchquerten den Ballsaal, und die grellen Lichter blendeten Rinas müde Augen. Der Raum hatte seinen sanften romantischen Schimmer eingebüßt. Die großen Glasfenster wirkten kalt, sogar gefährlich, die Nacht dahinter war schwarz. Die Tische waren übersät mit leeren Tellern und Gläsern, mit angebissenen Cocktailhappen, Schmetterlingsgarnelen, Blinis, Kaviar und Hähnchen-Teriyaki, und überall, zu kleinen Haufen aufgeschichtet, lagen abgekaute Cocktailspießchen. Der traurige Rest eines festlichen Abends.

Das Bild dieses Raums verfolgte sie noch bis in den Aufzug zu ihrer Wohnung. Sumi dagegen war erschöpft, und ihr fielen die Augen zu. Doch wegen Satō bewahrte sie Haltung. Sie stellte ihre Schuhe ordentlich in das Regal neben der Tür und schlüpfte in ihre Hausschuhe. Rina ging ins Wohnzimmer und richtete es für Satō her, schaltete eine Lampe ein, die warmes gemütliches Licht in der Wohnung verströmte. Sie griff nach der Flasche Scotch auf dem Sideboard und mixte ihm einen Drink, doch als sie aufblickte, starrte er sie wütend an. Im ersten Moment dachte sie, er würde sie wegen ihrer längeren Abwesenheit auf der Party zur Rede stellen, ihrer Schweigsamkeit seinen Freunden gegenüber, doch dann entdeckte sie Sumikos Spielsachen auf dem Sofatisch. Vor der Party hatte sie ihre Tochter gebeten, sie wegzuräumen. Aber sie hatten in aller Eile aufbrechen müssen, und Sumiko hatte es wohl vergessen. Sumikos Slinky lag auf dem Servierwagen, und Rina hielt ihre Hand darüber, doch die anderen Dinge konnte sie nicht vor ihm verstecken. Satō nahm das Glas Whiskey und ließ sich auf dem Sofa nieder. Rina ging im Zimmer umher, hob ein paar Trolle und eine Puppe auf und schlug die Kissen auf. Sie bemerkte, mit welchem Argwohn Sumiko ihren Vater ansah.

Gerade wollte Rina ihr zulächeln, sie beruhigen, dass es nicht so schlimm sei, dass sie keine Angst zu haben brauchte, als Satō sie anfauchte, sie solle ins Bett gehen und sie allein lassen. Sumiko hob rasch noch ein Spielzeug auf, das Rina übersehen hatte, und rannte in ihr Schlafzimmer. Satō hatte die Nachrichten eingeschaltet und beachtete sie nicht weiter.

DRITTER TEIL

Es gibt zwei Arten zu sehen:
mit dem Körper und mit der Seele.
Der Körper kann vergessen,
die Seele vergisst nie.

Alexandre Dumas

Sumiko

Temporäre Ruinen

Am nächsten Morgen wachte ich in der Dämmerung auf. Das Licht, das durch die Jalousien fiel, drang unter meine Augenlider. Ich war sofort hellwach. Eine gewisse Dringlichkeit lag in der Luft, als ich mich aus den zerwühlten Bettlaken erhob. Der Schlaf stellte sich nicht mehr so schnell ein, und er verflog im Handumdrehen.

Unfähig, mich den Tonbändern und der Fallakte zu stellen, suchte ich ein kleines Café in der Stadt auf. Menschen in meiner Nähe, die ihren alltäglichen Geschäften nachgingen, beruhigten mich. Ich setzte mich mit meiner dicken Scheibe Weißbrot und der Erdnussbutter an den Tresen und schaute zu, wie sich das Café in einer Mall am Rand der Bucht von Tokio mit Leben füllte. Es war noch früh, der Regen vor den Fenstern ein wechselndes Grau, und als es aufklarte, verließ ich meinen Platz, legte ein paar Münzen auf den Tresen und nahm die Fähre über die Bucht zur Insel Odaiba.

Am Strand kniete ich mich hin und glitt mit den Fingern durch das seichte Wasser. Es war kalt und träge, als hätte die unerwartet kühle Nacht es schläfrig gemacht. Solche Nächte können trügerisch sein im Sommer, sie gehen über in einen glühend heißen Tag, an dem Dunst aufsteigt, der die Wasseroberfläche abbrennt. So ein Tag würde es heute werden.

Ich spazierte durch die der City unmittelbar gegenüberliegende Grünanlage und stieg auf einen Felsen, um den Sonnenaufgang über Tokio zu beobachten. Er fing über den Wolkenkratzern und der Spitze des Tokio Tower an, breitete dann sein Licht über der Bucht aus und strahlte die weiße Wölbung der Regenbogenbrücke an.

Unser Wort für Landschaft ist *fūkei*. Es verbindet das Schriftzeichen für »Fluss« beziehungsweise »Wind« mit dem für »Anblick« – ein flüchtiger Anblick, etwas Kurzlebiges, das niemals aufhört.

Der Anblick vor mir entsprach wahrscheinlich nicht dem, was meine Mutter gesehen hatte, als sie als Studentin hierherkam und sich in dem Park oder der neu errichteten Mall die Zeit vertrieb. Für sie war das Wasser wohl nur eine blaue grenzenlose Fläche mit den Zuflüssen Tsurumi, Tama und Arakawa, die sich in die Bucht ergossen. Damals gab es die Brücke noch nicht.

Vielleicht hat sie in den hektischen Monaten, als sie mit Kaitarō zusammen war, die Pylone in die Luft ragen und die Straße dazwischen im Bau gesehen. Den vollendeten Bau jedenfalls, die von den Bewohnern der Stadt heiß und innig geliebte Regenbogenbrücke, dürfte sie nicht gesehen haben, denn sie wurde 1994 fertiggestellt, ihrem Todesjahr.

Es blieb kühl, während die Sonne am Himmel aufstieg, und eine Zeit lang wehte ein scharfer Wind über die Insel und schuf eine Barriere zwischen mir und Tokio. Als die

Stunden verstrichen, fing die Stadt an zu schimmern, und langsam stieg der Dunst von dem heißen Asphalt auf, bis er von dem Wind zu mir getragen wurde.

Meine Mutter war Fotografin. Wenn sie nicht geheiratet und mich nicht bekommen hätte, wäre sie vielleicht eine sehr gute Fotografin geworden. Einmal sagte sie zu mir, wenn sie mit ihrer Kamera losziehe, sei es ihr Ziel, das Wesentliche einer Szene einzufangen, einen Moment an einem bestimmten Tag. Und dennoch haben ihre Fotos sich immer nur der Natur bedient. Sie repräsentierten nur eine Teilsicht, ein Fragment von dem, was das Auge sehen kann.

Die Sonne war so grell, dass es schmerzte. Beim Anblick der flirrenden Stadt in der Ferne fragte ich mich, ob man Hitze tatsächlich fotografieren kann und wie meine Mutter es wohl bewerkstelligt hätte. Bei manchen Dingen kann man sich des Lebens bedienen und auf Film bannen, doch das, was ich an dem Tag gefühlt habe, ganz sicher nicht, auch nicht den Feuerbrand auf meiner Haut, den Schweiß, der mir vom Haaransatz über den Hals lief, oder das blendende Licht von Tokio im August.

Ich sah über die Wasserfläche zu den Gebäuden, die meine Mutter gekannt haben dürfte, den Wohnanlagen aus den Achtzigerjahren, in unmittelbarer Nachbarschaft der Hochhäuser und mit schicken Namen wie »Golden Plaza« oder »Sunshine Towers« aus der Zeit der Bubble Economy, als Japan reich war.

Es war merkwürdig, meine Heimatstadt mit den Augen meiner Mutter zu sehen. Die ehemals mondänen Gebäude mit ihren getönten Fenstern sind heute veraltet, und die dicht gedrängten Bürokomplexe im Stadtzentrum sind schwarz vom Smog und baufällig.

Es gibt Spuren der Vergangenheit in Tokio, die sich eine Weile halten, doch nichts überlebt lange. Sucht man die verschwundenen Flüsse, Wassergräben und Kanäle von Edo, muss man nach den Brücken, Schnellstraßen und Überführungen Ausschau halten, die man in ihr Bett gebaut hat.

Zu Lebzeiten meiner Mutter beschleunigte sich die Entwicklung der Stadt. Als sie meinen Vater heiratete und kurz nach meiner Geburt trieb der Reichtum die Stadt in die Zukunft. Der lehmhaltigen Bucht wurde Land abgerungen, und die alten, so beliebten Angelgründe verschwanden. Der Hafen wurde umgebaut, über Land schlängelten sich Bahngleise und Schnellstraßen, Wolkenkratzer schossen aus dem Boden. Alte Mietshäuser aus Backstein und Art-déco-Bauten, die sowohl das große Kantō-Erdbeben und die Brandbomben während des Krieges überlebt hatten, wurden abgerissen. Im allgemeinen Wiederaufbaufieber wurde alles neu gestaltet, den Vorstellungen einer schönen neuen Welt unterworfen. Mit der Zeit wurden die Abläufe der Geschichte, der vergangenen und der gegenwärtigen, getilgt; keine Zeit für allmählichen Verfall. In Tokio ist nichts von Dauer, es gibt nur temporäre Ruinen.

Viele glauben, dass Gebäude eine längere Lebensdauer haben als Menschen. Sie erscheinen unzerstörbar, doch in Wahrheit sind sie so fragil wie Menschen. Überreste einer Stadt, die auf Abriss und Neubau setzt, und die leicht beseitigt werden können, so wie ein Elternteil.

An diesem Nachmittag, als mir der Wind ins Gesicht blies und die Haarsträhnen um den Nacken flatterten, betrachtete ich die schimmernden Reflexionen auf den Fassaden der neuen Türme in der Bucht – eine temporäre Ruine spiegelte sich in der nächsten –, und ich wusste, dass all das bald verschwunden sein würde.

Windböen peitschten das Meer auf, und kleine Schaumkronen bildeten sich auf den Wellen. Ich fragte mich, ob nicht die Wandlungen unserer Welt, wenn schon nicht für das bloße Auge alle auf einmal sichtbar, vielleicht in einer Geschichte aufbewahrt werden könnten. Das Gedächtnis der Stadt verwob sich mit meinem. Ich dachte an die Tonbänder und die Dokumente, die zu Hause lagen. Nur sie konnten mir sagen, was noch stand.

Vorverurteilungen

Viele Menschen glauben, man gelte als »unschuldig bis zum Beweis des Gegenteils«, doch als Angeklagter vor Gericht sollte man diesen Fehler nicht machen. Man ist schuldig vom Moment der Festnahme an. Selbst die Medien unterstützen diese Sicht. Zu Anfang eines Falls, während der Anhörung der Verdächtigen und der Anklageerhebung, sind ihre Beiträge lang und reißerisch, doch sobald die Verhandlung begonnen hat, schreiben dieselben Reporter nur noch einen, höchstens zwei zusammenfassende Absätze über das wahrscheinliche Schicksal des Angeklagten.

Jeder Anwalt, vor allem, wenn er Strafverteidiger ist, wird das bestätigen. Einmal in Untersuchungshaft, schwindet mit jedem Tag die Chance, die Freiheit wiederzuerlangen. Schon in unserer Sprache kommt das zum Ausdruck. Sobald die Polizei eine Verhaftung vornimmt, manchmal noch bevor Anklage erhoben wird, werden die üblichen Höflichkeitsformen, Namenszusätze wie zum Beispiel *san*, also »Herr«, fallen gelassen. In der Presse wird *san* durch *yogisha* ersetzt, auf den Fluren der Macht und in den Verhörräumen der Polizei durch *higisha*. Diese beiden Begriffe, umgangssprachlich der eine, juristisch der andere, bedeuten das Gleiche. Und so wird mit einem Schlag ein Mensch verwandelt, aus einem gewöhnlichen Bürger wird Higisha Nakamura, der Tatverdächtige Nakamura.

Der Polizeipräsident von Tokio
Polizeiwache Takanawa, Bezirk Shinagawa
Fall Nr.: 001294–23E–1994
Vorfallmeldung
Zeitpunkt der Tat: 23. März 1994
Uhrzeit: 20.42 Uhr
Name des Opfers: Rina Satō
Kläger: Herr Yoshitake Sarashima
Polizei vor Ort: 21.18 Uhr

Diensthabende Beamte:
Berichterstattender Beamter: Kommissar Ichiro Soma
Amtlicher Leichenbeschauer: Akihiko Ito

Assistent: Masashi Hikosaka
Gerichtsmediziner: Keigo Miyabe, Natsuo Murasaki, Akio Ogawa
Ort: 03-08-20 Takanawa, Minato-ku, Tokio

20.45 Uhr: Kommissar Ichiro Soma wird vor Ort geschickt.

21.18 Uhr: Kommissar Soma kontaktiert den Anzeigeerstatter, Vater des Opfers, Herrn Sarashima, der die Leiche seiner Tochter Rina Satō entdeckt hat.

Herr Sagashima berichtet, seine Tochter sei nachmittags mit ihm in seinem Haus in Meguro verabredet gewesen. Als sie nicht gekommen sei, sei seine Enkelin, das Kind der Verstorbenen, das gegenwärtig bei Herrn Sarashima wohnt, zunehmend unruhig geworden. Herr Sarashima wartete schätzungsweise zwei Stunden, und als er sie dann immer noch nicht telefonisch erreichen konnte, fuhr er zu ihrer Wohnung in Shinagawa. Er besitzt einen Schlüssel, den seine Tochter ihm gegeben hat, und fand die Wohnung verwüstet vor. Möbel und diverse andere Dinge lagen auf dem Boden. Herr Sarashima berichtete, seine Tochter habe im Wohnzimmer an der Wand gesessen, in einer schlaffen Haltung, den Kopf unnatürlich weit nach vorne gekippt. Neben der Leiche stand ihr Freund Kaitarō Nakamura, mit einem Seesack, der einige persönliche Gegenstände von ihm und der Verstorbenen enthielt. Nach Auskunft von Herrn Sarashima machte auch er einen sehr derangierten Eindruck – das Haar war zerzaust und verschwitzt, die Kleidung zerrissen, und er hatte einen blutenden Kratzer im Gesicht.

Herr Sarashima berichtet, er sei zu seiner Tochter geeilt und habe ihren Puls gefühlt, doch keinen mehr festgestellt. Er habe einen Krankenwagen gerufen und eine Jedermann-Festnahme bei Kaitarō Nakamura vorgenommen, der den Mord an dem Opfer gestand.

Um 21.38 Uhr trafen Rettungssanitäter ein und erklärten das Opfer für tot. Der Tatort wurde abgesperrt und Fotos der Wohnung aufgenommen, innen und außen, ebenso alle Gegenstände und deren Platzierung registriert. Umgebungsbedingungen: 15°C, relative Luftfeuchtigkeit 70 %, Raumtemperatur 21°C, relative Luftfeuchtigkeit 40 %.

Um 22.00 Uhr untersuchte der Gerichtsmediziner Ito die Verstorbene und stellte fest, dass die Leichenstarre offensichtlich noch nicht eingetreten war, doch dass es Anzeichen von Leichenflecken an den Händen, Beinen und distalen Abschnitten der Gliedmaßen gab, die auf einen Todeszeitpunkt zwei bis vier Stunden zuvor hindeuten. Der Gerichtsmediziner erklärte, die nachhaltigen Verletzungen und Abdrücke auf dem Körper entsprächen den Merkmalen einer Erdrosselung, und nannte als Ursache Mord.

Um 22.30 Uhr kam Staatsanwalt Kurosawa zum Tatort und beriet sich mit Kommissar Soma, dem Gerichtsmediziner Ito und dem Zeugen Herrn Sarashima.

22.45 Uhr, Herr Sarashima erklärte, seine Enkelin warte zu Hause auf ihn. Er bat um Erlaubnis, den Tatort verlassen zu dürfen, und erklärte sich bereit, am nächsten Tag auf der Polizeiwache eine Aussage zu machen.

Um 23.15 Uhr wurde die Leiche der Verstorbenen vom

Tatort entfernt und zur Obduktion und offiziellen Identifizierung ins Shinagawa-Bezirkskrankenhaus gebracht.

Um 23.20 Uhr wurde Higisha Nakamura in Polizeigewahrsam genommen. Er hat sich der Festnahme nicht widersetzt.

Der Polizeipräsident von Tokio
Polizeiwache Takanawa, Bezirk Shinagawa, Fall
Nr.: 001294–23E–1994
Tatortbericht

Datum des Vergehens: 23. März 1994
Meldung: 20.42 Uhr
Name des Opfers: Rina Satō
Anzeigeerstatter: Herr Yoshitake Sarashima
Ausmaß der Verletzung: Tödlich
Beziehung zum Opfer: Vater
Ankunft der Polizei: 21.18 Uhr
Diensthabender Polizeibeamter: Kommissar Ichiro Soma
Gerichtsmediziner: Akihiko Ito
Assistent: Keigo Miyabe, Natsuo Murasaki, Akio Ogawa
Ort: 03-08-20 Takanawa, Minato-ku, Tokio
Staatsanwalt: Hideo Kurosawa erhielt um 22.03 Uhr die Nachricht über einen mutmaßlichen Mord und traf mit dem Gerichtsmediziner um 22.30 Uhr am Tatort ein.
Vorläufige Analyse: Kommissar Ichiro Soma

Ich fand die Leiche an die Wand gelehnt, in einer sitzenden Haltung auf dem Boden des Wohnzimmers vor. Die Arme des Opfers hingen schlaff herunter und berührten den Boden, mit den Handflächen nach oben, die Beine waren vor ihr ausgestreckt. Sichtprüfung ergab, dass das Opfer einen weißen Rollkragenpulli, eine Denim-Latzhose und einen weißen Turnschuh trug – der zweite lag umgekippt im Raum, 1,23 m vom Opfer entfernt. Mehrere Verletzungen am Opfer waren mit bloßem Auge erkennbar. Ligaturfurchen in der Haut und schwere Prellungen an Hals und Nacken legen eine Erdrosselung mit einem Strick oder einer Saite nahe. Für die weitere Untersuchung der Verletzungen will ich die Autopsie abwarten. Die Schürfwunden an den Armen und Händen deuten allerdings darauf hin, dass ein Kampf stattgefunden hat. Obwohl das Opfer sehr wahrscheinlich am Tatort verstorben ist, wurde es nicht in der vorgefundenen Position getötet.

Zum Teil fand der Angriff offensichtlich im Wohnzimmer statt. Der Schreibtisch neben der Tür war umgestoßen. Der Anzeigeerstatter, Herr Sarashima, sagte aus, das Telefon habe neben dem umgestoßenen Schreibtisch auf dem Boden gelegen, damit habe er die Polizei angerufen. Normalerweise habe das Telefon auf dem Schreibtisch gestanden. Im Wohnzimmer wurden neben dem Fenster zwei Fußabdrücke gefunden (männlich, Größe 42). Es konnte bestätigt werden, dass Herr Sarashima Größe 42 trägt und Higashi Nakamura Größe 44.

Der schwarze Sofatisch in der Mitte des Wohnzimmers war verschoben, darunter lag der Inhalt einer Bentobox,

Lachs und Rogen. Eine zweite Bentobox stand aufrecht auf dem Tisch. Die Handtasche des Opfers lag neben dem Sofatisch, der Inhalt – Münzbeutel, Portemonnaie, Taschentuch, Notizbuch, zwei Paar Hausschlüssel – lag verstreut auf dem Boden. Auf der anderen Seite des Sofatisches stand eine offene Reisetasche, die Kleidung einer erwachsenen Frau enthielt, Haarbürste, Hygieneartikel, eine Kamera und einen formellen Kinder-Obi. Diese Reisetasche ist getrennt zu sehen von Higisha Nakamuras Seesack, der bündelweise Fotos enthielt. Er wurde beschlagnahmt und als Beweismittel sichergestellt. Am Eingang zur Küche lag eine Schachtel Adzukibrötchen, daneben eine Tüte Sakura-Desserts. Der Kassenbon stammt von einer örtlichen Bäckerei.

Es gibt Hinweise darauf, dass sich der Kampf zwischen dem Opfer und dem Angreifer bis ins Eheschlafzimmer erstreckt hat. Auf der Bettdecke fanden sich drei frische Blutflecken, 3–5 mm Durchmesser (DNA-Analyse angefordert). Das Schlafzimmer war in einem chaotischen Zustand: Die Schränke waren geöffnet, die Schubladen aus der Kommode herausgezogen, drei Bücher und ein weißer Wecker mit gesprungenem Ziffernblatt lagen auf dem Boden, und zwei, wahllos mit Kleidung gefüllte Pappkartons standen ebenfalls dort.

Die kriminaltechnische Analyse hat ergeben, dass sich auf dem Türrahmen im Wohnzimmer Hand- und Fingerabdrücke des Opfers finden. Der Anteil, die Dichte und Verteilung von Öl auf diesen Abdrücken weisen darauf hin, dass das Opfer sich festgehalten hat, wahrscheinlich weil es verhindern wollte, weggezerrt zu werden. Weitere Handabdrücke des Opfers fanden sich auf dem Boden des Wohnzimmers. Druckwinkel und Ölmenge dieser Abdrücke legen den Schluss nahe, dass während des Kampfes das Opfer entweder versucht hat, sich kriechend von dem Angreifer zu entfernen oder an das Telefon auf dem Boden zu gelangen. Ein teilweise aufgerolltes Knäuel mit weißem Küchenstrick lag 33 cm von dem zuletzt dokumentierten Handabdruck entfernt.

Mit diesem Bericht wurden die in der Gerichtsmedizin verbliebenen Beweismittel an das kriminaltechnische Labor der Präfektur geschickt, und eine Inventur der als Beweismittel sichergestellten Gegenstände wird der Ermittlungsgruppe innerhalb von fünf Tagen zugestellt.

Bitte beachten: Anhang A: Tatort-Grundriss, Diagramme zur Positionierung der Objekte und genaue Maßangaben.

Ich saß im schummrigen Licht unseres Esszimmers, meine Hände zitterten. Mit den Fingern fuhr ich immer wieder über die Blätter der Fallakte, las jedes einzelne Dokument mehrmals durch, als müsste ich an diesem Tisch wie festgenagelt sitzen bleiben, bis ich irgendeinen Sinn in diesen Ereignissen erkennen würde. Ich wusste, dass Kaitarō Nakamura am Ende ein Geständnis unterschrieben hatte. Er hatte sich für den Mord an meiner Mutter schuldig bekannt. Allerdings wurde mir erst beim Lesen klar, welche Bedeutung sein Bekenntnis diesen Dokumenten verliehen hatte. Wo einst die Berichte und Schilderungen in öffentlicher Sitzung diskutiert worden wären, sprachen jetzt plötzlich, Zeile für Zeile, die Dokumente an sich.

Kaitarōs Geständnis änderte den Charakter des Prozesses, begrenzte ihn auf zwei Tage. Da Kaitarō vor das Bezirksgericht kam, wäre sein Fall von einem Gremium aus drei Richtern und einem vorsitzenden Richter – dem Saiban Chō – geprüft worden; Geschworene gab es keine. Der Staatsanwalt hätte sich an die Richterbank gewandt und die Fallakte übergeben. Er hätte sogar über den Inhalt jedes Dokuments sprechen und dem Gericht sein Plädoyer vorlesen können, doch sobald er und der Verteidiger ihre Meinung in dem Fall abgegeben hätten, wären die Akten und die darin enthaltenen Dokumente einkassiert und von jedem Richter einzeln und vertraulich geprüft worden. Sie allein hätten den Fall unter sich ausgemacht, und dem Prozess des Lesens, der Beziehung zwischen einem Leser und der Seite, wäre die wichtigste Rolle zugekommen.

In Japan gibt es praktisch nur ein einziges Gesetz zum Thema Mord, Artikel 199 des Strafgesetzbuches. Er lautet, dass »eine Person, die eine andere Person tötet, bestraft wird«. Das ist an jenem Tag geschehen. Die Art des Mordes, das Motiv der Tat, jegliche Reue des Angeklagten, eine angemessene Strafe – all das wurde von einem Gremium aus drei Richtern entschieden.

Staatsanwaltliche Pflicht sei es, so sagt man, die Wahrheit herauszufinden, der Abfolge der Ereignisse so nahe wie möglich zu kommen, auch wenn sie sich niemals genau rekonstruieren lassen. Das Schriftstück mit Kurosawas Erklärung vor Gericht hätte seine Interpretation der

Ereignisse dargelegt, aber es wären die gesammelten Beweise, die Akten und die auf Video aufgezeichneten Interviews gewesen, die die Richter zum Kern des Falls geführt hätten und schließlich auch zu Kaitarō Nakamuras Denkweise.

Unsere Gerichtsverfahren drehen sich um die Frage nach dem Motiv. Wer, wie, wo und wann sind nicht so wichtig, wichtiger ist das Warum. Bevor ein Urteil gefällt werden kann, müssen die Begierden, die in den Tiefen unserer Psyche lauern, ergründet werden. Selbst bei dem brutalsten Mord gerät der Gemütszustand des Verdächtigen ins Blickfeld, und auch die Idee der Liebe findet Berücksichtigung: *hatsukoi*, erste Liebe, *miren*, anhaltende Verbundenheit, *kataomoi*, einseitiges Begehren, *aishiau*, beidseitige Liebe, und schließlich *fukai aijō*, leidenschaftliche Liebe. Das Gericht schätzt ein, wie innig die Liebe ist, und lässt entsprechend Milde walten. Und so ruht das Schicksal eines Menschen auf diesem immateriellen Wert: Liebe, die für viele eine Sache von Leben und Tod ist.

Wissen Sie, was eine Lügenfrage ist? Psychologen treiben dafür erheblichen gedanklichen Aufwand, erfinden solche Fragen für Lügendetektortests, die in Japan noch heute in Gebrauch sind und kein Relikt aus dem Fernsehen. Häufig wird mit solchen Tests bezweckt, einen Bürger von einem Verdacht freizusprechen. Doch sie sind immer noch wichtig, und die erste Frage, die den Puls in die Höhe treibt, ist die alles entscheidende. Es ist der Unterschied zwischen der Person, die man ist, und der, die man sein will.

Stellen Sie sich vor, Sie sitzen dem Vernehmungsbeamten gegenüber. Er kennt Ihren Namen, Ihr Alter, Ihren Beruf, Ihren Lebensstil. Sie gehen davon aus, dass er es langsam angehen lässt, doch weit gefehlt. Bei Mordermittlungen zielt er unmittelbar darauf ab, Ihren Charakter auf die Probe zu stellen. »Haben Sie jemals daran gedacht, jemanden umzubringen?« Denn hier, im Vorzimmer der Seele, zwischen Denken und Sprechen, liegt die Wahrheit. Wir alle haben schon mal daran gedacht, jemanden umzubringen. Die Antwort auf diese Frage duldet keine falsche Tugend oder sonstige Unaufrichtigkeit. Wir alle sind zu diesem Gedanken fähig. Töten ist ein Impuls, der in uns allen steckt.

Wieder saß ich in meinem Schlafzimmer, blendete die Spuren meiner Kindheit aus und konzentrierte mich auf das Video, das ich an den kleinen Fernsehbildschirm angeschlossen hatte. Kaitarō betritt den Verhörraum in Handschellen. Staatsanwalt Kurosawa sitzt bereits am Tisch, sonst ist niemand im Raum, keine Sekretärin, die Protokoll führt. Dennoch muss Kaitarō sich der Menschen hinter der Glasscheibe bewusst gewesen sein und all der anderen, die auf sein Geständnis warten, denn als Kurosawa hinter dem Tisch hervorkommt und die Handschellen löst, bewegt sich Kaitarō nur minimal. Er reibt sich nicht die Handgelenke, sondern täuscht eine entspannte Haltung vor, legt den Arm auf den Tisch, schafft Distanz.

Kurosawa schiebt ihm einen Plastikbecher Wasser hin, was ihm ein leises Lächeln beschert. Kurz schaut der Staatsanwalt zur Kamera, und Kaitarō richtet seine Sitzhaltung so aus, dass er im Sucher zu sehen ist. Ich kann ihn deutlich erkennen, die Falten in seinem Gesicht, die Furchen um seinen Mund, wo die Mundwinkel gewohnheitsmäßig nach unten hängen.

»Haben Sie nicht schon alles, was Sie brauchen?«, fragt Kaitarō.

Der Staatsanwalt zuckt mit den Schultern. »Die Fakten allein reichen nicht.«

»Wollen Sie auch meine Seele? Wollt ihr Bürokraten mich manipulieren?«

»Ich möchte mit Ihnen über etwas Persönliches sprechen.«

»Noch mehr Gefühle?« Kaitarō richtet sich auf und trinkt einen Schluck Wasser.

»Liebe.«

»Soll ich sie Ihnen erklären?«

Kurosawa schweigt.

Kaitarō greift noch einmal nach dem Becher, hält aber inne. »Wollen Sie wissen, ob ich wirklich verliebt war?«

»Ja.«

Kaitarōs Gesichtsausdruck ist undurchdringlich.

»Ich möchte fair sein«, sagt Kurosawa. »Ich habe schon einige Morde aus Leidenschaft verhandelt.«

»Waren darin Leute wie ich verwickelt?«

»Nein.«

Kaitarō lehnt sich zurück und überlegt. »Werden Sie behaupten, ich sei gar nicht verliebt gewesen?«

»Erzählen Sie mir von Ihrer Arbeit«, sagt der Staatsanwalt.

»Sie auch, Kurosawa? Wollen Sie mich auch am Galgen sehen?«

»Erzählen Sie«, wiederholt Kurosawa. »Erzählen Sie mir von Ihrer Arbeit.«

Kaitarō beugt sich vor und legt die Hände vors Gesicht.

»Kümmert es Sie nicht, was aus Ihnen wird?«

»Es ist längst egal, was aus mir wird.«

»Ich glaube, dass es Ihnen helfen wird«, bemerkt Kurosawa.

Kaitarō massiert sich die Schläfen und schüttelt den Kopf. »Mir kann nichts helfen.«

»Dann sagen Sie mir doch einfach die Wahrheit.«

Die Stille zwischen ihnen dehnt sich aus. Es sind nur Sekunden auf der Uhr, die am unteren Rand des Bildschirms angezeigt wird, aber es kommt einem wie Jahre vor.

»Manchmal«, setzt Kaitarō an, »fällt es leichter, in die Haut eines anderen zu schlüpfen.« Er wirft Kurosawa einen Blick zu. »Haben Sie sich schon immer selbst gemocht? Fühlen Sie sich in jeder Situation wohl? In meinem Beruf und in Ihrem Leben, in dem man Menschen sehr nahekommt, muss man etwas von einem Gestaltwandler an sich haben.«

Kurosawa nickt, ob irritiert oder zustimmend, ist schwer zu erkennen.

»Es gibt Aufträge, die man nicht ausführen will, Menschen, die man nicht kennenlernen will. Aber wie Sie wissen, ist es gefährlich, einem anderen Menschen, egal wem, ob Mann oder Frau, zu zeigen, dass man ihn nicht mag. Manchmal passiert nichts, manchmal ist es angebracht, einer anderen Person seine Abneigung zu zeigen, aber in meiner Welt und sehr wahrscheinlich auch in Ihrer ist es verboten, seine wahren Gefühle zu offenbaren.«

Kurosawa beugt sich vor. »Hatten Sie eine Abneigung gegen Rina Satō? Beim ersten Mal haben Sie sie stehen gelassen.«

»Ich habe es versucht«, sagt Kaitarō.

»War das nicht gefährlich? Haben Sie da nicht gegen Ihren Instinkt gehandelt?«

Kaitarō lächelt. »Ich habe gegen den gesunden Menschenverstand und gegen meine Instruktionen gehandelt, das ja, aber nicht gegen meinen Instinkt.« Er macht eine Pause. »Ich hatte viele Aufträge. Es gibt immer bedürftige Menschen, die ein bisschen Trubel in ihr Leben bringen wollen, oder solche, die Verantwortung für ihre Entscheidungen abtreten möchten, sich aus einem emotionalen Trauma freikaufen. Der entscheidende Punkt ist, professionell zu sein, Distanz zu wahren zwischen einem selbst und der Rolle, die man spielt. Man geht an so einen Auftrag wie an jede soziale Strategie heran. Ich war erfolgreich.« Und Kaitarō ergänzt: »Darin lag eine gewisse Befriedigung.«

»Hatte das nicht Auswirkungen auf Ihr Privatleben?«, fragt Kurosawa.

Kaitarō lächelt. »Ich hatte kein Privatleben, und anfangs habe ich auch keins gebraucht. Ich habe mich mit all diesen Menschen gemessen, mich selbst herausgefordert, aber am Ende hatte sich das Neue und Interessante erschöpft. Man braucht viel Kraft, um aus seiner Haut zu schlüpfen und zu lernen, jemand anders zu sein.«

»Sie haben also keinen Menschen geliebt, und kein Mensch hat Sie geliebt«, stellt Kurosawa fest.

Kaitarō seufzt. »So ist der Alltag für viele Agenten. Sie fremdeln zusehends, finden es unmöglich, anderen Menschen zu trauen. Wenn man niemandem traut, wie soll man dann einen anderen Menschen lieben? Agenten wie ich stehen am Ende allein da. Aber wir Menschen sind nicht dafür bestimmt, allein durchs Leben zu gehen, oder?«

»Sie wollten also nicht allein bleiben.«

»Ich wollte der sein, der ich bin.«

»Also war es nur gutes Timing. Sie brauchten eine Veränderung, und da haben Sie Rina kennengelernt.«

»Nein!« Kaitarō rutscht vor bis an die Stuhlkante. »Ich weiß, was ich gefühlt habe. So viel Glauben müssen Sie mir schon schenken, dass ich weiß, was ich will.«

»Ich musste diese Frage stellen«, entgegnet Kurosawa. »Die meisten Leute würden denken, dass sie leicht zu haben war.«

»Sie täuschen sich.«

Kurosawa schweigt. Er deutet auf die Glasscheibe an der hinteren Wand und gibt Zeichen, dass sie gerne mehr Wasser hätten. »Wenn es also nicht das Timing war und es auch nicht daran lag, dass Sie erschöpft waren – was war dann diesmal anders für Sie?«

»Sie. Sie war anders«, sagt Kaitarō. »Je besser wir uns kennenlernten, desto klarer wurde mir, dass sie die Richtige war.«

»War sie schön?«, fragt Kurosawa, und Kaitarō lacht leise.

»Sehr schön. Aber auf eine ganz eigene Art. Sie besaß eine innere Stärke, die ich bewundert habe.«

»Sie wollten sie also abweisen. Am Anfang.«

»Das habe ich versucht«, sagt Kaitarō. »Ich wollte sie als reale Person kennenlernen, nicht durch meinen Job. Aber je mehr Zeit wir miteinander verbrachten, umso besser passten wir zusammen. Wir waren auf einer Wellenlänge, und ich konnte sie nicht wieder in ihr altes Leben zurückgehen lassen.«

Kaitarō hält inne, als man ihm einen neuen Becher Wasser auf den Tisch stellt. Er lächelt Kurosawa schief an, eine kleine Anerkennung für die bevorzugte Behandlung. »Ich habe mich in ihr wiedererkannt. Sie war mein Kamerad, in jeder Hinsicht. Wir haben füreinander gekämpft, eine Möglichkeit gefunden, zusammen zu sein. Ich habe ihr vertraut, wie ich nie zuvor jemandem vertraut habe.«

»Hat sie Ihnen vertraut?«

»Ja«, sagt Kaitarō mit fester Stimme.

»Und Sie dachten, das reicht.«

»Das habe ich gehofft.«

»Sie war also kein Betrugsopfer?«, fragt Kurosawa und legt ihm ein Foto vor. Es ist ein Schnappschuss von Rina auf dem Nachtmarkt; sie ist im Begriff, einen Apfel in die Luft zu werfen.

»Nein«, sagt Kaitarō und betastet das Foto. »Sie war kein Betrugsopfer.«

Allein in meinem Schlafzimmer, dachte ich über den Zusammenhang von Ursache und Wirkung nach. Es gibt Richter, die gleichzeitig für über zweihundert Fälle zuständig sind, und in der Mehrzahl bekommen sie Schuldbekenntnisse zu hören und die vorformulierten und unterschriebenen Geständnisse. Trotzdem, Schuld ist keine leichte Sache, Beschuldigte ebenso wenig. Die Aufgabe der Richter ist es, das volle Ausmaß der Schuld festzustellen, die Wahrheit zu ermitteln und eine Strafe zur Anwendung zu bringen, die dem Täter eine Lehre sein soll. Und das alles schnell, denn das Tempo, in dem sie ihre vielen Fälle abarbeiten, bestimmt ihren Rang, ihre Aufstiegschancen, ihre Zukunft. Kompetenz misst sich nach der Zahl der Fälle, die sie übernehmen, und lange aufhalten dürfen sie sich mit keinem.

Ich hatte nicht extra um Kaitarō Nakamuras Geständnis ersucht, und zu meiner großen Enttäuschung lag es auch nicht in der Akte. Stattdessen fand ich eine handgeschriebene Liste mit den möglichen Ausgängen des Gerichtsverfahrens. Sie reichten von unterschiedlich andauernden Haftstrafen bis hin zur Todesstrafe. Ich hätte gedacht, er wäre zu einer Haftstrafe verurteilt worden, denn es kam selten vor, dass Täter, die nur einen einzigen Mord begangen hatten, die Todesstrafe bekamen. Yurie Kagashima hatte jedoch genau diese Möglichkeit mit einem Sternchen markiert, als hätte sie Kaitarō vor diesem Urteil unbedingt bewahren wollen, ja das nackte Leben ihres Mandanten verteidigen müssen. Ich konnte mich des Weiteren nur an das Blatt mit dem Zeitplan der beiden Tage im Gericht halten, die Anhörung des Falls und die Urteilsverkündung. Und daher wusste ich, dass die Richter, zu welchem Ergebnis auch immer sie am Ende gekommen waren, nicht lange für die Entscheidungsfindung gebraucht hatten.

Ich dachte an die unten auf dem Esstisch ausgebreiteten Dokumente, an den im Tatortbericht erwähnten Fußabdruck, der bei der Autopsie meiner Mutter durchgeführten DNA-Analyse und der auf ihrer Haut entdeckten Speichelflüssigkeit, die einen Kontakt mit einer anderen Person kurz vor ihrem Tod nahelegte. Ich dachte an Kaitarō Nakamura und seine Strafe, an all die Menschen, die am Tag, als meine Mutter starb, anwesend waren, und an all die Entscheidungen, die ein Leben beenden können.

Rina und Kaitarō

Blutlos, schwarz und weiß

Rina stand allein am Fenster. Der Marmorboden unter ihren nackten Füßen fühlte sich kalt an, ein Schauder ergriff sie. Sie beugte sich vor, legte die Stirn ans Fenster, rollte den Kopf hin und her, wobei ihre warme Haut einen Fleck auf dem Glas hinterließ. Rina hatte starke Kopfschmerzen, und der Schmerz hatte sich im ganzen Körper ausgebreitet. Sie hatte am Abend zuvor viel getrunken, doch das war nicht der Grund. Rina presste die Stirn noch fester an die Scheibe. Am liebsten wäre sie in den Gefrierschrank gekrochen, hätte sich zwischen die Regale geduckt, trotzdem hätte die Kälte nichts genutzt. Der pochende Schmerz wäre geblieben, ein greller Lichtpuls hinter den Augen, der ihr die Sicht nahm.

Er war weg. Sie hatte sich entschieden. Jetzt war nichts mehr übrig. Es war, als hätte die Erosion ihrer Person von Neuem angefangen, als wäre sie machtlos, um sie aufzuhalten. Sie verspürte eine Hilflosigkeit, die sie selbst herbeigeführt hatte.

Rina drehte sich um und drückte die Handballen auf die Augen. Sie sah sich selbst, auf dem Festbankett, die benutzten Cocktailspießchen anstarrend, ein Glas Wein in der Hand. Sie erinnerte sich daran, wie Sumiko sich im Auto an sie geschmiegt hatte. Sie erinnerte sich an die Schwere in ihren Gliedmaßen, an das Gefühl der Verlassenheit, das sie auf der Fahrt erfasst hatte, und schließlich an Satōs Verachtung, als er zu Hause das Spielzeug auf dem Boden liegen sah, und wie er Sumiko angeschnauzt hatte.

Schon vor vielen Jahren hatte sie diesem Leben zugestimmt, und jetzt hatte sie sich erneut dafür entschieden. Sie schlug die Augen auf, und ihr Blick fiel auf den Esstisch, ein Hochzeitsgeschenk. Sie betrachtete die hochglanzpolierte, schwarz schimmernde Oberfläche und sah sich dort sitzen, ein paar Jahre nach der Hochzeit. Sie hatte mehrere Blätter buntes Seidenpapier übereinander vor sich auf den Tisch gelegt und sie in exakt gleich große Rechtecke geschnitten. Aus dem Flur vernahm sie munteres Geplapper, Sumiko, die in ihrem Zimmer spielte. Rina hatte vor sich hin gesummt, eine junge Mutter mit einem gesunden Kind und geröteten Wangen. Als sie nach der Schachtel mit Süßigkeiten griff, die sie beiseitegestellt hatte, spürte sie Satō hinter sich auf sie zukommen. Sie verkrampfte sich, als er ihre Schultern mit den Händen umschloss, zuckte nur unmerklich zusammen, doch er hatte es gespürt. Er glitt mit den Händen an ihr hinab, streifte seitlich ihre Brüste, und sie zwang sich, ruhig zu bleiben.

Sie hielt den Kopf gesenkt, doch Satō rückte lachend einen Stuhl heran und setzte sich neben sie. Rina nahm wieder die Schachtel und platzierte sie in die Mitte der Seidenpapiere. Die Box war in Zellophan verpackt, das quietschte, als sie sie in das Papier einwickelte. Sie befestigte an einer

Seite Klebeband und faltete das Papier so, dass man es nicht sah. Satō schaute schweigend zu und lachte demonstrativ.

»Was ist so witzig?«, fragte sie.

»Du. Du bist so hoch konzentriert.«

»Ich möchte es eben schön einpacken für Yoshi«, sagte sie.

»Du bist ein witziges kleines Ding.«

So hatte sich Rina noch nie gesehen, und sie blickte ihn fragend an.

»Findest du nicht?«, sagte er. »Findest du dich nicht witzig?«

Rina antwortete nicht, lächelte ihn nur leise an.

»Aber du würdest dich bestimmt wehren.«

Wieder blickte sie auf und sah ihn ernst an.

»Wenn man dich in die Ecke treiben würde«, fuhr er fort.

Rina ließ die Schachtel los, achtete nicht darauf, dass sich die farbigen Papierbögen wieder entfalteten. Sie sah an ihrem Mann vorbei, durch das Wohnzimmer zur Dunkelkammer, die jetzt als Abstellraum diente und wo ihr früheres Leben Staub ansetzte. Satō nahm ihre Hand, streichelte ihre Finger. »Du hast so einen Glanz an dir, so eine Gelassenheit …«, sagte er, und Rina runzelte die Stirn. »Darunter, meine ich. Davon spreche ich.«

Rina wäre in dem Moment gerne aufgestanden, hätte sich aus der Umklammerung seiner Hand gelöst, ihm gesagt, er solle sich zurückhalten, aber sie schwieg.

»Du bist hartnäckig«, sagte er leise. »Wenn du dich auf etwas konzentrierst, dann sieht man es in deinem Gesicht.«

Langsam entzog sie ihm ihre Hand. Sie öffnete den Mund, um einen Scherz zu machen, doch als sie etwas sagen wollte, türmten sich vor ihr die Entscheidungen auf, die sie bis dahin getroffen hatte, und sie fragte sich, ob sie tatsächlich so hartnäckig war, wie er behauptete.

»Beeil dich!«, sagte Satō und zeigte auf das Geschenkpapier. »Wir müssen los.«

Im Rückblick fragte sich Rina, ob es stimmte, was er damals über sie gesagt hatte. Als junges Mädchen, als sie sich kennenlernten, hatte sie diesen Glanz ausgestrahlt, wie jeder, der vor Entscheidungen steht und andere Chancen aufgibt. So wie damals würde sie nie wieder werden; andererseits hatte Satō auch nie wirklich an ihren Glanz geglaubt. Er hatte von Anfang an durch diesen Glanz hindurchgeschaut, hatte die Frau in Wartestellung gesehen, die Kämpferin dahinter. Rina hob den Kopf und sah sich in ihrem Heim um. Sie konnte es Satō nicht ganz verdenken. Sie war nicht die perfekte Ehefrau, vielleicht nicht einmal eine gute. Sie hätte wissen sollen, dass seine Ziele und Träume den Verlust ihrer eigenen niemals hätten wettmachen können. Es wäre besser gewesen, mit offenen Augen in die Ehe zu gehen. Doch was auch immer vorher verloren gegangen war – ihr gegenwärtiges Leben war ganz allein ihre Entscheidung. Diese Erkenntnis hatte sie Kai zu verdanken. Selbst wenn sie ihre Familie zusammenhalten würde, musste sie frühere Fehler nicht wiederholen. Sie konnte ihr Leben wieder zurückgewinnen, sowohl für ihre Tochter als auch für sich, vielleicht sogar für alle drei. Sie schritt durch das Wohnzimmer und spürte, als sie die Tür zur Dunkelkammer öffnete, wie der Druck im Kopf nachließ. Sie würde die Kammer leerräumen und sich wieder Platz schaffen. Sie stieg über einen zerbrochenen Tennisschläger und mehrere Paare von Satōs ausrangierten Sportschuhen und hob einen Karton hoch.

Das Formular war rosa. Nicht ganz rosa, wie Rina jetzt erkannte. Das Papier an sich war weiß. Bestürzt sah sie, dass die Zeilen aus roten Schriftzeichen verschmiert waren, dazwischen längliche grüne Rechtecke. Rina sah auf das Formular, das ganz oben in dem Karton lag, und ihr Herz pochte heftig. Sie streckte die Hand danach aus, zog sie dann aber zurück, manche Dokumente waren giftig, und sie wollte es lieber nicht berühren.

Lange Zeit war es die Schönheit des Formulars, die ihr im Gedächtnis geblieben war: seine Farbe und Schlichtheit, dieses Symbol für alles, was sie zu befürchten hatte. Sie dachte an die rosa Kanji-Schriftzeichen, die freien grünen Rechtecke für ihre Antworten und an den freien Platz am Ende für ihr und für Satōs persönliches Namenssiegel. Was sagte es über das Nationalbewusstsein aus, das sich etwas so Schwerwiegendes hinter einer Fassade aus Farbe und Ordnung verbarg?

Rina dachte an all die Maskottchen für staatliche Institutionen: beispielsweise die weiße Robbe mit weißer Kapitänsmütze und blauem Kapitänsmantel für alle Leuchttürme in der Shizuoka-Präfektur, ein Symbol der Sicherheit, das die Botschaft einer erfolgreichen Küstenwache vermittelte und die Anzahl derjenigen verschleierte, die nicht vom Meer zurückkamen. An Pipo, das pummelige orangefarbene Maskottchen der Polizei von Tokio, schon allein sein Name symbolisierte die freundschaftliche Beziehung zwischen den Ordnungshütern und der Bevölkerung. Und dennoch, die Polizisten und ihr Maskottchen konnten noch so fröhlich ausschauen, ihre Pistolen sich noch so sehr der Uniform anpassen – wie Fausthandschuhe, damit sie sie nicht vergaßen –, die Pistolen waren real und ebenso die Kugeln darin. In Japan galt noch immer die Todesstrafe, und in den Gefängnissen saßen Menschen, die man den eigenen Kindern nicht zum Freund wünschte. Noch heute konnte jeder Polizist Schmerz und Leid in das Leben eines Menschen bringen. Das Gleiche gilt für Formulare, dachte Rina und nahm die Papiere an sich; es war das Gleiche wie mit allem, was von Menschen geschaffen wurde.

In ihrer Jugend konnte Rina nicht stillsitzen; was immer sie anpackte, sie musste in Bewegung sein. Oft war sie im Zimmer auf und ab gegangen, wenn sie mit ihrem Vater über einzelne Fälle sprach. Als sie ihm eröffnete, dass sie ihr Studium aufgeben wolle, waren sie lange umeinander herumgeschlichen wie Hunde. Doch jetzt fühlte sie sich erdrückt von der Einsamkeit und der Last des Lebens. Sie sank zu Boden und legte den Kopf auf die angezogenen Knie.

Dann schaute sie sich noch einmal die Papiere an. Seltsam, die meisten Seiten des Formulars waren leer. Satō hatte nur seinen und ihren Namen eingetragen und die Adresse und Ausweisnummer. Ebenfalls angekreuzt hatte er die Wahlmöglichkeit, nach der sie beide als Ehepaar eine *kyogi-rikon* anstrebten – eine Scheidung im gegenseitigen Einvernehmen. In einem Feld wurde nach den vereinbarten Modalitäten der Trennung gefragt, das Feld war aber nicht ausgefüllt, auch nicht mehrere Fragen in den folgenden Abschnitten, nur eine Frage, die in allen japanischen Scheidungsformularen gestellt wird: Welcher Elternteil das Sorgerecht für die vorhandenen Kinder übernehmen soll.

Als wollte er das Formular nur versuchshalber ausfüllen, hatte Satō hier mit Bleistift einen aufrecht stehenden Schnörkel hingekritzelt, ein Fragezeichen in dem Feld, das über Sumikos Leben entscheiden sollte. Das Fragezeichen riss sie aus ihrem Schockzustand. Wütend erhob sie sich. Sie nahm das Formular und sah, dass darunter noch ein weiteres Bündel Papiere lag, in gebrochenem Weiß, aufwändig produziert.

Rina fiel das Emblem des Familiengerichts von Tokio im Briefkopf auf, darunter eng bedruckte Absätze mit Verwaltungsanweisungen. Dies war kein Anmeldeformular für eine Scheidung des örtlichen Bezirks, hier gab es nichts auszufüllen für sie, keinen Platz für private Vereinbarungen. Dies war ein gesetzliches Antragsformular nur für Satō, den Ehemann, der vor Gericht die Scheidung einreichen würde, ein Verfahren, das er auf jeden Fall zu gewinnen gedachte.

Das Formular enthielt eine Aufstellung der Gründe für das Scheitern der Ehe. In Fettdruck stand die Instruktion, alle zutreffenden Gründe einzukreisen, die zutreffendsten doppelt. Hier hatte Satō kein Blatt vor den Mund genommen, hatte deutliche Worte gefunden, die er ihr niemals offen ins Gesicht sagen würde. Ein Wort hatte er mehrfach mit schwarzem Kugelschreiber eingekreist: Ehebruch.

Langsam öffnete sie die Hand, und die Blätter fielen zu Boden. Er weiß Bescheid, dachte sie, und er will mir mein Kind wegnehmen.

Rina trat aus der Dunkelkammer ins Wohnzimmer, um sie herum das Leben, das sie gekannt hatte, doch die vertraute Landschaft hatte sich verändert. Was Satō da im Schilde führte, war ungeheuerlich. Sie kannte Leute, die gezwungen gewesen waren, den Weg über die Gerichte zu gehen. Das System suchte und entdeckte Fehler und wies Schuld zu. Es zerrte alles Hässliche und Schändliche bei den Betroffenen an die Öffentlichkeit. Aus ihrem Studium wusste sie, dass solche Scheidungen jahrelang in Schlichtungsverfahren hängen blieben, bevor sie überhaupt vor einem Familiengericht landeten; dass Schlichter, ehrenwerte Mitbürger aus dem Bezirk der Eheleute, ganze Kommissionen bildeten, um die Ehe zu sezieren. Fremde Menschen durchkämmten die Dokumente ihres Lebens, und je erbitterter man kämpfte, egal, wie sich die Ereignisse aus Sicht der Betroffenen darstellten, der Ausgang war immer derselbe. Ein Elternteil bekam das alleinige Sorgerecht für die Kinder zugesprochen, und der andere Elternteil würde sie höchstwahrscheinlich nie wieder zu Gesicht bekommen. Gemeinsames Sorgerecht ist illegal, so schreibt es das Gesetz vor, blutlos, schwarz und weiß.

In ihrem zweiten Studienjahr auf der Universität von Tokio hatte Rina sich einer Gruppe angeschlossen, die ehrenamtlich und kostenlos Rechtsauskunft erteilte. In der

Zeit hatte sie viele Eltern kennengelernt, die von ihren Kindern getrennt waren, und sie dachte daran, wie verzweifelt sie gewesen waren, wie isoliert. Sobald ein Scheidungsverfahren abgeschlossen und das Sorgerecht einem Elternteil zugesprochen worden war, betrachteten die Gerichte alle weiteren Auseinandersetzungen als »Familienangelegenheit« und weigerten sich einzugreifen. Selbst wenn es keine offizielle Einigung gab und ein Elternteil das Kind einfach zu sich nahm, wurde dieser häufig bevorzugt. Neun Zehntel der Gesetze drehen sich um Besitzfragen.

Rina dachte an die Menschen, die sie beraten hatte, was sie alles unternommen hatten, in andere Präfekturen gereist waren, weit weg von zu Hause, um sich wie Krähen in der Nähe der Schule ihrer Kinder herumzutreiben, in der Hoffnung, einen Blick auf sie zu erhaschen, ehe die Schulglocke läutete und sie von ihrem erzürnten Ex-Partner oder der Polizei verscheucht wurden.

Rina hatte diese Erfahrung aus zweiter Hand gemacht, doch dass so etwas auch ihr persönlich widerfahren könnte, schien absolut unvorstellbar. Schon sah sie sich vor Sumikos Schule warten, in Nagoya vielleicht oder noch weiter entfernt. Sie hätte ein zerknittertes Foto von ihr in der Tasche, von einem lange zurückliegenden Geburtstag. Sie würde sich unauffällig neben das Schultor stellen. Wenn die Glocke im Turm läutete, würde sie Sumiko sehen, ihr kleines Mädchen, stark verändert, ganz anders als das Mädchen auf dem Foto. Die neue Sumiko würde zusammen mit ihren Freundinnen aus der Schule kommen, schwatzend und Süßigkeiten mampfend. Rina würde abwarten, versuchen, sich zurückzuhalten, schließlich doch aus der Deckung kommen, zu ihrer Tochter laufen, die erschrecken würde. Es wären Jahre vergangen, seit Sumiko ihre Mutter zuletzt gesehen hatte. Sie wäre verängstigt und verwirrt und würde zurückweichen, während Rina zitternd vor ihr stand, und die Ergriffenheit, die aus ihrer Miene sprach, würde ihrer Tochter nur noch mehr Angst machen. »Sumichan, erinnerst du dich nicht mehr? Früher hast du Mami zu mir gesagt.«

Rina schreckte aus ihrer Träumerei hoch. Tränen liefen ihr über die Wangen. Sie legte die Scheidungsformulare auf den Esstisch und ging in die Küche. Sie wollte sich ein Glas Wasser holen, aber dann sah sie Sumikos Panda-Bentobox auf dem Abtropfregal. Heute Morgen hatte Rina ihr das Frühstück in die Dose mit dem Bär auf dem Deckel gepackt, damit Panda zu Hause gespült werden konnte. Panda war Sumis Liebling. Morgen würde Rina buntes, in verschiedene Formen geschnittenes Gemüse und Reisbällchen in die Dose packen. Sie durfte nicht von ihrer Tochter getrennt werden, durfte nicht mit ein paar Papier- und Filmschnipseln abgespeist werden, ohne ein lebendiges, atmendes Kind.

Sie ging zurück ins Wohnzimmer und nahm den Telefonhörer, legte ihn jedoch genauso schnell wieder auf die Gabel. Sie dachte an die Telefonrechnungen, die vielleicht einem Schlichter oder gar dem Gericht vorgelegt werden konnten, an die Beweise gegen sie, die Satō vielleicht schon gesammelt hatte. Sie schnappte sich die Hausschlüssel aus der rosa Muschel neben der Tür und verließ die Wohnung, lief die Treppe hinunter, ohne erst noch auf den Aufzug zu warten, rannte am Portier vorbei hinaus und blieb erst vor einer Telefonzelle ein paar Straßen weiter stehen.

Sie hörte das Telefon klingeln, einmal, zweimal, dann war er dran, seine Stimme wanderte durch die Leitung, als er in den Hörer sprach. »Ja?«

Rina zitterte. Sie nahm die Passanten in Augenschein, möglicherweise wurde sie beobachtet. »Du bist noch da«, sagte sie. »Gott sei Dank bist du noch da.« Am anderen Ende der Leitung herrschte Schweigen, doch sie redete weiter. »Er will eine Scheidung.«

»Was?« Plötzlich war Kaitarōs Stimme ganz klar und nah an ihrem Ohr. »Hat er das gesagt, Rina?«

»Ich habe das Formular in der Abstellkammer gefunden. Ich hatte vor … Ich wollte …«

»Rina«, sagte Kaitarō, und die Besonnenheit in seiner Stimme zog sie zu ihm, in Sicherheit. »Wie viel hat er schon ausgefüllt?«

Die Blätter, bernsteinfarben und zinnrot, fielen von den Ahornbäumen und Buchen, und auch die Kirschbäume hatten ihre Blüten abgeworfen, und ihre Äste, nur noch kahle schwarze Stöcke, klapperten im Wind. Rina ging zügig, ihre Absätze knallten auf den Asphalt im Ueno-Park. Sie erreichte die Kreuzung mit der Hauptstraße und sah ihn an einen Telefonmasten lehnen. Er nickte, und sie bog rechts ab, entfernte sich von ihm. Am Telefon hatte er sie gewarnt, Satō könnte Fotografen angeheuert haben, sie müssten aufpassen.

Rina überquerte die Straße an der Ampel, obwohl sie rot war, und ignorierte die entrüsteten Fußgänger. Sie rannte bis zum Tor des Nationalmuseums und ging dann im Schritttempo weiter. Das große lang gestreckte Gebäude ragte wie eine Festung vor ihr auf. Im Innern wurden neben kostbaren Instrumenten in Glasvitrinen fünfhundert Jahre alte Wandschirme mit Darstellungen von Kurtisanen, versunken in die Betrachtung von Herbstblättern, aufbewahrt. Schon beim Anblick meinte man die metallischen Zupflaute der Shamisen unter dem im Wind rauschenden und sich verfärbenden Blätterdach zu vernehmen.

Eine schwatzende Schulklasse wartete auf den Stufen auf Einlass, eines der Kinder lachte zu laut und wurde vom Lehrer zur Ruhe ermahnt. Das kleine Mädchen lachte hinter vorgehaltener Hand, und ihre Mitschüler taten es ihr gleich.

Rina ging in den Garten auf der rechten Seite des Museumkomplexes. Der wolkenverhangene Himmel spiegelte sich schwarz in dem Wasserlauf, der über Steine und Felsen durch die Anlage floss und in ein großes Becken mündete. Niemand hielt sich draußen auf, dazu war es zu kalt. Sie sah auf die Armbanduhr, ein Geschenk ihres Vaters, und ging weiter bis zu dem Holz-Teehaus am Rande des Teichs. Im Sommer als Pavillon benutzt, war er nun im Winter verriegelt. Sie folgte dem Weg und blieb erst stehen, als sie vollständig von Bäumen umgeben war. Über ihr flüsterte der Wind, rauschte in den Zweigen, sonst war nur das beständige Plätschern des Wassers zu hören.

Sie wurde unruhig, drehte sich um und schaute den Weg entlang. Auf einmal entdeckte sie ihn. Seine Jacke stand offen, und die Haare flatterten wild, als er auf sie zulief. »Es tut mir leid, es tut mir so leid«, sagte sie, und er zögerte nicht. Sein Kuss war nicht sanft. Sie schmeckte Schweiß und Angst und Hunger. Sie krallte die Finger in seine Nackenhaare, und schließlich löste er seine Lippen von ihrem Mund. »Es tut mir leid«, wiederholte sie und drückte ihre Stirn an seine.

»Ich bin ja bei dir«, sagte er. Mehr brauchte es nicht.

Er zog die Jacke aus, als wollte er sie für Rina auf dem Boden ausbreiten, aber sie hatte sich bereits auf den Rasen gesetzt und zog die Knie an.

»Ich war so dumm. Ich …«

»Du bist nicht dumm, Rina.«

»Findest du nicht?«

»Woher solltest du das wissen?«

»Ich kann … Ich mache alles falsch.«

Kaitarō ließ sich neben sie nieder.

»Kann uns jemand sehen?«

»Nein. Ich habe es überprüft.«

»Glaubst du, dass er jemanden engagiert hat, uns nachzuspionieren?«

»Wenn, dann finde ich ihn.«

»Du kennst wohl alle Privatdetektive in der Stadt?«

»Mir entgeht so gut wie nichts, Rina«, stellte Kaitarō klar, und die augenzwinkernde Prahlerei brachte sie zum Lächeln.

»Hat er die Schuldfrage auf dem Formular beantwortet?

Hat er einen Grund genannt, warum er sich scheiden lassen will?«

»Ehebruch«, antwortete sie leise. »Er will mich verklagen, und er hat Grund dazu.« Sie hielt inne und sah Kaitarō an. »Er weiß über uns Bescheid.«

»Was würde er gewinnen, wenn er vor Gericht zieht?«

»Das Sorgerecht für Sumiko«, sagte Rina. »Er könnte argumentieren, ich sei unfähig, sie zu erziehen, und sie zu seinen Eltern nach Nagoya bringen.«

»Beruhige dich, Rina.« Kaitarō beugte sich vor und nahm ihre Hände in seine. »Er wird sie dir nicht wegnehmen. Was würde es ihm sonst noch nützen?«

»Schadenersatz wegen Ehebruch. Er bekäme eine Abfindung, aber die ist nicht hoch.«

Kaitarō zögerte. »Hat er Geld bekommen, als er in deine Familie eingeheiratet hat? Hat er von den geschäftlichen Beziehungen deines Vaters profitiert? Sich Geld geliehen?«

»Woher weißt du das?«

»Ist nur eine Vermutung. Liege ich falsch?«

»Nein«, sagte sie.

»Sind seine Investitionen gefährdet? Er arbeitet doch für einen Immobilienfonds, oder?«

»Die Preise für Häuser fallen«, murmelte Rina. »Er würde es nicht zugeben, aber …«, sie biss sich auf die Lippe, »… ich weiß nicht, was er gekauft hat oder wie viel er sich geliehen hat. Er bespricht das nicht mit mir.«

»Und mit Yoshi?«

Rina schüttelte den Kopf. »Schon aus Scham würde er nicht …«

»Und?«

»Das hätte mein Vater mir gesagt«, seufzte Rina. »Um ehrlich zu sein, Kai, er würde davon ausgehen, dass ich weiß, wie viel Geld ausgegeben wurde. Er würde mir niemals verzeihen …«

»Ich finde heraus, was los ist«, sagte Kaitarō und nahm wieder Rinas Hände. »Wenn wir seine Motive kennen, können wir besser planen.«

Rina nickte und atmete langsam aus. Sie beruhigte sich allmählich, konnte wieder klar denken. »Wir können dagegen vorgehen, Kai, oder nicht?« Als er nicht antwortete, sah sie ihn an.

»Ich muss dir etwas sagen, Rina.«

Sie zog die Stirn kraus; es war, als bohrte sich ein Splitter der Angst in ihren Magen. Kaitarōs Augen verfinsterten sich.

»Ich kenne ihn, Rina.«

»Was?«

»Ich bin ihm gefolgt.« Abwehrend hob er die Hände, als Rina aufstand.

»Was hast du gemacht?«

»Ich musste es tun, Rina.«

»Du musstest meinem Mann folgen?« Er war jetzt ebenfalls aufgestanden, trat flehend auf sie zu. »Nein! Ich … Ich musste wissen, für wen du mich verlässt. Ich habe ihm zugetraut, dass er dir wehtut.«

»Hast du davon gewusst?«, fragte sie, während sich das Entsetzen in sie hineinfraß. »Hast du von dem Scheidungsformular gewusst?«, fuhr sie ihn mit lauter Stimme an.

Kaitarō atmete tief ein, zögerte.

»Hast du davon gewusst?«

»Nein«, sagte Kaitarō. »Er trifft sich mit jemandem aus Nagoya.«

»Oh.« Rina stockte und sagte dann kaum hörbar: »Da kommt er her.«

»Rina …«, sagte Kaitarō. Er hätte sich ihr gerne genähert, doch etwas in ihrem Gesichtsausdruck hielt ihn davon ab. Ihr eigenes Entsetzen und ihr eigener Schmerz spiegelten sich in seinen Augen wider, und sie wandte sich ab.

Sie versuchte, sich auf die Atmung zu konzentrieren, doch sie konnte nur daran denken, wie dumm sie sich angestellt und dass sie sich schuldig gemacht hatte. Natürlich war sie nicht die Einzige, die nur ein halbes Leben geführt hatte. »Vor Jahren, als Satō eines Abends betrunken war«, setzte sie langsam an, »hat er mir von einem Mädchen auf der Highschool erzählt, das er gerne mochte. Sie war hübscher als ich und lustiger, aber ihre Familie hat ihn nicht akzeptiert, deswegen hat er es nicht weiter versucht. Ich glaube, sie hieß Naoko.« Rina warf Kaitarō einen Blick zu. »Ist es sie? Oder bin ich nur naiv? Eine hoffnungslose Romantikerin?«

Kaitarō antwortete nicht. Rina rieb sich über die Arme und schlang sie um ihren Körper. »Du darfst mich nie belügen, ja, Kai?«, flüsterte sie.

»Nein«, sagte er harsch. Sie wusste, dass er Unehrlichkeit verabscheute.

»Das ist alles meine Schuld«, sagte sie, und das volle Ausmaß ihrer Demütigung wurde ihr bewusst.

»Ich hätte es wissen müssen … und …«, sie warf Kaitarō erneut einen Blick zu, »… ich war eine schlechte Ehefrau.«

»Rina! Bitte. Dich trifft überhaupt keine Schuld.« Sie setzte sich wieder auf den Rasen. Kaitarō setzte sich neben sie und nahm sie in die Arme.

»Ich bin ein Dummkopf«, murmelte sie. »Was siehst du bloß in mir?«

»Alles«, sagte er.

Rina schaute ihn an, glaubte fest, dass ihre Verletzlichkeit noch deutlich zu erkennen war, denn er zuckte zusammen bei ihrem Anblick. »Warum hast du mir das nicht alles erzählt?«, fragte sie leise.

Kaitarō schüttelte den Kopf. »Ich habe dich eigentlich nicht verdient, Rina.« Für einen Moment sah er auf seine Hände, bevor er sie wieder anblickte. »Ich wollte, dass du dich für mich entscheidest … um meiner selbst willen.«

»Ich habe mich für dich entschieden«, sagte sie. »Das musst du doch wissen. Hast du das an dem Festabend nicht gemerkt? Ich habe dich immer gewollt. Ich fühlte mich nur gebunden.« Eine Falte hatte sich zwischen seinen Augenbrauen gebildet, und über dem Strich seines Mundes zeichnete sich sein Bartschatten auf den Wangen ab. Er schluckte, beugte sich zu ihr und nahm ihr Gesicht in seine Hände. »Ich bin nicht hier, weil ich Probleme habe.«

»Rina, ich weiß …«

»Nein«, unterbrach sie ihn. »Ich habe anderen Menschen den Vorzug gegeben, jetzt zeigt sich, dass ich absolut egoistisch bin, weil ich nach Sumi nur noch dich will.«

Seine Lippen deuteten ein Lächeln an. »Wirst du mich immer noch lieben, auch wenn ich nicht tapfer bin?«

Sein Lächeln wurde breiter, und er nickte.

Rina legte den Kopf auf seine Schulter und schmiegte sich an ihn. Kaitarō hob ihr Kinn an und küsste sie auf den Mund.

»Wenn ich dran denke, was ich mit Satō habe«, sagte sie, »dann kann ich nicht glauben, dass alle Beziehungen so sind, Selbstsucht und Verrat.«

»Bei uns ist es anders«, sagte er.

Rina nahm seine Hand, verschränkte ihre Finger mit seinen langen kräftigen. »Wirklich?«

»Ja«, sagte er und küsste die Innenfläche ihrer Hand.

Nach kurzem Zögern sah Rina zu ihm auf. »Manchmal habe ich mir ausgemalt, wie das Leben wäre, wenn wir verheiratet wären, aber jetzt könnte ich es nicht sagen …«

»Ich nehme, was immer du mir geben kannst«, sagte er. Sie schwiegen, und sie spürte, dass er es ernst meinte. Rina lächelte, als er sie auf den Schoß zog. Sie legte die Arme um seinen Hals.

»Wenn uns jetzt jemand fotografieren würde, wären wir gearscht«, sagte er, und sie lachten, als die Spannung aus ihnen wich und sich in der Brise auflöste. Sie schwiegen einen Moment, schauten zu, wie der Wind durch die Bäume trieb und weiter hinauf in den endlos weiten Himmel.

»Er droht dir nur mit dem Gericht. Er wird Sumi nicht bekommen«, sagte Kaitarō. »Das mit den Schlichtern und dem unberechenbaren Richter sagt er nur, weil er dir Angst einjagen will.« Er setzte sich anders hin, damit sie es bequem hatte.

Rina sah ihn neugierig an. »Wo hast du deine Ausbildung gemacht?«, fragte sie spöttisch, legte den Kopf wieder auf seine Schulter.

»Satō will eine Vereinbarung, einen privaten Vergleich zu seinen Bedingungen.«

Rina sah wieder zu ihm auf. »Das Sorgerecht für Sumiko?«

Kaitarō wand sich. »Ein Druckmittel. Er will das, was du am meisten liebst.«

Rina nickte. Sie nahm wieder seine Hand.

»Ich habe Beweise gegen ihn«, sagte Kaitarō leise. Er gab ihr etwas Zeit, die Information sacken zu lassen. »Ich werde sie dir geben. Benutze sie und biete ihm einen finanziellen Ausgleich an. Mit dem richtigen Anreiz wird er sich auf eine außergerichtliche Einigung einlassen.« Zärtlich strich er ihr über die Wange, und ihr Gesicht entspannte sich. »Wir stehen das durch …«

»Aber du wendest dich nicht persönlich an Satō, ja? Das geht nur ihn und mich etwas an«, sagte sie, und er nickte bestätigend.

»Vertrau mir, Rina. Wir kriegen das Sorgerecht für Sumiko.«

Sie lehnte sich wieder an ihn. »Es tut mir leid, wie ich dich behandelt habe«, sagte sie kurz darauf. »Entschuldige.« Er schlang die Arme enger um sie, und sie schmiegte ihr Gesicht an seinen Hals. »Es tut mir leid, dass du da mit hineingezogen wirst.«

»Ich tu, was ich kann«, sagte er.

»Willst du … willst du immer noch zurück nach Hokkaido?«, fragte sie.

Kai schob sie sanft ein Stück von sich und sah sie eindringlich an.

»Darf ich mitkommen?«, wiederholte sie die Frage, die er ihr in Shimoda gestellt hatte.

Er hob erstaunt die Augenbrauen, und Rina legte die Hände um sein Gesicht. »Ich meine es ernst«, sagte sie.

Plötzlich grinste er, und sie grinste ebenfalls. Er beugte sich zu ihr und küsste sie fest auf die Lippen. Sie lösten sich nur Millimeter voneinander. »Was von mir übrig bleibt, gehört dir«, hauchte er, und sie lächelte, erleichtert, strahlend.

Rina schaute auf die Uhr, als sie den Park verließ. Sie würde sich verspäten, wenn sie Sumiko noch abholen wollte, so wie sie sich das ganze Jahr über hier und da verspätet hatte, doch ab jetzt sollte sich das ändern. Sumiko nahm Unterricht im Bogenschießen, nur wenige Schritte von der Schule entfernt. Rina stellte sich ihre Tochter vor, wie sie vorne an der Schießlinie stand, ihr Atem ein Dampfwölkchen in dem unbeheizten Dojo, ihre kleinen Füße in den weißen Strümpfen auf dem kühlen Holzfußboden, wenn sie den Bogen nahm. Rina lächelte. Sumi war bei allem, was sie machte, hoch konzentriert, den Handschuh und den Pfeil hatte man ihr bereits gereicht.

Rina sah ihre Tochter einen Schritt vortreten, ihren Stand korrigieren, den Rücken durchdrücken, sodass sich von den schmalen Schultern bis zu den Füßen eine Gerade bildete. Atmete langsam ein und aus, hob den Bogen dabei über den Kopf und senkte ihn, spannte die Sehne bis zum Ohr. Die Finger in dem Hirschlederhandschuh streiften ihre Wange, und in der Stille tickte eine Uhr, als sie die Augen auf die Schießscheibe richtete und den Pfeil losließ.

Auf dem Weg zur U-Bahn überflog Rina die Auslagen der Geschäfte und Kaufhäuser im Neonlicht. Yoshi hatte sie und Sumi zu sich zum Essen eingeladen, doch jetzt konnte sie den Gedanken daran nicht ertragen. Sie würde Sumiko abholen, und sie würden Adzukibrötchen kaufen. Danach würde sie Krabben mit Tofu und Frühlingszwiebeln kochen und Sumi das Rezept beibringen. Sumi kochte liebend gerne mit ihrer Mutter, schaute genau zu, wie Rina für das sonntägliche Gratin, ihrem Lieblingsgericht, mit rasender Geschwindigkeit Kartoffeln in Scheiben schnitt, und rief: »Jetzt bin ich dran, jetzt bin ich dran!«

Rina schluckte schwer, vom grellen Licht der U-Bahn geblendet, und wieder spürte sie Angst in sich aufsteigen, denn sie wusste, dass trotz Kais Unterstützung die Gefahr, ihre Tochter zu verlieren, noch immer nicht gebannt war.

Sumiko

Besitz

Ich kann mich gut daran erinnern, wie es war mit meinen beiden Eltern zu Hause. Abends konnte ich sie in der Küche hören, wenn sie Udonnudeln, Feuertopf oder geschmortes Schweinefleisch mit Gemüse aßen, das mein Vater sich gerne von meiner Mutter zubereiten ließ. Mein Vater kam damals zum Essen nach Hause, und obwohl es schon spät war, hatte meine Mutter immer etwas gekocht, sogar mehrere Gänge, Fleisch, dazu Suppe und Salat. Ich lauschte ihrer Unterhaltung in der Küche, manchmal lief leise der kleine tragbare Fernseher, wenn mein Vater Nachrichten guckte, doch ihre Stimmen legten sich weiter sanft und beruhigend darüber. Wenn er nach Hause kam, war ich fast immer schon im Bett. In der Dunkelheit meines Zimmers sah ich, durch die Vorhänge sanft gedämpft, die Lichter der Stadt. Ich döste vor mich hin, betrachtete das flackernde Licht, lauschte dem Summen der Heizung im Hintergrund, und mit diesen Eindrücken, meine Familie nebenan, schlief ich ein.

Als ich älter wurde, kam mein Vater immer später nach Hause, und meine Mutter gab sich keine Mühe mehr mit seinem Essen. Sie kochte abends nicht mehr für ihn, sondern ließ ihm einfach eine große Portion von unserer Mahlzeit übrig. Irgendwann kaufte sie im Supermarkt dann die Conbini-Bento für ihn, ein Fertiggericht, dazu Reisbällchen und kalten grünen Tee, und zu guter Letzt stand immer ein Topf Nudeln neben dem Wasserkessel.

Manchmal wachte ich nachts bei nahezu unnatürlicher Stille auf. Ich hörte den Schlossriegel an der Tür einrasten, und eine große Leere erfüllte die Wohnung. Ich hörte meine Mutter von einem Zimmer ins andere gehen, die Vorhänge zuziehen und die Lampen ausknipsen. Im Wohnzimmer wurde der Fernseher eingeschaltet, leise zunächst. Ich stellte mir vor, dass meine Mutter nach mir sah, ob es mich störte, doch nach ein paar Minuten, wenn ich nicht rief oder die Tür zwischen uns öffnete, drehte sie die Lautstärke auf, bis ein gleichmäßiges Plärren zu vernehmen war, als wollte sie nichts anderes hören, keine Geräusche von draußen.

An manchen Abenden sah sie nicht mehr fern, schlief aber auch nicht. Sie ging in der Wohnung umher. Nachdem sie die Schlösser und die Fenster überprüft und sich vergewissert hatte, dass wir in unserer Wohnung sicher waren, blieb sie vor meiner Schlafzimmertür stehen und öffnete sie einen winzigen Spalt, um mich nicht zu wecken. Ich sehnte diesen Moment herbei, doch wenn ich meine Mutter hörte und der dünne Lichtstrahl quer über mein Bett fiel, machte ich immer fest die Augen zu und stellte mich schlafend.

Eines Abends kam sie herein. Ich hörte, wie sie die Tür öffnete, und spürte wenig später ihre Hand auf meinem

Kopf, einen Kuss auf meiner Wange. Ich lächelte sie an, als sie zu mir ins Bett kroch, und kicherte, als sie mich knuddelte, doch sie erwiderte mein Lächeln nicht. Sie schlang ihre Arme um mich und drückte mich an sich und verbarg ihr Gesicht an meinem Hals. Sie zitterte. Ich konnte ihren Schweiß riechen, den ätzenden Geruch der Angst, und ich spürte, wie eine heftige Energie durch sie hindurchlief wie ein Strom. Sie küsste meine Wange, meine Stirn, mein Haar. »Es ist alles gut«, sagte sie. »Es ist alles gut.« Es war mein letzter Abend zu Hause in Ebisu.

Jetzt weiß ich, warum sie Angst hatte. Noch heute muss bei jeder Trennung der eine oder andere Elternteil befürchten, sein Kind zu verlieren. Die Eltern können selbst entscheiden, oder ein Richter, der ihr Kind niemals gesehen hat, übernimmt das für sie.

Das Prinzip hinter dieser Praxis ist der Glaube, dass geschiedene Eltern nicht in der Lage sind, zu kooperieren und im Interesse des Kindeswohls zu handeln. Deswegen bekommt nur einer das Sorgerecht zugesprochen, der Richtige, nach Ansicht des Gerichts.

Dennoch hat man die Wahl. In der kurzen Zeitspanne, bevor das Scheidungsverfahren gerichtlich ausgetragen wird, haben Eltern die Gelegenheit, sich privat und informell zu einigen, wer das Sorgerecht erhält, und können Besuchsrechte vereinbaren. Dann ist es durchaus möglich, dass ein Kind mit Vater und Mutter aufwächst. Aber natürlich muss das Vertrauen aufrechterhalten bleiben. Beide Seiten müssen zustimmen, das Wohl ihres Kindes an erster Stelle zu setzen, vor dem neuen Job, dem neuen Partner, dem neuen Zuhause und alten Hassgefühlen, und genau an dem Punkt geraten die Dinge meist ins Wanken.

Die Menschen lassen sich von ihren Wünschen leiten, und sie tun alles, um ihr Ziel zu erreichen. Ein Ehepartner, der seine Ex nicht mehr sehen will, zieht in eine andere Präfektur oder ins Ausland. Selbst wenn beide nicht weit voneinander entfernt wohnen, kann der eine es dem anderen unmöglich machen, sein Kind zu sehen, Krankheit vorschieben, Termine, ungeplante Wochenendreisen. Private Vereinbarungen sind nicht einklagbar, und häufig geht ein Partner leer aus, ohne gesetzlichen Anspruch, ohne die Möglichkeit, den Anspruch gerichtlich durchzusetzen.

Deswegen läuft es bei jeder Trennung am Ende auf eins hinaus: den physischen Besitz des Kindes. In Fragen des Sorgerechts werten Gerichte diesen Punkt sehr hoch. In Fällen, bei denen keine einvernehmliche Lösung zwischen den Partnern gefunden wird, setzt die Schlacht um den Besitz am Kind sehr früh ein. Großeltern werden eingespannt und verstecken das Kind, tun alles, um es für die eine oder andere Seite in Sicherheit zu bringen. Während meine Mutter mich in meinem Bett in Ebisu fest in den Armen hielt und auf Kaitarōs Informationen über meinen Vater wartete, musste sie das Gefühl gehabt haben, den letzten Trumpf in der Hand zu halten. Am nächsten Tag brachte sie mich zu meinem Großvater.

Ich weiß noch, dass ich dachte, wir würden uns zum Spielen treffen, als wir in der grün gefliesten Einfahrt zu dem Haus in Meguro standen; in ein paar Stunden würde sie mich wieder abholen und nach Hause bringen. Erst als sie mir das Gesicht streichelte und ich die Tränen in ihren Augen sah, wurde mir klar, dass sie heute Abend nicht da sein und mir einen Gutenachtkuss geben würde.

»Sumiko«, sagte sie und umarmte mich überschwänglich.

Sie klemmte Tora, meinen Schmusetiger, zwischen uns und drückte mich fest an sie. Ich klammerte mich an meine Mutter, pustete meinen Atem in ihren Nacken. »Mami.«

»Ich bin ja bei dir«, sagte sie, und ich fing an zu schluchzen. »Ich bin ja bei dir. Bald sind wir wieder zusammen.« Sie holte ihr Taschentuch heraus und trocknete erst meine und dann ihre Tränen, bevor uns jemand sah. »Ab jetzt keine Tränen mehr. Wir sind Sarashimas!«

Ich sah ihr hinterher, als sie ging, und die Kiesbeete links und rechts schimmerten im Regen.

Man könnte sagen, ich hatte Glück. Meine Mutter, in der kurzen Zeit, die wir zusammen hatten, und dann mein Großvater haben mich liebevoll erzogen. Allerdings hat diese Geschichte so viele Aspekte, dass ich bezweifele, jemals das ganze Ausmaß zu erfassen. Ich werde nie erfahren, ob mein Vater mich geliebt hat, ich werde nie erfahren, ob ich eine Last für ihn war, ein Pfand oder ein Kind. Ich werde nie erfahren, was sich meine Mutter gedacht hat, als sie mich an jenem Tag allein ließ. Und ich werde niemals erfahren, was meine Mutter durchgemacht oder welchen Preis sie gezahlt hat.

Allein in Meguro, in dem Haus, in dem wir beide groß geworden waren, schien ihre Abwesenheit geradezu von den Wänden widerzuhallen. Zu Anfang meiner

Nachforschungen hatte ich mich nur mit den Fakten beschäftigen, jedes Detail für sich sprechen lassen wollen. Doch je tiefer ich in die Fallakte vordrang, desto mehr Erinnerungen an das letzte Jahr mit meiner Mutter kamen hoch. Ich sah sie vor meinem geistigen Auge, die Dokumente vor mir blieben unbeachtet.

Eines Morgens, während die Uhr im Esszimmer die Zeit fraß, fiel mein Blick zufällig auf den Kalender auf dem Sideboard, und ich rechnete nach, wie viele Tage ich noch hatte. Es war über eine Woche her, dass mein Großvater nach Hakone aufgebrochen war, und bald würde er nach Hause kommen. Wenn ich herausfinden wollte, was tatsächlich passiert war, wenn ich ohne seine Einmischung weiter recherchieren wollte, dann musste ich mich beeilen.

Ich sah mir noch einmal die ausgebreiteten Seiten vor mir genauer an, als es an der Tür klingelte. Es war der Postbote mit einem Päckchen für mich. Ich brachte die Post in Großvaters Arbeitszimmer, legte sie aus Gewohnheit auf seinen Schreibtisch und schaltete die Tischlampe ein. Es waren einige Rechnungen darunter und ein großer Umschlag, der, wie ich wusste, meinen Arbeitsvertrag mit Nomura & Higashino enthielt, in Erwartung meiner Unterschrift und meines Siegelstempels. Ich konnte den Gedanken daran nicht ertragen und legte den Umschlag beiseite. In dem Päckchen war eine kleine schwarze Schachtel. Ich stutzte. Ich war so versunken gewesen in die Überlegung, wie das Gesetz in das Leben meiner Mutter eingegriffen hatte, inwiefern es versagt hatte, sie angemessen zu schützen, dass ich ganz vergessen hatte, wie es in mein eigenes Leben eingriff. Und so war ich vollkommen unvorbereitet, als der Tag, auf den ich jahrelang hingearbeitet hatte, endlich gekommen war.

Ich sah die Schachtel in meiner Hand lange an, bevor ich sie schließlich öffnete. Darin lag, auf blauem Samt gebettet, meine Anwaltsplakette. Ich hielt sie schräg unter die Schreibtischlampe. Das Licht wurde von dem Goldbelag reflektiert und hob die fein ziselierten Blätter einer Sonnenblume hervor. In der Blütenmitte war eine Waagschale als das Wahrzeichen für Freiheit und Gerechtigkeit für alle Menschen.

Ich drehte die Plakette um und las meine auf der Rückseite eingravierte persönliche Kennnummer. Diese Plaketten sind Symbole, nicht nur für das Gesetz, sondern auch für Macht. Sie gehören der japanischen Anwaltskammer und sind nur für die ehrbaren und dafür qualifizierten Mitglieder vorgesehen. Wird man eines Verbrechens überführt, verliert man die Anwaltslizenz, meldet man Konkurs an oder stirbt, muss man oder die Familie die Plakette zurückgeben.

Sollte man so unvorsichtig sein, sie zu verlieren, muss eine neue angefertigt werden, versehen mit der Markierung, dass es sich um die zweite oder gar dritte handelt – ein Symbol der Schande und eine Warnung. Anzeigen über verlorene Plaketten werden im *Kanpo* veröffentlicht, dem offiziellen Amtsblatt der Regierung, damit auch alle von ihrer Unachtsamkeit erfahren. Die mit diesem Symbol verbundene Macht und Autorität darf niemals missbraucht werden, das Gesetz muss um jeden Preis geachtet werden.

Als ich mir im Arbeitszimmer meines Großvaters diese Plakette genauer ansah und an seinem Schreibtisch saß, von dem aus wir meine berufliche Karriere geplant hatten, wurde mir jedoch bewusst, dass sich meine Beziehung zu Recht und Gesetz verändert hatte. Ich kannte Anwälte, die sehr schnell desillusioniert worden waren; ich dagegen, mit meiner ganzen Hoffnung und Energie, hatte geglaubt, dass es bei mir bis dahin sehr lange dauern würde, sollte es überhaupt je dazu kommen. Jetzt wurden die Grenzen des Gesetzes und meine Fragen an seine Effizienz nur allzu deutlich. Das Gesetz hatte meiner Mutter nicht geholfen, es hatte sie in eine Falle gelockt und sie in Gefahr gebracht. Und es hatte auch mir nicht geholfen. Das Gesetz, so wie ich es erfahren hatte, stellte keinen Schutz dar. Es konnte nicht schlichten, und es konnte nicht heilen.

Als meine Mutter mich damals zuerst in die Obhut meines Großvaters gab, war ich so verzweifelt, dass er beschloss, Tokio für eine Weile mit mir zu verlassen. Es war schon merkwürdig – da fuhren wir in unser Haus nach Shimoda, an den Ort, wo wir unsere Sommerurlaube verbrachten –, und dort, am Meer und in den Wäldern der Halbinsel Izu wartete ich, von meinen Eltern zu hören, und darauf, was das Schicksal für mich bereithielt.

Ich sah mir die Plakette an, für die ich so hart gearbeitet hatte, nahm sie von einer Hand in die andere, stellte sie aufrecht auf den Schreibtisch und ließ sie kreiseln wie eine Münze.

Zeitenwende

Die Insekten schwiegen, als ich durch den Wald spazierte. Außer dem Plätschern der Bäche, die die Halbinsel durchzogen, war kein Zischen, kein Krächzen zu hören. Es lag Stille in der Luft. Selbst das Wasser hatte sich zu einem schleichenden Tröpfeln im Unterholz verlangsamt, während Feuchtigkeit lautlos und unsichtbar in die Baumrinde sickerte und sie schwarz verfärbte.

In den Zweigen über mir hörte ich es rascheln, die wenigen Blätter waren so dünn, dass die Sonne hindurchschien und die Adern erleuchtete. Wir waren erst zwei Tage in Shimoda, aber es kam mir viel länger vor. Bevor wir den Zug bestiegen, hatte Großvater mir neue Sportschuhe gekauft, rosa, mit Regenbogen an der Seite, jetzt waren sie schlammverkrustet. Alle kauften mir Sachen, aber ich machte mir nichts aus ihnen. Ich wollte das Vertraute, einen letzten Anflug von Sommer. Ich suchte das, was ich kannte, dunkle Beeren, von Vögeln unberührt, weiße Blumen, die sich unter den wuchernden Farnen in den Niederungen und Tälern verbargen, doch sie waren weg. Nichts wuchs mehr. Der Boden war dicht mit Laub bedeckt, und bald würde das Herbstobst verfaulen und sich mit der Erde vermischen. Der Winter stand vor der Tür, ein Winter, wie ihn noch keiner je erlebt hatte, in dem sogar der Wind gefror.

Im Vorbeigehen ließ ich die Hand an den Bäumen entlanggleiten. Ihre Stämme glitzerten vom feuchten Moos und hinterließen einen eiskalten Schleim auf meiner Haut, der die Finger verfärbte. Ich hatte im Sommer viel Zeit allein dort verbracht, die Wege oberhalb unseres Hauses erkundet, wenn niemand mich beaufsichtigte. Jetzt war ich wieder allein.

Ich kletterte auf einen Steinhaufen, der an den Rändern vom Eisen rostrot verfärbt war, reckte den Hals, sah über die Bäume hinweg und hielt Ausschau nach den Torii, die den Eingang zum Schrein markierten. Ich hielt inne, lauschte, wartete auf das Stimmengewirr, das Knirschen der Sandalen auf dem Kies. Der heilige Ort war abgelegen, doch am Ende eines Tages, wenn alles andere im Wald zur Ruhe kam, waren dort vielleicht immer noch Menschen.

Die Sonne stand tief am Himmel, in der Luft lag der Geruch von Frost, scharf und rein. In meinem kurzen Leben hatte es bisher nie Schnee auf der Halbinsel gegeben, allerdings sprachen die Bewohner hier von einem Sturm, der einst das Meer zugefroren und die Felsenklippen mit einer weißen Eisschicht überzogen hatte. Es war ein Mythos, eine der Geschichten, die mein Großvater mir immer erzählte. Doch an dem Tag glaubte ich, dass es so kommen würde.

Es gab viele Schreine auf der Halbinsel, unten in den Buchten und an den Stränden, mit leuchtend roten Torii, errichtet auf Felsen aus Vulkangestein, die weit ins Meer hinausragten. Sie waren beliebt, Kinder liefen zwischen den Gebäuden hin und her, während ihre Eltern für Gebetstafeln bezahlten, Eis aßen und den Wellen lauschten.

Der Ort, den ich aufsuchen wollte, lag weiter landeinwärts mitten im Wald. Wenige Menschen kamen hierher, nur gelegentlich zu den Neujahrsfeierlichkeiten, um zu beten, doch es waren hauptsächlich Priester. Ein Pfad, von Ästen und aufgeweichten Blättern freigeräumt, schlängelte sich durch den Wald dicht vorbei an Bambussträuchern. Er leuchtete grün und war verschattet. Am Ende kam man zu einer Lichtung und trat in das frühe Abendlicht. Die Schönheit der Brücke überraschte mich immer wieder, die gewölbten Holzplanken, die sich vor meinen Füßen auftaten, die Allee aus Bäumen am Ende und dahinter die Schlucht, in der das Regenwasser über Granitfelsen hinabströmte. Ich konnte schon die Priester sehen, wie sie in ihren Roben betend die Brücke überquerten.

In dem Jahr, in dem meine Mutter und Großvater immer weniger Zeit hatten, mit mir zu spielen, hatte ich mich allein die Hügel hinaufgewagt. Der Schrein war mein Geheimnis, wie es so oft mit Orten ist, die man allein aufsucht. Ich brauchte einen geheimen Ort, wo ich Ruhe und Geborgenheit fand, doch an jenem Abend hatte sich der Wald meiner Kindheit verändert. Der Sommer war endgültig vorbei. Ich rieb die eiskalten, von Dreck und Moos verkrusteten Hände aneinander. Noch eine andere Geschichte fiel mir ein, die Geschichte der Yuki Onna, einer Schneefrau, die einem beim ersten Schnee erscheinen soll, ganz in Weiß gekleidet, über dem Boden schwebend, damit sie keine Spuren im Schnee hinterlässt. Jedes Jahr, heißt es, bei Neuschnee, müssten alle Mütter besonders gut auf ihre Kinder aufpassen, denn wenn sie nicht zu Hause in Sicherheit wären, käme die Yuki Onna und würde sie entführen.

Allein und durchgefroren, ohne auf den Matsch und die nassen Blätter zu achten, lief ich zu dem Schrein, doch die steinernen Gebäude um mich herum verdunkelten sich, Schatten fielen auf die Pflastersteine, je tiefer die Sonne sank. Ich durchquerte den Pavillon und gelangte zu dem Pfad, der den Hügel hinaufführte. Als ich weiter hinaufstieg, kam ich an den steinernen Inari-Füchsen mit ihren roten Halstüchern vorbei.

Den Pfad überspannte eine Reihe Torii, die den Inari aus Dankbarkeit für geschäftlichen Erfolg gespendet worden waren. Ich stieg weiter hinauf, passierte die zinnroten Pforten, schritt durch die frisch gestrichenen neuen, auf denen die Namen der Gönner gut sichtbar aufs Holz gepinselt waren, und schließlich durch unsere eigene Pforte mit dem Schriftzeichen für »Sarashima«, das im eisigen Wind abblätterte. Zitternd betrat ich den Innenhof, der flankiert war von Laternen, aus Vulkangestein gehauen. An besonderen Tagen wurden sie angezündet, und jede Kerze brannte eine Weile, bevor sie im Wind anfing zu flackern. Ich stellte mir vor, wie es bei Schnee aussehen würde, wenn Eiszapfen vom Dach der Honden, der Haupthalle, hingen und zunächst ein feiner Puder die Schindeln bestäubte und dann nach und nach alles unter einer dichten weißen Decke begraben lag, eine freie Lichtung mitten im Wald, bis spät in die Nacht von Laternen beleuchtet.

In dem Moment dachte ich an meine Mutter, wie sie in unserer Wohnung in Tokio durch die Zimmer gelaufen war. Was wohl mit ihr passiert war, fragte ich mich. Mein Vater war auf Geschäftsreise, aber was geschah, wenn er zurückkam, und was wurde aus mir? Der Wind nahm zu, blies mir ins Gesicht, bis meine Wangen glühten und meine Kehle sich rau anfühlte, als hätte ich Eis geschluckt. Meine Haut war knallrot vor Kälte, und ich zog die Ärmel meines Pullovers über die Hände. Der Innenhof war jetzt noch dunkler, Laternen waren hier keine angezündet worden. Hier würde ich keine Ruhe und Geborgenheit finden, es war kein sicherer Ort. Ich wandte mich zum Gehen, als ein Priester in den Hof trat. Er ging zu dem Fließwasserbecken, nahm sich eine der drei darüber hängenden Kellen, schöpfte Wasser und goss sich die kalte Flüssigkeit über Hände und Gesicht und spülte sich den Mund aus. Er verzog keine Miene beim Trinken. Ich blieb reglos stehen und beobachtete die Gestalt, die in ihrer weißen Robe zu glühen schien, während sie durch den Schrein schwebte. Dann entdeckte mich der Mönch, und bei seinem erschreckten Ausruf drehte ich mich um und floh.

Es war spät, als ich nach Hause kam, und Hannae war nirgendwo zu sehen. »Sie ist ins Bett gegangen«, sagte eine Stimme. Ich stutzte und spähte durch die Tür ins Esszimmer. »Die Kälte tut ihren Gelenken nicht gut. Ich habe ihr gesagt, sie soll sich ausruhen.« Mein Großvater saß allein an dem dunklen Holztisch. Vor ihm stand eine Schale Soba, Dampf stieg in Schwaden von der Brühe und den flachen grünen Nudeln auf. Für mich stand auch eine Schale bereit. »Komm essen, Sumiko. Es ist noch warm.« Ich schlüpfte aus den Schuhen und setzte mich zu ihm, glitt behutsam auf meinen Stuhl und versuchte, jedes Knarren im Holz zu vermeiden, das Geräusch des Rattans, der unter meinem Gewicht nachgab. Ich sah meinen Großvater an und wusste, was jetzt kommen würde.

»Warum hast du nicht auf mich gewartet?«, sagte er schließlich. »Ich dachte, wir wollten zusammen in die Stadt gehen.« Er war wütend, sehr wütend. »Wenn ich dir sage, du sollst auf mich warten, Sumiko, dann tu das bitte.« Seine Stimme war streng, aber gleichzeitig so ruhig, dass ich mich augenblicklich schämte. Mein Fernbleiben hatte ihn erschreckt. Ich verbarg die Hände hinter mir. Ich hatte sie vor dem Heimkommen waschen wollen, doch als ich durch den Wald lief, brachte ich es nicht mehr über mich, stehen zu bleiben. Ich hatte Angst vor der Dunkelheit, vor der Kälte, vor allem Möglichen, was ich nicht benennen konnte.

»Hast du was von Mama gehört?«, fragte ich.

Mein Großvater seufzte. Ich glaube, er wusste, hatte schon immer gewusst, dass nichts, nicht einmal seine Beschwichtigungen, etwas ausrichten würden.

»Du wirst sie bald wiedersehen, Sumi. Alles ist gut. Kein Grund zur Panik. Es ist doch alles gut, ja?« Er stand auf und holte ein warmes Handtuch für meine Hände und half mir aus meinem Anorak. Als er mir die Jacke abstreifte, beugte er sich zu mir und küsste mich auf die Stirn. Ich verbiss mir alle weiteren Fragen.

Großvater setzte sich wieder zu mir und trank einen Schluck Tee.

»Wie lange muss ich hierbleiben?«, fragte ich ihn.

»Ich rufe deine Mutter morgen an.«

»Ich möchte nach Hause. Ich möchte nicht hier bei dir bleiben!«

Ich hätte gedacht, dass der letzte Satz ihn verletzen würde, doch Großvater sah mich nur an und deutete mit einem Kopfnicken auf meine Schale, in der die Nudeln kalt wurden. »Iss auf, du musst doch durchgefroren sein.« Er widmete sich wieder seiner Mahlzeit, und ich sah zu, wie er die langen Sobanudeln in den Mund löffelte. »Was Besseres gibt es nicht«, sagte er nach einer Weile. »Siehst du, wie lang sie sind?«

Ich nickte und tauchte meine Stäbchen in die Suppe.

»Ein langes Leben«, sagte mein Großvater und aß ein paar Nudeln. »Darum isst man sie«, fuhr er fort. »Für ein langes Leben. Dafür müssen wir beten.« Ich saugte die warmen Nudeln in meinen Magen und folgte Großvaters Beispiel und betete für meine Familie.

An dem Abend, während ich auf der Fensterbank hockte, fing es leise an zu schneien, weiße Nadelstiche zunächst, von Regen kaum zu unterscheiden. Ich sah Richtung Osten, Richtung Tokio, wo meine Mutter war. Ich machte mich bettfertig und schloss die Fensterläden. In wenigen Stunden würden die Wasserperlen sich in Raureif verwandeln, Frost würde sich auf der Fensterscheibe ausbreiten und eine Eisschicht bilden, und wenn ich morgen früh aufwachte, läge die Erde unter einer weißen Decke. Ich kuschelte mich ins Bett, zog die Decke bis unters Kinn, und als mein Atem weiße Wölkchen bildete, schloss ich fest die Augen.

Auch am nächsten Tag versuchte Großvater, mich zu beruhigen. Er sagte, er werde mit Mama sprechen und bald würden wir nach Tokio zurückkehren. Ich glaubte ihm nicht. Ich wusste, dass irgendwas nicht stimmte.

Als nachts das Telefon klingelte, schlich ich mich nach unten. Großvater war in seinem Büro und hatte, mich tief schlafend in meinem Zimmer wähnend, die Tür einen Spaltbreit offen stehen lassen. Ich setzte mich unter die Uhr, die er aus Europa mitgebracht hatte. Ihre Schläge übertönten den ersten Teil des Gesprächs, und ich beugte mich etwas zur Seite, um ja nichts zu verpassen.

»Welche Bedingungen stellt er?«, fragte Großvater.

Ich wartete gespannt darauf, was er als Nächstes sagen würde, aber es entstand eine Unterbrechung, da er meine Mutter bat, sich kurz zu gedulden. Dann vernahm ich seine Schritte, und mein ganzer Körper erstarrte. Ich rechnete jeden Moment damit, dass er aus dem Arbeitszimmer kam und mich entdeckte, stattdessen schaltete er die Freisprecheinrichtung ein, damit er vor seinem Schreibtisch auf und ab gehen konnte.

»Bist du noch da, Rina?«

»Ja.« Mein Herz pochte schneller beim Klang ihrer Stimme. Sie war ganz nah, so nah, dass ich gerne mit ihr gesprochen hätte. »Er ziert sich«, sagte sie, und mein Großvater schlug mit der Faust auf den Tisch. »Vater, bitte«, flehte ihn meine Mutter an. »Er kostet nur seine Position aus.«

»Diese Macht hast du ihm verliehen«, blaffte mein Großvater. Ich hörte, wie er schnaubend Luft holte und wieder auf und ab ging. »Wo ist er jetzt?«

»Er ist nach Nagoya gefahren, um Immobilienbestände aufzulösen, jedenfalls hat er das gesagt. Ich glaube, er ist wieder im Büro, aber nach Hause gekommen ist er noch nicht.«

»Vertreibt sich seine Zeit in Roppongi, was?«

»Er will mich einfach nur zappeln lassen, wenn er so lange wegbleibt, damit wir ihm ein gutes Angebot machen.«

»Was verlangt er?«

»Ich glaube, er will die Wohnung in Ebisu und eine Summe in bar. Kaitarō hat sich seine Verhältnisse mal angeschaut.« Meine Mutter hustete nervös. »Das heißt, wir beide glauben das.«

Mein Großvater hielt inne, und ich hörte, wie sein Füllfederhalter über ein Stück Papier kratzte. »Wie viel in bar?«, sagte er. »Wie viel will er haben?« Es folgte wieder eine Pause. »Selbst wenn wir ihm was zahlen, Rina – was hält ihn davon ab, später noch mehr zu verlangen? Und was ist mit Sumi?«

»Ich …«, setzte meine Mutter zögernd an. »Er muss schriftlich erklären, dass er sich von Sumi fernhält.«

Mein Großvater lachte schroff, und ich runzelte die Stirn. »Glaubst du, das würde ihn davon abhalten?«

Meine Mutter klang erschöpft, als sie antwortete. »Wir müssen Vertrauen haben. Ich kann nicht garantieren, dass alles nach unserem Willen läuft. Wir können nur hoffen, dass er in eine Scheidung einwilligt und auf das Sorgerecht verzichtet, mehr nicht.«

»Er wird uns in Zukunft erpressen«, sagte mein Großvater. »Er wird Sumi vor der Schule abpassen, an Wochenenden aufkreuzen. Er kann uns das Leben zur Hölle machen. Wir werden ihn nie loswerden.« Er sprach in einem harschen Tonfall, doch ich hörte heraus, dass er sich große Sorgen machte, vielleicht sogar Schuldgefühle hatte.

»Ich glaube«, sagte meine Mutter, »dass er sich von ihr fernhalten wird. Er will ja auch ein neues Leben anfangen.«

»Das reicht nicht, Rina. Er hat Schulden, oder?«

In der Leitung wurde es still, dann sagte meine Mutter, sehr leise: »Ja.«

»Und wo ist das Geld, das sein Vater und ich ihm zur Hochzeit gegeben haben?«

»Das ist weg. Ich glaube, er hat während der Spekulationsblase zu viel investiert.«

»Ich will einige Kontoauszüge sehen, bevor ich einem endgültigen Betrag zustimme«, sagte mein Großvater.

»Das wird ihm nicht gefallen, aber ich frage ihn.«

Es folgte wieder eine Pause, und ich hörte meinen Großvater tief durchatmen. »Es tut mir leid, Rina. Ich hätte ihn vorher überprüfen lassen sollen, einen Privatdetektiv engagieren.«

»Nein …«

»Doch«, sagte er. »Ich hätte nicht allein auf die Freundschaft zwischen unseren Familien bauen sollen.«

»Vater.« Meine Mutter sprach mit sanfter Stimme, aber

sie hatte auch etwas Unerbittliches. »Es war meine Entscheidung. Ich hatte mich entschieden, ihn zu heiraten.«

Mein Großvater stand schweigend vor seinem Schreibtisch. Schließlich sagte er: »Soll ich den Schriftsatz aufsetzen?«

»Danke. Ich rufe an, wenn ich Genaueres über die Bedingungen weiß. Ich will dafür sorgen, dass er einsichtig ist.«

»Okay, Rinachan. Bleib tapfer!«, ermahnte er sie, und ich blinzelte, weil er und Mama das normalerweise zu mir sagten.

»Danke«, sagte meine Mutter, und ich fragte mich, ob sie jetzt wohl lächelte.

»Dieser neue Mann«, sagte mein Großvater. »Vertraust du ihm?«

Diesmal hörte ich ein Lächeln aus ihrer Stimme heraus. »Ja.«

»Ich möchte ihn gerne sprechen.«

Meine Mutter zögerte einen Moment. »Wenn die Einigung zustande gekommen ist, können wir über Kaitarō sprechen«, sagte sie. »Wie geht es Sumi? Alles in Ordnung?«

Mein Großvater seufzte. »Sie ist nervös. Gestern hat sie sich im Wald verlaufen und zu Tode erschreckt.«

»Hat sie sich wieder erholt? Kann ich mit ihr reden?«

Meine Mutter klang gequält, und ich empfand leichte Genugtuung.

»Sie schläft schon, Rina. Wir sollten sie aus alldem heraushalten.«

»Na gut«, sagte meine Mutter, aber mir war klar, dass sie damit nicht einverstanden war. »Na gut«, wiederholte sie. »Was die Vereinbarung betrifft …«

»Ja?«, sagte Großvater.

»Kaitarōs Recherchen über Satō werden uns nützlich sein, wenn ich ihn dazu bringen kann zu verhandeln.«

»Liebt er dich, Rina?«

»Ja«, sagte sie.

Yoshi seufzte, und auch aus seiner Stimme hörte ich die Erschöpfung heraus. »Dann sollte ich ihn besser richtig kennenlernen, oder?«

»Er ist ein guter Mensch«, sagte meine Mutter. »Anders als Satō.«

»Das muss nicht allzu viel heißen«, sagte mein Großvater, und meine Mutter lachte.

»Vater?«

»Ja, Rinachan?«

»Ich bin froh, dass du mein Vater bist.«

»Ich auch.«

»Gibst du Sumi einen Kuss von mir?«

»Mache ich«, versprach er.

Es machte klick in der Leitung, als meine Mutter auflegte. Als mein Großvater aus seinem Arbeitszimmer kam, war ich bereits die Treppe hochgelaufen. Auf Zehenspitzen ging ich zu meinem Bett, und in tiefster undurchdringlicher Dunkelheit kroch ich unter die Decke. Draußen im Flur stand mein Großvater, reglos, und lauschte.

Rina und Kaitarō

Showdown

In dem Jahr fegte die Kälte durch Tokio, fegte in jeden Winkel, sodass die Glastürme und Wolkenkratzer wie eisige Manifestationen wirkten. Kaitarō stieg aus der U-Bahn und tauchte ins Zentrum von Roppongi ein. Da es ein Ausgehbezirk für reiche Ausländer und Geschäftsleute war, hatte er eigentlich keinen Grund herzukommen, doch manchen Kunden gefiel die Atmosphäre, und auch für ehrgeizige Büroangestellte mit unternehmerischen Ambitionen bot er seine Vorteile. Hier traf man Satō an, der jedem zuhörte, was er zu sagen hatte.

Kaitarō betrat die Lobby eines Hotels und fuhr mit dem Aufzug zur Sky-Bar in der obersten Etage. Die Bar war brechend voll, und es wurden mehr Frauen als Männer eingelassen, aber der Türsteher war ein Kontaktmann und winkte ihn durch. Satō war nicht schwer zu finden, er saß mit seinen Kollegen an einem Tisch in der Mitte des Raums, ein prominenter Platz, um zu sehen und gesehen zu werden.

Kaitarō schlenderte zum Tresen, winkte dem Kellner und bat ihn, Satō eine Nachricht zu überbringen. »Sagen Sie ihm, er werde am Telefon verlangt.«

Satō spähte in das Dämmerlicht, und Kaitarō begab sich in sein Blickfeld. Er grüßte ihn mit einem Nicken und deutete auf den Haupteingang. Satō entschuldigte sich bei seinen Kollegen und folgte ihm. Kaitarō drehte sich genau in dem Moment um, als Satō die Hand auf seinen Arm legte.

»Was wollen Sie denn noch?«

»Ich habe Informationen für Sie.«

»War ich nicht deutlich genug? Sie sind entlassen, Nakamura. Ich brauche Sie nicht mehr.«

Kaitarō sah hinüber zu dem vollbesetzten Tresen und dem Tisch mit Satōs Kollegen. »Und trotzdem kommen Sie, wenn ich rufe.«

Hohe Glasfenster boten einen Panoramablick über Roppongi. Kaitarō sah auf Satōs Hand, die sich fester um seinen Arm schloss. »Nach unten. Ich möchte nicht gesehen werden.«

»Sie geben sich wohl nie geschlagen.«

Kaitarō zog eine Packung Zigaretten aus der Innentasche seiner Jacke. »Kommen Sie«, sagte er. »Eine rauchen.« Mit einem Ruck riss er sich los und betrat den Aufzug.

Unten bogen sie um die nächste Ecke und landeten in einer Gasse zwischen zwei Hotels. Satō streckte die Hand nach einer Zigarette aus und murmelte etwas, als Kaitarō ihm Feuer gab. Mit zusammengekniffenen Augen nahm Satō einen Zug an der Zigarette und blies den Rauch in die Luft.

»Sie haben sich ein Scheidungsformular besorgt«, sagte Kaitarō schließlich, »es aber nicht ausgefüllt.«

»Ich brauche Sie nicht, Nakamura. Sie macht, was ich will, sogar freiwillig.«

»Das muss aufhören.«

»Sie hat Schiss, was?« Satō lächelte, seiner Sache sicher.

»Sie haben keine Beweise gegen sie.«

»Das glauben Sie.«

»Ich weiß es«, sagte Kaitarō, der Satōs Gesicht gefährlich nahe kam. »Nichts haben Sie gegen sie.«

»Wie gesagt, seien Sie da nicht so sicher.« Satō lachte. »Aber wenigstens ist es Ihnen gelungen, sie zu ficken. Endlich!« Er nahm einen Zug von seiner Zigarette, lachte immer noch, als Kaitarō ihm an die Kehle ging. Satō stieß mit dem Hinterkopf an die Mauer, die Zigarette fiel ihm aus der Hand, und er musste sich auf Kaitarōs Unterarmen abstützen. »Ah ja«, sagte er lächelnd, »ein Hang zur Gewalt, darauf habe ich nur gewartet. Was soll das werden? Ein Showdown? Wie im Kino?«

»Sie werden sich einigen«, sagte Kaitarō betont langsam und drückte Satōs Kehle noch fester zu. »Sie werden sich außergerichtlich einigen und geben ihr das Sorgerecht für Sumiko.«

Satō keuchte, grinste jedoch. »Das glaube ich nicht, Nakamura.« Er versuchte, ihn zurückzustoßen, konnte sich jedoch nicht aus der Umklammerung befreien. »Ich glaube, dass eine Schlichtung nötig ist.« Satō versuchte erneut, sich zu befreien, und schließlich ließ Kaitarō von ihm ab.

»Sie wird gegen mich vorgehen«, fuhr Satō fort, »und denken Sie daran, was das für sie bedeutet. Denken Sie an die Fragen, an die schriftlichen Erklärungen, die von unbescholtenen Mitgliedern der Gesellschaft geprüft werden. All die Leute, die unangenehme Dinge über meine Frau lesen und die über unsere Ehe richten. Sie wird es nicht abstreiten, oder? Sie wird nicht fähig sein, sie zu belügen, und sie gilt dann als eine, die herumhurt. Tun Sie das nicht auch?«

»Rina ist nicht in Gefahr. Ich habe dafür gesorgt, dass ich nicht zusammen mit ihr fotografiert wurde.«

»Ja, aber ein, zwei Aufnahmen sind Ihnen vielleicht durchs Netz gegangen. Und deswegen werden Sie Folgendes für mich machen …«

»Nein, Satō. Sie werden etwas für mich machen.« Kaitarō trat wieder auf ihn zu und sah die Verunsicherung in seinen Augen, als er sich dicht vor ihn stellte. »Sie werden sich außergerichtlich einigen«, fuhr Kaitarō fort. »Sie bekommen die Wohnung in Ebisu. Sie werden mit Yoshi Sarashima eine weitere Geldsumme vereinbaren, und Sie werden das Sorgerecht für Sumiko an Rina abtreten.«

»Warum sollte ich es zulassen, dass meine Tochter bei dieser Frau lebt? Zusammen mit Ihnen.«

»Wenn nicht, schicke ich Ihrer Familie Fotos mit Ihrer Geliebten in Nagoya. Ich werde Ihre Schulden detailliert offenlegen. Ich werde mich persönlich an Ihren Vater wenden und ihm sagen, was Sie von mir verlangt haben, und dann werde ich alle Beweise, die ich gegen Sie zusammengetragen habe, den Gerichten vorlegen. Rina wäre dazu vielleicht nicht in der Lage gewesen, aber ich. Und falls Sie sich nicht wie ein Ehrenmann verhalten, wird man Sie in Tokio nie wieder willkommen heißen.«

Satō schwieg eine ganze Weile, zog dann eine Zigarette aus seiner eigenen Tasche.

»Ich könnte mich doch nicht von ihr trennen«, brummte Satō, zündete sich die Zigarette an und warf das Streichholz in den Rinnstein. »Wir haben beide Fehler gemacht. Wenn ich die Scheidung rückgängig machen würde, uns beiden die Schande ersparte, würde sie bei mir bleiben.«

»Aber dann kriegen Sie keinen Cent«, hielt Kaitarō dagegen.

»Was ist mit Sumiko?«, fragte Satō.

»Vielleicht dürften Sie sie ja besuchen.«

»Dann wäre ich auf ihre Gnade angewiesen.«

»Sie ist liebenswürdiger als Sie.«

Satō lachte. »Es muss Sie ja schlimm erwischt haben, wenn Sie das denken.«

Kaitarō wandte seinen Blick nicht von ihm ab. Er beobachtete, wie dieser Mensch, den er verachtete, sein und Rinas Leben im Kopf hin- und herwälzte.

»Man wird Sie niemals akzeptieren«, sagte Satō, aber seine Entschlossenheit schwand. »Wir sind uns ähnlicher, als Sie denken, Sie und ich. Und Sie werden sie nicht glücklich machen.« Er lehnte sich an die Wand, hielt nervös seine Zigarette in der Hand. »Sie braucht eigentlich keine anderen Menschen«, sagte er leise. »Und wenn ihr das klar wird, sind Sie weg vom Fenster.«

Kaitarō bemerkte erst jetzt Satōs Alkoholfahne, und er überlegte, ob er vielleicht betrunkener war als gedacht.

»Sie wird Sie niemals wirklich lieben«, sagte Satō leise. »Wenn erst mal Routine eingekehrt ist, der Alltag, dann werden Sie merken, dass Sie ihr niemals genügen.«

Kaitarō hätte gelacht, wenn da nicht dieses seltsame

Gefühl gewesen wäre, das er im Zusammenhang mit Satō niemals erwartet hätte. Mitleid. Für eine Sekunde vermischte sich das Mitleid mit Angst. Er konnte sich ein Leben ohne Rinas Liebe nicht vorstellen, doch dann wurde ihm klar, dass das gar nicht nötig war. Kaitarō spürte, wie die Spannung von ihm abfiel, als er Satō wieder anschaute. »Was zwischen Ihnen und Rina war, ist Ihre Sache«, sagte er, und Satō blickte kurz auf.

»Empfindlich, Nakamura?«

Kaitarō zuckte mit den Achseln.

»Richten Sie ihr aus …«, sagte Satō, »… richten Sie ihr aus, dass, wenn sie mir bei der Vereinbarung in die Quere kommt, dann …«

»Rina weiß nicht, dass ich mich mit Ihnen getroffen habe.«

»Was!« Satō hatte seine gute Laune wiedererlangt. »Soll ich Sie auch noch decken?«

»Ich möchte, dass Sie mich aus Ihren Verhandlungen heraushalten, Satō. Denken Sie daran, was ich Ihnen antun kann. Rina soll niemals erfahren, woher wir uns kennen. Mein Schweigen gegen Ihres.«

»Woher wissen Sie, dass die Familie mir die Wohnung überlässt?«

»Rina hat ihrem Vater von unserem Verhältnis erzählt und dass Sie eine Scheidung wünschen. Yoshi wird sie beschützen, er wird einer Einigung zustimmen.«

»Sie haben sich schon alles genau überlegt, ja.«

»Ich möchte das zu Ende bringen.«

»Und werden Sie es ihr sagen? Irgendwann …?«

Kaitarō schwieg. Er sah Satō an, der leise in sich hineinlachte. Er lachte auch noch, als Kaitarō ihn an die Wand drückte.

»Vergessen Sie nicht, was ich Ihnen antun kann, Satō«, zischte Kaitarō und würgte ihn wieder. »Niemals.«

Er spürte, wie Satō versuchte zu schlucken, und erhöhte den Druck. Satō strauchelte, doch Kaitarō gab nicht nach. Schließlich hauchte Satō ihm ins Gesicht: »Sie halten sich wohl für was Besseres, ja?«

Kaitarō starrte seinen Widersacher an, registrierte die blutunterlaufenen Augen, die geplatzten Äderchen im Gesicht, schließlich seine Augen, das Lachen.

»Allerdings«, sagte er und ließ Satōs Kehle los. Dann trat er aus der Gasse, ließ die blinkenden Lichter Roppongis hinter sich und ging hinaus in die Nacht.

In Sicherheit

Kaitarō wartete in seiner Wohnung auf sie, klopfte ungeduldig mit einem Stift auf die Schreibtischplatte. Als sie schließlich kam, war er völlig überwältigt von ihrem Anblick.

Sie war glücklich. Er sah es an ihrem erhobenen Kinn, wie sie den Kopf drehte, als sie die Haustür schloss und hereinkam. Ihre Haare, die sie jetzt länger trug, schwangen hin und her und streiften die Seidenbänder, die ihre Bluse zusammenhielten. Sie war wunderschön. Selbst jetzt, am Ende eines langen Tages, war sie schön und heiter, und er konnte sich nicht vorstellen, dass es jemals anders sein würde.

Sie kam auf ihn zu, setzte sich auf die Schreibtischkante und schob eine halb volle Tasse Tee beiseite, die auf der ganzen Oberfläche Flecken hinterlassen hatte. Überall lagen verstreut Papiere. Er war unordentlich, aber es schien sie nicht zu stören.

»Können wir gehen?«

»Ich könnte dir ewig zuschauen.«

»Zuschauen kannst du mir auch beim Essen.«

Kaitarō lächelte und legte den Stift, mit dem er gespielt hatte, auf den Schreibtisch. Er rollte ein Stück über die Platte und blieb mit dem Werbeaufdruck oben liegen – »Homma Real Estate Investments« – Satōs Firma. Vor ein paar Monaten hätte dieser Stift Rina noch stutzig gemacht, sie dazu gebracht, ihm Fragen zu stellen, sich und ihr Verhältnis infrage zu stellen. Heute Abend aber lachte sie und nahm seine Hand. Satō entschwand aus ihrem Leben, und es war ihr egal.

»Wie geht es Sumi?«

»Sie sehnt sich sehr nach Tokio. Yoshi sagt, sie fragt jeden Tag nach mir, aber ich glaube, ihr fehlen einfach die Freunde.« Er zog sie an sich, und sie lächelte.

»Wie lange habe ich dich noch?«

»Nur heute Abend. Morgen fahren sie zurück nach Meguro, und ich komme dazu.«

»So bald schon?«

»Ich muss bei Sumi sein. Sie fehlt mir.«

Kaitarō gab ihr ihre Handtasche, hielt den Schulterriemen fest, bis Rina seinen Blick erwiderte.

»Es ist nur für kurze Zeit«, redete sie ihm gut zu, »und dann besuche ich dich in Hokkaido.«

»Eines Tages werde ich dich für immer haben, und dann gibt es keine Einschränkungen mehr.«

»Ja«, seufzte sie. »Aber jetzt habe ich Hunger.«

Kaitarō lachte und ließ den Riemen los. Den Arm um ihre Taille, ging er mit ihr aus dem Haus. Sie waren beinahe angekommen, beinahe in Sicherheit.

Später saß Rina an Kais Schreibtisch, vor sich ein Schwarz-Weiß-Foto von ihnen beiden, das sie entwickelt hatte. Sie nahm es in die Hand und sah hinüber zu Kaitarō, der ruhig im Bett schlief, endlich einmal entspannt.

Sie schätzte seine hemmungslose Offenheit, dass er bereit war, mit einer Frau zusammenzuleben, die ihre Kamera auf ihn richten würde, selbst wenn er schlief. Es lag Mut darin, echtes Vertrauen. Sie verstand die Unerschrockenheit, die es erforderte, vor allem vor einer Linse.

Rina stützte den Kopf in die Hand. Sie liebte diese Momente nächtlicher Stille, es war ein Geschenk für sie, die Gelegenheit, einen Abend zusammen zu verbringen. Immer wenn sie in den vergangenen Monaten getrennt gewesen waren, hatte Rina sich in diese Wohnung geträumt, sich vorgestellt, dass sein kleines Studio ihr Zuhause wäre, dass ihre Fotos an der Wand hierher gehörten und es auf der Welt nur diesen Mann, diesen Schreibtisch und dieses Bett gäbe. Jetzt hatte sich die Fantasie zur Wirklichkeit ausgeweitet und betraf ihr gesamtes Leben, ihre Tochter. Sobald sie eine größere Wohnung gefunden hatten, wären sie eine Familie. Dann wäre Sumi immer bei ihr, und keiner wäre je getrennt vom anderen.

Sie betrachtete wieder das Foto. Es war ein Experiment, Teil einer geplanten Serie über das Thema Intimität, die Schichten zwischen privatem und öffentlichem Leben. Der Schnappschuss war in dieser Wohnung entstanden. Die Kamera hatte sie auf dem Schreibtisch platziert, auf dem sie jetzt saß, das Objektiv auf das Bett gerichtet und die Zeitschaltuhr auf zehn Minuten gestellt. Sie hatte sich neben Kaitarō gesetzt, der ihr den Rücken zukehrte, eingewickelt in einen Kokon aus Laken. Er wandte sich ihr zu und legte seinen Arm um ihre Taille, als er sich im Bett herumwälzte. Rina hatte in dem Moment den Kopf gehoben, als der Auslöser klickte und sie beide festhielt, sie, die direkt in die Linse schaute, die Augen groß und dunkel, die Sommersprossen prägnant auf ihrer Nase, flammend auf den Wangen, und Kaitarō, verschwommen, entspannt im Schlaf, einen Arm um ihre Taille geschlungen.

Rina liebte dieses Bild, den unbeobachteten Moment, den sie darin eingefangen hatte, aber es hatte auch etwas Räuberisches, was sie fesselte – ihr starrer Blick in die Kamera, die Kaitarō im Schlaf erwischt hatte. Und noch etwas liebte sie, nämlich dass er selbst in diesem Zustand besitzergreifend war. Er hielt ihre Hand fest, und einen Arm hatte er um ihre Taille gelegt, sie beide waren eins, ineinander verschlungen, und beide deuteten ein Lächeln an.

Schwarz-Weiß-Fotografie hatte sie schon immer

fasziniert, der Offenbarungscharakter. Man sah mehr von einem Menschen, und nichts Buntes lenkte vom Wesentlichen ab. Sie schaute sich das Foto von Kaitarō an, der heranwälzte wie eine an die Küste rollende Welle.

Die Dämmerung brach über die Stadt herein. In der Ferne rumpelte die Einschienenbahn vorbei, erstes Sonnenlicht fiel auf die getönten Fenster. Rina lächelte, denn der Gedanke an all die Augen und Gesichter dahinter machten ihr keine Angst mehr. Jeder konnte ihre Welt sehen, und es war ihr egal. Sie erhob sich vom Schreibtisch und suchte im Zimmer nach ihrer Handtasche, schlug in ihrem Notizbuch nach, ob sie Sumi noch irgendetwas mitbringen sollte, bevor sie nach Meguro aufbrach, steckte es wieder ein, zog dann ihr T-Shirt aus, knüllte es zusammen und stopfte es in die Handtasche. Einen Moment stand sie still da. Ihre Silhouette hob sich gegen das Licht ab, die Sonne betonte die Rundungen ihrer Schultern, ihre kleinen, strammen Brüste, die in weiße Spitzenhöschen gehüllten Pobacken, die nackten Füße auf den Holzdielen. Rina zog die aus bunten Rechtecken bestehenden Seidenvorhänge beiseite, die wie Quilts aussahen. Sie hatte sie für Kaitarō auf dem Markt gekauft. Sie machten sich gut hier in dem kargen Raum, der so anders war als die Räume in Ebisu. Hier gab es keine beigen Polstermöbel oder Lackschränke, nur die bunten Vorhänge und die Binsenkörbe voller Filme und Fotos. Wenn sie von Hokkaido zurückkehrten und eine neue Wohnung gefunden hatten, würden diese Dinge mit umziehen.

Sie hörte einen Auslöser hinter sich klicken. Sie hob die

Arme, verschränkte die Hände über dem Kopf. Erneut klickte der Auslöser, und sie sah Kaitarō über die Schulter an, ihr Gesicht vom Arm halb verdeckt. Er saß aufrecht da, Sonnenstrahlen fielen schräg über sein Gesicht, verfingen sich in seinen Bartstoppeln. Noch einmal richtete er die Kamera auf Rina, und Rina hob lächelnd die Augenbrauen.

Erste Liebe

Kaitarō blieb unter dem Türsturz aus Holz stehen und nahm dann in einer der Nischen Platz. Von hier aus konnte er das Meer sehen, diese große graue, von Lichtblitzen durchzogene Schneise. Dichte, dunkle Wolken rollten heran, tauchten alles in ein Zwielicht, obwohl es erst früher Nachmittag war.

Er wollte eher da sein, vorbereitet, um nicht überrascht zu wirken, wenn er sie sah. Er hatte Erinnerungen an diesen Ort, Erinnerungen daran, was er für eine Wirkung auf eine Frau haben konnte, andererseits war Megumi gerne hier und hatte hierbleiben wollen. Er bestellte Tee und Muschel-Tempura und dachte an den Brief, den er ihr geschrieben hatte, wie unangemessen seine Ausdrucksweise war, wie unzureichend seine Erklärung, warum er nach Hause kam. Er gab sich eher distanziert in privaten Situationen, eine Lektion, die er in dieser Stadt gelernt hatte, und alte Gewohnheiten legte man nicht so leicht ab.

Megumi wird sich ein bisschen lustig machen über den Brief, dachte er, doch dann überlegte er kurz. Die Megumi von damals hätte sich über ihn lustig gemacht, das Mädchen, das verliebt war in die öde Wildnis von Hokkaido und das die Frau eines Fischers werden wollte. Schwer vorstellbar, dass die Frau, die er gleich treffen würde, keine Ähnlichkeit mit seiner Megumi hatte. Vielleicht hatte sein Brief sie irritiert, sogar verärgert. Vielleicht spielte auch seine Person in ihrem Leben keine Rolle mehr. Wie dem auch sei, er wollte sie vorwarnen, ihr die Überraschung ersparen, wenn er mit Rina hierherkam. Er dachte an Megumi als eine Freundin, und falls seine Rückkehr eine Kränkung bedeuten sollte, wollte er ihr auch die ersparen.

Kaitarō stutzte, als vor dem Fenster ein Schirm zusammengeklappt wurde. Er schaute hinaus, und da stand sie, im Regen, und sah ihn an, der in dem Café saß, in dem sie sich früher getroffen hatten. Sie hatte sich nicht verändert, abgesehen von den Krähenfüßen und dem runderen Gesicht, doch es war immer noch Megumi, und ihre Augen, als sie seinen Blick suchten, waren freundlich.

Sie winkte ihn nach draußen, lud ihn zu einem Spaziergang ein, so wie früher am Sandstrand, der sich hinter ihr erstreckte und jetzt durch den Regen wie vernarbt aussah. Er hielt den Teller mit Tempura hoch, und der Kloß im Hals löste sich auf; ein alter Streit zwischen ihnen.

Sie zuckte mit den Achseln, und er war erleichtert, als sie das Lokal betrat. Sie stellte den Schirm in den Ständer und kam auf ihn zu, den Schal in der Hand, als sie sich setzte. Sie faltete ihn ordentlich zusammen und steckte ihn in die

Tasche ihres Anoraks, eine hausfrauliche Geste, aber irgendwie passte sie zu ihr.

»Herr Nakamura«, sagte sie.

»Frau Honjima.«

»Kann ich dir was bestellen?«

»Sie wissen hier, was ich möchte«, sagte sie. »Sie bringen es mir.«

Sie wirkte gelöst, als sie ihn ansah, aber er wusste, dass sie unmöglich gelöst sein konnte.

»Du willst heiraten?«, sagte sie.

»Und du bist verheiratet«, sagte er.

»Ja.« Megumi krempelte die Ärmel ihrer Strickjacke hoch, was ihm Zeit gab, seine Gedanken zu ordnen. Diese Langsamkeit, diese Unfähigkeit, zur Entspannung einer Situation beizutragen, sah ihm überhaupt nicht ähnlich. Trotzdem musste er Megumi immerzu anschauen. Sein Blick wanderte über ihr Gesicht, von der niedlichen Stupsnase bis zu ihren dünnen Augenbrauen. Er registrierte die feinen weißen Strähnen, die sich unter ihre schwarzen Haare mischten. Der Lippenstift erschien ihm zu grell für ihre Haut. Als sie sich kennenlernten, hatte sie ihre Lippen nie geschminkt.

»Kein Grund, ein schlechtes Gewissen zu haben, Kaitarō«, sagte sie nach einer Weile.

»Wie geht es Tsuji?«

»Ich bin glücklich mit ihm. Sehr glücklich. Er war die richtige Wahl für mich.«

»Daran habe ich nie gezweifelt!«, sagte Kaitarō. Er lachte, aber verstummte, als sie sich versteifte.

Für einen Moment sah er sie so wie bei ihrem letzten Zusammentreffen. Sie stand an dem Strandabschnitt, den sie besonders liebte, und er teilte ihr mit, dass er Hokkaido verlassen werde, dass er nicht für ein Leben mit ihr geschaffen sei. Er hatte erwartet, dass sie ihn anbrüllte, ihm etwas an den Kopf warf, aber im Gedächtnis geblieben war ihm ihre Ruhe. Er hatte darauf gewartet, dass sie sich ihm zuwandte, damit er sie trösten konnte, sie festhalten, das Mädchen, das seine einzige Freundin gewesen war, doch sie hatte nur abgewinkt.

Lange Zeit stand sie regungslos da, die Arme vor der Brust verschränkt, und sah hinaus aufs Meer. Er rief hinter ihr her, als sie auf das Wasser zulief und hineinging, bis ihr Rock durchnässt war. Das war sein letztes Bild von ihr, wie sie im Dämmerlicht dastand, umgeben von grauem Wasser.

»Danke, dass du dich mit mir treffen wolltest, Megumi.«

»Warum bist du nach Hause gekommen?«, fragte sie, presste die Lippen zusammen und verschmierte dabei den Lippenstift.

»Du hast mir gefehlt.«

»Das freut mich!«, sagte sie, und sie mussten lachen. Sie war immer ehrlich zu ihm gewesen, das bewunderte er.

»Hast du deine Mutter schon gesehen?«, erkundigte sie sich.

»Ja, ich war heute Morgen bei ihr.«

»Sie war immer sehr stark.«

»Ich kenne ihre Stärke«, antwortete Kaitarō spitz, bevor er entschuldigend den Kopf senkte. »Und jetzt ist sie alleine.«

Megumi sagte nichts, und er fragte sich, ob sie es ihm immer noch übel nahm, dass er seine Mutter zurückgelassen, dass er sie beide zurückgelassen hatte.

»Du siehst gut aus«, sagte Megumi. »Die Stadt scheint dir gutzutun.«

Der Kellner brachte ein Tablett an ihren Tisch mit Konfekt, Tee und einem feuchten Handtuch. Er lächelte Megumi zu und unterhielt sich mit ihr über den Tagesfang und fragte, ob Tsuji später vorbeikäme. Kaitarō dachte, dass sie ihn unter normalen Umständen vorgestellt hätte, doch schien sie zu ahnen, dass er nicht lange blieb und keinen bleibenden Eindruck hinterlassen wollte.

»Ich könnte in Tokio nicht leben«, sagte sie, nachdem der Kellner gegangen war. »Ich habe es oft im Fernsehen gesehen. Viele reiche Leute in winzigen Wohnungen.«

Kaitarō lächelte. »Ein Haus am Meer mit drei Zimmern und Schlauchküche muss nicht unbedingt besser sein.«

Sie zuckte mit den Achseln und nahm sich ein Stück Konfekt.

»Wie ist sie so, dein Stadtmädchen?«, fragte sie.

»Sie ist aufmerksam«, sagte Kaitarō. »Stark. Eine Fotografin. Und sie hat eine Tochter.«

»Ist sie schön?«

»Ja, sie ist schön.«

Megumi nickte und spielte mit ihren Haaren, ließ einige Strähnen zwischen den Fingern hindurchgleiten.

»Wann kommt sie?«

»Morgen.«

»Wie lange willst du bleiben?«

»Ich will ihr nur ein paar Sachen zeigen.«

»Willst du zu uns zum Essen kommen?«

»Nein, danke. Ich …«

»Ich bin froh«, sagte sie leise lächelnd.

»Du wirst sie mögen, Megu, wirklich.«

»Ja, bestimmt.«

»Sollen wir uns stattdessen auf einen Tee treffen?«, schlug Kaitarō vor.

»Ich werde sie schon irgendwann kennenlernen. Unser Städtchen ist ja klein.« Sie grinste ihn an, wusste ja, wie er zu seinem Heimatort stand.

»Ich freue mich für dich und Tsuji«, sagte er. »Wo wohnt ihr jetzt?«

»Wir haben ein Häuschen am Kai. Mir gefällt es«, bekannte sie, und diesmal lächelte sie ihn ungezwungen an.

»Aber doch nicht das Haus, was du mir damals gezeigt hast?«

»Genau das. Tsuji hat eine Veranda angebaut.« Sie lächelte wieder, als sie von ihrem Mann sprach; von dem Lippenstift war nichts mehr zu sehen. »An Sommerabenden trinken wir unseren Tee draußen.«

»Hört sich idyllisch an.«

»Ja. Für mich jedenfalls.«

»Soll ich den Kellner um die Rechnung bitten?«

»Nicht nötig, ich lasse hier anschreiben.«

»Megu, bitte …«

»Ich bestehe darauf. Du bist mein Gast.«

Sie nahmen ihre Jacken und verließen das Lokal.

»Was ich dich noch fragen wollte – hast du Kinder?«,

sagte Kaitarō, grinste sie an und knöpfte sich die Jacke zu, als sie die Strandpromenade entlangspazierten.

Megumi blieb stehen. »Nein. Wir können keine Kinder bekommen.«

Verlegen hielt Kaitarō inne. »Das tut mir leid«, sagte er nach längerem Schweigen und versuchte, die eben erst erreichte Ungezwungenheit zwischen ihnen wiederherzustellen. »Aber du bist glücklich, Megu, oder?«

»Ja«, sagte sie. Wieder lag dieser gütige, wenn auch leicht verzagte Ausdruck in ihren Augen, wie vorhin, als sie ihn durch das Caféfenster angeschaut hatte. Sie drückte seine Hand. »Ich möchte, dass du auch glücklich bist, Kai.«

»Vielleicht bin ich es ja schon«, sagte er lächelnd.

»Gut!« Es klang fröhlich, wie früher, als sie Kinder gewesen waren. »Man sieht sich«, sagte sie und ging, folgte der gebogenen Küstenstraße entlang der Bucht und schwang dabei den grünen Regenschirm, als würde sie jemanden segnen. Unmöglich, dachte er, wie sollte er sich je bei ihr bedanken?

Letzte Liebe

Sapporo, von der Luft aus gesehen, entsprach überhaupt nicht ihren Erwartungen. Als die Maschine zum Landeanflug ansetzte, im Tiefflug über Hokkaido glitt, hatte Rina aus dem Fenster geschaut, gespannt auf das Land der kleinen schwarzen Bären, der riesigen Eiswüsten und

Winterbrauereien. Doch die Hauptstadt der Insel war eine Großstadt wie jede andere auch, grau und dicht besiedelt breiteten sich ihre Vorstädte fingerartig im Norden und Südwesten aus. Im Gegensatz zu der riesigen Fläche von Tokio, das sich vom Narita-Airport aus gesehen nahezu bis zum Horizont erstreckte, faserte Sapporo aus, ging in Flachland und Kiefernwälder über, die wie grüne Borsten im Dunst aufragten.

An der Gepäckausgabe hielt sie in der Ankunftshalle Ausschau nach ihm. Während sie wartete, schlang sie sich den Regenbogenschal enger um den Hals und stopfte die Enden unter den Mantel. Der Geruch ihrer Tochter stieg ihr in die Nase. Sumi hatte neben der Haustür in Meguro gestanden, als Rina zum Flughafen aufgebrochen war. Yoshi hatte sich nur mit einem knappen Kopfnicken verabschiedet, während Sumi sie am Mantelschoß gezerrt und ihr den Schal gegeben hatte. »Damit du es warm hast«, flüsterte sie, als Rina sich vor sie hinkniete und sie umarmte. Dann hatte sie Rina ein Glücksbärchi in die Hand gedrückt. »Er freut sich schon auf die Reise«, sagte sie, und lachend hatte Rina ihre Tochter an sich gedrückt. »In ein paar Tagen bin ich wieder da. Es ist wichtig.« Sumiko nickte. Yoshi stellte sich neben sie und nahm ihre Hand. »Du verpasst noch deinen Flug«, sagte er.

Als sie jetzt neben ihrem Gepäck wartete, schien ihre Familie weit weg, und so ganz allein, dehnten sich die Minuten aus. Dann endlich sah sie ihn. Er hatte eine Umhängetasche um die Schulter. Seltsam, dachte sie, dass sie ihn diesmal vorher nicht wahrgenommen, ihn nicht aus den

Augenwinkeln gesehen hatte, dabei kam er direkt auf sie zu, und als sie sich in der Mitte der Flughafenhalle trafen, lag ein ergreifendes Leuchten in seinen Augen. »Rina«, sagte er, sah sie lächelnd an, bevor seine Lippen ihre Lippen berührten, und kostete es genussvoll aus, dass sie sich nun in aller Öffentlichkeit küssen durften. Rina fuhr ihm mit der Hand durchs Haar, spürte seine Wärme und lächelte.

Sie fuhren Richtung Norden, die Küstenstraße entlang, spürten die Eiseskälte der Meeresbrise, die nur durch einen gelegentlichen Wärmeschwall aus der Autoheizung gemildert wurde. Sie fuhren etwa zwei Stunden, vorbei am Fluss Rumoi und dem Hafen und hielten schließlich mitten in einer Ansammlung kleiner Häuser in einer Bucht an. Rina löste den Sicherheitsgurt. Hinter ihnen befand sich ein Ladengeschäft und ein Stück weiter vor ihnen ein Café. Kaitarō sah zu einem kleinen Bungalow auf der rechten Seite hinüber. Eine graue Rauchsäule stieg kräuselnd aus dem Schornstein.

»Sie ist da«, sagte er.

Rina legte die Hand auf seinen Arm. »Ich kann kaum glauben, dass wir hier sind, Kai. Hättest du das je gedacht?«

»Ich habe es gehofft«, sagte er mit einem leisen Lächeln. »Aber du hast mir ja auch ganz schön die Hölle heißgemacht.«

»Gut!«, sagte Rina, nahm ihre Handtasche, stieg aus dem Auto und ging grinsend auf ihn zu.

Sie sah hinüber zu dem Haus. »Ich bin nervös«, sagte sie. Die Jalousien waren heruntergelassen.

»Brauchst du nicht.« Kaitarō zog sie an sich. »Wir sind zusammen.«

Schweigend ließ seine Mutter sie herein. Sie verbeugte sich leicht vor Rina, nahm ihr den Mantel ab und bot ein Paar Gäste-Hausschuhe an. Auch Rina verbeugte sich und sah sich verstohlen im Raum um. Er war sehr klein und wegen der zugezogenen Jalousien sehr dunkel. Frau Nakamura trat an die Fenster, zog an der Kordel und ließ Licht herein. Das winterlich glühende Nachmittagslicht betonte ihr Haar, einige Strähnen hatten sich aus dem Knoten befreit. Über der Hose trug sie einen Hausmantel. Sie hat geschlafen, als wir geklingelt haben, dachte Rina und folgte Kaitarō in sein Zimmer, vorbei an der Küche, von wo aus man einen Blick aufs Meer hatte.

Später stand Rina an diesem Fenster, vor sich eine Schüssel mit kaltem Wasser. Sie wusch den Reis, der sich auf dem Boden abgesetzt hatte, schwenkte die Körner, bis das Wasser grau von der Stärke war. Frau Nakamura stand neben ihr und sagte wenig, beobachtete sie nur manchmal aus den Augenwinkeln, wie weit sie mit ihren Vorbereitungen gekommen war. Rina lächelte. Sie hoffte, dass ihre Methode Frau Nakamuras Zustimmung fand. Es war ein gutes Gefühl, zusammen mit Kaitarōs Mutter in ihrem Haus Reis für die Familie zu kochen.

Es werde ein Festessen werden heute Abend, denn die auf dem Küchentresen ausgebreiteten Herbstprodukte böten einen herrlichen Anblick, sagte Rina und deutete auf die dicken Matsutake-Pilze, den Kürbis und das frische Wildlachsfilet, das tiefrot leuchtete. Frau Nakamura belohnte sie mit einem Nicken und gab ihr eine zarte grüne Kabosu, damit sie die Zitrusfrucht reiben und die würzige Schale riechen konnte. Es würde gegrillte, mit Kabosu abgeschmeckte Matsutake-Pilze geben, dazu Lachs-Nabe, glasierten Kürbis und Klebreis. Rina lächelte so breit, dass Kaitarōs Mutter noch etwas mehr auftaute und Rina bat, sie mit Vornamen anzureden, Shinobu.

Sie aßen an dem Abend neben der Heizung, an einem niedrigen Tisch im Wohnzimmer, mit Decken auf dem Schoß. Endlich erzählte auch Shinobu etwas mehr von sich, und Rina freute sich über das Lächeln, das sie ihrem Sohn schenkte. Auch Kaitarō wurde gelöster, jetzt, da sie alle zusammen in seinem Haus versammelt waren, und die Spannung in seinen Schultern ließ nach. Rina sagte anfangs wenig, doch dann trug auch sie zur Unterhaltung bei, sprach über Sumiko und Tokio. Schließlich eröffnete Kaitarō seiner Mutter, dass sie ein gemeinsames Leben planten.

Als sie beim Tee angelangt waren, holte Rina aus ihrem Koffer das Geschenk für Kaitarōs Mutter. Sie setzte sich zu ihnen auf den Boden, wickelte die Decke wieder um die Beine, nahm die Schachtel und überreichte sie ihr förmlich. »Sie ist nicht neu«, sagte sie, »aber sie ist von zu Hause.« Rina sah ängstlich und gespannt aus, als Kaitarōs Mutter das Einwickelpapier beiseitelegte und eine antike Miso-Schale zum Vorschein kam. »Sie hat meiner Mutter gehört«, erklärte sie. Shinobu lächelte.

Bedächtig nahm die ältere Frau die Decke von den Knien und erhob sich. »Ich habe auch etwas für Sie«, sagte sie. »Das heißt, für euch beide.« Sie ging ins Schlafzimmer und kam mit einem Schlüssel wieder, an dem ein Plastikanhänger baumelte. »Der hat Kaitarōs Onkel gehört. Er hat ihn mir hinterlassen. Es ist der Schlüssel zu dem Schuppen, den er als Dunkelkammer benutzt hat.« Sie lächelte leise. »Es hat Kaitarō viel bedeutet, als er hier lebte. Vielleicht zeigt er Ihnen den Schuppen.« Kaitarō nahm den Schlüssel und betrachtete ihn. Dann wandte er sich seiner Mutter zu und griff ihre Hand.

»Wann ist dein Vater gestorben?«, fragte Rina, als sie am nächsten Tag am Meer spazieren gingen.

»Vor ein paar Jahren.«

»Und wie kommt sie zurecht?« Rina zögerte. »Ohne ihn, meine ich.«

»Sie hat mir gesagt, er sei gegen Ende sanfter geworden.« Kaitarō zog sie die Bucht entlang zu dem Café, wo die Fischer bereits den Fang des Tages sortierten. »Erstaunlich, dass er zuerst gestorben ist«, murmelte er. »Ich habe immer gedacht …«

»Das kann ich mir vorstellen«, sagte sie. »Stimmt es?«, fragte sie. »Dass er sanfter geworden ist?«

»Das hat sie nur gesagt, um mich zu beruhigen«, antwortete er.

Rina blieb mitten auf dem Weg stehen. Gern hätte sie noch weitere Fragen gestellt, doch sie hatten das Meer erreicht, und Kaitarō rief den jüngeren Männern bei den Booten etwas zu. Auch einige der älteren drehten sich um und nickten zur Begrüßung, als er auf sie zukam und anfing zu feilschen.

»Was machst du da?«, fragte Rina, als er mit durchnässten Tüten voller Fisch zurückkam.

»Das ist dein Mittagessen«, sagte er. »Komm.«

Unterwegs kauften sie in dem Ladengeschäft Yuzu, Anmachholz und noch andere Dinge ein. Rina blieb zwischen den Regalreihen zurück, schaute sich um. Sie verkauften sogar Fertiggerichte. Ab und an ertappte sie jemanden, der sie neugierig ansah, aber sie lächelte nur zurück und drehte sich um. Schließlich ging sie nach draußen und wartete, sah die Straße entlang. Hinter den Fischern und ihren Booten erstreckte sich der schier endlose Küstenstreifen. Steppenläufer, die geerdeten Wolken glichen, jagten über den Strand, es war Schaum, aus den Tiefen des Meeres, angereichert mit Plankton und Sand.

»Wir gehen da vorne entlang«, sagte Kaitarō und zeigte auf die feuchte Sandebene und die Brandung.

»Es ist doch eiskalt!«

»Es lohnt sich, das verspreche ich dir.« Rina sah ihn zweifelnd an, als sie auf die Straße traten. Unter ihren Füßen knirschte das Salz, das jemand auf den Gehsteig gestreut hatte. Der Weg war gefährlich glatt an manchen Stellen, und der Wind vom Meer blies einem direkt ins Gesicht. »Ich möchte wieder heil nach Hause zu Sumiko kommen!«, schrie sie.

»Keine Sorge.« Kaitarō nahm lächelnd ihre Hand. »Komm schon, mein wildes Hokkaido-Mädchen.«

Rina verzog das Gesicht, aber sie verließen die Straße und gingen über die Sandfläche.

»Nicht weit von hier ist eine kleine Bucht.«

Er sollte recht behalten. Felsen schützten sie vor der Kälte, und zwischen ihnen tat sich eine Öffnung zu einer Höhle auf, die der Wind nicht erreichte. Innen lehnte an einer Wand, eingewickelt in eine Plane, ein alter Metallrost.

»Der gehört der Allgemeinheit«, sagte Kaitarō.

Rina schaute zu, wie er den Rost auswickelte und an der Feuerstelle die alte Asche ausgrub. Bedächtig schichtete er die in dem Ladengeschäft erworbenen Holzspäne und Zweige zu einem Feuer auf und nutzte dabei die Plane als Windschutz. Zum Schluss legte er den Rost neben die Flammen. In dem Rucksack hatte er ein Messer und ein Brett, und aus den Tüten holte er Garnelen und einen ganzen Fisch mit gefleckter olivfarbener Haut heraus. Rina wusste nicht, was es für ein Fisch war.

»Ich bin gleich wieder da«, sagte Kaitarō, nahm das Messer und den Fisch und ging zum Wasser. Etwas besorgt, was das werden würde, sah Rina ihm hinterher, musste dann aber doch lächeln und bewunderte sein Geschick, als er wie entlang einer unsichtbaren Naht den Bauch des Fisches aufschlitzte, flink die dunkelroten und kastanienbraunen Innereien herausnahm und den Fisch im Wasser ausspülte. Hinter ihm ging allmählich die Sonne an diesem kurzen Winternachmittag unter, und die Fischer zündeten für die Jagd nach Tintenfischen die Lampen an ihren Booten an, eine Lichterkette am Horizont.

Das Feuer brannte jetzt gleichmäßig. Kaitarō kam wieder, eine Brise fachte die Flammen nochmals an. Als das Licht schwand, brachen einzelne glühende Stücke von den Spänen. Kaitarō hatte auch süße Shrimps gekauft, die im hohen Norden gerade zu haben waren. Rina kannte sie bisher nur von Fotos, aber diese hier waren riesig, mindestens so groß wie eine Hand, blassorange mit einem Hauch von Rot und so dick und fleischig, dass Rina das Wasser im Mund zusammenlief. Kaitarō schälte mit seinem Messer eine Yuzu, steckte einige Garnelen auf einen Spieß und wickelte sie in ein paar Streifen der knubbeligen Yuzu-Schale ein. Mit den beinahe durchsichtigen Fischstücken machte er das Gleiche. Rina schaute fasziniert zu und fragte sich wieder, um was für einen Fisch es sich handelte, da sagte er es ihr schon – Wildheilbutt. In Tokio hatte sie schon mal welchen probiert, doch als er ihr den Spieß reichte, war sie verblüfft. So köstlich hatte er damals nicht geschmeckt, als sie jetzt das bissfeste Stück in den Mund nahm und der süße Sud heraustropfte, der, vermischt mit dem Öl der Yuzu, leicht versengt und bitter auf der Zunge war. Rina leckte sich den Saft von den Fingern, biss in die Garnelen und genoss die Würze. Kaitarōs Kochkünste waren außergewöhnlich und so schlicht, so natürlich.

Das Feuer verbreitete Wärme, und er legte die Jacke ab, behielt nur den dicken Strickpullover und sein Halstuch an. Beides kannte sie nicht an ihm, sie mussten aus seinem Zimmer zu Hause stammen. In Tokio konnte sie ihn sich damit nicht vorstellen, doch an diesem rauen urgewaltigen Ort passten sie zu ihm. In dem Beutel waren noch lebende Krebse, und er legte seine Jacke darüber. »Die koche ich, wenn wir zu Hause sind«, sagte er, obwohl sie gar nicht gefragt hatte. Sie musste heimlich lächeln und genoss diese unbekannte Seite an Kaitarō, der Garnelen kochen konnte, wahrscheinlich auch Hummer, der ganzjährig die Gezeiten auswendig konnte und wusste, wo man im Frühjahr am besten die Austernnetze ins Wasser ließ. Er schien sich hier wohlzufühlen. Als sie mit dem Essen fertig waren, kuschelten sie sich aneinander. Sie fröstelten zwar immer noch, doch dafür waren sie satt.

»Das musst du unbedingt Sumi zeigen«, sagte sie.

Er sah sie an. Sie hatte sich fest in seine Arme geschmiegt.

»In Tokio?«

»In Shimoda, am Strand, vor unserem Haus. Oder dürfen wir sie mit hierherbringen? Es würde ihr gefallen.« Rina sah ihre Tochter vor sich. »Sie ist eine richtige kleine Wilde.«

»Wie ihre Mutter«, bemerkte Kaitarō. Er beugte sich vor und küsste sie.

»Wie ihr Vater«, entgegnete Rina. »Der ihr das Angeln beibringen wird.«

Rina lächelte über seinen leidenschaftlichen Gesichtsausdruck, sie war auch sehr aufgewühlt. »Wenn du uns aufnimmst«, sagte sie. Er drückte sie auf den felsigen Boden der Höhle und überschüttete sie mit Küssen. Hinter ihnen am Strand hatte Ebbe eingesetzt und einen Streifen feinen Kies freigespült, wo sich ein einsamer Wasserläufer auf Nahrungssuche herumtrieb.

VIERTER TEIL

Sei böse, aber kein Lügner.

Leo Tolstoi

Sumiko

Shimoda

Es gibt Konstanten in unserem Leben, deren Bedeutung einem erst klar wird, wenn sie nicht mehr da sind. Für mich war unser Haus in Shimoda so eine Konstante. Niemals hätte ich damit gerechnet, es zu verlieren. Jahrelang bildete dieses Haus das Zentrum meiner Familie, es war ein Ort der Liebe und des Glücks. Ich dachte an all die Personen, die dort gelebt und was es für sie dargestellt hatte. Als ich älter wurde, habe ich mich gefragt, welche Geschichten wohl in den Mauern steckten; nur die können sie vernehmen, die jetzt tief unter der Erde liegen.

Nicht an ein Bild oder eine Person erinnere ich mich am lebhaftesten, sondern an ein Geräusch, an den Glockenschlag der Uhr im Wohnzimmer. Wenn Großvater allein nach Washikura fuhr, rief ich ihn von Tokio aus an, und jedes Mal lauschte ich gespannt in den Hörer. Ich vernahm das weiche Timbre seiner Stimme, falls das Fenster offen stand, auch zartes Vogelgezwitscher, und dazwischen schlug die Uhr behäbige musikalische Töne. Man hat mir gesagt, es sei der Uhrenschlag von Big Ben, der größten Uhr der Welt, doch für mich steht er für Shimoda. Wenn ich im Staub und Smog von Tokio die Uhr durch die

Telefonleitung hörte, sah ich vor mir die glänzenden Teakholzdielen in unserem Haus und spürte die warme Sonne, die ins Wohnzimmer schien. Sogar das Meer, gleich hinter unserem Garten, das Licht, das die Wellen einfängt, konnte ich mir vorstellen, das Meer, an dem ich mein ganzes Leben verbracht habe. Der Uhrschlag übertönte alles, was Großvater sagte, doch während dieser wenigen Sekunden waren seine Worte sowieso gleichgültig. Es kam mir dann vor, als wäre ich dort bei ihm, im Herzen unseres Hauses, und lauschte.

Ich erinnere mich noch an andere Dinge. An Sommermorgen, wenn ich verschlafen hatte und nach unten gekommen war, nur um festzustellen, dass sich alle nach draußen in den Garten verzogen hatten, stand ich gerne auf dem rosa Linoleumboden in der Küche, eine Tasse heißen Milo in der Hand, und schaute über den abschüssigen Rasen zum Rand der Klippe. Ich sah die Sonne hoch über dem Meer aufgehen, die südliche Landzunge beleuchten – ein Streifen erkaltete Lava, die sich ins Meer ergossen hatte –, und den kleinen weißen Leuchtturm an der Spitze.

An manchen Tagen war die See anthrazitgrau und aufgewühlt, ein Sturm kündigte sich an. Manchmal, wenn ich bei grellem Sonnenlicht den Weg mit der von meiner Großmutter gepflanzten Bougainvillea entlangging und die Veranda umrundete, verdunkelten sich die weißen Wolken am Horizont und rollten dunstig landeinwärts heran, und der Wind führte das Salz des Meeres mit sich.

Großvater hat mir beigebracht, wie man Bougainvillea pflegt, und Jahr für Jahr hielten sie sich trotz der rauen, kalten Luft tapfer, blühten üppig in Violett und hatten innen kleine weiße Blüten. Als ich in jenem letzten Sommer dort über den Rasen ging, wäre ich nie auf die Idee gekommen, dass mir unser Haus, das Stück Land und der Ausblick aufs Meer eines Tages nicht mehr gehören würden.

Ich fahre noch immer nach Shimoda. Ich nehme den Zug und gehe vom Bahnhof aus durch den Wald hinauf in die Berge. Ich spüre dort die Anwesenheit meiner Mutter, fühle mich ihr nahe, gleich jenseits der Baumreihen. Trotzdem, wenn ich mich den Hang hinunterwage bis zu der Böschung, wo die Baumreihen ausdünnen, werde ich wieder auf die Wirklichkeit gestoßen. Ich sehe hinunter auf unser Haus und komme mir vor wie ein Dieb.

Heute leben dort andere Menschen. Ich versündige mich an ihnen und auch an meinen eigenen Erinnerungen. Das Gewächshaus, von meinem Großvater errichtet, um in den Wintermonaten Erdbeeren anzubauen, ist weg, an seiner Stelle steht jetzt ein aufblasbares Plastikplanschbecken. Die Garten- und Blumenbeete sind durch pflegeleichteren Rasen ersetzt. Die alte Holzveranda, einst Schattenspender für die Südseite des Hauses, ist abgerissen, die Fläche mit Platten ausgelegt. Die Bougainvillea-Sträucher sind verschwunden. Wenn ich zu meinem Schlafzimmerfenster hinaufschaue, erwarte ich dort meinen Kuscheltiger Tora zu sehen. Jetzt gibt es dort überhaupt kein Spielzeug mehr. Die Leute, die dort wohnen, wissen nichts über meine Familie, sie haben unser Haus nicht gebaut, und sie wissen nicht, was sich dort zugetragen hat. Was mir gehörte, gehört mir nicht mehr, und was dort war, ist weg.

Für das Kind

Was bleibt einem von seiner Familie? Erinnerungen, Andenken, vielleicht sogar Videos, oder wenn man Glück hat, Mitschnitte von Auftritten Angehöriger im Fernsehen. Ich habe nur meine Kodachrome-Dias und diese Tonbänder: unzählige Bilder, glänzend und trügerisch, wie Ölgemälde; und die Aufzeichnungen eines Mannes, der wegen Mordes an meiner Mutter angeklagt ist. Ich habe mir jedes Verhör mehrmals angesehen. Wie ein Schatten verfolgt mich das letzte Verhör und der Eindruck, dass es immer schon darauf hinauslief.

Als ich den Anfang zum ersten Mal sah, konnte ich keine äußerlichen Anzeichen für das erkennen, was noch kommen sollte. Der fensterlose Verhörraum war nichtssagend. Man wusste nicht einmal, was für Wetter herrschte, ob frischer Wind die Blätter zum Rauschen brachte oder ob es aus einem wolkenverhangenen grauen Himmel schüttete. Ich sah nur, dass Kaitarōs Haltung die gleiche war wie bei allen anderen Verhören.

Er hatte sich geweigert, Geständnisse, die von Polizeibeamten für ihn vorbereitet worden waren, zu unterschreiben. Seitdem war von ihnen nicht mehr die Rede gewesen. Diesmal dagegen hat Staatsanwalt Kurosawa, als er hereinkommt, eine dicke Ledermappe und eine Zeitung dabei. Kaitarō blickt auf und nickt, als begrüßte er einen Kontrahenten, der ihm unter anderen Umständen vielleicht sympathisch gewesen wäre. Seine Lippen zucken, als er die Mappe sieht, in dem sich das Geständnis befindet. Doch am Ende wird er anders darüber urteilen, und er wird dies unter einer neuen Form von Nötigung tun.

Kurosawa zieht eine Zigarettenschachtel aus der Gesäßtasche, klopft eine Zigarette heraus, dann noch eine und bietet sie Kaitarō an. Kaitarō blickt ihn neugierig an, als wollte er nach dem Preis fragen. Kurosawa legt die Zigarette dennoch vor ihn hin, zündet sich die andere an und nimmt einen langen tiefen Zug.

»Die Presse ist mit einem Großaufgebot angerückt«, sagt er nach einer Weile. »Besonders die ausländische.«

Kaitarō schaut auf die Zigarette, schnippt behutsam dagegen, sodass sie zurück zu Kurosawa rollt.

»Herr Sarashima hat das Sorgerecht für das Kind beantragt«, bemerkt der Staatsanwalt. Er setzt sich hin, und wie Kaitarō wirkt er entspannt und freundlich. »Reporter haben ihn zu Hause aufgesucht. Zum Glück war das Kind gerade zufällig mit der Haushälterin weggegangen. Aber jetzt musste er sie aus der Schule nehmen.«

»Ziehen sie nach Shimoda um?«, fragt Kaitarō.

Kurosawa hält inne. »Nein«, sagt er schließlich. »Das Haus wird verkauft.«

»Ach so«, sagt Kaitarō leise.

»Standen Sie Herrn Sarashima nahe?«

Nachdem er einen Moment überlegt hat, schüttelt Kaitarō den Kopf. »Nur ein Mensch stand Yoshi nahe.«

»Seine Tochter?«

»Ja.«

»Hat er Ihre Beziehung gebilligt?«

»Zum Schluss ja.«

»Sie mochten ihn nicht, oder?«, fragt Kurosawa beharrlich nach. Als Kaitarō nicht antwortet, ändert er seine Taktik. »Was ist mit dem Kind? Sie haben es gekannt. Mochten Sie es?«

»Wie geht es ihr?«, fragt Kaitarō.

»Sie hat beide Eltern verloren und kann nicht mehr in ihrem eigenen Haus leben.«

Kaitarō schluckt. Er beugt sich vor und legt beide Hände flach auf den Tisch, betrachtet sie, die Fingernägel sind zu lang, aber sauber.

»Die Presse würde von der Sache ablassen, wenn wir den Prozess eröffnen könnten.«

»Wirklich?«, fragt Kaitarō. Er sieht noch immer auf seine Hände, doch in seine Stimme mischt sich ein gewisser Leichtsinn, ob ironisch oder gleichgültig, echt oder vorgetäuscht, vermag ich nicht zu deuten.

»Sobald ich Anklage erhebe, kann der Prozess beschleunigt werden. Die Öffentlichkeit wird sich nicht mehr so für die Familie interessieren.«

»Sie haben Ihre Beweise.«

»Ja.« Kurosawa lehnt sich zurück.

»Wird man sie in Ruhe lassen?«

Kurosawa zuckt mit den Schultern. »Ich kann die Presse nicht kontrollieren, aber das Medieninteresse wird nachlassen.«

»Und Sumiko?«

»Wird bei ihrem Großvater aufwachsen.«

Kaitarō sitzt auf der Stuhlkante. »Hat er Ihnen gesagt, was er vorhat?«

Kurosawa zögert einen Moment, als überlegt er, welchen Wert die Information für Kaitarō hat. Schließlich sagt er: »Er hat eine neue Schule gefunden und wird ihren Familiennamen ändern.«

»In Sarashima?«

»Ja.«

»Er hat mir das hier gegeben.« Kurosawa zieht ein Foto aus seiner Mappe. Er gibt es Kaitarō, der es mit beiden Händen hält. Mir stockt der Atem, als mir klar wird, dass es eine Aufnahme von mir ist. Sehr behutsam legt Kaitarō das Foto vor sich auf den Tisch, die Zeigefinger ruhen links und rechts neben meinem Gesicht. Ich bin sechs Jahre alt, es ist mein erster Schultag. Ich sehe sehr adrett aus in meiner Uniform und sehr klein. Trotzdem erkennt man die Begeisterung in meinen Augen, mein strahlendes Lächeln, und plötzlich weiß ich auch, wer das Foto gemacht hat: Ich schaue meine Mutter an.

Kaitarō zeichnet mit dem Finger meine Wange nach und hält an dem Grübchen neben meinem Mundwinkel inne. »Rina hatte dieses Foto in ihrem Portemonnaie«, sagt er. »Es hat sie immer begleitet.«

»Es geht hier nicht nur um Sie«, betont Kurosawa, und Kaitarō hebt sein schmerz- und wutverzerrtes Gesicht.

»Was wollen Sie?«

Kurosawa greift wieder in die Ledermappe und holt einen mit Klammern zusammengehaltenen dicken Stapel Papiere hervor. Dieses Geständnis ist länger als die von Kaitarō bisher abgelehnten. Kurosawa legt ein Stempelkissen und einen Stift neben den Stapel.

Kaitarō holt tief Luft. »Hat das einer Ihrer Lakaien aufgesetzt?«

»Nein. Das habe ich geschrieben.« Kurosawa hält den Blick auf Kaitarō gerichtet. »Ich habe unsere Gespräche mit einbezogen«, sagt er. »Möchten Sie es lesen?«

Kaitarō bleibt still sitzen und überlegt. Er sieht auf den Stapel Papiere, dann deutet er auf den Stift. »Ich vertraue Ihnen«, sagt er.

Schweigend schiebt Kurosawa ihm den Stapel zu, und Kaitarō unterschreibt an der ihm bezeichneten Stelle. Als er die Hand nach dem Stempelkissen ausstreckt, um die letzte Seite mit einem Fingerabdruck zu besiegeln, bietet Kurosawa ihm noch mal eine Zigarette an. Bedächtig schüttelt Kaitarō den Kopf.

»Möchten Sie wirklich keine?«

»Ich habe aufgehört.«

»Wann?«, fragte Kurosawa.

»Vor einem Jahr.«

»Wegen ihr?«

»Ja«, sagte Kaitarō. »Ich habe es für Rina getan.«

Wenn ich die Augen schließe, kann ich immer noch Kaitarōs Hände auf meinem Foto sehen, das Stempelkissen neben ihm, seine Fingerabdrücke auf dem Papier und die Schriftzeichen seiner Signatur. Wenn ich mir die Ohren zuhalte, höre ich weiter seine Stimme in der Dunkelheit. Vom ersten Moment an blieben seine Worte haften, drehten sich in meinem Kopf: die Intimität, mit der er über mich sprach, seine weiche Stimme, als er den Namen meiner Mutter in den Mund nahm, die Vertrautheit, mit der er über unser

Ferienhaus sprach, Washikura. Er benutzt das Kürzel Shimoda, so wie meine Mutter und ich. Er wusste so viel über uns, war beinahe einer von uns. Ich erinnere mich daran, wie er über meinen Großvater sprach. Er nannte ihn Yoshi, nicht Herr Sarashima, nein, Yoshi, als hätte er das Recht dazu. Während ich in meinem Schlafzimmer vor dem flimmernden Bildschirm saß, wurde mir klar, dass auch mein Großvater eine komplizierte Beziehung zu Kaitarō Nakamura gehabt hatte und dass die Antworten, die ich suchte, weder in der Akte der Verteidigung zu finden waren noch im Arbeitszimmer oder in meinem Haus in Meguro.

Auge um Auge

Die Straße, die zum Büro meines Großvaters führte, war breit und ruhig. Unterwegs kam man an vielen Gebäuden vorbei, mehrstöckige Geschäftszentren, deren Etagen an Wirtschaftsprüfungs- und Steuerberatungsunternehmen vermietet waren, aber es war auch eine Wohngegend, eine etwas weniger hektische Umgebung für Anwaltskanzleien als die gläsernen Bürotürme in Roppongi, wo man mir eine Stelle angeboten hatte. Ich sah hinauf zu den Bäumen, die den Gehsteig säumten. Kein Blatt rührte sich in der schweren Sommerluft, es war still, sehr bald würde die Abenddämmerung einsetzen. Der Himmel zeigte sich dunstig im Zwielicht, dieser Moment des Tages spiegelte das Morgengrauen wider. Ich meinte schon meinen Großvater auf seinem Weg ins Büro zu sehen, einen alten Mann auf seinem Fahrrad, den Gehstock, den er mittlerweile benutzte, sicher im Fahrradkorb verstaut. Den Mann, der mich aufgezogen hatte. Auf einmal war ich dankbar, dass er weit weg war, weil ihn das, was ich jetzt vorhatte, noch nicht verletzen konnte.

Ich drückte die Klingel der Gegensprechanlage und nahm den Aufzug in den ersten Stock. Ich ging vorbei an dem Großraumbüro der Sekretärinnen und blieb vor dem Schreibtisch seiner persönlichen Assistentin stehen. Auntie Yuka begann in der Kanzlei, als ich zwölf Jahre alt war, und saß in einer abgetrennten Arbeitsnische neben dem Büro meines Großvaters. »Sumichan«, rief sie, als sie mich sah. »Meinen Glückwunsch zum Angebot von Nomura & Higashino.« Ich nickte höflich und nahm ihre ausgestreckte Hand. »Ihr Großvater hat es mir gesagt, bevor er nach Hakone aufgebrochen ist. Er ist so stolz auf Sie!« Sie strahlte mich an und tätschelte liebevoll meinen Arm. Ich lächelte sie im Gegenzug freundlich an.

»Braves Mädchen! Wir sind alle sehr zufrieden.«

Ich verbeugte mich, bedankte mich noch mal und sah mich in dem Büro um, das ich als Kind oft besucht hatte.

»Auntie«, sagte ich. »Mein Großvater hat mich gebeten, einige Unterlagen für ihn herauszusuchen. Er will sich einige Schriftstücke ansehen, wenn er wieder da ist.«

»Selbstverständlich«, antwortete sie und holte die Schlüssel zu seinem Büro aus ihrer Schreibtischschublade. »Sie sollten ihm mal ausrichten, nicht so viel zu arbeiten. Ständig ruft er an, ob es neue Nachrichten gibt.« Ich nickte, murmelte etwas von Dickköpfigkeit, und wieder tätschelte sie meinen Arm. »Er wird langsamer treten, wenn Ihre Zeit bei Nomura um ist und Sie zu uns kommen. Wir zählen auf Sie.«

»Danke«, sagte ich und nahm den Schlüssel. Ich hatte schon die Hand an der Türklinke und wollte hineingehen, da rief sie noch mal nach mir. »Soll ich Ihnen eine Tasse Tee bringen, Sumichan? Da fällt mir ein – wie war Ihr Vortrag an der Universität?«

»Ist gut gelaufen«, sagte ich, schon etwas ungeduldig. »Bitte, ich muss mich beeilen …«

»Selbstverständlich. Sie haben sicher noch viel zu erledigen, bevor Sie bei Nomura anfangen …« Sie redete immer noch, als ich mich schon einmal, dann zweimal verbeugt hatte. Dann machte ich die Tür hinter mir zu.

Ich atmete den vertrauten Geruch ein, Zedernholz und Zitrone, womit mein Großvater gern seinen schwarzen Tee trank. Sein Teeservice stand auf dem Lackschreibtisch, eine Keramikkanne aus Tokoname mit mehreren Tassen auf einem passenden Tablett, hier gab es keine Automaten. Das elegante Ikebana-Gesteck aus Lotusblättern und Lilien auf der Fensterbank war frisch, alle drei Tage wurde es ausgetauscht. Nichts wurde vernachlässigt, auch nicht in seiner Abwesenheit.

Ich ging an dem Schreibtisch vorbei zu den von einem hohen Paravent aus Ebenholz abgeschirmten Schränken und Schubladen rechts hinten im Raum. Alle Akten der Kanzlei lagerten gesichert im Firmenarchiv in der dritten Etage, hier unten bewahrte Yoshi seine privaten Unterlagen auf. Hier befand sich alles Material, das er über den Tod meiner Mutter und ihren Mörder zusammengetragen hatte.

Unter dem Namen meiner Mutter fand ich den Scheidungsantrag meiner Eltern und eine Kopie der Vereinbarung, mit ihrer Unterschrift und ihren persönlichen Siegeln. Sie beinhaltete die Übertragung der Wohnung in Ebisu sowie einen Geldtransfer an meinen Vater. In der gleichen Akte, datiert einige Monate später, lagen auch der Kaufvertrag für unser Haus in Shimoda und eine von der Immobilienagentur geschaltete Anzeige aus der Lokalzeitung: »Seltenes Fundstück. Unsaniertes Haus am Meer, seit achtzig Jahren in Familienbesitz, zum Schnäppchenpreis«. Ich sah noch mal auf das Datum, die Anzeige war aufgegeben worden, als Kaitarō Nakamura sich noch in Polizeigewahrsam befand. Ganz hinten in der Akte war ein vergilbter Umschlag. Meine Mutter klebte ihre Umschläge gerne mit Stickern zu, selbst private Dokumente, die sie für sich behielt. Am liebsten benutzte sie Sticker mit Kranichen – dieser hier zeigte einen Kranich im Flug, der jetzt in zwei Hälften zerrissen war. Ich fuhr mit dem Finger über die gezackten Ränder.

Es dauerte eine Weile, bis ich auf die Notizen meines Großvaters über den Prozess stieß. Sie waren unter »Amtsgericht Tokio« abgelegt, als hätte mein Großvater den Tod meiner Mutter nur mit einem Instrument der Justiz in Verbindung bringen können. Ich ging damit zum Schreibtisch, nahm auch den Umschlag mit und öffnete beides.

Was ich entdeckte, ist schwer zu beschreiben. Ich erfuhr,

dass der Grund für den Verkauf meines Hauses in Shimoda Kaitarō Nakamura war. Ich erfuhr, dass mein Großvater sich nie mit dem Tod meiner Mutter oder seiner Rolle dabei abgefunden hatte. Und ich erfuhr, dass er ihren Mörder bis an sein Lebensende jagen würde, um den ultimativen Preis herauszuschlagen, Auge um Auge.

Yoshi

1994

Yoshi schob den Raumteiler zur Seite und trat in das Esszimmer von Washikura. Vor ihm stand ein großer Tisch im westlichen Stil, den er bei Rinas Geburt in Auftrag gegeben hatte. Langsam fuhr er mit den Fingerspitzen über das Ahornholz. Er liebte die vielschichtige Maserung, die Goldsplitter, die dunkelbraunen Streifen mit anthrazitschwarzen Rändern. Bedächtig ließ er die Hand über die geölte Oberfläche gleiten und hielt vor einem Astloch inne, einem walnussförmigen Wirbel, ein Zeichen für das Alter des Holzes.

Hier hatte er sich früher mit Rina unterhalten. Sie zog dieses Zimmer seinem Arbeitszimmer vor. Schon als kleines Mädchen hatte er sie oft hier angetroffen, sie saß am Tisch, mit Blick auf das Meer, ihre Bücher und Stifte vor sich ausgebreitet. Hier hatte sie ihm eröffnet, dass sie ihr Jurastudium aufgeben werde. Hier hatten sie sich wieder und wieder gestritten, und hier hatte sie ihm ihre Entscheidung näher erläutert. Er hatte noch ihre Worte im Ohr, sah sie vor dem Fenster auf und ab gehen. Im Stehen konnte sie am besten nachdenken, so wie er.

Die Leute würden immer Fotos brauchen, hatte sie

gesagt. Ganz egal, wie die technische Entwicklung verlaufe, Bilder werde es auch in Zukunft geben, und die Menschen würden sie zu schätzen wissen. Das wolle sie gerne machen. Habe er das nicht immer für sie gewollt? Als er sie anschaute, so intelligent und zielstrebig, wurde Yoshi klar, dass er das wollte, was sie wollte. Jetzt war sie fort, und ihm blieb nur der Widerhall ihrer Worte.

An diesem Tisch hatte er sie auch zum ersten Mal auf Kaitarō angesprochen. Es war während des letzten Sommers gewesen, dem letzten, den sie gemeinsam in diesem Haus verbracht hatten. Sumi war zum Spielen nach draußen in den Garten gegangen, und Rina, vielleicht weil sie eine Gelegenheit witterte, etwas Zeit für sich zu haben, hatte sich Tee gekocht. Sie kam gerade aus der Küche, als Yoshi sie abfing. Sie blieb stehen, mit der Tasse in der Hand, und schlang die Strickjacke enger um sich. Er zeigte zum Esszimmer, widerstrebend folgte sie ihm. Eine Weile hatten sie schweigend am Tisch gesessen, jeder in seine Gedanken vertieft. »Du triffst dich mit jemandem«, sagte er schließlich. Rina löste die Hände von der dampfenden Tasse Tee und sah ihren Vater ruhig und entschlossen an. »Wir machen nur Ausflüge. Es hat nichts zu bedeuten.«

»Bitte sei vorsichtig«, sagte er, doch sie hatte abwehrend die Hand gehoben. Er erinnerte sich an ihre steife Haltung, aber auch, unvereinbar damit, an ihre Füße, die in weißen Socken steckten. Es waren diese Strümpfe, die sich ihm eingeprägt hatten. Rina war eine junge Frau, eine Mutter, und dennoch ein Mädchen, sein Mädchen.

»Er ist nur ein Freund«, sagte sie mit fester Stimme, doch es klang wenig überzeugend. Yoshi verkniff sich eine Antwort, doch am Ende konnte er sich nicht zurückhalten. »Aber Sumiko hast du ihm noch nicht vorgestellt, oder? Hast du ihn mit hierhergebracht?«, wollte er wissen. Als sie nichts sagte, sah er sie an. »Nein, Vater«, erwiderte sie. »Ich bringe ihn nicht mit hierher.« Als sie an ihm vorbei zur Tür ging, legte sie kurz die Hand auf seine Schulter, und er spürte die Wärme, die sich auf seiner Haut ausbreitete. »Das verspreche ich dir«, sagte sie. Jetzt war sie fort, und dieses Haus war das Einzige, was ihm von ihr geblieben war, der einzige Ort, der unberührt geblieben war.

Yoshi saß lange am Tisch. Es dauerte eine ganze Weile, bis er aufstehen konnte. Manchmal kam ihm der Gedanke, dass er wohl nie Rinas Verlust verwinden würde. Morgens schmerzten seine Gelenke, und er kam nicht mehr so leicht aus dem Bett. Er spürte das Alter, spürte in den Knochen, dass er nicht mehr jung war, um noch einmal Vater zu sein, aber für Sumiko würde er es auf sich nehmen.

Im Flur nahm Yoshi seinen kleinen Koffer und ging ins Schlafzimmer, um seine Sachen auszupacken. Er würde ein paar Tage bleiben und dann Sumi herholen. Hannae hatte sie zu Verwandten gebracht, um dem Entsetzlichen zu entfliehen, doch jetzt wäre es gut, wenn sie wieder zusammen wären, hier in Shimoda. In der Zwischenzeit würde er versuchen, zur Ruhe zu kommen. Wenn er nachts nicht schlafen konnte, lauschte er den heranrollenden Wellen, dem Rauschen des Meeres.

Im Kühlschrank fand Yoshi eine Packung tiefgefrorenen weißen Seefisch. Er legte sie zum Abtauen heraus und stellte eine Tasse Reis in den Reiskocher. Er würde den Holzofen im Wohnzimmer anzünden und sein Abendessen vor dem Feuer zu sich nehmen. Es war Frühjahr, aber die Nächte waren noch kalt, und es war bewölkt, sodass nicht einmal das Mondlicht durch die Wolken drang und die Dunkelheit erhellte.

Er stellte den Kessel auf den Herd und goss das kochende Wasser zum Vorwärmen in die Tonkanne. Er rührte eine leichte Soße aus Soja, Mirin und Frühlingszwiebeln an und dünstete den Fisch. Es war eine einfache Mahlzeit, wie sein Vater sie gerne zubereitet hatte, wenn seine Mutter weg gewesen war und die beiden Männer ohne sie hatten auskommen müssen. Wenn er heute allein und gedrückter Stimmung war, aß er am liebsten dieses Gericht, und wenn Sumiko ihr Studium begann, würde er ihr zeigen, wie man es kochte.

Yoshi ging ins Wohnzimmer und nahm eine Handvoll Kienspäne aus einem Korb, suchte aus den Bündeln daneben zwei duftende Apfelholzscheite heraus und schichtete alles, zuunterst etwas Papier, in dem Holzofen aufeinander. Dort blieb er bis tief in die Nacht sitzen, aß und trank Tee. Er holte das alte Radio seines Vaters und stellte es auf ein Tischchen neben seinen Lehnsessel. Er hatte Mühe mit der Senderwahl und fragte sich, wie seine Eltern in den Sechzigern damit zurechtgekommen waren, doch als leise der Auftakt eines Stückes von Elgar ertönte, schloss er die Augen und träumte von der Vergangenheit.

Yoshi war nach Shimoda gefahren, um sich zu überlegen, wie sein Leben mit Sumiko in Zukunft aussehen sollte. Er brauchte Zeit für sich allein, um nachzudenken, zu planen, doch sein Schmerz war sehr tief, und ohne Sumi im Haus fühlte er sich einsam. Die Leere spiegelte nur sein Leben wider, führte ihm vor, was er war, ein gescheiterter alter Mann. Vielleicht sollten er und Sumiko mehr Zeit in Shimoda verbringen. Er könnte ihr erzählen, wie seine Eltern hier gelebt hatten, wie das Haus in seinen Besitz gekommen war und warum es ihm so viel bedeutete. Sie konnten auch ganz hierherziehen, er konnte seine Anwaltskanzlei verkaufen und seine Zeit der Erziehung von Sumi widmen. Er konnte ihr das Leben ermöglichen, das er sich für Rina gewünscht hatte. Für ihre Sicherheit sorgen.

In seiner Aktentasche lag ein Papier, in dem er eine Reihe von Argumenten aufgelistet hatte, die er ursprünglich an den mit dem Fall Kaitarō Nakamura betrauten Staatsanwalt hatte schicken wollen. Er würde das Papier verbrennen. Er würde vergessen, was er getan hatte und was ihm angetan worden war. Er würde es für Sumiko tun.

Als am nächsten Morgen die Sonne über dem Meer aufging, spürte Yoshi einen Funken seiner alten Energie auflodern. Er rief in Tokio an und beriet sich noch vor dem Frühstück mit seiner Sekretärin. Der Gedanke an das neue Leben, das er sich in Shimoda aufbauen würde, verlieh seinem Dasein einen neuen Sinn. Es würde ihm helfen, seine Angst und Trauer zu überwinden. Er ging auf den Markt und suchte eine ganze Weile, bis er das perfekte Stück

Heilbutt fand. Er feilschte nicht einmal. Zu Hause legte er den Fisch auf den Küchentresen, daneben die Kräuter, die er für sein Abendessen brauchte, und eine Yuzu zum Garnieren und als Beilage. In solch flüchtigen Momenten fühlte sich Yoshi in seine Jugend zurückversetzt. Er würde sich etwas Richtiges kochen und über die Zukunft nachdenken.

Am Nachmittag ging er mit Notizblock und Stift um das Haus herum, inspizierte es genau und überlegte, welche Änderungen nötig wären, falls sie hierherziehen sollten. Auf jeden Fall würde er die Veranda erweitern, damit sie draußen grillen konnten. Er würde Sumis Zimmer streichen und einige Bücherregale sowie einen neuen Schreibtisch anschaffen. Neben dem Esszimmer befand sich ein Verschlag, der hauptsächlich als Abstellraum benutzt wurde, für Bildbände, Gartenschuhe und Ähnliches. Der kleine unrenovierte Raum lag zum Garten hin, mit Blick hinunter zum Meer. Anders als im Esszimmer gab es keine Schiebetüren, nur ein undichtes Fenster. Darunter stand eine Truhe, die auch als Bank diente. Auf dem Holz zeichneten sich Wasserflecken ab. Rina hatte dort früher immer gesessen, wenn sie allein sein wollte, eigentlich war es Rinas Zimmer. Vielleicht konnte er es in eine Kammer für Sumi umbauen, damit sie auch einen Rückzugsort hatte.

Yoshi legte Notizblock und Stift beiseite und ging zu der Truhe. Im Laufe der Jahre war sie zu einem Aufbewahrungsort vieler unterschiedlicher Dinge geworden, Rinas Spielzeug, Rinas Zeitschriften, Rinas Gartenhandschuhe für das Gewächshaus, Rinas Flipflops und Strandkleidung, wenn sie mit Sumi hinunter zum Meer ging. Man müsste sie leer räumen, und im ersten Moment erfasste Yoshi eine traurige Ahnung. Die Truhe würde Dinge von Rina enthalten, die sie berührt, geliebt und ohne nachzudenken dort hineingetan hatte, in der sicheren Erwartung, sie dort vorzufinden, wenn sie sie wieder brauchte.

Als Yoshi die Truhe öffnete, strömte ihm ein schwacher Schimmelgeruch entgegen. Die Truhe war voll mit Zeitschriften, die feucht geworden waren, mit Rinas alten Sandalen und Sumis rotem Eimerchen für den Strand. Yoshi holte eine Plastiktüte und stopfte die Zeitschriften hinein. Die Truhe war nicht ganz so voll wie erwartet, vielleicht hatte Rina sie im vergangenen Herbst ausgeräumt. Er entdeckte noch zwei Bücher über Architektur, die er zusammen mit Rina in Atami gekauft hatte, als sie schon mal überlegt hatten, das Haus zu renovieren. Er legte sie beiseite, wobei von einem Buch der Schutzumschlag herunterfiel und der schwarze Einband zum Vorschein kam. Yoshi wollte wieder den Umschlag um das Buch machen und öffnete es, doch was er dort sah, ließ ihn innehalten. In dem Buch klemmte ein Briefumschlag, mit einem von Rinas Stickern versiegelt, einem Rotkronenkranich im Flug.

Seine Hände zitterten. Mit dem Daumen brach Yoshi das Kranichsiegel entzwei. In dem Umschlag befand sich kein Zettel, kein Brief, sondern es fiel ein Polaroidfoto heraus. Es zeigte eine scheinbar wesentlich jüngere Rina: Glückstrahlend blickte sie in die Kamera. Sie trug ein Hemd in Übergröße, ein Herrenhemd, wie Yoshi bei genauerem Hinsehen feststellte, teilweise zugeknöpft. Ihre nackten Beine hatte sie untergeschlagen. Um die Schultern lag der Arm des Fotografen. Auch sein Gesicht war jung, täuschend jung, und unverwechselbar. Sie saßen in Yoshis Lehnsessel neben dem Holzofen. Rina hatte ein Feuer angezündet, und man sah den Schein der Flammen. Der Mann trug eine Khakihose und Yoshis Fleece-Gartenjacke, die in dem Sommer abhandengekommen war. Rina musste sie für ihn aus der Abstellkammer geholt haben, vielleicht im Austausch gegen sein Hemd. Kaitarō lächelte auf dem Foto, ihre Gesichter waren aneinandergeschmiegt, sie wirkten unzertrennlich. Auf die Rückseite hatte sie notiert: »Zu Hause in Shimoda«.

Yoshi ließ das Foto auf den Boden fallen. Hektisch blätterte er das ganze Buch durch, aber mehr fand er nicht. Er ließ die Seiten durch die Finger gleiten, drehte das Buch um, schüttelte es, nichts. Schließlich schleuderte er es von sich, und es schlitterte über den Boden, aber das war ihm egal. Er kniete sich hin und betrachtete das Foto von seiner Tochter und ihrem Mörder. Der Abend verging, und Yoshi rührte sich nicht. Die Sonne ging am Horizont unter, und er hockte noch immer auf dem Boden. Erst als er wegen der Dunkelheit nichts mehr sah, erhob er sich unter Schmerzen.

Yoshi wusste genau, wann das Foto aufgenommen worden war. Ihre Haare waren nass, mit Sand verklebt. Sie hatte den Ofen angemacht, um sie zu trocknen, aber es war Sommer, und schwimmen in der Bucht konnte man nur bis Ende August. Er rief sich jenen Sommer ins Gedächtnis zurück, ihr letztes Jahr als Familie in Shimoda. Es kamen nur wenige Tage infrage, Wochenenden, die er mit Sumi am Fudschijama verbracht und an denen Rina ihren Geliebten wahrscheinlich im Haus empfangen hatte. Er ging wieder zu der Truhe in der Abstellkammer und riss die Klappe auf. In einem Wutanfall warf er alles in die Plastiktüte. Es waren Rinas Sachen, aber das war ihm egal. Er fand ein Herrenhemd, an dem einige Knöpfe fehlten, und die Trauer überwältigte ihn. Er nahm Rinas roten Sonnenhut, den sie gerne am Strand getragen hatte, zerknüllte das Stroh in der Faust und warf den Hut weg. Er suchte weiter, bis er ein Notizbuch entdeckte. Er wollte es schon wegwerfen, aber es sah unberührt aus. Rina hatte nur eine Seite beschrieben. Yoshi sah Sumis Namen und eine Liste mit Schulen in der Umgebung von Shimoda. Darunter eine zweite Liste mit geplanten Änderungen für das Haus: »Kammer für Sumi, Grillplatz, neue Veranda?«

Rina hatte ihn die ganze Zeit belogen. Was ihre Ehe betraf, ihre Affäre, ihre Pläne. Er hatte so viel für sie getan, sich um seine geliebte Tochter gekümmert – und sie hatte ihn belogen und ihn nicht ins Vertrauen gezogen.

Noch einmal sah Yoshi sich das Foto an, das auf dem Boden lag. Ihre Leichtigkeit, ihr gemeinsames Glück – er konnte es nicht ertragen. Rina war mit Kaitarō hier gewesen, sie hatte vorgehabt, mit ihm zusammenzuleben, im Haus ihrer Familie, so wie er jetzt plante, mit Sumi hier zu leben. Sie hatte sich ihr eigenes Leben aufbauen wollen, vielleicht sogar ein Leben ohne ihn, und ihm nichts davon erzählt. Seine Kehle war rau vor Schmerz, und ihm wurde klar, dass Rina nicht die Tochter gewesen war, die er kannte; man hatte sie ihm weggenommen.

Es war spät, als er endlich aufstand. Seine Knie protestierten beim Treppensteigen, er hatte zu lange auf dem Fußboden der ungeheizten Abstellkammer gesessen. Der Heilbutt, den er so sorgfältig ausgesucht hatte, lag unverzehrt in der Küche, daneben, vertrocknet und verschrumpelt, die spiralig gewundene Schale der Yuzu-Frucht. Yoshi bemerkte es nicht und ging ins Bett. Es dauerte Stunden, bis er einschlief.

Keine Ruhe

Einige Tage später öffnete Yoshi in der Kanzlei in Tokio den Schrank in seinem Büro, wo er seine persönlichen Unterlagen über seine Häuser und seine Familie aufbewahrte. Er stöberte zwischen den Akten, bis er endlich das Gesuchte fand. Aus einer Schublade nahm er die Richtlinien zur Strafzumessung, eine Schrift, die er im Laufe der Jahre viele Male gelesen hatte. Um ihn herum die Insignien seiner Arbeit, der Schreibtisch, das Tee-Set, das Diktafon.

Yoshi schlug die Akte auf, in der er alle Informationen über den Tod seiner Tochter und ihren Mörder versammelt hatte. Er sichtete die Dokumente und legte eins nach dem anderen vor sich auf den Schreibtisch. Es war spät. Von draußen vernahm er das gedämpfte Stimmengewirr des Büros, die jungen Anwälte, die ihre letzten Anrufe tätigten, die Sekretärinnen, die vor dem Feierabend ihre Sachen zusammenpackten. Dann Geschirrgeklapper, als jemand die Tassen auf den Schreibtischen einsammelte.

Yoshi setzte sich hin. Für das, was er sich vorgenommen hatte, brauchte er Ruhe und Ungestörtheit. Zuvor hatte er einige seiner Mandatenbriefings anderen Anwälten übertragen, seine Sekretärin angewiesen, alle Anrufe zu blockieren und seine Meetings für die nächsten zwei Wochen abzusagen. Die Mitarbeiter seiner Kanzlei waren in diesen Fall nicht eingebunden, es war allein seine Aufgabe, und sie würde ihn aufzehren.

Manchmal hatte Yoshi daran gedacht, diese Akte zu verbrennen, damals in Shimoda, als er sich ein neues Leben mit Sumiko ausmalte. Doch die Vergangenheit war unerbittlich, sie hatte sich in seinem Allerheiligsten versteckt. Nirgendwo gab es einen sicheren Ort, es gab nur die Zukunft, und er musste beenden, was er angefangen hatte. Sobald er einen Käufer für Washikura gefunden hatte, würde er den Erlös auf ein Konto für Sumiko einzahlen. Er war zu alt, um sein Leben in Tokio aufzugeben, zu alt, um den Kurs noch mal zu ändern, aber er konnte das Geld für seine Enkelin beiseitelegen. Vielleicht konnte Sumiko etwas Neues anfangen, wenn schon er dazu nicht in der Lage war.

Sein Handgelenk schmerzte, als er zu dem letzten Bündel Dokumente kam, seine Notizen zu dem Fall, Empfehlungen für eine Strafzumessung und, an die erste Seite geheftet, Name und Adresse des leitenden Staatsanwalts, Hideo Kurosawa. Yoshi fuhr mit den Händen über seine Notizen, spürte das Papier unter seinen Fingern, und seine

Lippen zuckten. Normalerweise erhielten nur solche Täter die Todesstrafe, die mehr als einen Mord auf dem Gewissen hatten, doch es gab Ausnahmen – abhängig von den Beweisen, dem Motiv des Mörders und den von der Anklage vorgebrachten Argumenten.

Yoshi nahm Stift und Papier.

Sumiko

Der Prozess gegen Kaitarō Nakamura

Die Anwälte aus der Generation meines Großvaters praktizierten in allen Bereichen. Statt sich wie heute üblich von Anfang an zu spezialisieren, konnten sie die unterschiedlichsten Fälle übernehmen. Mein Großvater hat für seine Arbeit gelebt, er war ein außergewöhnlicher Rechtsanwalt und Generalist, er konnte sich allem zuwenden, selbst dem Tod.

In seinem Büro fand ich eine Akte mit zusammengetragenen Beweismitteln für die Anklage. Sie bestand aus einem Dutzend Briefe mit einem beigefügten Vermerk, wann sie verschickt worden waren. Briefe meines Großvaters an den leitenden Staatsanwalt Kurosawa, in denen er seine präzise formulierten, rechtlichen Argumente vorbrachte. Antworten lagen nicht vor.

Mein Großvater leitete seine Ausführungen mit einer Würdigung des in Tokio blühenden, jedoch halb-legalen und unregulierten Wakaresaseya-Gewerbes ein. Er bemängelte das Fehlen jeglicher Rechtsvorschriften oder Gesetze für das Gewerbe – nicht mal eine Lizenz brauchte man, um als Privatdetektiv oder Agent zu arbeiten – und umriss die Gefahren, die eine solche Tätigkeit für die Öffentlichkeit darstellte. Insbesondere machte er darauf aufmerksam, wie ungehemmt diese Agenten das Leben gewöhnlicher Menschen manipulierten und dass ihr Verhalten häufig zu Straftaten führte. Mein Großvater argumentierte, da bei Kaitarō keine Anhaltspunkte für einen seelischen Schaden und auch kein Vorstrafenregister mit Gewaltverbrechen vorlägen, seien die Manipulation meiner Mutter und der nachfolgende Angriff aus reinem Eigeninteresse und kalkuliert erfolgt. Er betonte, dass man gegen dieses Gewerbe hart durchgreifen und ein Exempel statuieren müsse, als Warnung für mögliche Nachahmer.

Ausführlich schrieb Großvater über meine Familie, jedoch nicht, wie man es vielleicht erwartet hätte. Er legte die Details unseres Lebens offen, sein persönliches Vermögen, die finanzielle Absicherung, die er für meine Mutter eingerichtet hatte. Er listete die Bankkonten in ihrem Namen auf und veranschaulichte kurz und klar, aus welchen finanziellen Motiven Kaitarō mit meiner Mutter zusammen sein wollte und was für ihn auf dem Spiel stand, falls sie ihn verließ.

Mein Großvater legte dar, dass Kaitarō innerhalb weniger Monate, nachdem er sie kennengelernt habe, seinen Job verloren und plötzlich ohne Einkommen dagestanden habe, von den sporadischen Honoraren für seine Fotos abgesehen. Es sei klar, so mein Großvater, dass Kaitarō einen großen Teil seines Lebens und seiner Zukunft in meine Mutter investiert habe und dass all dies in Gefahr gewesen sei.

Schließlich zitierte er, nach Recherchen, mehrere Morddelikte, bei denen die Täter von Eigeninteresse und finanziellen Motiven angetrieben gewesen waren. Er porträtierte die Opfer und die Angeklagten, kommentierte die jeweils verhängten Urteile und arbeitete ein Muster heraus. Dabei wählte er möglichst aktuelle Prozesse; in allen waren die Gerichte unnachgiebig gewesen.

Ich habe bereits beschrieben, wie die Anklage ihre Sicht des Falls präsentiert und wie ein Anwalt seine Verteidigung aufbaut. Aber auch das Gericht kommt zu einer eigenen Darstellung. Der Sinn dieser Darstellung besteht darin, zum Kern des Falls vorzustoßen, die Motive des Angeklagten zu verstehen, ob er den Staat belogen hat oder nicht und inwieweit er seine Tat bereut.

Über Kaitarō Nakamura saß nicht ein Richter allein zu Gericht, sondern drei. Öffentliche Jurys waren damals noch nicht Teil des Rechtssystems, die Interpretation der Ereignisse durch das Gericht, sein Urteil und das Strafmaß waren einzig und allein Sache der drei vorsitzenden, nach Alter und Erfahrung platzierten Richter.

Der Jüngste war vermutlich in meinem Alter, ein frisch in dem Schulungszentrum des Obersten Gerichts in Wakū diplomierter Schützling. Er wäre mit der Aufgabe betreut worden, eine erste Einschätzung des Gerichts zu entwerfen, ein Urteil und das Strafmaß vorzuschlagen. Seine Arbeit wäre von dem zweiten Richter überarbeitet worden, einem Mann in der Mitte seiner beruflichen Laufbahn, der vielleicht im Rotationsverfahren für drei Jahre nach Tokio versetzt worden war. Zuletzt schließlich hätte der dritte Richter, ein älteres Mitglied des Gerichts, ein wahrer

Repräsentant der Justiz, das Dossier abgesegnet und es veröffentlicht.

Mein Großvater war durchaus vertraut mit dem richterlichen Temperament. Richter sind Menschen, so wie Mitglieder einer Publikumsjury, aber sie sind nicht so unberechenbar. Eingebettet in das System, angewiesen auf Staatsanwälte und für Hunderte Fälle gleichzeitig verantwortlich, verhandeln Richter meist Schuldeingeständnisse. Der Gerichtssaal wird zu einem Ort, an dem über die Bösen gerichtet wird, und Aufgabe der Richter ist es, die Lügner aufzuspüren, zu belehren und zu korrigieren. Die richterliche Dreierkonstellation gibt es noch heute, sie soll Einheitlichkeit in der Rechtsprechung garantieren, die untrennbaren Werte des Justizwesens aufrechterhalten. Großvater hatte das verstanden. Er wusste, dass das Muster der Strafzuweisungen ähnlich funktioniert wie ein Denkmuster. Je häufiger sich das Muster wiederholt, desto unverrückbarer erscheint sein Wert. Richterliche Meinungen entwickeln sich langsam. Sie verändern sich nicht sehr von Generation zu Generation, sie lassen sich vorhersagen und nachvollziehen. Ein geschickter Staatsanwalt kann sie formen, und darauf zielte mein Großvater ab.

Aus Großvaters Schriftstücken las ich sein Bedauern heraus. Bedauern darüber, dass er die Ehe zwischen meiner Mutter und meinem Vater arrangiert hatte. Nach der Scheidungsvereinbarung bezahlte mein Großvater meinen Vater dafür, dass er aus dem Leben meiner Mutter verschwand. Und es schien so, als habe sich Yoshi mit diesem Geld noch etwas anderes erkauft.

Unter den von der Staatsanwaltschaft vorgelegten Zeugenaussagen über Kaitarō Nakamura fand sich eine handschriftliche eidesstattliche Aussage von Osamu Satō. Er hat sie auf Drängen meines Großvaters verfasst, aber auch, um sich die öffentliche Schmach und das Spektakel einer Befragung vor Gericht zu ersparen. In der Aussage gesteht mein Vater, Kaitarō Nakamura engagiert zu haben, damit er meine Mutter verführt und ihm einen Scheidungsgrund liefert. Er beschreibt Kaitarō darin als einen Mann, der von Anfang an schwer zu kontrollieren gewesen sei, als einen Abtrünnigen, der sich seinen Anweisungen widersetzt und ihn, Satō, später verfolgt und bedroht habe.

Es sei klar, dass Kaitarō es auf das Vermögen meiner Mutter abgesehen habe; er habe ihr gesagt, dass er sie liebe, und sei zu ihr gezogen, damit sie ihn unterstütze. Bei ihrem letzten Treffen, so mein Vater, habe Kaitarō die Absicht geäußert, Rina und ihre Familie auch in Zukunft zu täuschen. Mein Vater betonte, er habe sich aussprechen wollen, doch zu sehr geschämt dafür, dass er Kaitarō engagiert habe. Mehrmals sei er kurz davor gewesen, die Wahrheit zu sagen, doch Kaitarō habe ihn erpresst, ihm gedroht, ihn vor seiner Familie bloßzustellen. Mein Vater gab sich reuevoll. Er könne sich seinen Egoismus, seine Feigheit nicht verzeihen. Abschließend bemerkte er, wenn Kaitarō und Männer wie er davon abgehalten werden könnten, weiteren Schaden anzurichten, sei meine Mutter nicht umsonst gestorben.

Das Gericht verhängte eine Ordnungsstrafe gegen meinen Vater wegen zivilrechtlicher Verantwortung, doch die Staatsanwaltschaft verzichtete auf eine Anklage. Seine eidesstattliche Erklärung wurde zu den Akten genommen und fand Eingang in die allgemeine gerichtliche Einschätzung, und als Kaitarō Nakamura gestand, wurde dies als die wichtigste Zeugenaussage gewertet. Mein Vater, eigentlich der, der alles angefangen hatte, ging als freier Mann. Gerechtigkeit nach Gutdünken.

Ich fand keinen Hinweis darauf, was mein Großvater von der Erklärung meines Vaters und dass er davonkam wirklich gehalten hat, doch benutzte er dessen eidesstattliche Aussage, um sein Bild von Kaitarō zu vervollständigen. Er porträtierte ihn als einen Mann, der mit seiner Weigerung, mit der Polizei zu sprechen, als er bereits in Untersuchungshaft saß, nur seine Verachtung gegenüber der Wahrheit und seinen Mangel an Reue demonstriere. Kaitarōs Hinauszögern eines von der Anklage formulierten Geständnisses habe den Schmerz der Opfer noch verlängert und sie der Verfolgung durch die Presse ausgesetzt. Er sei ein Mann, der weder etwas von Liebe noch Familie verstehe und niemals bereuen werde, was er angerichtet habe. Das Auftauchen eines unterschriebenen Geständnisses deute nicht auf Reue hin, vielmehr auf einen müden, schuldigen Mann, der sich in das Unvermeidliche füge.

Wenn Geständnisse ein Gradmesser für die »Besserung« eines Straftäters sind – also seine Aussichten, sich positiv zu entwickeln und wieder in die Gesellschaft zu integrieren –, dann war mein Großvater der entschiedenen Ansicht, dass Kaitarō nicht rehabilitiert werden sollte. Wiedergutmachung sei nur für jene reserviert, die aufrichtige

Reue bewiesen. Mit der ausführlichen Begründung, warum es Kaitarō daran mangelte, hoffte mein Großvater, die härteste Strafe für ihn zu erwirken, seinen Tod.

Bis zur Ausführung einer verhängten Todesstrafe können Jahre vergehen. Und es geschieht ohne Vorwarnung. Die Menschen warten eine Ewigkeit in ihren Zellen auf das Beil, und dann, eines Tages, fällt es. Erst nach dem Tod des Verurteilten werden die Angehörigen informiert und aufgefordert, die Leiche abzuholen.

Dieses Verfahren ist seit Jahren unverändert, mit einer einzigen Ausnahme. Nach einer Neuausrichtung der Justiz, was die Berücksichtigung der sogenannten vergessenen Beteiligten betrifft, wurde das Opfer-Informationssystem eingeführt. Die Familien der Opfer können sich nun registrieren lassen, wenn sie über das weitere Schicksal der Straftäter, die ihnen Schaden zugefügt haben, informiert werden möchten. Jetzt wurde mir der Sinn des Telefonanrufs aus dem Justizministerium klar und was er für Kaitarō Nakamura und mich bedeutete.

Am Ende der Akte fand sich eine persönliche handschriftliche Erklärung meines Großvaters. Ich sah ihn förmlich vor mir an seinem Schreibtisch sitzen, nachdem er die Argumente aufgelistet hatte und jetzt Jackett und Krawatte ablegte und über die Stuhllehne hing. Auf dem nicht angetasteten Tee hatte sich ein dünner Ölfilm gebildet, der nun, als Großvater aus der Tasse trank, seine Lippen berührte. Der Tee war kalt und bitter, und er genoss ihn. Vor ihm lag ein sauberes Blatt Papier, doch seine Hand zitterte, seine Wut war verraucht. Der vertraute Zederndufr seines

Büros umfing ihn und erinnerte ihn an die Baumreihen auf den Hügeln oberhalb von Washikura. Er hörte Rinas Schritte, die zwischen den Bäumen umherlief. Es war, als wäre sie jetzt bei ihm, als würde sie ihm zuschauen. Es gab jetzt nichts mehr – keine rechtlichen Argumente aufzulisten, keinen Präzedenzfall zu schaffen –, es gab nur überwältigende Trauer. Er hatte den Menschen verloren, den er auf der ganzen Welt am meisten geliebt, den Menschen, den zu beschützen er nicht vermocht hatte. Yoshi wusste, dass er allein war in seinem Büro, dass Rina in Wirklichkeit nicht bei ihm war, und ihm blieb nichts anderes zu tun, als die Wahrheit aufzuschreiben, die Wahrheit, wie er sie sah. Die Wahrheit musste reichen.

Erklärung von Yoshitake Sarashima

Meine Tochter Rina war mein Leben. Sie war bis zur Geburt meiner Enkelin der einzige Grund weiterzuleben. Als Eltern ist man ständig in Sorge um sein Kind. Von dem Moment an, wenn es die ersten Schritte tut, behütet man es, beschützt es, so gut es geht. Wenn es älter wird, will man seinem Kind ein perfektes Leben ermöglichen, es soll niemals Not leiden wie man selbst, niemals Schmerz erdulden müssen, niemals die eigenen Fehler wiederholen. Und wenn es doch Fehler macht, will man es immer noch auffangen, ganz egal, wie alt es ist.

Rina ist tot, nie wieder werde ich sie in den Armen halten. Mein Mädchen ist nicht mehr da, und es geschah nicht durch eigene Schuld. Wir waren nicht immer einer

Meinung, aber sie war eine wunderbare Tochter und eine wunderbare Mutter. Sie liebte ihr eigenes Kind so sehr, dass sie nur das Beste für sie wollte – und dann wurde sie getötet.

Kaitarō Nakamura hat sie uns genommen. Er hat ihr die Hände um den Hals gelegt und sie erwürgt. Es geht hier nicht um eine Frau, die nachts auf der Straße von einem Verrückten angegriffen wurde, es geht hier um eine Mutter, die sich in ihrem Haus von einer Scheidung erholte und ihre Tochter über ihre eigenen Bedürfnisse stellte. Sie wollte ihren Mann verlassen, sie wollte einen Neuanfang wagen und ihr Kind dem Einfluss eines Mannes entziehen, dem sie nicht vertrauen konnte. Sie wollte ihre Welt ein Stück sicherer machen, und deswegen hat er sie uns genommen.

Mir bleiben die Erinnerungen an Rina; nachts suchen sie mich heim und auch am Tag. Ohne Rina bin ich ein gebrochener Mann. Nie wieder werde ich ihre Stimme hören, wenn sie durch die Zimmer unseres Hauses nach mir ruft. Nie mehr ihren Kuss auf der Wange spüren, wenn sie Papi sagt. Nie wieder sehen, wie sie abends Sumiko ins Bett bringt oder ihr zeigt, wie man malt, so wie meine Frau es einst Rina gezeigt hat. Ich kann nicht mehr am Strand vor unserem Ferienhaus spazieren gehen, weil ich bei jedem Schritt damit rechne, den Auslöser ihrer Kamera hinter mir klicken zu hören, ihr Stapfen im Sand. Sie wird nicht altern. Sie wird nicht zusammen mit mir alt werden. Sie wird nicht den Schulabschluss ihrer Tochter erleben, nicht ihre Volljährigkeit. Sie wird nicht dabei sein, wenn Sumiko heiratet, und ich, sehr wahrscheinlich, ebenfalls nicht.

Als Rina fünfzehn war, haben wir meine Frau durch

Krebs verloren. Rina hat den Verlust besonders schmerzlich empfunden. Sie weiß, was es heißt, ohne Mutter aufzuwachsen. Diesen Schmerz hätte sie Sumiko niemals gewünscht. Sie hatte große Hoffnungen auf ihre Tochter gesetzt, freute sich auf gemeinsame Erlebnisse und Erfahrungen. Sumiko sollte wissen, wie sehr sie geliebt wurde, doch das kann ich unmöglich in Worte fassen.

Ich hoffe, Rina wusste, dass auch sie geliebt wurde. Lange Zeit waren wir beide allein. Ich habe versucht, sie zu erziehen und anzuleiten, so gut ich konnte. Ich habe versucht, ihr Vater und Mutter zu sein, aber ich habe versagt. Jetzt wiederholt sich die Geschichte, und wieder muss ich beide Eltern ersetzen, bei Sumiko, und ich hoffe, es gelingt mir.

Es lässt sich nicht leugnen, dass auch ich mich schuldig gemacht habe. Niemals werde ich mir verzeihen, dass ich Rinas Ehe arrangiert habe. Niemals werde ich mir verzeihen, dass ich ihrem Mann und Kaitarō Nakamura Zutritt zu unserem Leben gewährt habe. Ich hätte sie beschützen sollen. Ich hätte sie retten sollen.

Unglaublich, aber noch immer gibt es glückliche Momente. Ich schmunzle über etwas, was Sumiko gesagt hat, oder ich habe Freude an einer einfachen Aufgabe, einem einfachen Mahl. Auch diese Dinge kann ich mir nicht verzeihen. Ich kann mir nicht verzeihen, dass ich lebe und Rina nicht, dass sie tot ist und ich daran schuld bin. Ich träume von ihrem Geist in den Zimmern unseres Hauses und hoffe, dass sie mir verzeiht. Ich werde ihre Tochter aufziehen und mein Bestes geben.

Eins weiß ich: Rina würde dem Mann, der ihr mutwillig

das Leben genommen hat, niemals verzeihen. Dem Mann, der sie nicht aufrichtig genug geliebt hat, um sie loszulassen. Der Mann, der vor Ihnen steht, hat sie verführt, belogen und schließlich getötet. Er wusste, was er tat. Er hat unser Leben zerstört. Ich bitte Sie, ich flehe Sie an, bei der Ehre meiner Tochter und meinem Glauben an die Gerechtigkeit, gegen diesen Mann die einzig richtige Strafe zu verhängen, die Todesstrafe.

Ich saß allein am Schreibtisch meines Großvaters, so allein wie er. Uns trennte nur, dass die Tinte, mit der er seine Erklärung geschrieben hatte, längst trocken war und ich nur eine Kopie in Händen hielt, die mein ordentlicher Großvater abgeheftet hatte. Ich weinte. Ich hatte meine Mutter zum zweiten Mal verloren, und die Verzweiflung meines Großvaters hatte sich in meine eigene verwandelt, als hätte sie schon immer in diesem Zimmer gehaust und nur auf mich gewartet. Nichts war übrig geblieben, nur die Überreste derer, die ich geliebt habe. Ich habe versucht, meine Erinnerungen an sie zusammenzuhalten, aber ich konnte nicht, sie hatten sich verändert.

Ich dachte an meinen Großvater, der gerade sein Bad in den heißen Quellen genoss und sich entspannte, weil meine strahlende Zukunft gesichert war, weil er sie genau so für mich geplant hatte. Er hatte mir beigebracht, was Gerechtigkeit bedeutet, hatte mich auf seinen Schoß genommen und mir Geschichten vorgelesen. Sein Kummer war so unermesslich wie meiner, aber ihn hatte er verändert. Ich erkannte die Person nicht wieder. Ich verstand nicht, wie sein

Kummer und vielleicht auch seine Schuldgefühle dazu geführt hatten.

Unwillkürlich fragte ich mich, was noch hinter den Worten meines Großvaters steckte. Er war Kaitarō begegnet, als der ein freier Mann gewesen war und er mit meiner Mutter zusammengelebt und sie geliebt hatte. Mein Großvater hatte ihn gekannt, ihn mit den Augen meiner Mutter gesehen und sich einen Eindruck verschafft, wenn auch nur einen flüchtigen, von dem Leben, das sie mit mir zusammen planten. Er hatte Kaitarō akzeptiert, ihn in unsere Familie aufgenommen, aber je öfter ich mir seine Erklärung durchlas mit den Beweisen, die er gegen ihn zusammengetragen hatte, desto mehr störte mich diese Intimität, und schließlich überlegte ich, ob noch etwas anderes dahintersteckte, ein Dämon, der meinen Großvater hartnäckiger quälte als der Kummer.

Als ich vom Schreibtisch aufblickte, war der Raum dunkel. Die Sonne war in der Zwischenzeit untergegangen. Ich machte die Schreibtischlampe an, sammelte die Dokumente und Notizen ein und steckte sie zurück in die Akte. In dem Moment fiel mir die Plastikhülle zuunterst auf, und bei ihrem Anblick, zwischen all den Unterlagen, die ich bereits gelesen hatte, musste ich unwillkürlich lachen. Auf dem Etikett stand: »Yurie Kagashima«. Mein Großvater hatte nicht nur Beweismittel für die Anklage und aussagekräftige Dokumente für Staatsanwalt Kurosawa zusammengetragen, sondern war auch der Verteidigung zuvorgekommen. Es waren nur wenige Seiten und ein maschinengeschriebener Brief.

Ich dachte zurück an meine erste Begegnung mit Yurie vor etlichen Jahren, als ich noch ein Kind gewesen war. Ich erinnerte mich an ihre Freundlichkeit, an ihre Bentobox mit gegrilltem Aal und ihr Shogi-Set, aber natürlich hatten sich auch diese Erinnerungen verändert, sich durch die Ereignisse in etwas anderes verwandelt. Yurie Kagashima hatte sich mit mir getroffen, die Leiche meiner Mutter gesehen und berührt, und sie hatte mir gegenüber erwähnt, dass sie auch mit meinem Großvater gesprochen hatte. Sie hatte sich sogar mehrmals an ihn gewandt.

Irgendetwas an dem Fall hatte sie dazu veranlasst, etwas, das über die Beweise und die Videobänder hinausging. Sie hatte Kaitarō Nakamura persönlich kennengelernt, auf eine Weise, wie ich es nie gekonnt hätte. Sie hatte mit ihm an einem Tisch gesessen, die Narben in seinem Gesicht aus nächster Nähe gesehen, bevor man ihn zurück in seine Zelle brachte und einen Termin für seinen Prozess festsetzte.

Ihre Sympathie für Kaitarō ärgerte meinen Großvater, was jedoch seine Fähigkeit, ihre Sicht auf den Fall nachvollziehen zu können, keineswegs trübte. Als ich auf seine Unterlagen stieß, hatte ich alle Schriftsätze mit den gesammelten Beweisen bereits gelesen. Ich wollte mir eine eigene Meinung über die Dokumente bilden, sie genau und vorbehaltlos studieren, so wie die Richter es tun würden. Ich brauchte nicht die Meinungen und Absichten anderer Leute, die lenkten nur ab. Aus diesem Grund – obwohl ich alle Dokumente durchgesehen hatte, die Yurie Kagashima verwendete oder auf die sie Bezug nahm – hatte ich ihre persönlichen Notizen für ihr Plädoyer, die schriftliche Stellungnahme, die sie dem Gericht einreichen würde, noch nicht gelesen. Als ich im Laufe des Abends endlich dazu kam, war ich erstaunt, wie zutreffend die Vermutungen meines Großvaters gewesen waren.

Die junge Yurie Kagashima war gerissen, doch nicht so kühn wie die ältere. Sie brauchte zwanzig Jahre, um das nötige Selbstvertrauen zu entwickeln, um das Gesetz zu übertreten und mir Einblick in die Akten zu gewähren. Im Prozess akzeptierte sie Kaitarōs Schuldbekenntnis und die Anklage der Staatsanwaltschaft. Ihre Verteidigung war mitfühlend, aber eher konventionell. Sie ließ sich lange über seine tief empfundene Reue aus, die echt sei, wie sie betonte. Sie wiederholte mehrmals, dass er meine Mutter über alles geliebt habe und nicht ohne sie habe leben wollen.

Sie wusste genau, was vor Gericht verfängt, weswegen sie Kaitarōs Angebote, finanzielle Entschädigung an meine Familie zu zahlen, dokumentierte; die Angebote wurden allesamt abgelehnt. Sie sprach davon, dass Kaitarō noch in der Nacht, als meine Mutter starb, ihre persönliche Habe aussortiert und darum gebeten habe, dass sie nach Sarashima gebracht und für mich aufbewahrt würden. Sie erwähnte, dass er kein Vorstrafenregister habe und noch nie verurteilt worden sei. All diese Faktoren stellten den geballten Versuch dar, das Gericht von seinem an sich guten Charakter zu überzeugen, die Strafe zu mildern und ihm die Todesstrafe zu ersparen.

Auslöser der fatalen Ereignisse an jenem 23. März 1994,

so ihr abschließendes Argument, sei der Moment gewesen, als meine Mutter erfuhr, welchen Beruf Kaitarō in Wahrheit nachging. Kern ihrer Verteidigung war die Behauptung, Kaitarō habe meine Mutter wirklich geliebt, doch da er ihre Beziehung gleich mit einer Lüge begonnen habe, sei er in einer Situation gefangen gewesen, aus der er sich nicht habe befreien können. Seine Tat sei nicht vorsätzlich geschehen, sie sei vielmehr die Tat eines Verzweifelten gewesen, der mit dem Rücken zur Wand gestanden habe. Sie beschrieb das Verhältnis von meiner Mutter und Kaitarō, ihre tiefe Liebe zueinander und das Leben, das sie zusammen geplant hatten. Kaitarō habe meine Mutter heiraten und mich adoptieren wollen. Meine Familie habe ihn akzeptiert.

In seinen Notizen zu Yurie Kagashima war mein Großvater immer wieder um diesen letzten Punkt gekreist. Ich entdeckte also etwas, was meinen Zweifeln und Ängsten eine Berechtigung gab. Yurie Kagashima war nicht fantasiebegabt, sondern gründlich. Sie verstand, wie mein Großvater tickte, wie ich es nie gekonnt hätte. Ich fand einen Brief, den sie an ihn geschrieben hatte. Es war ein letztes Gesuch, sich zu treffen und über die Entschädigung zu sprechen, die Kaitarō Nakamura ihm angeboten hatte. Sie wolle mit offenen Karten spielen und teile ihm daher mit, dass sie etwas über ihn in Erfahrung gebracht habe. Nämlich, dass er einen Privatdetektiv engagiert habe, um Kaitarō Nakamura auszuspionieren, und dass er, Yoshi Sarashima, Kaitarōs wahren Beruf gekannt und über seine Rolle in unserem Leben Bescheid gewusst habe. Sie führte aus, seine Entscheidung, meiner Mutter nicht die Wahrheit zu sagen, habe seine Bereitschaft, Kaitarō zu akzeptieren, noch untermauert, und wenn er ihn schon einmal als Sohn angenommen und ihm vergangene Sünden vergeben habe – warum dann nicht ein zweites Mal?

Schon Monate vor dem Tod meiner Mutter hatte mein Großvater Kaitarōs wahre Identität in Erfahrung gebracht. Trotzdem hatte er ihr nichts gesagt. Telefonaufzeichnungen deuten darauf hin, dass er sie eine Woche vor ihrem Tod angerufen hat. Zeugen haben ausgesagt, dass er sie besucht und Süßigkeiten und einige Sachen von mir mitgebracht hat als Vorboten des Umzugs. Er, der ihr die Nachricht vielleicht besonders behutsam hätte überbringen, sie darauf vorbereiten und ihr hätte helfen können, danach wieder klar zu sehen – er hatte es vorgezogen zu schweigen.

Sonnenblume und Waagschale

Das Amtsgericht Tokio ist ein steriler nüchterner Ort. Grauer Linoleumboden dämpft die Schritte der unzähligen Menschen, die hier ein und aus gehen, und die Flure sind erfüllt von dem schläfrigen Surren der Deckenventilatoren. Die Zimmer sind weiße Kammern, eine Art Fortsetzung der Zellen, in denen Kaitarō verhört wurde und in denen nackte Neonröhren jedes Gesicht bleich erscheinen lassen. Selbst die Luft enthält keine Lebensspuren. Sie wird durch die Ventilatoren wiederaufbereitet und bleibt das ganze Jahr hindurch von der schwülen Sommerhitze bis zur Eiseskälte im Winter konstant, tot und künstlich erzeugt für ein Wartezimmer zwischen einer Welt und der nächsten.

Natürlich wohnte mein Großvater dem Prozess bei. Er war kein gewöhnlicher vergessener Beteiligter, den man ignorieren oder dem man Informationen vorenthalten konnte. Als Anwalt kannte er sich mit dem System aus und war durchaus in der Lage, sich den Terminplan des Gerichts zu beschaffen. Er wusste auch, welchen Effekt seine Anwesenheit im Gerichtssaal haben würde. Er nutzte seine Anwesenheit als Vater des Opfers, als Großvater eines nun verwaisten Kindes, seinen Status als angesehener Anwalt in Tokio bestimmt dazu, dem Gericht einen Spiegel vorzuhalten.

Es gibt nur ein einziges Gesetz über Mord in Japan, Artikel 199 des Strafgesetzbuches. Es besagt, dass »eine Person, die eine andere Person tötet, bestraft wird«. Mehr nicht. Die Unterscheidung zwischen geplantem Mord, Mord aus Leidenschaft oder fahrlässiger Tötung trifft das Richtergremium durch die Bestimmung des Strafmaßes. 1994 geschah dies in einem geschlossenen Raum, die Richter hatten nur die Schriftstücke des Prozesses zur Verfügung. Mein Großvater hat seine Anwesenheit im Gerichtssaal sicherlich dazu genutzt, die Schwere des Verbrechens und seine Folgen zu unterstreichen, damit die Richter Kaitarōs Beruf und den brutalen Mord an Rina nicht aus dem Blick verloren.

Ich habe an vielen Gerichtsverfahren teilgenommen, ich kann mir also vorstellen, wie es ablief. Mein Großvater saß unnachgiebig vor der Richterbank, unerschütterlich in seiner stummen Verachtung, seinem Zorn. Und er hat sich nicht anmerken lassen, dass er Kaitarō Nakamura kannte, kein Mitgefühl, kein Erbarmen. Wenn doch, hätte das die Anklage geschwächt – es hätte Kaitarō in die Freiheit entlassen, weswegen er sich umso mehr für seinen Tod einsetzte.

Als Kaitarō den Gerichtssaal betrat, war er frisch rasiert, Haare und Fingernägel waren auf Staatskosten geschnitten worden. Er trug das vorgeschriebene beige Hemd und die dazu passende Hose. Seine Hände waren in Handschellen. Man hatte ihm einen dicken, orangefarbenen Strick um die Taille gewickelt, den zwei Wächter links und rechts festhielten. In unserer modernen schimmernden Stadt war er angeleint wie ein Tier, die Plastikschlappen an den Füßen erschwerten jede Flucht.

Auf einem Podium an der Kopfseite des Gerichtssaals saßen, in wallende Roben gehüllt und überragt von den schwarzen Rückenlehnen ihrer Stühle, die Richter. Sie verzogen keine Miene, als Kaitarō in den Saal geführt wurde. Flankiert wurden sie von fünf Auszubildenden, die in blauen Anzügen, die gefalteten Hände im Schoß, eine Stufe unter ihnen saßen. Rechts und links der Richterbank standen zwei Tische, an denen jeweils Staatsanwalt Hideo Kurosawa und Strafverteidigerin Yurie Kagashima Aufstellung genommen hatten.

Der jüngere Richter, ein schmaler Mann mit unschönen,

über beide Wangen verstreuten Aknepickeln, sprach als Erster. Er las Kaitarōs Name und Adresse vor und nannte das Verbrechen, weswegen er vor Gericht stand, die Tötung von Rina Satō. Der Richter fragte Kaitarō, ob die Angaben zuträfen, was dieser mit einem einfachen Ja bestätigte, seiner einzigen mündlichen Äußerung während des gesamten Verfahrens.

Staatsanwalt Kurosawa erhob sich, verlas die Anklageschrift und schloss mit dem Vorwurf: Mord. Einige Sekunden lang verharrte das Gericht in Schweigen. Der jüngere Richter sah kurz zu seinen Vorgesetzten, und nach einem knappen Kopfnicken ihrerseits wandte er sich an Kaitarō. Bei jedem Schuldbekenntnis wird dem Angeklagten Gelegenheit gegeben, sich zu den Vorwürfen zu äußern und sie unter Umständen abzumildern. Kaitarō schüttelte nur den Kopf und sagte nichts.

Ein Gerichtsdiener ging auf Staatsanwalt Kurosawa zu, der ihm eine dicke Akte mit dem unterschriebenen Geständnis übergab. Als die Akte an den ältesten Richter weitergereicht wurde, sagte der Staatsanwalt: »*Saibanchō* – der Staat betrachtet diese Tat als ein Verbrechen von äußerster Brutalität. Obwohl Sie meine Meinung in dem von mir eingereichten Bericht nachlesen können, möchte ich an dieser Stelle betonen, dass Rina Satō durch Erstickung infolge Strangulierung starb.

Ein solcher Tod zieht sich überaus lange hin und ist sehr schmerzhaft. Das Opfer hört nicht völlig auf zu atmen, weswegen es einer außerordentlichen körperlichen Kraftanstrengung über mehrere Minuten bedarf, um eine zerebrale Hypoxie herbeizuführen. Der Angeklagte hat also die Strangulierung gegen allen Widerstand des Opfers, als sie sich wehrte und nach Luft schnappte, aufrechterhalten müssen. Allein dieser Umstand beweist die bösartige Absicht ihres Mörders, sein starkes Bedürfnis, sie zu töten. Es hat keine Gnade, kein Zögern gegeben, nur sein Wille, sie umzubringen.

Wir wissen, dass Kaitarō Nakamura in höchstem Maß selbstsüchtig ist. Er hat in einem Beruf gearbeitet, der prinzipiell zerstörerisch ist. Er wurde dafür bezahlt, Familien auseinanderzureißen und das Unglück eines Ehepaares für sich zu nutzen. Er hat einem Ehemann die Frau weggenommen, einem Vater die Tochter und einem Kind die Mutter. Ihr Leben wird nie mehr so sein wie vorher.

Herr Nakamuras Beziehung zu Rina Satō und seine emotionale Bindung an sie haben Grund zu Spekulationen gegeben, doch ich bin der Ansicht, dass Liebe in seiner Geschichte und seinen Taten keine Rolle gespielt hat. Er ist ein Mörder und eine Gefahr für die Gesellschaft, und wir glauben, dass die einzig angemessene Strafe für ihn die Todesstrafe ist.«

Kaitarō, in der Mitte des Gerichtssaals stehend, drehte sich plötzlich um, nicht zu Kurosawa und dem Team der Anklagevertretung, sondern zu Yoshi Sarashima, der in der ersten Reihe der Zuschauerbänke saß. Kaitarō sah ihn lange und eindringlich an, und Yoshi enttäuschte ihn nicht und erwiderte seinen Blick ebenso eindringlich.

Mit einem leisen Räuspern erhob sich die Hauptverteidigerin. Die junge Yurie Kagashima war schlicht gekleidet, weiße Bluse, schwarze Strickjacke. Sie trug ihr langes Haar zu einem Pferdeschwanz zusammengebunden. Sie las von einem Blatt Papier ab, das sie in Händen hielt. »*Saibanchō*, mein Mandant hat ein umfassendes Geständnis unterzeichnet und die Vorwürfe bestätigt«, sagte sie. »Heute soll ein Urteil über ihn gesprochen werden. Ich möchte Ihnen daher, mit Ihrer Erlaubnis, das von mir zusammengestellte Material übergeben und Sie bitten, es zu prüfen. Es geht darin um die aufrichtige Reue meines Mandanten, um seine ehrlich gemeinte Bereitschaft, Buße zu leisten für den Kummer, den er Frau Satōs Familie zugefügt hat, um seine Beziehung zu den Mitgliedern der Familie und den weiteren Umständen des Falls. Angesichts dieses Materials bitte ich um eine mildere Strafe als die von der Anklage geforderte.«

Sie übergab dem Gerichtsdiener eine Akte und drei Videobänder, und alle Augen im Gerichtssaal beobachteten, wie die Akte bis zur Richterbank durchgereicht wurde, wo sich bereits die Akte der Anklage befand. Der mittlere Richter legte beide Akten übereinander. »Das Gericht wird die Beweise prüfen und zur Urteilsverkündung in drei Wochen, am Montag, dem 6. Juni, wieder zusammenkommen«, sagte er, worauf sich die drei Richter von ihren Plätzen erhoben und, gefolgt von dem Gerichtsdiener, der die Akten trug, aus dem Saal marschierten. Der Anklagevertreter verließ den Saal durch eine Seitentür, und die Zuschauer, bisher zum Schweigen gezwungen, redeten alle auf einmal los. Als Kaitarō Nakamura wieder mit dem Strick gefesselt, ihm Handschellen angelegt und er von seinen Wächtern abgeführt wurde, wandte sich mein Großvater an die versammelte Presse. Yurie Kagashima, die junge Strafverteidigerin, saß still an ihrem Tisch und beobachtete die Szene.

Hinter mir tickte eine Uhr, während ich in den Papieren meines Großvaters wühlte und sie in Unordnung brachte; ich suchte nach dem Schlussurteil des Gerichts. Wieder und wieder blätterte ich in seiner Akte, nichts. Gerichtsurteile werden nicht veröffentlicht oder sonst wie verbreitet. Mein Großvater hätte das Urteil sicher nicht zugeschickt bekommen, aber da er den Prozess verfolgt hatte, musste er den Ausgang kennen.

Alles war ordentlich abgeheftet, eine abgeschlossene Sache. Ich dachte daran, welche Energie mein Großvater für meine Erziehung aufgebracht haben musste, an die Macht seines Willens, an seinen Wunsch, Rache an Kaitarō zu nehmen, und mir war klar, dass ich jetzt nur noch darauf warten konnte, bis er nach Hause kam und ich ihn fragen konnte, wie es ist, einen anderen Menschen zu töten.

Ich nahm den Umschlag meiner Mutter, den sie vor Jahren mit ihrem Siegel, dem Rotkronenkranich, verschlossen hatte. Ich zog das Polaroidfoto heraus. Sie waren so jung auf dem Bild, so verliebt, so glücklich. Zwei Menschen, gefangen in Zeit und Raum. Zwei Menschen, heute beide tot.

Langsam räumte ich die Papiere wieder in die Akte. Trotz all der Fundstücke in diesen Dokumenten bekam ich keine Antwort auf meine wichtigste Frage: Wie war es nur dazu gekommen? Die Fakten lagen alle vor mir, unveränderlich und klar. Ich wartete darauf, dass sie sich zu einem Bild zusammenfügten, und aus irgendeinem Grund ahnte ich, dass es bald so weit sein würde. Noch einmal ging ich alle Details des Falls durch. Großvaters Schweigen gegenüber meiner Mutter. Der Fußabdruck in der Wohnung, der nicht zu Kaitarōs Schuhgröße passte. Die unbekannte Speichelflüssigkeit an ihrer Leiche. Ich dachte an meinen Vater, der das alles losgetreten und sich nach Nagoya zurückgezogen hatte. An Kaitarō, der nach seinem anfänglichen Schweigen seine Geschichte zu Gehör bringen wollte. Und schließlich an meine Mutter, die sich ein neues Leben erhofft hatte. Ich dachte an alle, die in die Ereignisse verstrickt waren, in die letzten Stunden ihres Lebens. Als ich den Aktenschrank meines Großvaters öffnete und die Hängeregister nach hinten schob, lag dort, auf dem Boden der tiefen Schublade, in einem Umschlag mit ihrem Namen, ein Band.

Ich las das Etikett mehrere Male, konnte mir anfangs keinen Reim darauf machen, doch dann traf es mich wie ein Schlag in die Magengrube, und ich begriff, um was es sich handelte.

Es waren die Aufzeichnungen einer Überwachungskamera. Der Name der Bäckerei auf dem Etikett war mir nicht bekannt, aber sie befand sich in Shinagawa, und das Bildmaterial stammte von dem Tag, als meine Mutter starb.

Es stellte sich heraus, dass der Verdacht, der mich die

ganze Zeit umtrieb – die Befürchtung, jedes Mitglied unserer Familie wäre von den Ereignissen gezeichnet und nicht mehr wiederzuerkennen – stimmte. Nicht nur waren alle verstrickt in den Tod meiner Mutter, sondern jeder hatte sich schuldig gemacht, selbst ich.

Rina

Die Wahrheit

Rina zog die Jalousien hoch und ließ das Morgenlicht in ihr neues Zuhause strömen. Es war März, der Monat des neuen Lebens, und als sie die ersten Sonnenstrahlen auf dem Boden sah, erinnerte sie sich daran, wann dieser Ort ihr wahres Zuhause geworden war, in dem Moment, als man ihr und Kaitarō die Schlüssel übergeben hatte.

Sie hatten in der leeren Wohnung nebeneinandergelegen. Es war so warm, dass sie sich nach und nach entkleidet hatten, um die Sonne zu genießen, die durch die Fenster schien. Die Vollkommenheit, die sie in Hokkaido gefunden hatten, stellte sich wieder ein, während sie auf den nackten Buchendielen in Shinagawa lagen und sich anschauten.

»Reicht der Platz für uns?«, fragte Kaitarō und sah sich in dem leeren Raum um, die kahlen Wände, die ausgeräumte Küche.

»Es ist herrlich.«

»Ich habe ein paar Ideen für Sumis Zimmer. Ich zeige sie dir …«, sagte er und wollte aufstehen.

»Noch nicht«, widersprach sie und zog ihn zurück auf den Boden. Er ließ es widerstandslos geschehen. Rina schmiegte sich an ihn, strich über seinen Bauch, tastete seine Haut ab, genoss den Geruch ihrer eigenen Haut, der sich mit seinem mischte. Sie spielte mit den vereinzelten Härchen auf seiner Brust und biss ihn zart. Er drehte sich auf die Seite und umarmte sie, drückte sie auf den Boden. Das Licht, das durch die sauberen gardinenlosen Fenster fiel, warf helle Flecken auf ihre Haut und traf auf nichts, was einen Schatten hätte werfen können.

Rina schmunzelte bei der Erinnerung. Anscheinend hatten sie ein gewisses Verhältnis zu Fußböden; peinlich. Anders als das große Fenster mit der weiten Aussicht in Ebisu war dieses Fenster ein Rechteck mit Blick auf die klobigen Beton-Mietshäuser und Außentreppen von Shinagawa. Besonders schätzte sie an dieser Wohnung, dass sie fast unterm Dach des Hauses lag und dadurch sehr hell war und man von hier aus keine der neuen Eigentumswohnungen sah.

Rina wandte sich wieder der Wohnung zu, die nun beinahe fertig eingerichtet war. Die Möbel aus ihrer Ehe hatte sie Satō überlassen, ebenso die Wohnung in Ebisu, und bevor sie und Kaitarō diese Bleibe gefunden hatten, hatte sie mit Yoshi und Sumiko in Meguro gelebt. Jetzt, nach so vielen Vorbereitungen, war ihr neues Zuhause beinahe fertig, und sie und Kaitarō hatten endlich ihre eigene kleine Fotofirma gegründet.

Ihr erstes Projekt war ein Porträt-Service, den sie den Bewohnern ihres Stadtviertels anboten. Rückblickend staunte Rina, wie sehr sich ihre Arbeit gewandelt hatte, von Landschaften zu Selbstporträts und jetzt das. Sie und Kaitarō hatten große Verantwortung hinter der Kamera, aber sie freuten sich auch über das Vertrauen, das man Porträtfotografen entgegenbringt, sie wussten es zu schätzen. Meistens arbeiteten sie zusammen, organisierten die Aufträge, aber sie wechselten sich auch ab, um unabhängig voneinander zu sein. Während der eine Fotoaufnahmen machte oder in der öffentlichen Dunkelkammer ihres Viertels Bilder entwickelte, stöberte der andere in Secondhandläden nach Möbeln. Alles kam in dieser kleinen Wohnung zusammen, die sie endlich ganz für sich allein hatten.

An die Wohnzimmerwand hatte Rina ein Sideboard gestellt, es enthielt Decken und ein tragbares Heizgerät für die kälteren Monate. Am anderen Ende befand sich eine winzige Küche, gleich davor stand ein quadratischer schwarzer niedriger Esstisch, mit vier Sitzplätzen und Kissen. Rina malte sich aus, was alles an diesem Tisch geschehen würde: Die Familie würde dort gemeinsam essen, Sumi würde ihre Hausaufgaben machen, Rina Näharbeiten erledigen und Kostüme für die örtlichen Feste schneidern. Vielleicht käme irgendwann noch ein zweites Kind hinzu, dann würden sie und Kaitarō sich dort spätabends, wenn die Kinder bereits schliefen, über ihre Rechnungen beugen.

Vom Wohnzimmer führte ein kurzer Flur in zwei Schlafzimmer und das Bad. Rina hatte den Zugang zum Flur mit einem Noren verdeckt, einem Wandschirm aus Seide, die von einem gebrauchten Kimono stammte, den sie auf dem Flohmarkt von Ichirova gefunden hatte. Der Kimono war Teil einer Aussteuer gewesen, der sich über Jahrzehnte im Besitz derselben Familie befunden hatte, dann jedoch bei einem Brand beschädigt worden war.

Rina liebte solche Märkte, weil man dort unerwartete Funde machen konnte.

Bei der Arbeit an dem Schirm hatte Rina darauf geachtet, die zentrale Stoffbahn, die über den Rücken der Trägerin verlief, zu erhalten, nur einen einzigen Schnitt zu machen, damit das Bild intakt blieb und den Weg zu den Privaträumen der Wohnung wies. Jetzt schimmerte die Stickerei im morgendlichen Licht. In der Mitte waren Bäume zu sehen, deren jade- und smaragdgrünes Blattwerk sich fächerartig ausbreitete. Darüber, in aufstrebenden Streifen, die goldenen Farbtöne des Himmels, und dort, wo die Wolken hingehört hätten, ein Schwarm Kraniche im Flug, die Flügel in Rot, Cremefarben, Schwarz und Braun dargestellt. Die Farben des Schirms ergänzten die Farben des Raums. Daran hatte sie morgens bei ihrem Floristen gedacht und einige Blumen mitgebracht, die noch in dem braunen Packpapier eingewickelt auf dem Sideboard lagen.

Aus der Küche holte sie eine kleine Kristallvase, ein Geschenk ihres Vaters zum Einzug in die neue Wohnung, und ihre Blumenschere. Sie hatte Ikebana nicht gelernt, hatte es sich selbst beigebracht, sie steckte Blumen gerne auf diese Art. In den hohen Wohntürmen in Ebisu taten sich die Frauen etagenweise zusammen, um Blumen zu arrangieren, und prahlten, welchen Lehrer sie hatten gewinnen können, doch Rina hatte es nicht über sich bringen können, sich ihnen anzuschließen. Jetzt brauchte sie das nicht mehr. Sie nahm eine grüne Chrysantheme mit einem langen dünnen Stängel, jedes Blatt war individuell und gleichzeitig Teil eines Ganzen. Als Nächstes nahm sie eine Strelitzie mit ihrer Garbe aus roten, an den Rändern orange und gelb gefärbten Flammen und schließlich einen Palmzweig. Mit dem Fingernagel schlitzte sie den Blattstiel auf und zog einen langen grünen Faserstreifen ab. Das wiederholte sie zweimal und wickelte die Streifen um die anderen Blumen herum, wie eine Ranke, die alle Stängel fest zusammenhielt, aufrecht und standhaft.

Das fertige Ikebana-Gesteck stellte sie in die Vase und strich die Palmwedelstreifen glatt, sodass sie sich von dem roten und limonengrünen Strauß abhoben. Sie lächelte, ein schöner Willkommensgruß, wenn Kaitarō nach Hause kam.

Er hatte frühmorgens das Haus verlassen und war den ganzen Tag unterwegs, um Fotos auf Kindergeburtstagen zu machen. Sie hatte sich für heute vorgenommen, Sumikos Zimmer zu streichen und die restliche Bordüre mit den Silbersternchen an die Wand zu kleben. Es war Sumis letzter Schultag vor den Frühjahrsferien, und Rina hatte viel geplant für die kommenden Wochen, unter anderem den Umzug ihrer Tochter in ihr neues Heim. Yoshi hätte sich gewünscht, dass sie es langsam angingen und Sumi noch eine Weile bei ihm blieb, doch das wollte Rina nicht zulassen. Sie und Kaitarō hatten lange genug gewartet. Sie würde Sumis Zimmer renovieren, und sobald alles fertig war, konnten sie endlich als Familie zusammenleben.

Rina stieg in ihre alte farbbekleckste Latzhose und rief das Kyubey-Restaurant an. Sie würde zwei Bentos bestellen und sie sich nach Hause liefern lassen, und wenn Kaitarō da war, würden sie essen und den Abend zusammen zu Hause verbringen. Gerade hatte sie aufgelegt, da klopfte es an der Tür. Ein lautes Klopfen, das sie erschreckte. Es war ein alter Wohnblock, und es gab keinen Portier; jeder konnte unangekündigt hereinkommen. Die Klingel war defekt, man war also gezwungen zu klopfen, sie musste sie endlich reparieren. Sie sah ihn durch den Türspion, im selben Moment, als er ihren Namen rief.

Satō lächelte sie an, als sie die Tür öffnete, doch es war kein echtes Lächeln. »Warum hat es so lange gedauert?«

»Das geht dich nichts an«, murmelte Rina. »Warum bist du hier?«

»Willst du mich nicht hereinbitten, Frau?«

»Ex-Frau«, sagte sie, trat zur Seite und ließ ihn eintreten. Sie bat ihn nicht um seine Garderobe, er würde nicht bleiben.

Satō zog sein Jackett aus und legte es zusammen mit dem Hut auf den Sekretär neben der Wohnungstür, die Schuhe behielt er an. Die Hände in die Seiten gestemmt, schlenderte er durch die Wohnung.

»Nicht das, was du gewohnt bist«, sagte er mit einem dünnen Lächeln. »Du bezahlst sie selbst, ja?«

Rina nickte, äußerte sich aber nicht weiter dazu.

»Wo ist … wie heißt er noch mal?«

»Kaitarō ist nicht da.«

»Ein neuer Fall?« Satō lächelte immer noch.

»Was geht dich das an?« Sie stellte sich vor den Schirm, um ihn am Betreten der Schlafzimmer zu hindern.

»Ist das das Zimmer meiner Tochter?«

»Meiner Tochter.«

»Unserer Tochter.«

»Nicht mehr«, sagte Rina. Sie war wütend, nachdem der anfängliche Schock des Wiedersehens abgeklungen war. Sie behauptete sich, stellte sich ihm, und er starrte sie unvermindert an. Er war nicht sehr groß, keine stattliche Erscheinung, dennoch so groß, dass er auf sie herabsah.

»Was hält Yoshi von diesem Arrangement?«

»Wir wollen heiraten.«

»Ja«, sagte Satō, erfasste mit wenigen Blicken den Raum, den niedrigen Tisch, das Ikebana-Gesteck, das sie für Kaitarō gemacht hatte. »Das habe ich schon gehört.«

Bei den Worten trat Rina einen Schritt zurück. Satōs Miene verhieß nichts Gutes. »Ich möchte, dass du gehst.«

Satō stellte sich dicht vor sie. »Keine Besichtigungstour? Keine Erklärung, wovon meine Frau und mein Kind leben wollen?«

»Wir sind nicht mehr …«

»So schlecht sind wir doch nicht auseinandergegangen, oder, Rina? Ich habe dir alles gegeben, was du verlangt hast.«

»Warum bist du hier, Satō?«

»Ich …«

»Ich will dich nie wiedersehen«, sagte Rina klar und deutlich. »Ich möchte nicht, dass Sumiko dich noch einmal sieht, und ich lasse mich nicht umstimmen.« Rina lächelte, als sie ihren Namen aussprach, ein mildes, sanftes Lächeln. »Wir beide kennen das Gesetz. Wir wissen, was ich tun kann und was du nicht tun kannst. Du hast keine Macht mehr über mich.«

»Jetzt kommt sie hervor«, sagte er. »Die Kämpferin.«

»Raus hier.«

»Er wird also ihr Vater, ja? Er wird sie erziehen. Sie auf den Schoß nehmen.«

»Er wird ein besserer Vater sein als du.«

»Froh, dass er in dein Leben getreten ist?«

»Das ist doch wohl offensichtlich.«

»Ich habe ihn geschickt.«

Rina wandte sich von ihm ab und trat ans Fenster. »Wirklich, Satō, verschwinde. Ich habe keine Zeit für deine Spielchen. Ich spiele nicht mehr mit.«

»Hat er dir erzählt, was er macht? Von seinen Fällen?«

»Ich werde mich nicht mit dir über meinen zukünftigen Ehemann unterhalten.«

»Was meinst du, wo ist er gerade?«

»Er arbeitet.«

»Und wo ist meine Tochter?«

»Bei ihrem Großvater.« Rina sah zu Satō auf. »Und er wird dafür sorgen, dass du sie nie wiedersiehst.« Rina drückte sich von der Fensterbank ab und kam auf ihn zu. »Glaub ja nicht, du könntest einfach hier so aufkreuzen. Ich kenne alle deine Geheimnisse, und wenn du mir drohst, werde ich dich und deine Familie vernichten.«

»Ich habe ihn engagiert, Rina.«

»Du lügst.«

»Deine neue Familie, deine neue Ehe, dein neues Leben – alles nur durch mich.«

»Ich verachte dich.«

»Glaubst du, ich könnte dir nicht die Wahrheit sagen, wenn ich wollte?«, fragte Satō.

»Du kannst ja nicht mal ehrlich zu dir selbst sein.«

Satō legte die Hand auf den Mund, vielleicht um sich etwas zu verkneifen oder um eine dramatische Pause zu inszenieren. Dann drehte er sich um und nahm sein Jackett. Rina seufzte erleichtert, folgte ihm jedoch nicht bis zur Tür, wollte einfach seine Nähe nicht spüren.

»Er ist ein Wakaresaseya«, sagte Satō, als er sich den Hut aufsetzte.

»Was?«

»Er zerstört gegen Geld Beziehungen zwischen Menschen.«

»Er ist Fotograf. Und du verschwindest jetzt.«

»Frag ihn.«

»Das werde ich ganz bestimmt nicht tun.«

»Frag ihn, woher er gewusst hat, dass er dich auf dem Nachtmarkt antrifft, als Sumi praktischerweise gerade bei Yoshi war, und dann noch mal auf dem Lichtbildervortrag. Glaubst du, es war Zufall, dass er sich mit dir in dem Naturschutzgebiet verabredet hat, in der Nähe eures Hauses? Dass er zufällig wusste, womit er dich ködern kann, dich mit Nostalgie verführen kann?«

Rina sagte nichts. Das Gefühl der Erleichterung, weil Satō aufbrach, ließ nach und wurde durch etwas anderes ersetzt. Er hatte sein Jackett angezogen, kam auf sie zu und streckte die Hand nach ihr aus. Sie wich zurück, bis sie die Fensterbank im Rücken spürte. Plötzlich lächelte sie. »Hat wohl nicht geklappt mit Naoko«, sagte sie mit einem Anflug von Triumph in der Stimme beim Anblick seiner zusammengekniffenen Augen. »Bist du deswegen hier?«

Satō lehnte sich vor. Sie konnte seinen sauren Whiskeyatem riechen. Er fuhr mit den Fingern über ihre Kehle und durch ihr Haar. Dann strich er mit den Lippen über ihren Hals, leckte über ihre angespannte Haut, dann stülpte er seine Lippen über ihren Mund und stieß seine Zunge hinein. Rina biss fest zu und schmeckte Blut. Angewidert verzog sie das Gesicht, als er sich ruckartig von ihr löste, und freute sich, weil er ins Taumeln geriet. Er klopfte mit einer Hand seine Taschen nach einem Taschentuch ab, die andere bedeckte seinen Mund. »Ich bin so froh, dass ich dich nicht mehr sehen muss«, sagte sie.

Satō wischte sich die Lippen ab. »Das ist die Agentur, für die er arbeitet«, sagte er und legte eine Visitenkarte und noch ein paar Papiere auf das Sideboard. »Frag nach deiner Akte oder frag ihn selbst.« Er lächelte ihr gequält zu, doch sie rührte sich nicht und blickte ihn ausdruckslos an. »Frag ihn, wie viel ich ihm bezahlt habe, damit er mit dir fickt«, sagte er. Mit diesen Worten verschwand er, und Rina stand regungslos allein im Flur ihrer neuen Wohnung.

Flucht

Rina wischte sich mit der Hand über den Mund, rieb sich über die Lippen, rieb alle Spuren seines Blutes weg, doch sein Geruch, rauchig und metallisch, blieb an ihr haften. Es war nicht wahr, konnte nicht wahr sein. Kurz überlegte sie, einfach weiterzumachen, in Sumis Schlafzimmer anzufangen, die letzte Wand zu streichen. Satō war kontrollsüchtig, und so eine Aktion sah ihm ähnlich. Wenn ihm das Leben die gewünschten Resultate verweigerte, wurde er wütend. Sehr wahrscheinlich hatte Naoko ihn abserviert und jemand anderen gefunden.

In der Küche spritzte sich Rina kaltes Wasser ins Gesicht. Sie spülte sich den Mund aus und trank ein Glas gekühlten Tee. »Das ist Unsinn«, sagte sie laut, doch als sie ins Wohnzimmer zurückkehrte, sah sie die Visitenkarte und die Papiere auf dem Sideboard liegen. Besser, gleich zerreißen und wegwerfen, bevor Kaitarō nach Hause kam. Satō sollte nicht den geringsten Raum in ihrem Leben einnehmen.

Sie nahm die Karte in die Hand. Vorne stand der Name von Kaitarōs ehemaligem Chef in der Detektei. Es hat nichts zu bedeuten, dachte Rina. Satō konnte herausgefunden haben, wo Kaitarō arbeitete, und sich die Visitenkarten besorgt haben. Sie zerriss sie und sah sich das darunterliegende gefaltete Blatt Papier an. Es war eine von Satōs Kreditkartenabrechnungen mit mehreren Überweisungen an die Agentur von Mai bis September des Vorjahres; das konnte Rina nicht ignorieren.

An den Kontoauszug war ein Prospekt geheftet. Es beschrieb die Leistungen der Agentur, die traditionellen Angebote einer Detektei sowie einige Extras. Die Sprache war suggestiv und diskret, doch die Implikationen waren eindeutig. Unter dem Prospekt wiederum lag eine Rechnung mit einer detaillierten Ausgabenliste, Zugfahrkarten, Mietauto, ein Motel in Atami, und am unteren Rand des Blatts stand der Name des Mitarbeiters, der sie eingereicht hatte: »Kaitarō Nakamura«.

Rina ließ das Blatt zu Boden fallen. Sie spürte das Blut in den Schläfen pochen. Für einen Moment blieb sie regungslos stehen, als könnte sie damit das Geschehene ungeschehen machen, als wäre ihr Leben wieder so wie vorher, so wie sie es sich gewünscht hatte. Die neue Information ließ sich jedoch nicht unterdrücken, und die Veränderungen, die sie herbeiführen würde, wären unerbittlich. Bilder flogen mit rasender Geschwindigkeit vor ihrem inneren Auge vorbei. Sie dachte an Kai, an all die Monate, in denen sich die Dinge so glücklich zusammengefügt hatten, die Blicke, die Küsse, an jeden einzelnen Moment – und alle, schneller, als sie sich vorstellen konnte, wurden nun umgeschrieben.

So viel hatten sie durchgemacht, es waren einige der dunkelsten und wundervollsten Momente in Rinas Leben gewesen. Und Kaitarō stand im Zentrum. Er hatte sie wahrhaft gekannt, sie wirklich verstanden. Sie erinnerte sich noch an die quälende Verzweiflung, als sie meinte, sie müsste sich von ihm fernhalten, an das Schuldgefühl und gleichzeitig die Sehnsucht. Die Angst, Sumi möglicherweise zu verlieren, wirkte noch nach, trotzdem war er ihr wie ein Erlöser erschienen, der ihr half und sie leitete. Es konnte unmöglich eine Falle sein, ein Täuschungsmanöver. Unwillkürlich fühlte sie sich in den herbstlichen Museumsgarten zurückversetzt, erinnerte sich daran, wie erleichtert sie gewesen war, nicht mehr so allein zu sein, mit ihm zusammen zu sein, und dass sie ihn gefragt hatte, ob alle Beziehungen nur Lüge und Verrat seien, und an seine ruhige und klare Antwort: *Bei uns ist es anders.* Er hatte ihr versprochen, sie niemals zu belügen, und doch hatte er wohl genau das getan. Dann holte ihr Gedächtnis Erinnerungen an Hokkaido hervor, wie er sie in sein Haus eingeladen und wie verletzlich er sich gezeigt hatte; sie dachte daran, wie er sie an sich gedrückt hatte in ihrer Höhle, dachte an seine liebevolle Umarmung, an das Glück mit ihm in Tokio, mit ihm zu arbeiten, zusammenzuwohnen … es tat so weh, dass es ihr den Atem verschlug.

Rina ging in ihr gemeinsames Schlafzimmer. Das Bett war gemacht, die Tagesdecke glatt gestrichen, die Kopfkissen darunter zerknittert. Wenn sie eins hervorzog, würde es nach ihm riechen. Langsam trat sie von dem Bett zurück. Was hatte ihr Vater immer gesagt? Die besten Lügen kommen der Wahrheit am nächsten.

Neben dem Bett lagen gestapelt die zusammengefalteten Umzugskartons, die sie eben erst ausgepackt hatte. Sie würde sie wieder packen müssen. Sumiko konnte hier nicht leben. Bei dem Gedanken an ihre Tochter wurde sie von Trauer überwältigt. Sie lief in das Zimmer, das für Sumi gedacht war. Die Wände waren in einem kalten blassen Pink gestrichen. Die Trittleiter stand neben dem Farbeimer. Rina dachte daran, was sie noch alles mit diesem Zimmer vorgehabt hatte, und ein Gedanke beherrschte alle anderen. Wenn sie nicht so dumm gewesen wäre, so selbstsüchtig und verblendet, könnte sie jetzt mit ihrer Tochter zusammen sein. Wahrscheinlich wäre ihre Ehe dennoch in die Brüche gegangen, aber sie wäre jetzt in Meguro, zusammen mit Sumiko, und sie hätten nicht eine Zeit lang getrennt voneinander leben müssen. Sie hatte ihre Tochter für das Vater-Mutter-Kind-Spiel mit einem Mann hergegeben, der sie betrog.

Rina ging zurück ins Schlafzimmer. Im obersten Schrankfach lag eine Leder-Reisetasche. Sie zog sie heraus, achtete nicht auf die Handtücher und Schals, die zu Boden fielen, und warf Unterwäsche, Blusen, einen Pullover und ihre Jeans hinein. Sie legte noch Zahnbürste und Zahnpasta hinein und hatte schon die Hand nach der Kamera ausgestreckt, als sie stutzte. Es war der Fotoapparat, den er ihr in Atami geschenkt hatte und den sie jetzt jeden Tag mit sich herumtrug und für die Arbeit benutzte. Im ersten Moment wusste sie nicht, was sie machen sollte, doch dann fiel ihr Blick auf eine Einkaufstüte neben dem Bett. Es war ein Geschenk für Sumiko, ein Obi für das *Shichi-go-san*-Fest. Mit sieben Jahren durfte sie sich einen richtigen Gürtel um ihren Kimono binden statt der kindischen Kordel. *Shichi-go-san* wäre ihr erster Schritt ins erwachsene Leben, und obwohl die Zeremonie erst in einigen Monaten stattfinden würde, hatte Rina nicht widerstehen können. Sie wollte, dass alles perfekt war, wenn sie zu dem Schrein gingen. Sie steckte die Kamera in die Tasche, nahm den Obi und legte ihn flach obendrauf. Sie würde alles mitnehmen, was ihr gehörte, dachte sie und zog den Reißverschluss der Tasche zu.

Dann griff sie nach dem Telefon. Nach zweimaligem Klingeln ging Sumiko dran, und Rina brach in Schluchzen aus, als sie die Stimme ihrer Tochter hörte. »Ich bin's, Mami«, sagte sie. Sie musste schmunzeln, als Sumiko vergnügt von ihrem Tag erzählte. »Sumi, ich hole dich ab.« Es folgte eine kleine Pause, in der ihre Tochter kurz überlegte. »Bitte Hannae, ein paar Sachen für dich einzupacken. Ich bin in einer Stunde bei dir, meine Liebe, dann fahren wir nach Shimoda.« Rina hörte die Verwunderung und Aufregung in der Reaktion ihrer Tochter heraus, und Tränen liefen ihr über die Wangen, als sie munter weiterschwatzte. »Ja, meine Liebe«, sagte Rina. »Ich verspreche, ich komme.« Rina rieb sich über die Augen und die Nase, trocknete die Tränen. »Ich komme und hole dich ab, und dann werde ich dich nie mehr verlassen.« Es war still in der Leitung. Rina rief leise: »Hast du mich verstanden, Sumi?«, und musste lächeln, als ihre Tochter vor Freude laut rief: »Ja!«

»Ich komme, Sumi. Sag Großvater Bescheid.«

Rina trug ihre Reisetasche ins Wohnzimmer, überlegte, was sie noch für Shimoda brauchte. Sie sah auf die Uhr. Sumi würde in der Schule zu Mittag essen, aber die Fahrt nach Shimoda dauerte lang, und sie würde etwas Reiseproviant für zwischendurch benötigen. Sie konnte nicht mit leeren Händen kommen, sie musste Sumi etwas mitbringen, eine Süßigkeit. Sie schnappte sich die Hausschlüssel, rannte die Treppe von der siebten Etage bis hinunter auf die schmale Straße und lief zur nächsten Bäckerei an der Ecke. Kälte schlug ihr entgegen, kroch die Arme hinauf, und erst jetzt wurde ihr klar, dass sie in T-Shirt und farbbekleckster Latzhose nach draußen gelaufen war. Mehrere Kunden musterten sie missbilligend, doch sie ignorierte ihre Blicke, trat an die Theke und deutete auf eine

Schachtel frischer Manjūs. »Mit roten Bohnen, bitte«, sagte sie zu der jungen Verkäuferin. Während sie wartete, rieb sie sich die Arme und holte tief Luft. Es würde alles gut. Sobald sie bei Sumi war, würde sie alles wiedergutmachen. Rina blickte auf und sah die Überwachungskamera, die auf sie gerichtet war. Sie wohnte noch nicht lange in diesem Viertel, aber sie war regelmäßige Kundin in der Bäckerei, und sie dachte an ihre vielen verschiedenen Auftritte hier vor der Kamera, die Verliebte, die Frau, die ein neues Geschäft plante, die mit Kai einen Hausstand gründete, bis zu der Person, die sie heute war.

An der Kasse fiel ihr eine Süßigkeit aus Kirschblüten ins Auge, die sie auch noch mitnahm. Dann kehrte sie in die Wohnung zurück, lief die Treppen hinauf, als wäre es nichts. Sie packte ihre restlichen Sachen zusammen, als es an der Tür klopfte. Auf der Schwelle stand der Lieferbote aus Kyubey mit den bestellten Bentos. Für einen Moment schien es so, als wäre die Zeit zurückgestellt worden auf heute früh, und der Tag verliefe wie geplant – bevor Satō alles zerstört hatte, was ihr lieb war. Mit einem Kopfnicken nahm sie dem Jungen die Bentoboxen ab, gab ihm einen Schein und sagte, er könne das Wechselgeld behalten. Sie stellte die Bentos auf den Esstisch, die eine Box auf ihren Platz, die andere auf Kaitarōs. Normalerweise hätte sie sie in den Kühlschrank getan, bis er nach Hause gekommen wäre. Sie hätte ihm Tee gekocht oder ein Bier geholt und noch einen Salat gemacht, doch all das würde heute nicht geschehen. Sie ließ die Bentos auf dem Tisch stehen, atmete einmal durch und nahm ihre Tasche. In dem Moment hörte sie, wie der Schlüssel ins Schloss der Wohnungstür gesteckt wurde.

Die Tötung

Lächelnd trat er ein, mit leuchtenden Augen, zufriedenem Gesichtsausdruck. Beinahe hätte das für sie die Geschehnisse des Tages ausgelöscht. Er atmete betont schwer, ein Insiderwitz zwischen ihnen über die vielen Treppen, die sie jedes Mal hochlaufen mussten. »Du wolltest ja unbedingt eine Wohnung in der siebten Etage!«, sagte er, schloss die Tür und kam auf sie zu, um sie zu küssen. Er hielt noch die Fototasche in der Hand, die er langsam an dem Gurt auf den Boden gleiten ließ, als seine Lippen ihren Mund berührten. Kai war da, seine Wärme, sein Duft, und er nahm sie in seine Arme.

Rina blickte auf. Sie stand noch unter Schock. Unmöglich, dass er sie ansah, als hätte sich nichts verändert, als wäre ihr Leben das gleiche wie vorher. Er lächelte verwirrt, bevor er die Reisetasche bemerkte, die sie um die Schulter trug, ebenso ihre Handtasche. Den Riemen hielt sie fest umklammert.

»Was ist los, Rina?«, fragte er und wollte sie dazu bringen, dass sie die Taschen abstellte. Sie küsste ihn auf die Stirn. Sie spürte seine Haut, seine weichen Augenbrauen. Das tat sie öfter, einfach so, wenn sie, in Decken gehüllt, vor dem Fernseher saßen oder im Bett, wenn sie aufwachte und feststellte, dass sie Nase an Nase eingeschlafen waren. Sie küsste ihn ständig. Jetzt war es ein Abschiedskuss.

»Rina?«, sagte Kaitarō stirnrunzelnd. Er trat zurück, folgte ihrem Blick und sah die verstreut auf dem Boden liegenden Papiere, die zerrissene Visitenkarte, den Prospekt, die Kontoauszüge und die Rechnung.

»Satō war hier«, sagte sie und bemerkte, wie sich die ganze Tragweite dieser Worte in seinem Gesicht widerspiegelte. Er wurde kreidebleich.

»Ich bringe ihn um«, sagte er leise.

»Nein, Kai«, sagte sie und war genauso erstaunt wie er, dass ihre Stimme noch so gefasst klang. »Er hat mir die Wahrheit gesagt.«

»Welche Wahrheit? Egal, was er behauptet, es ist nicht wahr, Rina! Es hat nichts mit uns zu tun. Nichts! Er ist ein verdorbener und verbitterter Mann.«

»Er hat uns auch verdorben«, sagte Rina. »Und du hast es zugelassen.«

»Nein!« Hektisch blickte Kaitarō sich im Zimmer um, als könnte ihm das helfen. Er sah die Bentoboxen auf dem Esstisch. »Lass uns was essen, Liebling. Dann können wir über alles …«

»Es ist vorbei«, sagte Rina mit leiser Stimme, und es war ihr Tonfall, die Gewissheit, die daraus sprach, die ihn aufhorchen ließ.

Kaitarō griff nach dem Gurt ihrer Reisetasche, zog ihn ihr aus der Hand und warf die Tasche außer Reichweite. »Bleib bei mir«, sagte er. »Ich habe dich immer beschützt. Dich und Sumi.« Er stellte sich vor sie, vibrierend vor Energie, versperrte ihr den Weg zur Wohnungstür. Rina wandte sich von ihm ab und ging in ihr gemeinsames Schlafzimmer. Sie faltete einen Karton auseinander, machte den Kleiderschrank auf, riss ihre Kleider von den Bügeln und warf alles hinein. Dann nahm sie das Knäuel mit dem Haushaltsstrick von ihrem Nachttisch und band den Karton fest zu.

»Rina … bitte, überleg dir, was du da tust.«

»Ich habe es mir überlegt, Kai«, sagte sie, und der Kosename hörte sich fremd an aus ihrem Mund, als kämpfte er gegen sie und ihren Entschluss an. »Du hattest Monate, ein ganzes Jahr Zeit, um mir die Wahrheit zu sagen. Du hättest es in Ordnung bringen können.« Sie faltete den nächsten Karton auseinander und räumte die Kommode aus.

»Ich konnte nicht, Rina. Sieh doch, was wir gemeinsam haben. Ich wollte dich nicht verlieren. Ich habe versucht, dich zu beschützen. Was macht es schon, wie wir uns kennengelernt haben?«

Rina holte einen Stapel Kleidungsstücke aus einer Schublade und legte ihn, behutsam diesmal, in den Karton. Sie drehte sich um, und Kaitarō wich vor Schreck über den Schmerz in ihrem Blick zurück.

»Du hast dich selbst geschützt«, sagte sie, nahm wieder das Knäuel und hielt es in den Händen. »Bei ihm war ich nie der Mensch, der ich sein wollte«, sagte sie, und dann lachte sie plötzlich. »Aber das weißt du ja, denn bei dir war ich es.« Kaitarō machte einen Schritt auf sie zu. Rina wickelte ein Stück von dem Strick ab, spannte ihn zwischen den Fingern, und eine Welle der Trauer erfasste sie. »Du bist nicht mehr du selbst. Was wir gemeinsam hatten, war nicht echt.« Sie sprach leise, flüsterte fast. »Ich dachte, wir wollten immer ehrlich zueinander sein.«

»Sind wir doch!«, flehte Kaitarō.

»Nein«, sagte Rina. »Du hast keinen Respekt vor mir. Was bin ich denn? Für dich? Für Satō?«

»Wir sind völlig verschieden.«

»Ich bin nur eine dumme Frau, die man zweimal betrügen kann. Eine Frau, die man belügen kann. Ich wurde besser erzogen.«

»Rina, Yoshi und ich …«

»Nein!«, sagte sie. »Sprich nicht über meinen Vater.« Kaitarō starrte sie an, und der Kummer in seinem Gesicht zwang sie zurückzuweichen, bis sie mit den Kniekehlen an die Bettkante stieß. Sie setzte sich und sah zur Seite. Er macht sich Sorgen, dachte sie, große Sorgen, aber er ist froh, dass ich nicht schreie. Vielleicht glaubte er, dass es hier noch etwas zu retten gab, aber es gab nichts zu retten, dafür würde sie sorgen. Kaitarō machte einen weiteren Schritt auf sie zu, und sie hob abwehrend die Hand. Sie sprach leise, nicht weil sie ruhig, sondern weil sie niedergeschmettert war. Niedergeschmettert und schwach, wie schon seit vielen Jahren. Sumiko fiel ihr ein. Was würde ihre Tochter denken, wenn sie sie jetzt sehen könnte, was aus ihr geworden war. Sie stellte sich ihre Tochter vor, etwas älter, an dem Tag Anfang des Jahrs, wenn ihre Volljährigkeit gefeiert wurde. Sie würde mich verachten, dachte sie. Ich bin keine gute Mutter. Ich habe sie verlassen, weil ich mit meinem Liebhaber spielen wollte. Ich kann Wahrheit und Lüge nicht voneinander unterscheiden. Langsam hob sie den Blick, und diesmal lag Wut in ihrem Gesichtsausdruck.

»Du hast mir alles genommen«, sagte sie, schleuderte das Knäuel weg. Er ging auf sie zu und nahm ihre Hände.

»Hör auf, Rina«, flüsterte er.

»Nein!«, schrie sie, schlug auf ihn ein. »Du hast mein Leben zerstört.«

»Rina … Rina«, bat Kaitarō und konnte nicht aufhören, ihren Namen zu sagen. Er packte sie an den Armen und drückte sie auf die Matratze. Sie stemmte sich gegen seine alles vereinnahmende Kraft, gegen sein Gewicht; er versuchte, sie zu bändigen, und sie hatte nur den einen Gedanken, dass sie – wieder einmal – kontrolliert wurde, niedergerungen wurde.

»Ich liebe dich«, sagte er und wischte ihr die Tränen ab. »Ich liebe dich mehr als mein Leben.« Seine Worte brachten sie dazu, sich noch stärker zu wehren. Sie wand ihre Hände aus seinem Griff und packte sein Gesicht. Es war so dicht vor ihr, dass sich ihre Nasen beinahe berührten, sie spürte seinen Atem auf der Haut.

»Ich kenne dich nicht«, sagte sie. »Und ich will dich nicht kennen.« Sie schubste ihn weg, als er sie wieder auf die Matratze niederdrücken wollte. Sie trat um sich, versuchte, ihn im Schritt zu treffen, doch er war zu stark, zu schwer. Sie streckte die Hand aus und kratzte ihm das Gesicht blutig. Das zweite Mal heute floss Blut. »Ich brauche dich nicht«, sagte sie und sah ihm in die Augen. »Alleine komme ich besser zurecht.«

Er bekam ihre Hände zu fassen, und sie wälzten sich auf dem Bett. Als sie ihm eine Ohrfeige auf seine blutende Wange gab, schrie Kaitarō plötzlich auf, laut und schrill, ein Schrei der Verzweiflung. Die Wucht und die Lautstärke erschreckten Rina.

Sie drosch hektisch auf ihn ein und trat ihn, sodass er das Gleichgewicht verlor. Sie rappelte sich auf, lief den Flur entlang zum Wohnzimmer, Kaitarō dicht hinter ihr. Er packte sie an der Latzhose und zog sie zu Boden. Rina krallte sich an die Türpfosten, doch sie konnte sich nicht festhalten und stürzte schwer, schlug sich das Kinn auf. Sie schmeckte Blut im Mund und trat nach Kaitarō, versuchte, zu dem Sekretär mit dem Telefon zu kriechen oder zur Wohnungstür, was immer sie erreichen würde. Für eine Sekunde konnte sie sich befreien, dann auf einmal spürte sie sein ganzes Gewicht auf sich; es walzte sie nieder, drückte sie auf die harten Holzdielen. Sie wollte ihn wegstoßen. »Du bist ein Nichts!«, schrie sie, und er fasste unter sie, wirbelte sie herum, sodass sie ihn anblicken musste. »Und du bist nur eine Nutte!« Kaitarō kniete über ihr, mit einer Hand hielt er ihre Handgelenke fest, in der anderen hatte er das Knäuel. Er wickelte ein Stück von dem Strick um ihre Handgelenke und fixierte sie. Rina rammte ihm die Knie in den Schritt. Er wand sich vor Schmerz, sein Griff lockerte sich, und sie war frei. Sie drehte sich um, robbte panisch Richtung Wohnungstür. Sie hatte nichts mehr zu verlieren. Als sie jedoch auf die Knie kam, schlang er den Strick um sie, erwischte erst ihre Schultern, band ihn dann um den Hals. »Hör auf!«, schrie er. Rina warf sich nach vorne, schnappte nach Luft, würgte. Sie krallte sich an seinen Handgelenken fest, seinen Händen. »Hör zu!«, sagte er. »Hör mir doch einmal zu!« Blut strömte in ihr Gesicht, sie spürte es unter der Haut pulsieren. Sie konnte nicht atmen, trat hektisch um sich, doch er zog die Schlinge nur fester. Sie versuchte, nach Luft zu schnappen, doch ihre Lunge blieb leer. Sie wurde schwächer, rutschte zu Boden, und er drehte sie zu sich um, lockerte seinen Griff.

Zuerst keuchte sie, doch dann fuhr die Luft wie ein Blitz in sie hinein, und Rina atmete tiefer, spürte, wie der Sauerstoff sich in ihr ausbreitete. Es tat weh, aber sie konnte wieder atmen, und das gab ihr Kraft. »Bleib bei mir«, flüsterte er. Er streichelte sie, strich ihr das Haar aus dem Gesicht, massierte ihr die Kehle, zog den Strick weg. Rina sah ihm in die Augen, und sein Anblick, der Gedanke an seine Lügen, das Leben, das sie geliebt und verloren hatte, brach ihr erneut das Herz. »Bleib bei mir. Ohne dich bin ich nichts«, sagte er. Eine Träne lief ihm über die Wange, und diese Schwäche, die sie an ihre eigene erinnerte, erfüllte sie mit Wut. Selbst jetzt noch konnte sie bei ihm bleiben, sich an ihn hängen, statt endlich auf eigenen Füßen zu stehen. »Ich brauche dich nicht«, sagte sie.

Seine Hände, die sie gestreichelt hatten, ihre Kehle massiert hatten, hielten inne. Er schüttelte den Kopf. »Ich will dich nicht«, sagte sie und stieß ihn weg. »Ich komme ohne dich besser zurecht.« Er warf sie zurück auf den Boden. Sie schlug mit dem Kopf auf die harten Dielen, und seine Hände legten sich um ihren Hals. Rina versuchte, sich zu befreien, umklammerte seine Finger, doch er war zu stark. Sie strampelte, doch sie hatte einen Schuh verloren, und mit dem Strumpf rutschte sie immer wieder ab. Sie kämpfte, um Luft zu bekommen, ihre Brust blähte sich auf und zog sich wieder zusammen. Die Klammer um ihre Kehle verengte sich, seine Finger drückten fester auf ihre Luftröhre; der Schmerz kehrte zurück, und ihr ging die Luft aus. Noch einmal bäumte sie sich auf, doch ihre Sicht wurde verschwommen, nur das Blut in ihrem Kopf pulsierte noch heftig, sonst machte sich Ermattung in ihrem Körper breit. Rina wand sich, sie wollte nicht sterben. Sie strampelte mit den Füßen, immer und immer wieder, bis sie nicht mehr unterscheiden konnte, ob sie sich wirklich bewegte oder ob sie es sich nur einbildete. Kaitarō weinte, schluchzte vor Kummer, presste Rina auf den Boden. Sie konnte die Zimmerdecke sehen, den Wandschirm, den Flur zu ihrem Schlafzimmer, die Kraniche im Flug. Das ist alles, dachte sie, mehr wird es für mich nicht geben. »Sumiko …«, hauchte sie, aber sie konnte nicht sprechen. Sie versuchte, ihren Namen zu sagen, und obwohl sich ihre Lippen bewegten – rührte sich nichts mehr. Kein Geräusch. »Sumi, Sumi …«

FÜNFTER TEIL

Alles weiß man, nur nicht,
wie man leben soll.

Jean-Paul Sartre

Sumiko

Atmen

Den ganzen Tag über hatten sich dunkle Wolken über Meguro zusammengebraut, die Luft war heiß und schwer, als hätten sich zu viele Partikel in ihr angesammelt. Der Sturm, als er endlich losbrach, kam plötzlich und war heftig, eine Kakofonie von Regentropfen, dicke Kügelchen, die auf die Straßen prasselten und alles fortspülten. Als ich jetzt in den Garten blickte, war die Luft frisch und rein, und die Pflanzen schimmerten im Dämmerlicht.

Die Nacht brach herein, als ich mich in dem Sessel meines Großvaters niederließ und das Leder unter mir ächzte. Ich knipste die Leselampe neben mir an, und der Raum versank in Schatten. Auf meinem Schoß hielt ich die kleine samtene Schachtel, die mich auf dieser Reise begleitet hatte. Sie war geöffnet, die goldenen Blütenblätter der Anstecknadel glänzten, in der Mitte prangten die Sonnenblume und die Waagschale. Gerechtigkeit für alle Menschen. Durch die geöffneten Fensterläden tönte der ununterbrochene Gesang der Zikaden im Garten herein. Das Zirpen fing im Gras an und erhob sich, durch die nächtliche Dunkelheit verstärkt, immer lauter werdend zum Himmel.

Ich lauschte, wartete auf das metallische Klicken der

Gartenpforte, die weichen Schritte auf den Fliesen in der Einfahrt. Und dann hörte ich den Schlüssel im Schloss. »Sumichan!«, rief er. Ich vernahm seine Schritte auf dem Marmorboden im Flur. Er schlüpfte in seine Hausschuhe. Er musste das Licht im Arbeitszimmer bemerkt haben. Ich stellte mir vor, dass er sich darüber freute, weil er glaubte, ich würde noch arbeiten, vielleicht einen meiner zusätzlichen Fälle zum Abschluss bringen oder mich auf meine Stelle bei Nomura & Higashino vorbereiten.

»Die Abalonen waren hervorragend, Sumichan!«, rief er auf dem Weg zur Küche. »Sie haben mir den Rest eingepackt. Soll ich sie dir zubereiten?« Ich hörte, wie er Teller auf den Esstisch stellte, und sah hauchdünn geschnittene, fächerartig auf einem Eisbett angeordnete Seeohren-Scheiben vor mir. »Du solltest mehr essen!«, ermahnte er mich und kam fröhlich ins Arbeitszimmer. Er strahlte, als er mich in seinem Sessel sitzen sah. »Du arbeitest zu viel«, sagte er. »Komm …« Er hielt mir seine Hand hin, entspannt und vital nach der Erfrischung in den heißen Quellen.

Er war nicht mehr der Mann, der für die Staatsanwaltschaft eine Anklageschrift gegen Kaitarō Nakamura entworfen hatte. Seine Haare, damals noch schwarz, nur leicht von weißen Strähnen durchsetzt, waren grau geworden. Er war dünner, kleiner, als würde er schrumpfen. Doch sein Gesicht war immer noch markant, die Augenbrauen dunkel, die Falten und Runzeln das Ergebnis seiner variantenreichen Mimik. Er kniff die Augen zusammen und lächelte mich an. Dann legte er den Kopf schief, als müsste er ein Problem lösen. Zwanzig Jahre, und noch immer sah er mich so an, als wäre ich ein Kind, das er mit einem Witz aufheitern müsste.

Sein Blick hellte sich auf, als er die Schachtel in meiner Hand sah. »Ist sie also angekommen«, sagte er voller Genugtuung.

»Ich habe das hier gefunden«, sagte ich und zog unter der Schachtel ein Stück Papier hervor. Es war ein Zeitungsausschnitt. Im Laufe der Jahre hatte er mir viele solcher Zeitungsausschnitte gegeben. Großvater schien weder überrascht noch alarmiert. Er las ihn, jene wenigen Zeilen, die unser beider Leben zusammenfassten.

»Sumiko …«

»Den habe ich auf einer Polizeiwache in Shinagawa gefunden«, sagte ich. Yoshi blickte mich misstrauisch an, sein Verstand arbeitete rasend schnell, doch ehe er etwas erwidern, mir ein neues Märchen auftischen konnte, redete ich weiter. »Und ich habe deine Akte gefunden.«

Mein Großvater schwieg, wischte sich über den Mund und drehte sich zu den Bücherregalen.

»Meine Akte?«

»Deine Akte über Kaitarō Nakamura. In deinem Büro«, sagte ich, um jeden Zweifel zwischen uns auszuräumen. Langsam erhob ich mich aus dem Sessel.

»Sumi …«, flüsterte er, als könnten wir, wenn er nur leise genug sprach, in unser früheres Leben zurückkehren. Ich deutete auf den Lehnsessel, forderte ihn auf, sich hinzusetzen.

Er stand unter Schock und versuchte, sich nichts

anmerken zu lassen, seine gewohnte Selbstbeherrschung aufzubieten, doch seine Hände zitterten, als er sie auf den Armlehnen ablegte.

»Du hast mich belogen.«

Er sah zu Boden, wich meinem Blick aus.

»Du hast mich mein ganzes Leben lang belogen«, wiederholte ich. »Deine Geschichten, die Stelle an der Schnellstraße in Shinagawa, die du mir gezeigt hast ...« Hier brach ich ab, bei dem schönen Schein unserer gemeinsamen Vergangenheit.

Mein Großvater schüttelte wieder den Kopf, als könnte es das Geschehene rückgängig machen, doch umsonst. Ich verlangte Antworten, und er wusste, wie hartnäckig ich sein konnte. Schließlich hatte er mir selbst beigebracht, wie man argumentiert.

»Ich habe sie gefunden. Wusstest du das?«, sagte er nach einer Weile. Seine Wangen bebten, aber er weinte nicht, und in dem Moment fiel mir auf, wie pergamenten seine Haut geworden war, überhaupt, wie gebrechlich er war. »Sie lag auf dem Boden«, fuhr er fort, »hatte immer noch diese blöde Latzhose an.« Er zog ein Taschentuch aus der Jacketttasche, spannte es zwischen den Händen, und bei diesem Anblick spürte ich, welche Verheerung das alles in ihm angerichtet hatte. Er hatte sie nicht gerettet, und diese Schuld trug er bis zum heutigen Tag mit sich herum. Eine Schuld, die ich nun teilte. Seit ich die Videoaufzeichnung der Sicherheitskamera entdeckt hatte, fragte ich mich, ob Rina noch leben würde, wenn sie nicht wegen mir zur Bäckerei gegangen wäre, wenn ich ihr gesagt hätte, sie solle schnell nach Hause kommen, ohne mir etwas mitzubringen. Yoshi spannte den Kiefer an und holte tief Luft. »Er kniete neben ihr«, sagte er, und jetzt, als wir über den Mann sprachen, der uns so viel Kummer bereitet hatte, sah er mich an, erwiderte standhaft meinen Blick. In seinem Ausdruck war von Verletzlichkeit nichts mehr zu spüren, nur eine versteckte, finstere Wirklichkeit.

»Hättest du damit aufwachsen wollen?«, fragte er und hielt mir den Zeitungsausschnitt hin, und nun sah ich weg, denn darauf konnte ich ihm keine Antwort geben.

»Ich weiß, was er ist«, wich ich seiner Frage aus. »Ich weiß, was er getan hat. Aber du hättest es mir auch anders beibringen ...« Ich unterbrach mich, da mein Großvater ungläubig schnaubte. Er starrte mich voll väterlicher Geringschätzung an, und obwohl er mir unrecht tat, schämte ich mich. In seinen Augen war ich ein Kind, ein dummes kleines Mädchen, das nicht verstehen wollte.

»Ich habe mir die Videos mit den Verhören angesehen«, sagte ich, und er schien maßlos erstaunt. »Ich habe die Verteidigungsakte gelesen und auch deine Notizen. Du hast mir das alles vorenthalten, aber du hättest mir Zugang gewähren sollen. Sie gehören auch mir.«

Mein Großvater atmete tief ein und ließ die Luft langsam wieder entweichen.

»Du hast die Aufsicht über ihr Leben geführt und über meins. Du hast eine Erinnerung an sie erschaffen, die ich übernehmen sollte«, sagte ich, deutlich lauter und mit Verbitterung. Ich dachte an meine Mutter, nach der ich mich immer noch sehnte und die man mir auf vielfältige Weise genommen hatte.

Als ich die Fallakte zum ersten Mal in die Hände bekam, hatte ich nur meine Mutter im Sinn gehabt. Was aus Kaitarō Nakamura geworden war, kümmerte mich nicht. Doch als ich ihn auf den Videos sah, als ich über ihn las, wurde mir bewusst, dass er Seiten an ihr kennengelernt hatte, die niemand sonst kannte. Ich dachte an seine Verurteilung, und ich fürchtete um ihn, eine Furcht, die noch zunahm und sich verfestigte, als ich die Notizen meines Großvaters las.

»Wie ist es, einen Menschen zu töten?«, fragte ich leise.

»Was?« Mein Großvater sah mich mit zusammengekniffenen Augen an.

»Er ist doch tot, oder? Deswegen hat mich das Justizministerium angerufen.« Ich stand ruhig da, sah ihn unmittelbar an, wich aber zurück, als er mir mit einem leisen Lächeln antwortete. »Ich kann verstehen, warum …«, setzte ich an, doch erschreckte, als er anfing zu lachen.

Ich schwieg für einen Moment. »Hat Yurie Kagashimas Plädoyer ihn gerettet?«, fragte ich und dachte an die Frau mit dem Pferdeschwanz, auf deren Schoß ich als Kind gesessen hatte.

»Was glaubst du, Sumiko? Hast du dir auch mal klargemacht, welche Rolle du in dem Ganzen spielst?«, fragte mein Großvater und kam nur schwerfällig auf die Beine.

»Das verstehe ich nicht«, murmelte ich, unschlüssig, ob ich zu ihm gehen sollte, denn sein zorniger Blick schüchterte mich ein. Dieser Zorn hatte bis jetzt in ihm geschlummert.

»Weißt du, woher sie die Idee hatte, dass wir ihn in unsere Familie aufgenommen hätten? Du hast vielleicht nicht gewusst, was vor sich ging, aber du warst diejenige, die ihr gesagt hat, er sei ein netter Mann«, hielt mein Großvater mir vor. »Ein guter Freund, der deine Mutter sehr gerne hat.«

»Ihr Argument, dass er sie geliebt hat …«

»… hat sich am Ende durchgesetzt«, sagte mein Großvater. »Das Gericht war der Ansicht, dass er deine Mutter wirklich gerne mochte und dass seine Reue echt war. Es kam zu dem Schluss, dass es ein Verbrechen aus Leidenschaft war und Aussicht auf Läuterung bestand.«

»Und Staatsanwalt Kurosawa?«, sagte ich und dachte an das Foto von mir, das Großvater ihm geschickt hatte, seine überzeugende Argumentation, das Gerichtsverfahren, das ich mir so lebhaft vorgestellt hatte. Doch dann fielen mir wieder die Mitschnitte der Verhöre ein, das gemäßigte Auftreten des Staatsanwalts, die Beziehung zwischen ihm und Kaitarō, die ich nie ganz einschätzen konnte. Trotz meiner Ausbildung hatte ich voreilige Schlüsse gezogen, und mit dieser Erkenntnis stellte sich noch etwas anderes ein, seltsam und unstatthaft: Erleichterung.

»Kurosawa hat nicht auf meine Briefe geantwortet«, sagte mein Großvater. »Am Ende forderte er eine lange Freiheitsstrafe.«

»Und der Anruf aus dem Justizministerium?«

»Kaitarō Nakamura lebt«, sagte Yoshi. »Und steht kurz vor seiner Entlassung.«

Ich brauchte ein paar Sekunden, um das zu verarbeiten,

erkannte aber, dass mein Großvater trotz allem zu einem vergessenen Beteiligten degradiert worden sein musste, im Stich gelassen und allein, ohne dass seine berufliche Erfahrung irgendetwas bewirkt hätte. Trotzdem, so leid es mir für ihn tat, blieb ein Gedanke haften. »Wo ist er?«, fragte ich.

»Sei nicht dumm, Sumiko.«

»Ich möchte ihn sehen.«

»Er hat deine Mutter getötet!«

»Ich möchte ihn sprechen«, beharrte ich. »Er kann mir etwas über sie erzählen.«

Mit erstaunlicher Geschwindigkeit kam Großvater auf mich zu und hielt mich am Arm fest. Seine Haut war runzlig, aber sein Griff war fest. »*Ich* habe dir von ihr erzählt«, sagte er und trat dicht vor mich hin, sodass wir uns beinahe berührten. Ich sah ihn an, schwankte, versuchte, seinem Blick standzuhalten.

»Ich habe mein Bestes gegeben, Sumiko«, sagte er.

»Das ist nicht genug«, sagte ich, entwand mich ihm und stolperte, als er mich plötzlich losließ und sich abwandte. Und obwohl er mir den Rücken zukehrte, hing alles, was er mir gegeben hatte, meine Kindheit, sein Schutz, seine Liebe zwischen uns.

»Ich glaube, ich kann nicht für Nomura & Higashino arbeiten.«

»Unsinn«, sagte er und funkelte mich über die Schulter an.

»Ich meine es ernst«, sagte ich leise.

»Tu das nicht, Sumiko. Wenn du mich damit strafen willst …«

»Das will ich nicht.«

Kopfschüttelnd drehte er sich um. »Aber du hast doch den Vertrag unterzeichnet.«

»Nein.«

»Das wird deiner Karriere schaden. Unwiderruflich.«

»Ich will mich nicht auf Gesellschaftsrecht spezialisieren«, sagte ich.

Seine Miene wurde weicher. Er nahm meine Hand. »Du stehst unter Schock, Sumichan. Du weißt nicht, was du willst.« Ich verkrampfte mich, und sein Griff um meine Hand wurde fester. »Das ist die Trauer, Sumi. Du kannst nicht vernünftig denken.«

»Bevor du nach Hause gekommen bist«, sagte ich, »habe ich den Umschlag mit dem Vertrag geöffnet. Aber ich kann ihn nicht unterschreiben.«

Mein Großvater ließ meine Hände los. »Dazu habe ich dich nicht erzogen.«

»Hast du das auch zu meiner Mutter gesagt?«, fragte ich.

»Rina hat ihre Verantwortung nicht übernommen.«

»Glaubst du, dass ich auch so bin?«

»Du bist gut ausgebildet, diszipliniert. Du kannst alles werden, was sie nicht geworden ist.«

»Ich werde ich selbst sein«, sagte ich und merkte, wie ihm bewusst wurde, was das bedeutete. »So wie sie.«

»Sie ist tot«, sagte er. »Sie hat dich alleingelassen. Du musstest ohne sie aufwachsen.«

»Ich möchte ihn sehen«, wiederholte ich, und er presste enttäuscht die Lippen zusammen.

»Du wirst ihn nicht mehr antreffen«, sagte er.

Ich versuchte, mich an die Einzelheiten des Telefongesprächs zu erinnern, kalkulierte die Benachrichtigungsfrist mit ein, die das Justizministerium gewähren würde. Unmöglich, dass ich zu spät kommen würde, dass er schon entlassen worden war. Mein Großvater bluffte nur, und er merkte, dass ich ihn durchschaut hatte.

»Sie lassen nicht jeden rein«, sagte er. »Was willst du machen? So tun, als wärst du seine Anwältin?«

»Das wird nicht nötig sein«, sagte ich.

»Welche Ironie – dafür also deine Ausbildung«, schnaubte mein Großvater.

»Ich werde keine falschen Angaben über mich machen«, sagte ich.

Großvater stand vor dem Bücherregal, unserer Sammlung, einem Amalgam unserer Arbeit. »Die Regeln sind streng. Nur Angehörige haben Besuchserlaubnis.«

»Zu welcher Kategorie von Häftlingen gehört er?«, wollte ich von ihm wissen, doch mein Großvater antwortete nicht. Ich fragte mich, ob er Berichte über Kaitarōs Verhalten während seiner Inhaftierung und einer entsprechenden Einordnung in eine Kategorie erhalten hatte. Je höher die Kategorie, umso mehr Besuche und Briefe waren dem Häftling erlaubt. Als vergessener Beteiligter hätte mein Großvater nach der neuen Verordnung ein Recht auf so einen Bericht gehabt.

»Hatte er Besuch?«

»Nein«, antwortete mein Großvater. Wir standen in seinem Arbeitszimmer nur wenige Schritte voneinander entfernt, erreichten uns aber nicht mehr.

»Nicht ein einziges Mal?«, fragte ich.

Mein Großvater sah mich mit müden Augen an. »Er hat keine Familie mehr.«

»Wo ist er?«, fragte ich.

»Sumiko, tu das nicht«, flehte er mich an.

»Wo?«, wiederholte ich.

»In Chiba«, sagte er und schloss die Augen. »Und in welcher Verbindung, wirst du sagen, stehst du zu ihm?«, fragte er, als ich in der Tür noch mal innehielt und an den Mann dachte, der behauptet hatte, meine Mutter zu lieben, und sie getötet hatte.

»Kaitarō Nakamura war mein zukünftiger Stiefvater«, sagte ich. »Ich bin seine Familie.«

Sadame

Im Zug nach Chiba konnte ich nicht still sitzen. Ich wanderte durch die Wagen, blieb in dem Durchgang zwischen zwei Wagen stehen, umtost vom Lärm der ratternden Räder, und lehnte mich an die Tür. Im Fensterglas sah ich mein Spiegelbild, eine schmale Frau in Leder-Boots und dunkelblauem Shirt-Kleid, die Taille eng gegürtet. Mit der Hand hielt ich mich an dem Griff fest, klammerte mich an ihn, sodass sich meine Fingernägel in den Handballen drückten, als würde mir das eine Stütze geben.

Wenn Großvater und ich zum Skifahren in die Japanischen Alpen fuhren, waren wir immer mit Regionalzügen gereist. Sie fuhren so langsam, dass man die Bambussträucher sich im Wind wiegen sah. Wie Straußenfedern bogen sie sich, standen dicht entlang der Bahngleise und Flussufern. Jede Einzelheit war deutlich zu erkennen, die dunklen Stäbe, die sich zum Licht reckten, jeder mit einem Federschmuck aus jadegrünen Blättern gekrönt. Von diesem Zug aus war die Welt draußen ein zartes unscharfes Gebilde. In der Ferne schimmerten die weißen Kappen der Berge wie schillernde aufgereihte Perlen, während Telefonkabel und die vereinzelten Häuser und Felder in der Landschaft zu Farbstreifen verschmolzen, bis die Welt so schnell vorbeiflog, dass sie vor mir davonzulaufen schien, über die Gleise zurück nach Tokio, wo ich hingehörte.

Doch es war zu spät, nach Hause umzukehren, wo ich und meine Lieben in Sicherheit gewesen wären. Als wir uns Chiba näherten, bekam ich Beklemmungen. Der Zug verlangsamte sein Tempo. Die äußere Welt nahm wieder Gestalt an, und ich erblickte die scharfen Umrisse eines Bahnsteigs.

Ich war nervös, als ich auf das Gefängnistor zuging. Ich hatte nicht bedacht, dass ich Kaitarō Nakamura vielleicht gar nicht sehen durfte. Mein Großvater hatte recht, die Regeln sind sehr streng. Ich konnte behaupten, ich sei eine Verwandte, doch wer oder was bestimmte, ob es mir gestattet sein würde, Kaitarō zu sehen oder nicht, darüber hatte ich keine Kontrolle. Mein Platz war vor zwanzig Jahren bestimmt worden, dadurch, dass Kaitarō mich als Kind erlebt hatte.

Noch heute werden bei Haftantritt in Chiba alle

potenziellen Besucher des neuen Häftlings vom Empfangsbüro registriert. Wer nicht aufgeführt wird, erhält keinen Zutritt.

Mit zitternden Händen holte ich meine Ausweise aus der Tasche, mein Führerschein klemmte im Portemonnaie fest, und ich musste ihn mit schweißnassen Fingern herausklauben. Ich verbeugte mich vor dem Wärter, der mir bedeutete zu warten, und ging zu der Kabine neben dem Begrenzungszaun. Ich sah, wie er zum Telefon griff, meinen Führerschein vor sich hielt und die Daten durchgab. Es folgte eine Pause, er hörte zu, schließlich nickte er und sagte wieder etwas. Es war feucht geworden, ein Sprühregen hatte eingesetzt, fein wie Nebel. Der Wärter eilte auf mich zu. »Der Häftling ist bei der Arbeit«, erklärte er, »aber Sie können in einem Raum die nächste halbe Stunde auf ihn warten.«

Er zeigte auf das Hauptgebäude, knapp hundert Meter entfernt, ein beeindruckender Betonkasten mit schwarzen Glastüren. Ich hatte mir so viele Argumente im Kopf zurechtgelegt, mit so vielen Problemen gerechnet, ob mir überhaupt Zutritt gewährt würde – hatte sogar mein Abzeichen mitgebracht –, dass ich ihn im ersten Moment nicht verstand. Der Wärter wischte sich die Feuchtigkeit aus dem Gesicht und schaute mich finster an. »Frau Sarashima?«, wiederholte er. »Sie müssen dieses Formular ausfüllen.« Er sah zum Himmel und betrachtete den Regen, der jetzt richtig einsetzte. Dicke Tropfen platschten auf den Asphalt, und er nahm meinen Arm und dirigierte mich unter das hellgelbe Vordach des Gefängnisladens. Dann übergab er mir ein Klemmbrett und einen Stift. »Füllen Sie das bitte aus«, sagte er. »Möglichst genau.« Ich nickte. »Bin ich registriert?«, fragte ich. »Stehe ich auf seiner Besucherliste?« Der Wärter runzelte die Stirn.

»Entschuldigung«, murmelte ich schnell und beugte mich über das Formular. Es gab Fragen zu meinem Hintergrund, die ich zügig beantwortete, dann kam das Feld: »Über welches Thema möchten Sie mit dem Häftling sprechen?« Darunter kleingedruckt: »Bitte weichen Sie nicht vom Thema ab, andernfalls muss Ihr Besuch abgebrochen werden.« Ich überlegte, die Spitze des Stifts schwebte über dem Papier. Dann schrieb ich: »Meine Mutter Rina«.

Der Wärter las sich das ausgefüllte Formular durch, nickte und lief durch den Regen zurück zu seiner Kabine. Ich blieb allein unter dem Vordach des Ladens, sah auf die Uhr, und erst jetzt fiel mir auf, dass ich an den Armen ganz nass war. Ich schüttelte sie und betrat den Laden. Drinnen war es frisch, die Klimaanlage lief, und ich fröstelte. Außer mir war niemand da.

Jeder Häftling ist verpflichtet zu arbeiten. Selbst die Todeskandidaten, die in Isolationshaft sitzen, arbeiten allein in ihren Zellen. Die anderen verbringen ihre Tage in Gefängnisfabriken, die Verträge mit Markenherstellern zur Fertigung von Einkaufstüten und Essstäbchen haben. Wenn die Aufträge ausgeführt sind, werden die Häftlinge in Handwerksberufen ausgebildet und ihre Produkte in gefängniseigenen Läden verkauft.

Der Raum war so groß wie eine Lagerhalle. Unter der Decke brannten Neonröhren, und die Wände leuchteten weiß. Am anderen Ende befand sich ein mit Teppich ausgelegter Showroom: ein Veloursssofa und ein Glas-Couchtisch, außerdem traditionelle Kästen aus rotem Ulmenholz mit schwarzen Eisenbeschlägen. Vor mir standen niedrige Tische, darauf Weidenkörbe voller Tüten mit grünem Tee und Tonfiguren diverser Gottheiten. In Regalen wurden schwarze und braune Herrenschuhe, eine Auswahl an Krawatten und Gehstöcken zum Verkauf angeboten, und in einem Glaskabinett Krawattennadeln aus schwarzem Lack mit Gold- und Silberverzierungen – einem goldenen Karpfen, der in einem dunklen Becken schwimmt, oder einer silbernen Pfingstrose vor einem schwarzem Nachthimmel.

Während ich umherging, dachte ich an die Männer, die diese Dinge hergestellt hatten, an die Existenz, die sie führten. Das Leben in so einer Einrichtung wie Chiba ist in erster Linie still. Die Häftlinge dürfen sich nicht unterhalten. Beim Sport, beim Duschen, selbst während der Andacht ist jede Kommunikation verboten und wird bestraft. In den Fabriken konzentriert sich jeder auf seine Arbeit. Man darf weder die Wärter anschauen noch seine Mitgefangenen, auf die Uhr gucken oder aus dem Fenster. Wenn man sich mit der Hand übers Gesicht wischen oder die Nase putzen will, muss man um Erlaubnis bitten. Es ist eine Welt, in der die Menschen wenig Kontrolle über ihren Geist und ihren Körper haben; das Einzige, was sie beeinflussen können, sind die Produkte, die sie herstellen.

Ich dachte an Kaitarō, so wie ich ihn zuletzt gesehen hatte, den Mann in den Videoaufnahmen, den verzweifelten, trotzigen Kaitarō. Ich sah sein von langen schwarzen Haaren eingerahmtes Gesicht vor mir, die in die Kamera blickenden glänzenden Augen. Welches der hier ausgestellten Produkte stammt wohl von ihm, überlegte ich. Wie hatte er sich verändert in dieser Welt, in der er jahrelang genau gesagt bekommen hatte, wie man zu sitzen, zu stehen und zu schlafen hat. Ich stellte mir vor, wie er jeden Tag in die Fabrik ging, abgehärtet gegen die Leibesvisitationen vor Betreten der Kantine oder seines Zellentrakts, nichts und niemanden ansieht, sich allein nach den Glockenschlägen bewegt. Gut möglich, dass ich der erste Mensch war, dem er in zwanzig Jahren wirklich begegnete. Ob er mir in die Augen schauen konnte?

Aus einer Tür im hinteren Teil des Ladens kam eine Verkäuferin in flachen absatzlosen Schuhen rasch auf mich zu und wischte sich mit einer Serviette den Mund ab. Sie lächelte mich an und bat mich zur Verkaufstheke. »Haben Sie die schon gesehen?« Sie zeigte auf einen Kartenständer auf der Theke. Er enthielt die üblichen Notizbücher und Briefpapiere mit Kirschblütendekor, Glasuntersetzer aus Papier mit Herbstblättermuster, doch daneben, in einem eigenen Ständer, waren Notizbücher mit einem aufgedruckten Kumamon, dem schwarzen Bären der Präfektur Kumamoto. Dieses Maskottchen ist so rührend, dass es landesweite Popularität erlangte, sogar Milchfläschchen für Babys und Instantnudeln im Supermarkt schmücken sich mit seinem Abbild. Auf diesem Notizbuch trug er die Mütze und die Uniform der Gefängniswärter. Ein Lächeln und rote Bäckchen als Zeichen strotzender Gesundheit prangten auf seinem blanken schwarzen Gesicht. Er winkte gut gelaunt und hatte die Tatze erhoben. Am unteren Rand stand in Fettschrift: »Kumamons Notizbuch!«

Die Verkäuferin sah mich erwartungsvoll an, und ich schenkte ihr ein begeistertes Lächeln. Ich kannte Leute, die diese Notizbücher sammelten, manche wären sicher neidisch, wenn ich eins kaufte. Ich schlug den Einband auf und fand einen eingelegten Zettel: »Nicht zum Verzehr geeignet. Nicht als Waffe benutzen.« Und schließlich: »Nicht werfen!« Ich dachte an die Männer in den Fabriken, die Spannungen zwischen ihnen, das Schweigen, das Surren der Maschinen, wenn die Notizbücher hergestellt wurden.

Ich stand vor dem Gefängnistor im Regen und wartete auf Einlass. Aus meiner Tasche holte ich den Zeitungsartikel, den ich im Morgengrauen auf dem Schreibtisch meines Großvaters gefunden und eingesteckt hatte. Ich las noch einmal die Worte, die ich beinahe auswendig konnte, unsere Geschichte. Ich hielt das Papier straff zwischen den Händen, bis es so nass war, dass es in meine Haut zu tropfen schien. Als sich das Tor endlich öffnete, zerknüllte ich das Papier und warf es in den nächsten Mülleimer.

Meine Schuhsohlen quietschten auf dem Linoleumboden, als ich vorbei am Warteraum mit den weißen Wänden und den langen Holzbänken zu einer knapp zwei Meter breiten Besucherkabine eskortiert wurde, die in der Mitte durch eine gelochte Glaswand geteilt war. Es war unmöglich, seinem Gesprächspartner nahe zu kommen oder ihn gar zu berühren. Nur die Luft zwischen uns durfte frei verkehren.

Auf meiner Seite der Trennwand stand ein Tisch und ein brauner Plastikstuhl, auf den ich mich setzte. Ich wartete sehr lange und fürchtete schon, dass er nicht mehr kommen würde, dass er es nicht aushalten würde, mir gegenüberzusitzen. Die an die Wand gehefteten Vorschriften besagten, dass ich ausschließlich über das auf dem Formular angegebene Thema sprechen durfte, in einem leisen und ruhigen Ton. Ich durfte auch nicht in einer Fremdsprache oder mit Gesten kommunizieren. Jede Regelverletzung würde zum sofortigen Abbruch des Gesprächs führen.

Ich senkte den Blick, überlegte, wie ich mit Kaitarō Nakamura sprechen sollte. Wie sollte ich dabei leise und ruhig bleiben? Was sollte ich überhaupt sagen? Wir hatten nur wenig Zeit. Gefängnisbesuche dauern nur fünfzehn, höchstens zwanzig Minuten. Auf seiner Seite der Trennwand standen zwei Stühle, einer für Kaitarō, der andere für einen Wärter, der das Gespräch überwachen und aufzeichnen würde, doch die Plätze blieben leer. Nichts, nur Stille, eine Stille, die sich mit dem Ticken der Uhr noch auszudehnen schien.

Ich atmete langsam und flach – da hörte ich es, das Klatschen von Schlappen auf dem Linoleum. Ich zögerte, war nicht bereit aufzublicken. Es war einige Tage her, dass ich ihn auf dem Bildschirm in meinem Schlafzimmer gesehen hatte, und nun sollte er vor mir stehen. Der Wärter trat als Erster ein, gefolgt von einem kleinen schmalen Mann in grauem Overall. Man hatte ihm den Schädel rasiert, doch jetzt, kurz vor der Entlassung, durfte das Haar wieder wachsen. Es stand von der Kopfhaut wie eine grau melierte

Tonsur ab. Die Schultern hatte er hochgezogen, sein Gesicht von mir abgewandt. Dann streckte er die Arme nach vorne und wartete darauf, dass man ihm die Handschellen abnahm. Mit gesenktem Kopf, mit kleinen sparsamen Bewegungen ergriff er den Stuhl und setzte sich. Wenn es einen Zeitpunkt für Mitleid gegeben hätte, dann in dem Gefängnisladen, als ich mich innerlich darauf vorbereitet hatte, jemanden zu treffen, der meine Mutter ebenfalls geliebt und verloren hatte. Jetzt sah ich nur noch meine Mutter in einer fremden Wohnung auf dem Boden liegen, mit tiefblauen Blutergüssen am Hals.

Der Mann vor mir rutschte auf seinem Stuhl nach vorne, und als er jetzt endlich den Blick hob und mir in die Augen schaute, traf es mich wie ein Schlag. Sein Blick tastete mich ab, von den mit Klammern zurückgesteckten Haaren über mein Gesicht bis zu dem steifen Kragen meines Shirt-Kleids. Sehr langsam verzogen sich seine Mundwinkel zu einem Lächeln.

»Sie sehen aus wie Ihre Mutter.«

Wir haben viele Worte für Schicksal, manche gefühlvoll, bei anderen schwingt eine gewisse Energie mit, die Vorstellung, Schicksal sei ein Zyklus von Glück und freier Entscheidung. Das Wort, das mir im Gefängnis von Chiba in den Sinn kam, war alt, archaisch, aber besonders passend: *Sadame.* Ein Schicksal, dem man sich ergibt, das akzeptiert werden muss, weil man es nicht ändern kann.

Kaitarōs Lächeln ging über in eine sanfte neutrale Miene. Dennoch blieb ein Leuchten in seinen Augen, als er mich eingehend betrachtete. Die Tatsache, dass er mich erwartet, mich vor zwanzig Jahren als Besucherin registriert hatte, stand zwischen uns. Hatte er geahnt, dass ich komme, oder es einfach gehofft? Ich war von meinem Großvater erzogen worden, ich hätte von Kaitarō Nakamuras Existenz nicht unbedingt erfahren müssen.

Er beugte sich etwas vor und sagte: »Sie sind Anwältin.«

Ich sah an mir herab, meine schwarzen Schuhe, das Shirt-Kleid, es wirkte leger. Dann fiel mir die Mappe ein, die ich mitgebracht hatte, falls mein Argument, ich sei Familienangehörige, am Gefängnistor nicht ausgereicht hätte, und das kleine runde Abzeichen, das ich an den Rand gesteckt hatte. Die Mappe lag vor mir auf dem Tisch. Ich nickte, und wieder lächelte er, verwundert. »Wie Ihre Mutter«, sagte er.

»Ich habe kürzlich meine Ausbildung beendet.«

»Sie sind als Anwältin in Tokio zugelassen?«, fragte er und sah mich unverwandt an. Ich nickte.

»Ihr Großvater wollte die Todesstrafe für mich«, sagte er.

»Ich weiß.«

»Wünschen Sie sich, er wäre damit durchgekommen?«

Das Blut strömte mir ins Gesicht, als ich daran dachte, was ich in den vergangenen Wochen alles erfahren hatte. Sicher, manchmal hätte ich ihm den Galgen gewünscht. »Im Moment nicht«, sagte ich.

»Werfen Sie ihm das vor?«, fragte er. Ich sah Yoshi vor mir, der dem Leben nachtrauerte, das er erschaffen hatte.

»Ich hätte vielleicht auch so gehandelt«, sagte ich.

Kaitarō nickte, er akzeptierte meine Antwort.

»Die Verjährungsfrist ist lange vorbei.«

»Sie sind eine einfallsreiche Familie«, sagte er, und beinahe hätte ich gelacht. Er kannte uns gut.

»Sind Sie froh, dass Sie am Leben sind, Kaitarō Nakamura?«, fragte ich mit deutlich hörbarer Stimme, aber leise. Der Wärter hinter ihm beugte sich vor, um besser hören zu können, den Stift in der Hand. Ich sah Kaitarō an, doch er schwieg, schlug die Augen nieder, und ich fragte mich, ob er an meine Mutter dachte. Ob er sich selbst jetzt noch ihr Lächeln vergegenwärtigen konnte, das sich auf ihrem Gesicht entfaltete, wenn sie sich über eine Kleinigkeit freute. Endlich sah er mich an.

»Ich bin der Einzige, der sich an sie erinnert«, sagte er.

Ich wäre beinahe erstickt vor Wut. Hasserfüllt sah ich diesen traurigen dünnen Mann an. »Sie sind nicht der Einzige!«, zischte ich, und meine Stimme klang laut in dem winzigen Raum. Ich beugte mich vor, und die Trennwand aus Acrylglas beschlug, mein Atem zwängte sich durch die kleinen Löcher zwischen uns. Der Wärter erhob sich und legte die Hand auf Kaitarōs Schulter. Kaitarō war aufgestanden, wurde jedoch von dem Wärter gleich wieder auf den Stuhl gedrückt. Der Wärter sah mich streng an, und ich setzte mich ebenfalls wieder hin, verbeugte mich entschuldigend. Die Sekunden vergingen, und ich hielt zerknirscht den Kopf gesenkt. Mir lief die Zeit davon.

»Sumiko.«

Ich blickte auf, als Kaitarō meinen Namen aussprach. Er streckte sich vor, berührte mit den Fingern die Scheibe, bedeckte die Löcher.

»Ich bin nicht der Einzige, der sich an sie erinnert«, sagte er. »Aber niemand sonst hat sie so gekannt wie ich.«

»Mein Großvater hat sie gekannt«, sagte ich.

»Spricht er über sie?«, fragte Kaitarō und lächelte, als ich nicht antwortete. »Wenn ich sterben würde«, sagte er, »würde auch sie sterben und alles, was sie für mich war.«

Zornig verzog ich den Mund, womöglich hatte er recht.

»Ich habe etwas für Sie«, sagte er, als ich mich wieder gefasst hatte. Er fuhr sich mit der Hand durch die fast weißen Stoppelhaare.

»Ich möchte nichts von Ihnen, Sumiko Sarashima.« Ich stutzte, da er meinen richtigen Namen benutzte. »Sie sollen meine Erinnerungen bekommen.« Ich sah ihn misstrauisch an, das Schweigen zwischen uns dehnte sich aus.

»Ich habe Ihnen geschrieben«, sagte er gequält lächelnd. »Einen Brief pro Monat, jeweils sieben Seiten.« Meine Lippen zuckten unfreiwillig, denn die Gefängnisregularien galten auch für nicht abgeschickte Briefe. »Jeden Monat«, sagte er und lehnte sich gegen die Trennscheibe, »habe ich Ihnen einen Brief geschrieben, in der Hoffnung, dass Sie sie eines Tages lesen.«

»Sie sind ein Mörder. Ich sollte die Briefe verbrennen«, sagte ich.

»Richtig«, räumte er ein. »Aber es gibt andere Dinge, die ich aus unserer Wohnung mitgenommen habe.« Ich war nicht bereit, ihm irgendetwas nachzusehen, zuckte aber kurz zusammen bei dem Gedanken an das gemeinsame Leben, das er mit meiner Mutter geführt hatte. »Es ist nicht viel«, fuhr er fort. »Nur das, was ich an dem Abend, als sie starb, zusammengesucht habe. Es wurde als Beweismittel sichergestellt. Ihr Großvater hat für unseren Mietvertrag gebürgt«, sagte er leise. »Alle unsere Möbel, die meisten unserer Habseligkeiten wurden von ihm vernichtet.«

»Was haben Sie für mich?«

»Fotos von Ihrer Mutter und mir in Hokkaido«, sagte er. »Ich bin dort aufgewachsen.«

»Ich bin ohne sie aufgewachsen. Das können Sie nie wiedergutmachen.«

»Nein«, sagte er nur. Der Wärter hinter ihm stand auf, unser Treffen war zu Ende. Kaitarō drehte sich um und hielt ihm die Hände hin, damit er die Handschellen wieder anlegen konnte. Ich sah ihn an, sah seine trockene schuppige Haut, die eingefallenen Wangen und versuchte zu erkennen, ob von der Kratzwunde, die sie ihm zugefügt hatte, der blutigen Schramme auf den Videobändern, etwas zurückgeblieben war. Ich musterte ihn, doch sein Gesicht war fahl, von der Blässe eines Menschen, der zwanzig Jahre lang eingeschlossen war und nur einmal in der Woche für eine halbe Stunde nach draußen durfte. Als er zur Tür ging, rief ich unwillkürlich hinter ihm her. Verärgert drehte sich der Wärter zu mir um, und ich streckte die Hand aus. »Bitte«, sagte ich. »Darf ich die Dokumente und Fotos haben, die er erwähnt hat?«

»Sie müssen erst noch begutachtet werden, Frau Sarashima. Unser Gutachter kommt immer freitags.« Ich sah Kaitarō leise lächeln, der Wärter bemerkte es nicht. Als ihm die Tür geöffnet wurde, blickte Kaitarō noch mal über die Schulter zu mir zurück. »Sumiko«, sagte er, und die

Wärme in seinen Augen rührte mich. »Verbrennen Sie sie, wenn Sie wollen.«

Was steckt in einem Namen?

Nach meinem Besuch im Gefängnis von Chiba ging mein Großvater mir aus dem Weg. Meine Anwesenheit im Haus nahm er kaum wahr, weigerte sich, mit mir zu sprechen. Wir aßen nicht zusammen, und ich weiß nicht, ob er überhaupt etwas zu sich nahm. Es war, als hätte ich mich durch die Aufdeckung unserer Vergangenheit verändert und als schmerzte ihn mein Anblick. Trotzdem ging ich jeden Tag auf ihn zu, konnte mich nicht von ihm fernhalten, und zu guter Letzt wollte ich es erzwingen und fragte ihn nach der einen Person, über die er ganz sicher sprechen würde: meinen Vater.

Er sagte mir, sie beide seien am Tag der Urteilsverkündung im Amtsgericht Tokio gewesen. Mein Großvater war schon früh da, mein Vater kam später und hoffte, unbemerkt in den Saal schlüpfen zu können. Er stellte sich ganz hinten hin. Nachdem das Urteil verkündet worden war, öffnete er leise die Tür, rannte die Haupttreppe hinunter durch das Marmorfoyer nach draußen in den Regen. Mein Großvater, der wusste, was er vorhatte, folgte ihm.

Mein Vater lief die Straße entlang Richtung Kasumigaseki-Bahnhof. An einer Ecke stand eine Telefonzelle, die vor Schmutz starrte, voller Schuhabdrücke, Zigarettenkippen, und sie stank nach Schweiß. Er betrat die Zelle, zögerte einen Moment, starrte auf den Telefonapparat, griff dann nach dem Hörer und wählte eine Nummer.

Es war stickig in der Zelle, Kondenswasser bildete sich an den Scheiben. Das Gesicht meines Vaters war gerade noch zu erkennen, als er lächelnd den Kopf hob. Er sprach schnell in den Hörer. Es folgte eine Pause in der Leitung, und er wartete darauf, dass jemand ans Telefon ging, die Person, deren Zustimmung er am meisten brauchte. Er hielt den Hörer mit beiden Händen, und man sah, wie er mit den Lippen das Wort »Vater« formte. Innerhalb von Sekunden verblasste das Lächeln, er senkte den Kopf, hörte zu, dann, langsam, hielt er den Hörer immer weiter weg vom Ohr, sah ihn einen Moment an, bevor er ihn auf die Gabel hängte. Eine Schlange hatte sich vor der Telefonzelle gebildet, darunter einige Reporter, andere warteten nur darauf, dass die Zelle frei wurde. Ein Mann klopfte an die Scheibe, mein Vater fuhr zusammen, nickte und verließ eilig die Zelle. Er zwängte sich durch die Menge auf dem Gehsteig, wies die Reporter ab, die ihn interviewen wollten. Er könne ihnen nicht helfen, rief er ihnen zu, er sei nicht der Mann, den sie suchten, er sei nicht Osamu Satō.

Immer mehr Leute scharten sich um ihn, und er wurde zum Gericht zurückgedrängt. Ein paar Meter weiter, auf dem Gehsteig, wartete mein Großvater. Er hatte den Regenschirm aufgespannt.

Mein Vater wurde nicht angeklagt, nur zu einem zivilrechtlichen Bußgeld für seine Taten verurteilt. Seine Familie wurde auch nicht von den Medien behelligt. Trotzdem verbannten ihn die Satōs aus ihrem Leben, aber nicht aufgrund dessen, was er meiner Mutter angetan hatte oder gar, weil sie ermordet worden war. Es war das vollständige Verzeichnis seiner Straftaten, erfasst und aufgelistet von Kaitarō Nakamura, was sie zu diesem Schritt bewog. Die Details seines Lebens erreichte die Familie in einem braunen, mit einer Kordel verschnürten Paket.

Der Bericht führte im Einzelnen Satōs Geschäftsbeziehungen und seine Schulden auf. Außerdem stand darin, dass er das Geld verschleudert hatte, das Yoshi ihm bei seiner Verheiratung mit Rina gegeben hatte, dass er aus seiner Firma entlassen worden war, zu viel trank und einer Frau in Nagoya nachstellte. Schließlich wurde beschrieben, wie er meine Mutter behandelt und welche Maßnahmen er ergriffen hatte, um sich von ihr scheiden zu lassen. Die Ermordung einer jungen Frau war nur der Tropfen, der das Fass zum Überlaufen gebracht hatte. Ich fragte meinen Großvater, ob Kaitarō der Familie das Dossier geschickt hatte. Im schummrigen Licht unseres Esszimmers verzog er den Mund zu einem müden Lächeln. »Ich habe es geschickt«, sagte er.

Er wusste, dass mein Vater nie wieder Kontakt zu uns aufnehmen würde, und so war es auch. Die letzte Nachricht, die ich von ihm bekommen habe, war eine Geburtstagskarte, die er kurz nach der Scheidung geschickt hatte, als meine Mutter noch lebte. Ich saß im Wohnzimmer unseres Hauses in Meguro auf dem Boden und öffnete meine Post. Er nannte seine Adresse in Nagoya, noch eine Wohnung, die ich nie zu sehen bekommen würde, und hatte ein Foto dazugelegt: sie beide auf einem Stück Rasen vor einem Wohnblock. Ich muss es mir lange angesehen haben, denn irgendwann kam Großvater herein. »Bist du noch nicht fertig?«, fragte er. »Zählst du die Liebesbriefe von deinen Bewunderern?« Als er merkte, was ich in der Hand hielt, setzte er sich neben mich auf den Boden.

»Wer ist die Frau?«, fragte ich.

»Die Freundin deines Vaters.«

»Sie ist hässlich«, murmelte ich, und er nahm mich auf den Schoß.

Sie war nicht hässlich, sah aber meiner Mutter nicht im Geringsten ähnlich. Breites Gesicht, hängende Wangen, keine junge Frau mehr. Falten um die Augen und den Mund, schmallippig, angespanntes Lächeln. Mein Vater hatte den Arm um sie gelegt. Ob sie glücklich waren? Schwer zu sagen.

Ich erinnere mich, dass ich mein Gesicht in Großvaters Hals verbarg. Er war aufgestanden und nahm mich auf den Arm. Dann setzte er mich wieder ab, beugte sich hinunter zu den Karten, die ich auf dem Boden liegen gelassen hatte, und sammelte sie ein. Er reihte sie auf dem Sofatisch auf, am Ende bedeckten sie den ganzen Tisch. Damit begründete er eine Tradition, die bis in mein erwachsenes Leben anhielt. »Sieh mal, du bist etwas ganz Besonderes«, sagte er.

Wir legten das Foto in eins unserer Familienalben, und erst nach meinem Besuch im Gefängnis von Chiba entdeckte ich es wieder. Ich hatte sehr viel über meinen Vater und seine Rolle beim Tod meiner Mutter erfahren, und ich wusste beim Betrachten des Bildes, dass ich nicht nach ihm suchen würde.

Eine Zeit lang hatte das Schicksal meines Vaters eine heilsame Wirkung auf meinen Großvater. Obwohl er über den Tod meiner Mutter zutiefst bekümmert war, konnte er seine Wut außen vor lassen und nach vorne blicken, weil er wusste, dass seine Feinde bestraft worden waren. Schweigend baute er die Welt um sich herum wieder auf. Alles, was verloren gegangen war, erschuf er neu und investierte in mich.

Mir ist klar, dass ich Glück hatte, eine behütete Kindheit. Mein Großvater hat mich mein Leben lang unterstützt und angeleitet. Sein Fehler war zu glauben, er habe die Kontrolle über die Welt, seine Version der Ereignisse könne als Gesetz gelten. Das Gesetz an sich gewährt keinen Schutz, in der Welt von heute ist es häufig unzulänglich. Was ich von meiner Mutter gelernt habe, hat mein Leben verändert.

Großvater hat das nicht verstanden. Er saß daheim und betrachtete das Haus, als hätte es ihn in seiner Abwesenheit verraten. Es war vorbei mit unseren gemütlichen Abendstunden im Dämmerlicht seines Arbeitszimmers, und er schnitt auch keine Zeitungsartikel mehr für mich aus und gab sie mir jeden Morgen. Ich hatte mich nicht nur seinem Urteil widersetzt, ich hatte seine Wirklichkeit verändert, die Gegenwart und die Zukunft, und das konnte er mir nicht verzeihen.

Der Sommer nahte und damit der Tag der Entlassung von Kaitarō. Jeden Morgen ging ich früh nach der Post sehen. Ich fragte mich schon, ob er es sich anders überlegt hatte und mir die Fotos doch nicht schicken würde. Vielleicht hatte er eine indiskrete Bemerkung gemacht, das

Gefängnis oder die Wärter kritisiert, weswegen die Briefe zurückgehalten wurden. Und die ganze Zeit lag der Vertrag von Nomura & Higashino im Arbeitszimmer. Ich hatte ihn noch immer nicht unterschrieben, und mit jedem Tag wurde ich unsicherer, was ich machen sollte. Schließlich stattete ich meiner Mutter einen Besuch ab.

Die Straße wand sich vor mir, stieg an, und jede Kurve offenbarte eine neue Facette unseres Wohnviertels, einen Schrein, einen Park, in dem Kinder spielten, ein Teegeschäft, einen Friseur, ein Beerdigungsinstitut, wo die Toten präpariert wurden und man sich in Frieden von ihnen verabschieden konnte. Weiße Häuser duckten sich an den Hängen, mit Miniatur-Formschnitten in den Vorgärten, Persimonen- oder Amanatsu-Bäumchen, und überall wie ein Netz spannten sich Telefonkabel zwischen den Häusern, auf denen Krähen saßen. Die Vögel hielten ständig Ausschau und warteten auf den nächsten Abfalleimer, der vor die Tür gestellt wurde, oder auf ein Kind mit Süßigkeiten.

Ich kam an einem Blumengeschäft vorbei, das in blauen Wassereimern verschiedene traditionelle Chrysanthemensträuße anbot, doch statt der Blumen, die jetzt gerade in den Bergen von Shimoda blühten, entschied ich mich für einen Bund Hortensien.

Ich erklomm eine Anhöhe, dann fiel die Straße auf der anderen Seite ab und führte zu einer Treppe, die selbst den Anwohnern zu steil war. Am Fuß der Treppe befand sich ein Spielplatz, auf den meine Mutter gerne mit mir gegangen war. Die Schaukeln und Wippen waren bunter als auf anderen Spielplätzen, und in der Mitte des Sandkastens stand ein Panda auf Federspiralen. Jetzt lag alles still und verlassen da. Hier gab es keine verkehrsreichen Schnellstraßen, Bürotürme und Hochhäuser wie im Zentrum von Meguro. Hier gab es nur das Licht, das schräg auf die Telefonkabel fiel und durch die Bäume hindurchschimmerte, und am Ende der Straße den Tempel, in dem ich meinen Namen erhalten hatte und wo meine Mutter bestattet worden war, unser Tempel, in dem sich unser Familiengrab befand.

Ich stieg nicht die Stufen zur Haupthalle hinauf, sondern folgte einem Weg um das Gebäude herum zu einem kleinen Friedhof auf der Rückseite. Erst vor wenigen Wochen, als wir noch in einer anderen Welt lebten, waren mein Großvater und ich dort gewesen.

Es war während des Obon-Festes, wenn die Toten nach Hause zurückkehren, wie es heißt, und man bis spät in die Nacht den Gesang im Tempel hört. Großvater und ich hatten Teller mit Ohagi mitgebracht, mit einer roten Bohnenpaste bedeckte und in Zellophan gehüllte Reiskuchen. Die Tempelwächter würden die Speisen bald wegräumen, bevor sie anfingen zu verfaulen oder nachts die Füchse anlockten. Doch als ich an jenem Morgen auf den Friedhof kam, waren die Opfergaben unserer und auch die anderer Familien noch da, ordentlich vor jedem Grab abgelegt, mit Schleifen versehene Schachteln.

Am anderen Ende des Friedhofgeländes standen die Wasserkübel der einzelnen Familien, deren Wappen schwarz auf dem blassen Bambus prangten. Ich suchte nach unserem Symbol, drei in der Mitte eines Pentagons hängende Kugeln. Ich füllte den Kübel mit Wasser und trug ihn zum Grab.

Generationen von Grabstätten gab es hier. Manche Steine waren alt, mit Flechten überzogen, andere neu, aus Granit, der im Morgenlicht schimmerte. Mönche waren keine zu sehen, keine Besucher, die den Toten die letzte Ehre erwiesen, zu hören waren nur die Blätter, die unter meinen Schuhen knirschten.

Solche Grabplätze fand man nicht so leicht. Frei wurden sie nur, wenn Familien aus der Stadt wegzogen. Dann nahmen sie ihre Toten mit sich, und die Grabstelle wurde verkauft. Diese »neuen« Grabstellen wurden so schnell wie möglich wieder belegt. Als meine Mutter jung war, stiegen aufgrund der Stärke des japanischen Yen und des Zuzugs von Ausländern nach Tokio die Grundstückspreise mit schwindelerregender Geschwindigkeit. Auf die Tempel wurde Druck ausgeübt, ihre Begräbnisstätten freizugeben, und so schossen die Mausoleen wie Pilze aus dem Boden, mehrere Stockwerke hoch, mit Etagen für Privataltäre und Fächern für die Asche der Verstorbenen. Sie galten als modern, Hochhäuser voller Toter, während sich die Lebenden nach der Vergangenheit sehnten.

Meine Mutter hat mir einmal eine Geschichte über meinen Großvater und diesen Friedhof erzählt. Als er als Junge während des Zweiten Weltkrieges hungernd durch die ausgebombten Straßen irrte, war er beim Diebstahl der Reiskuchen von den Gräbern erwischt worden. Meine

Mutter wollte mir damit verdeutlichen, welches Glück mir beschieden war, und es war ihr gelungen. Aber ich war auch fassungslos. Ich konnte mir Großvater kaum in so einer Situation vorstellen, dazu schien er mir viel zu redlich und würdevoll, entspannt und gut genährt. Bei ihm mutierte die Geschichte zu einer lustigen Anekdote über einen gierigen Jungen, der keinen Respekt vor seinen Vorfahren hatte, wenn auch die grausame Wirklichkeit deutlich zum Vorschein kam.

Betrachtete ich unsere Geschichte aus der Perspektive meines Großvaters, dann war er Zeuge des Zusammenbruchs seines Landes und dessen Rechtsordnung geworden. Er hat die amerikanische Besatzung erlebt und die Veränderungen, die sie mit sich gebracht hat. Was hat er von all dem gehalten? Dem wahnsinnigen Wohlstand. Der Wirtschaftsblase, die sich in der Zeit entwickelte, als meine Mutter noch lebte und ich noch ein Kind war. Den steigenden Börsenumsätzen, den Immobilienspekulationen, der kurzen Periode, als Tokio zur reichsten Stadt der Welt aufstieg, und dem anschließenden Crash. Und was hielt er von der Welt, in der wir heute lebten?

Er wird denken, so wie ich, dass wir ruhige Zeiten zu schätzen wissen sollten, denn die Gier der Menschen ist unnachgiebig, und wir sind niemals für längere Zeit in Sicherheit. Der Aufstieg und Fall der Märkte, die meinen Vater so begeisterten, hatten einen Crash verursacht, der nach dem Tod meiner Mutter noch zwanzig Jahre andauerte – eine Zeit, die bis heute als »die verlorenen Dekaden« bezeichnet wird.

Mein Großvater schätzte seinen Frieden, und ich hatte ihn zerstört. Allerdings fragte ich mich, ob seine Wut nicht auch daher rührte, dass ich den gegenwärtigen Aufschwung nicht zu meinem Vorteil nutzte, dass ich von meinem beruflichen Weg ausscherte, so wie meine Mutter vor mir. Dennoch, weil ich ihre und seine Geschichte kannte, fühlte ich mich ihnen und denen, die unter mir begraben waren, unserer Geschichte, sehr nahe. An jenem Morgen, an unserem Familiengrab, wartete ich darauf, dass sich der Zyklus wiederholte; es würde so kommen, und die Frage, wie man leben sollte, musste ich nun ganz allein entscheiden.

Ich kniete mich auf den Boden, legte die Blumen ab, entfernte die alten aus den Metallvasen und füllte sie mit frischem Wasser. Dann arrangierte ich die Hortensien rechts und links der Grabstätte. Eine Zeit lang ging ich ganz in meinem Tun auf, spülte den Staub von dem Granitstein und wischte ihn mit einem Tuch sauber. Unser Familiengrab war vollständig versiegelt, sodass kein Unkraut die Stätte verunstaltete. Es war praktisch, aber auch absurd, denn meine Großmutter hatte die Natur und die natürliche Ordnung geliebt, jede Blume auf der Halbinsel Izu gekannt. Das wurde auch auf dem Grabstein deutlich, denn als seine Frau starb, hat Großvater ihre Lieblingsskizzen darauf eingravieren lassen: Erdbeerpflanzen aus dem Treibhaus in Shimoda und eine Azalee in voller Blüte, ihre wertvollsten Erinnerungen waren in Stein gemeißelt worden.

Auch meine Mutter hatte mit unserem Namen zu unserer Grabstätte beigetragen. In späteren Jahren war sie zu einer versierten Kalligrafin herangereift und genügte ihrem eigenen Anspruch als Künstlerin. Als Kind verfügte sie nur über Begeisterung und Talent. In Meguro hatte sie einmal den Namen Sarashima auf ein Stück Reispapier geschrieben, und Großvater hat diesen Schriftzug auf den Stein übertragen lassen. Jetzt las ich die vertikal angebrachten Schriftzeichen, ihr eigenes Kunstwerk auf dem Grabstein, unter dem ihre Asche lag.

Nachdem ich den Grabstein gesäubert hatte, legte ich die Finger in die tiefen Rillen und Einkerbungen, fuhr die Striche jedes einzelnen Schriftzeichens nach, folgte der Bewegung des Tuschepinsels meiner Mutter. Die buddhistischen Namen meiner Vorfahren standen weiter oben. Doch an jenem Tag interessierte mich nur unser Familienname, den meine Mutter geliebt hat und den ich jetzt für mich gewählt habe.

Ich saß neben ihr, an ihrer letzten Ruhestätte, und dachte an den Vertrag mit Nomura & Higashino, den ich weder unterschrieben noch zurückgeschickt hatte, an den Weg, der mir vorgezeichnet war. Ich war bestens vorbereitet, ihn zu beschreiten, mich in Gesellschaftsrecht weiterzubilden und dann die Erfahrungen und Kontakte zu nutzen, um die Firma meines Großvaters fortzuführen. Er hatte es verdient, dass ihm die Last abgenommen wurde, damit er sich endlich zur Ruhe setzen konnte. An diesem Morgen jedoch wurde mir klar, dass ich meine Meinung geändert hatte. Wenn ich all das überdachte, was ich aufgedeckt hatte, dann musste ich mich fragen, ob ich mein Leben und das so schmerzlich erlangte Wissen nicht für etwas Sinnvolleres nutzen konnte.

Das Rechtswesen hat sich weiterentwickelt seit dem Tod meiner Mutter und seit mein Großvater ein vergessener Beteiligter geworden war, eine Rolle, gegen die er angekämpft hat und dabei alles unternahm, um angehört zu werden. Heute erfahren die Familien von Opfern mehr Unterstützung. Sie dürfen neben dem Staatsanwalt sitzen, den Täter sogar befragen und können so vielleicht leichter für sich mit dem Geschehen abschließen. Aber Verbrechen wird es immer geben, und das Gesetz muss mit ihnen Schritt halten, denn die Frage, was wir uns gegenseitig antun können, lässt sich nie endgültig klären.

Mein Großvater misstraute der Menschheit. Er hat streng kontrolliert, was er in sein Leben hineinließ, und hat sich auf das Gebiet des Gesellschaftsrechts zurückgezogen, wo er geschützt war. Ich konnte es ebenso halten oder mich bei meinen Mentoren am Obersten Gerichtshof bewerben und mir eine Arbeit in der Opferbetreuung suchen.

Ich zündete ein paar Räucherstäbchen an und stellte sie in das Gefäß auf dem Grab. Dann betete ich. Nach der Zeremonie meiner Namensgebung hatte mein Vater auf den Namen Sumiko Satō bestanden. Doch mein echter Name, der, den ich heute trage und den meine Mutter zunächst so zusammengestellt hatte, dass die addierten Striche aller Schriftzeichen eine optimale Anzahl ergeben, und der auf dem Altar in unserem Tempel stand, ist eine Kombination aus den Schriftzeichen meines Vornamens – Feier, Schönheit, Kind – und denen unseres Familiennamens – entlegene Insel. Es gibt verschiedene Kombinationen, die den

Namen Sumiko Sarashima bilden, aber die oben genannten sind die Bestandteile meines Namens. Mein Großvater war hochzufrieden, als er ihn zum ersten Mal sah. Er sagte, er entspräche dem, was er sich für mich erhofft habe, ich solle eine Festung sein, eine Bastion der Stärke. Ich liebe meinen Namen und meine Familie, aber ich wollte keine Insel mehr sein.

Als ich zu Hause das Gartentörchen öffnete und die geflieste Einfahrt entlangging, sah ich das Fahrrad meines Großvaters an der Wand lehnen. Ich schluckte und machte mich auf eine Konfrontation gefasst, selbst wenn es nur darauf hinauslief, dass er mich ansah und sich abwandte. Ich schloss die Haustür auf und spähte in die Diele, aber alles war still und ruhig. Als hätte sich ein großer Frieden über das Haus gesenkt. Großvater hatte die Fensterläden sperrangelweit geöffnet, Licht strömte in die Räume und auf den Schreibtisch in seinem Arbeitszimmer. Wie immer, wenn ich nach Hause kam, ging ich zuerst dorthin. Von meinem Großvater keine Spur, doch für eine Sekunde wurde es mir leichter ums Herz, als ich merkte, dass er auf den Schreibtisch etwas für mich hingelegt hatte. Ein großes, in braunes Papier eingewickeltes Paket, das heute Morgen mit der Post gekommen war: die Briefe von Kaitarō.

Was ich weiß

Zum Schluss bin ich ihnen nach Hokkaido gefolgt. Ich weiß nicht, was ich erwartet hatte, als ich ankam, die Hitze jedenfalls nicht. Ich hatte immer gedacht, die Sommer so hoch im Norden wären kühl, vielleicht sogar richtig kalt. Meine Haut war schweißnass, als ich die Fenster meines Mietwagens herunterkurbelte und die Küste entlangfuhr. Ich kam an mehreren Kombu-Farmen vorbei, mit ihren Bambusstangen, den unter Wasser mit Algen behangenen Tauen und der an der Felsküste zum Trocknen in der Sonne ausgelegten Ernte. Die Brise war steif und salzig, die Luft erfüllt vom Geruch des Meeres.

Ich hielt an und las die Wegbeschreibung, die man mir gegeben hatte, konnte aber die Ainu-Ortsnamen auf den Verkehrsschildern nicht lesen – letzte Relikte der Ureinwohner, die unterdrückt und getötet worden waren. Ich hörte, wie in den Häfen gesprochen wurde, und mir fielen die starken Konsonanten in den Regionen Tōhoku und Hokuriku auf, die auf den Einfluss der Siedler vom Festland zurückgehen. Ich aß frittierte Austern und Maiskolben und sah den Fischerbooten beim Auslaufen zu, deren Namen am Heck auf Japanisch und Kyrillisch gepinselt waren.

Ich hatte Kaitarōs Briefe gelesen, aber sie hatten mich nicht auf das winzige Nest vorbereitet, in dem er aufgewachsen war. Es gab nur eine einzige Straße, die an der Bucht entlangführte, ein heruntergekommenes Ladengeschäft im Zentrum, neben dem Café, in dessen Neonschild das É kaputt war. Wahrscheinlich würde es nie repariert werden. Ich stellte den Wagen am Ortsrand ab und ging am Meer entlang. Die Leute starrten mich an, ein neues Gesicht. Manche winkten, doch wenn sie mich ansprachen, wandte ich mich ab. Ich fühlte mich unbehaglich in dieser Stadt, die Kaitarō und meiner Mutter so viel bedeutet hatte und mir fremd war.

Ich sah durch das Schaufenster ins Café, es war geschlossen. Es gab auch keine Herberge oder ein Gasthaus, ich musste also bei Anbruch der Dunkelheit in die nächste Stadt fahren oder im Auto schlafen. Ich ging zum Strand und blieb bei einer Felsplatte stehen, die ins Wasser ragte. Auf der anderen Seite setzte sich die Bucht bis zu einer Reihe von Höhlen fort. Dort muss auch ihre Höhle sein, dachte ich und blickte hinaus aufs Wasser, das unaufhörlich ans Ufer schwappte und sich wieder zurückzog und weiterfloss bis an die Küste von Shimoda. Denn so wie die Menschen auf dieser Welt nicht verweilen, nicht einmal lange existieren, so war auch das Wasser vor mir im nächsten Augenblick nicht mehr dasselbe.

Ich kehrte dem Strand den Rücken zu und stapfte die Küstenstraße hinauf bis zu Kaitarōs Bungalow. Auch der bot eine Überraschung. Denn er glich den anderen Bungalows. Die Wände waren ausgebleicht, der Putz blätterte ab, und die Fenster und Türen knarrten. Zwischen den Häusern verliefen schmale Gassen, mit Rissen im Asphalt, in denen violette Wildblumen wuchsen und im Wind zitterten.

Kaitarōs Mutter war längst verstorben, eine andere Familie lebte jetzt hier. Im Garten stand ein vom Regen durchnässtes Trampolin, die Wohnzimmerfenster waren offen, und ich erblickte eine junge Frau. Sie bemerkte mich, und obwohl sie lächelte und mich hereinwinkte, schüttelte ich plötzlich verlegen den Kopf. Es gab hier keine Spuren von Kaitarō oder meiner Mutter, aber vielleicht gab es ja noch den kleinen Schuppen, in dem sie sich gegenseitig fotografiert hatten.

An dem Tag, als meine Mutter starb, hatte Kaitarō die Fotos in aller Eile in einen Seesack gestopft. Jetzt hielt ich sie in der Hand. Obwohl die Bilder lange nicht Bestandteil der Ermittlungen gewesen waren und Kaitarō ihr rechtmäßiger Besitzer war, durfte er sie sich während der Haftstrafe nicht ansehen. Häftlingen ist es nicht gestattet, Erinnerungsstücke in ihre Zellen mitzunehmen. Mir wurden die Fotos in einem von der Polizei versiegelten Paket zugesandt. Ich war also vielleicht der erste Mensch, der sie sich nach zwanzig Jahren wieder ansah.

Unser Wort für Erinnerung ist *kioku*; ein Protokoll oder ein Dokument ist *kiroku*. Diese beiden Wörter sind eng miteinander verwandt, nur ein einziger Laut trennt sie voneinander. So wie ein Foto nicht nur ein Mittel zur Dokumentation ist, sondern auch eine Erinnerung schafft – ein Ort, wo sich der menschliche Geist und die physische Welt vereinen können.

Am Rand der Siedlung, jenseits der Ansammlung von Wirtschaftsgebäuden, Schuppen und einiger wuchernder Gemüsegärten, lag ein Feld mit Wildpflanzen, das sich bis zu einem Wald erstreckte. Die Bäume waren grün und üppig, nur die gelben Blattränder verrieten, dass sie sich bald rot und braun verfärben würden. Meine Mutter war gegen Ende des Jahres hier gewesen, und *Momijigari*, die Welle der Besucher auf den Inseln, die sich an dem Herbstlaub erfreuten, bereits abgeebbt. Trotzdem hingen damals sicher noch hier und da umbrabraune und zinnrote Blätter an den schwarzen Ästen.

Der Anblick war mir vertraut, als ich auf die Bäume zuging und die Fotos aus der Tasche holte. Auf dem ersten trug meine Mutter Boots. Sie stand in dem hohen Gras und schaute Richtung Wald. Gegen die Kälte hatte sie den Hemdkragen hochgeschlagen, ihr Gesicht war im Profil zu sehen. Sie war schlank und stand aufrecht wie die Bäume. Ein unterbelichtetes Farbfoto, sodass die Gestalt meiner Mutter überging in die Landschaft – eine urgewaltige Grenzregion im Norden.

Auf dem nächsten Foto sah sie sich zu Kaitarō um, und die Stimmung war eine vollkommen andere. Sie wandte sich der Kamera zu, schaute in die Sonne, und das frühe Abendlicht berührte sanft ihr Gesicht, erhellte ihre Züge; die dunklen großen Augen und ihre glühende Haut hoben sich vor dem schattigen Wald ab. Sie lächelte, und sie sah jung aus. Frei. Lebendig.

Die nächsten beiden Fotos mussten am Stadtrand aufgenommen worden sein, unweit der Wirtschaftsgebäude, von denen eins wahrscheinlich der Schuppen war, den Kaitarō und sein Onkel als Dunkelkammer benutzt hatten. Auf dem ersten Bild stand meine Mutter in dem Schuppen.

Sie hatte die Läden des einzigen Fensters im Raum aufgeklappt, und das Winterlicht zeigte sie wieder im Profil. Eine Schwarz-Weiß-Aufnahme, die ihre klaren Gesichtszüge und ihre elegante Haltung betonte. Auf dem anderen Foto wirkte sie spielerischer: Sie dreht sich um, berührt die Fässer und eine uralte Handpumpe, mit der man Wasser aus einem Brunnen heraufholt. Durch die lange Belichtungszeit war ihre Drehbewegung verschwommen und noch stärker verlangsamt, sodass die Freude in ihrem Gesicht deutlich zu erkennen ist.

Auf dem letzten Bild war er mit drauf. Sie hatten den Selbstauslöser eingeschaltet und die Kamera irgendwo in der Dunkelkammer aufgestellt, mit der Linse zum Eingang, sodass die Türöffnung eine Art Rahmen um sie beide bildete. Sie machte sich über ihn lustig, zerzauste ihm das Haar, und er hob sie hoch, und ihre Füße mit den pelzbesetzten Boots baumelten ein Stück über dem Rasen. Sie lachte, hatte die Augen geschlossen, während er ebenfalls lachend in die Kamera schaute. Es war eines der letzten Fotos von ihm in Freiheit.

Es sind keine Familienfotos, keine steif lächelnden Verwandten, von denen niemand aus der Reihe tanzt. Diese Bilder waren wie eine Unterhaltung, ein Gespräch zwischen den beiden, aus einer Zeit, die nur sie erlebt hatten.

Mit den Fotos in der Hand drehte ich mich um und schritt vorsichtig durch das hohe Gras, um nicht die wilden Orchideen zu zertrampeln, und suchte die Stelle, wo meine Mutter gestanden haben musste. Doch jetzt, in der Spätsommersonne, wollten mir die Wildvögel im Wald, die

Wildkräuter und kleinen Blumen im Gras nichts verraten. Zu vernehmen war nur das Blätterrauschen in den Bäumen.

Kurz überlegte ich, in Hokkaido zu bleiben und die Wege der beiden weiterzuverfolgen. Ich könnte in den nächsten Tagen noch mal in den Ort gehen und mit einigen Leuten reden, doch als ich wieder in meinem Mietwagen saß, Totenstille um mich herum, wusste ich, dass ich es nicht tun würde.

In dem Paket, das ich erhalten hatte, lag noch ein weiteres Foto. Ein Foto von mir. Ich stand an einem felsigen Ufer, wahrscheinlich in der Nähe unseres Hauses in Shimoda, vielleicht an der Küste in Atami. Meine Mutter hatte im Gegenlicht fotografiert, sodass die Felsen und selbst ich, mein weißes T-Shirt und die roten Shorts, im Schatten lagen, sich als Silhouette gegen die indigoblaue See abzeichneten. Aber sie hat den richtigen Moment erwischt, der Wind zerzaust mein Haar, das Licht berührt mein Gesicht, und ich blicke hinaus auf die Wellen. Und in diesem Blick lag eine ganze Welt der Möglichkeiten.

Mit dem Bild in der Hand, dem einzigen Zeugnis des letzten Projekts meiner Mutter, aufgenommen in unserem letzten Sommer in Shimoda, versuchte ich mich, an den Moment zu erinnern. Ich konnte die frische Brise auf der Haut spüren, den Kälteschock des Wassers und wie ich mit meinen Sandalen auf dem Seetang ausrutschte, während ich zwischen den Felsen herumkletterte. Vielleicht hatten wir einen Ausflug zu einem Hafen gemacht, um uns die Boote anzugucken. Ich hörte meine rennenden Schritte auf dem

Asphalt. Später gab es ein Eis, starke Arme hoben mich hoch, ein Foto in der Sonne.

Mir wurde klar, dass ich als Einzige übrig geblieben war. Die Geschichten, die Fotos, die Fakten, all das ruht in mir. Es gibt materielle Dinge, die überleben, der Kontrollabschnitt ihres Flugtickets nach Hokkaido, ihre Schuhe, ihre Päckchen mit Puder, ihre Briefe. Diese Dinge erzählen die Geschichte eines Lebens, vieler Leben, die damit verwoben sind, und ich bin die Stelle, an der sie aufeinandertreffen.

Im Morgenglühen auf der Rollbahn in Hokkaido schaute ich aus dem Flugzeugfenster und wartete. Die Maschinen vibrierten, und die Stewardessen schlossen die Gepäckfächer über uns. Ungeduldig biss ich mir auf die Lippen, sehnte den Augenblick herbei, wenn das Flugzeug auf die Startbahn rollte, die Beschleunigung mich in den Sessel drückte, uns in die Luft schob und es kein Zurück gab, nur Fliegen oder Abstürzen.

Die Briefe von Kaitarō mit dem deutlich sichtbaren Abdruck des Füllfederhalters auf dem Papier würde ich behalten, ich würde sie nicht verbrennen, das konnte ich einfach nicht. Ich würde mich immer mit meiner Mutter und ihrem Liebhaber verbunden fühlen, alles Weitere bliebe mir überlassen. Wie Sartre, mit dessen Schriften mich mein Großvater bekannt gemacht hat, einmal sagte: »Freiheit ist, was man mit dem macht, was andere einem angetan haben«.

Die Maschine hob ab, und der Flughafen und Sapporo unter uns wurden immer kleiner. Wenig später glitten wir über Hokkaidos Vulkane und Seen und lange einsame

Küstenstriche. Wir folgten dem Verlauf der Uchiura-Bucht, kreuzten die Tsugaru-Straße und das aufgewühlte blaue Meer. Wir ließen die Wasserfläche mit den weißen Schaumkronen hinter uns, kehrten zurück zur Insel Honshu, glitten über die Wälder der Präfektur Aomori und über so steil aufragende Gebirgsketten, dass einem jedes Dorf und jede Stadt wie ein Hort der Zivilisation erschien, der sich in den Faltungen eingenistet hatte.

Das Land wurde flacher, als wir Fukushima überflogen und die goldenen Reisfelder von Tochigi, die sich in einen Farbteppich hinein erstreckten, vom Grün der Waldstreifen über das verbrannte Ocker abgeernteter Felder bis hin zu den bunten Flicken in der Sonne heranreifender Feldfrüchte. Lange Zeit sah man nur silbrig glitzernde Gewächshäuser, in denen Tomaten und Gurken angebaut wurden, dazwischen hier und da blaue Ziegeldächer und staubige Landstraßen, kleine Siedlungen an Flussufern. Und während wir die Ebenen überflogen, wurden aus den Dörfern allmählich kleine Städte, aus den Kleinstädten wurden Großstädte, die schließlich in der riesigen ausufernden Metropole, die meine Heimatstadt war, aufgingen.

Das Flugzeug kippte leicht nach vorne und neigte sich zur Seite, die Flügelspitze beschrieb einen Bogen vor der Sonne, und darunter ergoss sich das Land, und die Ränder von Tokio gingen über in die Stadt Chiba. Eine Betonwüste verschmolz mit der nächsten, ein Wald aus Stahl und Glas und Fortschritt.

Ich suchte die Bahnlinie, die ich erst vor wenigen Wochen

benutzt hatte, folgte ihr im Geiste zum Bahnhof und dem großen rechteckigen Bau des Gefängnisses in Chiba. Ich konnte förmlich den Wärter mit seinem morgendlichen Styroporbecher Kaffee sehen, wie er Besucher zu dem Parkplatz dirigierte und Formulare austeilte, aber ich sah auch andere Menschen auf den Straßen der Stadt und in den Schulen außerhalb des Gefängniskomplexes, wie sie ihren Beschäftigungen nachgingen. Ich schaute auf die Uhr, aber mich interessierte eher das Datum. In wenigen Stunden würde ein neues Mitglied der Gesellschaft durch die getönten Glastüren gehen, denn heute war Kaitarō Nakamuras letzter Tag in Haft, dann wäre er frei.

Seit unserem Gespräch hatte ich mich immer wieder gefragt, was er nach der Entlassung machen würde. In den auf Band aufgezeichneten Verhören hatte er behauptet, er könne nicht ohne meine Mutter leben. Würde er sich also umbringen? Würde er aufs Land fahren und sich zum Sterben eine Stelle im Selbstmörderwald suchen? Vermutlich nicht. Vielmehr würde er, so wie ich auch, mit der Erinnerung an meine Mutter leben. Er würde damit leben, was er getan hatte.

Das Flugzeug drehte ab nach Narita, und als ich nach dem Flughafen in der Ferne Ausschau hielt, geriet ganz Tokio in mein Blickfeld. Aus dieser Höhe konnte ich die alten Grenzen der Stadt erkennen, die sich noch im Gewebe der Metropole abzeichneten wie Altersringe an einem Baum. Nach der Landung nahm ich den nächsten Expresszug nach Shinagawa, dem ehemaligen Vorposten, das heute im Herzen der Stadt liegt und das letzte Zuhause meiner Mutter war. Als ich durch die Unterführungen des Bahnhofs, die endlosen Gänge und Tunnel mit blinkenden Neonreklamen und Schildern ging, dachte ich daran, was dieser Ort schon alles gewesen war, ein kleines Dorf, Vorposten von Edo, und heute das internationale Tor nach Tokio und zum restlichen Japan. Scharenweise werden Besucher aus der ganzen Welt durch die Flughäfen in Shinagawa gelenkt, täglich passieren Millionen Menschen die Hallen, deren Böden so blank poliert sind, dass man sich darin spiegelt.

Die Rushhour war vorbei, aber es war immer noch hektisch, als ich die Rolltreppen hinauffuhr, durch die Drehkreuze ging und unter der Bahnhofsuhr stehen blieb. Es war fast so weit, der Sekundenzeiger rückte unaufhaltsam voran, und ich stellte mir vor, wie Kaitarō, noch immer in Handschellen, über den Zellengang zum Gefängnistor geführt wurde. Ich sah, wie die Wärter seine persönlichen Gegenstände bereitlegten, eine Tasche mit seiner Kleidung, die wenigen Dinge aus der Wohnung, die er behalten hatte, und einen Umschlag mit dem Geld, das er durch die Fabrikarbeit verdient hatte. Ich sah, wie sie Papiere unterschrieben, ihm die Handschellen lösten, und dann, Punkt neun Uhr, mit einem Federstrich und einer Chipkarte, öffnete sich das Tor, und ruhig, wenn nicht gemächlich schritt Kaitarō Nakamura hindurch und blinzelte in die Sonne.

Leise Angst kroch mir den Rücken hinauf, denn jetzt war es an mir, das Gleiche zu tun. Vor mir lag der letzte überdachte Gang, an dessen Ende ich bereits die Kreuzung erkennen konnte und die Menschenmassen, die sie überquerten, auf dem Weg zu den Botschaften, Hotels und riesigen Bürotürmen, die den Bahnhof umgaben. Ich sah wieder zur Bahnhofsuhr, und mir stockte der Atem. Weit nach neun. Es war, als wartete das Leben auf mich. Draußen, jenseits des Gangs, lag die Welt der Menschen, und ich konnte mich ihr entweder entziehen und mich verstecken oder sie umarmen. Ich hängte die Reisetasche um die Schulter, dachte an die Fotos meiner Mutter und an das Bild, das sie von mir gemacht hatte, und plötzlich war die Entscheidung klar wie vielleicht schon seit Langem. Ich drückte die Tasche enger an mich, eilte zügig den Gang entlang auf den Ausgang zu und trat ins Licht.

Danksagung

Die Handlung des Romans ist frei erfunden, beruht aber auf einer wahren Begebenheit aus dem Jahr 2010. Zeit und Ort sind verändert, die Personen, ihr Leben und ihre Entscheidungen sind Produkte meiner Fantasie. An dem authentischen Fall am meisten fasziniert hat mich der menschliche Aspekt. Wie wir lieben und wozu wir aus Liebe fähig sind. Das war der Anfang des Romans. Für das Buch habe ich Jahre gebraucht, von denen ich einige mit Reisen und Recherchen in Japan verbracht habe, dank der Hilfe von Organisationen vor Ort und in Großbritannien. Es ist mir eine große Freude und Ehre, endlich all den Personen und Institutionen zu danken, die mich bei der Entstehung von *Dein falsches Herz* unterstützt haben.

Anfangen möchte ich mit Richard Lloyd Parry, dem Asien-Redakteur der *Times*, der über den Fall in Tokio berichtet hat und so freundlich war, mir seine Artikel über den Prozess zur Verfügung zu stellen und mir einen Einblick in das japanische Phänomen der Ehesabotage zu geben. Besonders dankbar bin ich ihm für seine Ratschläge im Laufe der Jahre als auch für sein außergewöhnliches Buch *People Who Eat Darkness*, meine Einführung in das japanische Rechtssystem.

Viele Quellen haben zu meiner Recherche über das japanische Recht beigetragen, an erster Stelle die japanische Botschaft in London und die Staatsanwälte, die dort als leitende Sekretäre für Rechtsangelegenheiten gearbeitet haben, Fumihiko Sakamoto und Naoya Maeda. Dank schulde ich auch den Anwälten in Tokio, die sich mit mir über ihre Ausbildung, die juristische Laufbahn und die Entwicklung des Rechts unterhalten haben: Masako Suzuki, Aiko Koma, Chie Komai, Fuki Iwai und Tomoko Kobayashi. Vielen Dank für Ihren Enthusiasmus und Ihre Großzügigkeit! 今度東京に行くときは一杯おごらせて! Mein Dank gilt auch den Juristen der British Japanese Law Association (BJLA), die ihr Fachwissen mit mir geteilt haben, und es ist mir eine Ehre, als Mitglied in die BJLA aufgenommen worden zu sein.

Für das Recherchestipendium zum Thema Strafverfolgung in Japan, der Bedeutung des Konzepts der Liebe im japanischen Recht, beim Scheidungsrecht, Sorgerecht für Kinder und bei Kindesentführung bedanke ich mich bei David T. Johnson, Mark D. West, Takao Tanase, Malcolm M. Feeley, Setsuo Miyazawa, Masayuki Murayama, Matt Antell und David Hearn. Ich hatte keinen Zugang zu japanischen Gefängnissen, von großem Wert war daher der Bericht über *Prison Conditions in Japan* des Human Rights Watch Prison Project sowie das *Handbook for Life in Prison* des Fuchu Prison von 1994, eine unschätzbare Quelle, die zeitgleich zu Kaitarōs Geschichte im Roman erschienen ist.

Meine Recherchen in Japan hätte ich ohne die British

Association of Japanese Studies und die Toshiba International Foundation nicht durchführen können, die mir mit dem Toshiba Studentship meine anthropologischen Studien ermöglicht hat. Mein Dank gilt auch den vielen wundervollen Menschen, denen ich in Japan, vor allem in Tokio, Atami und Shimoda, begegnet bin, die mich zu sich eingeladen, mir ihr Stadtviertel gezeigt und mir ihre Gastfreundschaft und ihre Zeit gewährt haben: Masami Nakamura, Nori Tsuchiya, Sumiko Itagaki, Chie Matsuda, Henry Onodera, Yoshikuni Nakamura, Yumi Fukui, Yasuko Norita, Familie Ushirosako und den Lehrenden und Studierenden der Den-en Chofu Gakuen.

Ich danke meiner »japanischen Familie« in London – in erster Linie meiner lieben Freundin Sumiko Sarashima, die mir ihren schönen Namen geliehen hat – für all die »Niku Nights«, für die Ermutigung und für ihre Freundschaft. Mein Dank geht an Otosan für die vielen Bubbles, die mich vorm Durchdrehen bewahrt haben, an Sayuri und Takumi, die mich daran erinnert haben, dass Dinosaurier, vor allem ausgestopfte, das Allerwichtigste sind. Ich fühle mich geehrt, dass ich eure Patin sein darf – obwohl ihr noch zu jung seid, falls ihr das vor 2030 lest.

Ich danke Asuka Isono, Kaori Maeda und Kazuko Yoshida für die regelmäßigen nächtlichen Diskussionen, die dringend benötigten Hinweise sowie die Hilfe bei Übersetzungen ins Japanische und bei den Schriftzeichen; sehr hilfreich für meine Arbeit war auch das online verfügbare Japanisch-Wörterbuch der Monash University.

Mein Dank gilt Joy Hendry für ihre endlose Geduld und ihre Hilfe beim Thema Krähen. Eine große Hilfe waren auch die Arbeiten von Melinda Papp, Peter Wynn Kirby, Doronne K. Kondo, Yoshinobu Ashibara, Alex Kerr, Inge Daniels, Christopher Tilley, David Lowenthal und Nam-lin Hur. Für ihre fachlichen Hinweise auf dem Gebiet der Medizin, Forensik und Psychologie danke ich Jill Harling, David Neaum, Justin Parker und Leigh Curtis.

Masahisa Fukase, Yurie Nagashima, Shomei Tomatsu, Shoji Ueda, Ryuji Miyamoto, Masafumi Sanai, Seiichi Furuya und Daido Moriyama danke ich für ihre außerordentlichen Fotos, ihre Artikel und Einblicke in die japanische Fotografie von den Siebzigerjahren bis heute. Für die Hilfe bei den technischen Aspekten der Fotografie danke ich Holder Pooten vom Londoner Institute of Photography und Debbie Castro. Mein großer Dank gilt auch dem Arvon Jerwood Prize for Literature, dem National Writing Centre »Inspires« Award, dem A. M. Heath Prize und dem Literary Consultancy/Peggy Chapman-Andrew Bridport First Novel Award für die Anerkennung des ersten Exposés, die finanzielle Förderung, die Unterstützung und die Schreibretreats, die ich für die Vollendung des Manuskripts brauchte. Was ich richtig gemacht habe, habe ich diesen Menschen und Organisationen zu verdanken. Alle Irrtümer gehen auf mein Konto.

Ohne meine wunderbaren Agenten Antony Harwood und Grainne Fox hätte *Das falsche Herz* wohl nie das Licht der Welt erblickt. Sie haben an mich geglaubt und mir das Manuskript förmlich aus der Hand gerissen. Dafür gebührt ihnen mein Dank. Unendlich dankbar bin ich auch meiner Lektorin Margo Shickmanter, der die Hauptfiguren so ans Herz gewachsen sind wie mir und die das Beste aus mir herausgeholt hat. Ihr Verständnis und Ihre Genauigkeit sind mir Ansporn. Ich danke Federico Andornio und allen Mitarbeitern von Doubleday und Weidenfeld & Nicholson. *Das falsche Herz* hätte keine bessere Heimat finden können.

Ich fühle mich gut aufgehoben in der Literaturszene, doch ohne Louise Doughty wäre ich nicht dabei. Du hast mir Mut gemacht, mich als Schriftstellerin ernst zu nehmen und professionell zu arbeiten. Dafür bin ich dir unendlich dankbar. Mein Dank geht aber auch an Richard Skinner, die Faber Academy und die Lehrenden und Studierenden des Creative Writing Master of Studies der Oxford University, besonders Clare Morgan, Jane Draycott und Frank Egerton. Meine tiefe Dankbarkeit gilt den vielen Mentoren und Freunden, die mich im Laufe der Jahre unterstützt haben: Nikita Lalwini, Liz Jensen, Jacqui Lofthouse, Nicola Upson, Tessa Manisty, German Muniz, Guinevere Glasfurd und Patience Agbabi. Danke für euren Scharfsinn, eure Ausdauer und unschätzbaren Einblicke. Ihr seid meine Helden.

Zu guter Letzt möchte ich meiner Familie danken. Meiner Mutter und meinem Vater – ohne euch stünde ich heute nicht da, wo ich bin. Ihr habt immer zu mir gehalten und mich auch bei einigen verrückten Lebensentscheidungen unterstützt – zum Beispiel, den Job in der

Finanzbranche aufzugeben und zu schreiben. Ihr habt nie gezweifelt. Dank an meinen Mann Tom. Ohne ihn hätte ich das Buch niemals geschrieben. Danke für die vielen Tassen Tee, die Lektüre meiner diversen Romanfassungen – auch wenn die Änderungen minimal waren – und vor allem natürlich, dass du mich geheiratet hast. Du bist mein Ein und Alles.

Unsere Leseempfehlung

592 Seiten
Auch als Hörbuch und E-Book erhältlich

Emma und Leo sind seit sieben Jahren glücklich verheiratet. Leo schreibt Nachrufe für eine große Tageszeitung, Emma ist eine brillante Meeresbiologin und ein ehemaliger Fernsehstar. Gemeinsam mit ihrer kleinen Tochter Ruby genießen sie das Familienidyll in London. Nur eines trübt das Glück – Emma leidet an einer schweren Krankheit. Und so erhält Leo den Auftrag, einen Nachruf auf seine geliebte Frau zu verfassen, falls es zum Schlimmsten kommt. Doch bei den Recherchen über ihr Leben stößt er auf eine schockierende Wahrheit: Alles, was Emma ihm über sich erzählt hat, ist eine Lüge …

www.goldmann-verlag.de
www.facebook.com/goldmannverlag

GOLDMANN
Lesen erleben